橋本達雄
Hashimoto, Tatsuo

万葉集を読みひらく

笠間書院

はしがき

万葉集は今から千二、三百年も昔の歌を編纂した集で、わが国の古典の中でもとりわけ古く、尊重されて今日に至っているものである。その魅力は、白鳳・天平のわが民族の青春時代の貴族から庶民にいたる広い階層の人々が百数十年にわたって歌いあげた人生の哀歓が、今もなお新鮮な感動を呼び起こし、力強く訴えかけてくるところにある。しかし、その貴重な遺産も、歌数四千五百余首という膨大さと、とりわけ近年の万葉研究の細密さとがむしろ禍となって、一般の人々には必ずしも親しみ易い古典にはなっていない面があるように思われる。

本書では広くわかり易く万葉の魅力を伝えることを第一に目ざし、以下のように三部に構成した。

〔Ⅰ〕全国各地で広く一般の方々を対象として講演したものの中から六篇を選んだ「講演録」

〔Ⅱ〕万葉歌人の論を中心とした「学術論考」六篇に、無名歌人の秀作を拾って鑑賞した一篇と一語の出典をせんさくした文章を加えたもの

〔Ⅲ〕入門書から学術書まで、広く万葉関係の書で著者が依頼されて取りあげた十八点の「書評・新著紹介」

本書によって、万葉集の鑑賞、さらには万葉集研究の新たな地平が読者の皆さまの前にひらけることを願うものである。

著者

目次

Ⅲ　書評・新著紹介――万葉研究へのいざない

I

講演録――万葉の世界を語る

一　額田王の生涯と歌

1　はじめに

ただ今御紹介をいただきました橋本でございます。つたないお話ですが、これから始めさせていただきます。が、その前にちょっと一言、この山梨市と私とのかかわりを申し上げておきたいと思います。といいましても、この土地に参りましたのは、じつは今日がはじめてで、親戚がいるとかそういうことではないのですが、この地には『古今和歌集』の賀の歌、題しらず、よみ人しらず、

塩の山さし出の磯にすむ千鳥君が御代をば八千代とぞ鳴く（巻七・三四五）

で有名な「さし出の磯」がありまして、そこに私の先生の窪田空穂の歌碑が立っていることにまつわる思い出があるということなのです。窪田空穂の年譜（全集本）によりますと、

昭和二九年（一九五四）一〇月、山梨県差出の磯に歌碑建つ。家族と除幕式に出席、山梨高校にて講演。

とあります。当時、私はまだ大学生で、そのころ空穂先生のお宅にしょっちゅう伺っていたのですが、その日御一家みんなが除幕式に出かけるというので、私が留守番を命じられ、一晩泊って翌日お帰りになられるまで居て、おみやげに歌碑の絵葉書やら何か沢山いただいたのを思い出すのであります。先生のお歌は大正八年（一九一九）四三歳の時、「甲斐路」と題した中の一首、

兄川に並ぶ弟川ほそぼそと青山峡を流れてくだる（『朴の葉』所収）

であります。このたびお招きをいただきまして、そのころのことがなつかしく思い出され、昔から御縁のある土地のような気持がしております。まだ見たことのない歌碑ですので、それを見学するのも大きなたのしみにしながら参上したような次第であります。つまらない思い出を申しましたが、では早速、今日の「額田王の生涯と歌」についてお話をしていきたいと思います。

万葉集の時代は、いわゆる大化改新と呼ばれる六四五年ごろから奈良時代の末（七五九年）まで、およそ一二〇年ほどでありますが、その間、和歌史はさまざまな人間模様を描きながら繰り拡げられてゆきます。今日のお話の主人公額田王は、そのもっとも初めのころ、初期万葉と呼ばれる時代に活躍した女流歌人でして、才媛の名の高い歌人であります。主として宮廷を舞台に、時に激しく、あるいは優艶に歌いあげた珠玉のような作品は現代のわれわれを魅了してやまないものがあります。が、それとともに額田王への興味は、わが国古代の歴史上稀

に見る英邁な天子、天智天皇と天武天皇の二人の兄弟に愛された悲恋の美女として喧伝されていまして、そうしたことを書いた本も沢山ありますので、いわゆる三角関係の興味から額田王を見ようということも加わっているのであります。しかし、事の真相は謎に包まれておりまして、私は三角関係には否定的ですが、そうしたことも含めて触れながら、このたびは主として作品の上から王の生涯をたどっていきたいと思います。

2　額田王の年齢

まず、額田王が歴史書に記されているのはただ一回、『日本書紀』天武紀下に、次のようにでています。

天皇、初《はじ》め鏡王《かがみのおほきみ》の女《むすめ》額田姫王を娶《め》して、十市皇女《とおちのひめみこ》を生《な》しませり。次に胸形君徳善《むなかたのきみとくぜん》が女《むすめ》尼子娘《あまこのいらつめ》を納《め》して、高市皇子命《たけちのみこのみこと》を生しませり。次に……

この天皇は天武天皇で、天皇の即位のことを述べたあとに、皇后や妃と、それぞれ生んだ子女を列挙したそのあとに、后妃と別扱いで記されているのであります。父の鏡王もどういう人かわかりませんが、額田王はここに「姫王」（皇女＝天皇の娘＝内親王に対して二世～五世の王〔女王〕を示す称）とありますように皇族でありまして、若き日の天武天皇（当時は大海人皇子《おおあまのみこ》）に愛されて一人の女子十市皇女をもうけていることがわかります。その時期は「初め」の文字が語るように、また続いて記されている子女が出生順になっていることからしますと、天皇のもっとも若いころ、最初の寵愛をうけたことがわかります。王の娘十市皇女は、のちに壬申《じんしん》の乱で皇位をかけて父の天武と争った天智天皇の皇子大友皇子に嫁ぎ、数奇な運命に弄ばれた女性ですが、大友皇子との間には葛《かど》野王《ののおおきみ》が生まれています。額田王の孫にあたる人になります。わかり易いように系図を掲げておきます。

額田王関係皇室系図

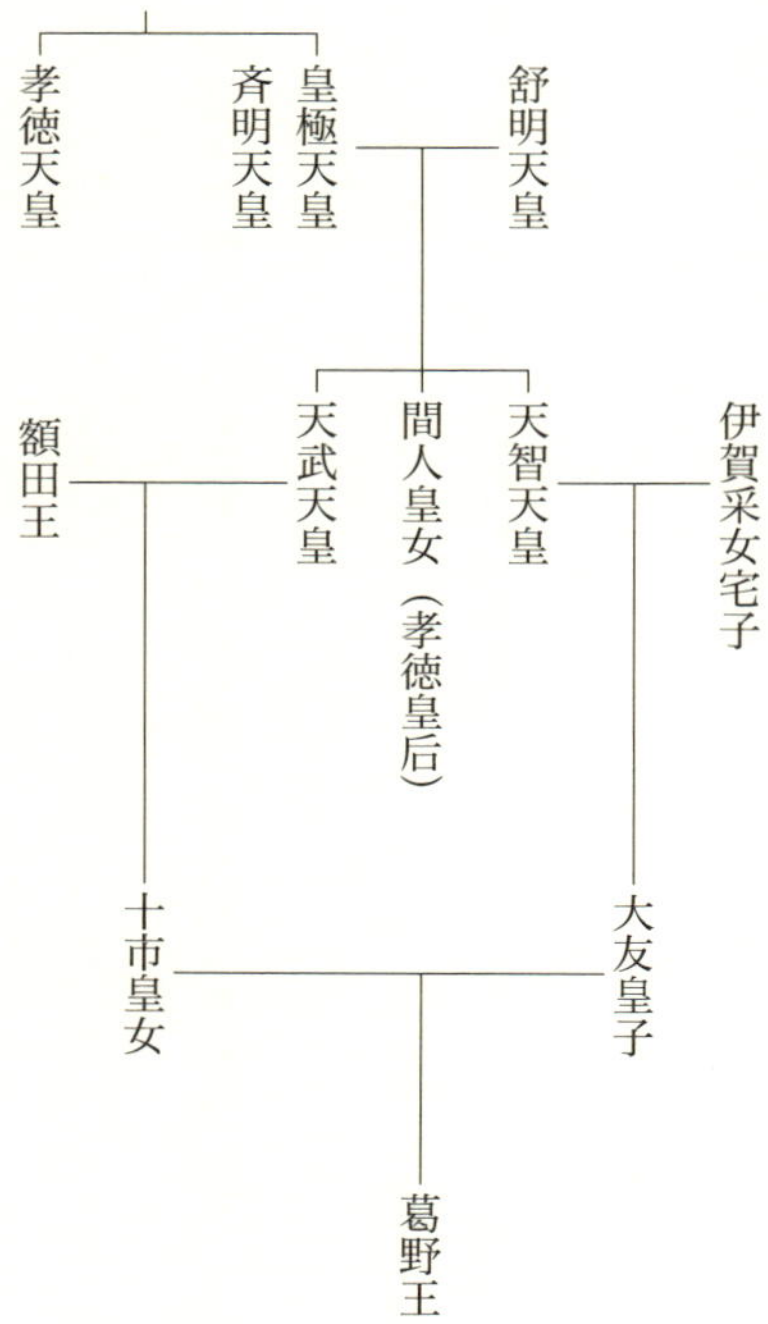

そこで、このへんの人々との関係から額田王の生まれた年とか年齢を考えるのが万葉学の常道となっています。その主な説を紹介しながら、私の考えをこれから述べてみましょう。

まず沢瀉久孝氏の説（『萬葉の作品と時代』昭和一六年、岩波書店「額田王の年齢について」）について述べます。推定資料は『懐風藻』の葛野王の伝記と『大日本史』巻八八の記事です。懐風藻の伝記を読みます。

王子者、淡海帝（天智）之孫、大友太子之長子也。母浄御原帝（天武）之長女十市内親王。

ここまでは系図によってよくおわかりと思います。少し省略して続けます。

高市皇子薨後、皇太后（持統）引二王公卿士《わうこうけいし》（皇族や公卿百官）於禁中一、謀レ立二日嗣一、時群臣各挾二私好一、衆議紛紜《ふんうん》、

高市皇子は持統一〇年（六九六）に太政大臣として亡くなったのですが、その高市の薨後、持統天皇は次の皇位を誰に譲ったらよいかとはかったところ、それぞれ自分の好むところ（私情）を心に抱いて議論が紛糾した。そこで葛野王が進んで申し上げた結論は、

聖嗣自然定矣（天子の相続人はおのずから定まっている）此外ニ誰敢テ間然乎（とやかくよけいなことを言うべきでない）。

というものでした。これは持統天皇が孫の文武天皇に位を譲りたいと思っている気持を迎えての発言であります。続いて、

弓削皇子在リレ座ニ 欲スレ有ラマクレ言フコト 王子叱レ之 乃チ止ミヌ 皇太后嘉《よみ》シ二其一言ノ定一レ国ヲ、特閲授二正四位一、拝二式部卿一 時年三十七。

とあります。その座には天武天皇の皇子である弓削皇子もおりまして、血統の上からも資格のある兄の長皇子もいますので（弓削・長の母は天智天皇の皇女の大江皇女）、弓削皇子が何か発言したのですが、葛野王が一喝して発言を中止したというのであります。持統天皇はその一言が皇位を定めたというので、葛野王をほめ、特別に抜擢

して正四位を授け、式部卿に任じた。時に葛野王は三七歳であったというのであります。このエピソードは歴史的にも興味深いものでありますが、じつは額田王の年齢にかかわるのは、最後の「時年三十七」とあることだけなのであります。この年齢の書き方は「時に」とありますので普通に読めばこのエピソードのあった年ということですので、『大日本史』はこれによって、

慶雲二年十二月薨続日本紀時年四十五

とし、「拠懐風藻持統帝十一年年三十七之文以推之」と推定しています。すなわち持統一一年（文武元年）三七歳であって、亡くなった慶雲二年（七〇五）は四五歳ということになります。そうすると生年は斉明七年（六六一）で、父の大友皇子は天武元年（六七二）の壬申の乱で二五歳で亡くなっていますので一四歳ということになります。沢瀉久孝氏は父となったのが一四歳というのは、いかに早婚の当時としてもあまりにも不自然であり、前後の天皇の例で見てもそうした例はないといい、また懐風藻の年齢の記し方は、すべて亡くなった年齢を記していることからして、これを「卒時年三十七」の誤りであろうとしたのであります。すると葛野王の生年は天智八年（六六九）になります。そしてその時父の大友皇子は二二歳、母の十市皇女は、当時の初産の年齢は大体一七歳くらいと考え、一七歳とし、白雉四年（六五三）の生れと推定したのであります。そして額田王も一七歳で十市皇女を産んだと推定して、さかのぼらせると舒明九年（六三七）の生れとなるとしたのであります（『萬葉の作品と時代』岩波書店　昭和一六年三月）。

これに対し谷馨氏（「額田王享年考」『額田王』早稲田大学出版部　昭和三五年）は、さきの葛野王の伝記に「特閲授正四位」とある正四位という位は大宝元年（七〇一）の三月にはじめて授けられたものであるので、この三七と

いう年齢は大宝元年のことであるとし、それを溯らせて生年を天智四年（六六五）とし、以下十市皇女は一九歳で葛野王を生み、額田王は一八歳で十市皇女を産んだことにして（この辺の年齢は根拠はとくにない）、額田王を舒明二年（六三〇）の生れとしたのであります。しかし、この二説のように葛野王の年齢など考えなくとも大体のところはわかるのではないかというのが私（橋本）の考え方です。

それは十市皇女にかかわりのある大友皇子と高市皇子の年齢がはっきりしていて、大友は大化四年（六四八）、高市は白雉五年（六五四）の生れであるということです。大友は十市皇女の嫁いだ人、高市は十市皇女のすぐ下の弟であります。十市と高市の二人は腹が違いますので年齢差はわかりませんが、大友皇子が亡くなったのち、十市皇女は高市皇子の妻となったような形跡がありますので（巻二・一五六〜一五八）、それほど年上であったとは思われないこと、また、これはのちの律令で、男は一五歳以上、女は一三歳以上になったら結婚してもよいという条文がありますので（戸令）、大友と十市は二、三歳は離れていたと仮定して、大友と高市の中間位に生まれたのではないかと考えたのであります。すると白雉二年（六五一）の生れとなります。これとても前後に二、三年は動くこともあるでしょうが、何度も仮定を重ねるよりはいくらかはましなのではないかと思うのであります。そして額田王は一七歳で十市を産んだとすると、舒明七年（六三五）の生れとなります。いろいろと言ってきましたが、私の推定は沢瀉説より二歳上になり、谷説より四歳下になります。以下この推定によって歌を読んで参ります。

3　斉明朝の歌

さて、額田王の作品はすべてでわずか一二首であります。それを関係事項も含めて年代順に並べてみると、次のようになります。

大化四年（六四八）14歳　戊申年、幸比良宮「秋の野の歌」（七番歌）

〜

斉明四年（六五八）24歳　紀温泉行幸「莫囂円隣の歌」（九番歌）

〃　五年（六五九）25歳　近江平浦行幸「秋の野の歌」（七番歌）

〃　七年（六六一）27歳　七月斉明天皇崩御「熟田津の歌」（八番歌）

天智三年（六六四）　白村江の敗戦（六年間の空白）

〃　六年（六六七）33歳　三月近江遷都「三輪山の歌」（一七番歌　一八番歌）

〃　七年（六六八）　正月天智天皇正式即位

〃　八年（六六九）34歳　一〇月藤原鎌足没、五月「蒲生野の歌」（二〇番歌）。「春秋優劣の歌」（一六番歌）。
「近江天皇を思ふ歌」（四八八番歌）年代は推定。

〃一〇年（六七一）37歳　一二月天智天皇崩御。「大殯の時の歌」（一五一番歌）。「御陵退散の時の歌」（一五五番歌長歌）。

天武元年（六七二）　壬申の乱（一九年間の空白）

持統元年（六八七）

〃　四年（六九〇）56歳　正月持統天皇即位。このころ「弓削皇子との贈答歌」（一一二・一一三番歌）

最初の大化四年の七番歌はあとで制作年代について触れますように、私は斉明五年（六五九）の作と考えていますが、左注の「一書戊申年幸二比良宮一大御歌」の伝えを採ると大化四年（孝徳天皇時代）となり、天皇の代にして、孝徳・斉明・天智・天武・持統の五代、四〇年以上にわたって歌を作っていたことになります。しかし、孝徳と天武朝二代の歌はありません。最初の七番歌は孝徳朝の歌ということになりますが、標題は「明日香川原宮」時代とあり、これは皇極上皇の時代ということなので、額田王は孝徳天皇とは関係なかったと考えられます。また、持統天皇時代の一一二、一一三番歌の二首は老後の私的な相聞の歌なので、これを考慮しますと、結局額田王が宮廷を舞台にめざましい活躍をしたのは、斉明朝の四年間と天智朝の一〇年間ほどの期間で、年齢的には二四歳くらいから三七歳にわたり、持統朝の歌は五五、六歳と推定することができます。すなわち歌人額田王は斉明朝と天智朝の二代を主な作歌の場としていたというふうに絞ることができます。この絞ったことがいかなる意味をもつのかということを考えながら作品を読んでゆこうと思います。

まず、斉明朝の作品はわずか三首で、いずれも短歌であります。このうち九番歌は古来難訓歌として名高く、三十数種類の訓が試みられてきましたが、定訓はなく手がつけられないので、残念ながら今は何も申し上げることができません。しかし、ほかの二首については顕著な特色があります。それは二首とも題詞には「額田王の歌」とありながら、左注には「大御歌」または「天皇の御製」とあることです。万葉集では天皇の歌（上皇も）には大御歌・御製といい、皇子・皇女の歌には「御歌」といっています。それ以下の人々のはたんに「歌」で、題詞に「額田王の歌」とあるのがそれです。したがいましてこの二首には天皇あるいは上皇の歌だとする伝えがあったことになります。そこで、どちらの伝えが正しいのかということで長い間議論されてきたのでありますが、この対立し、矛盾する二つの伝えの双方を生かし、明快な答を引き出したのは伊藤博さんであります。伊藤さんは額田王が斉明天皇の心を全身に乗り移らせて作った代作歌であろうとし、こうした歌人を御言持ち歌人と呼んでいます（『萬葉集の歌人と作品　上』塙書房　昭和五〇年　初出昭和三二年）。すなわち歌は天皇の名のもとに詠まれたもので天皇の歌ですが、じつは額田王が作ったものだというのであります。同じころ中西進さんも、中国の詩人が帝王の代作をする風習のあることから、一方を形式作者、一方を実作者という呼び方でこれを呼んでおります（『万葉集の比較文学的研究』桜楓社　昭和三八年　初出昭和三七年）。このお二人の見解はそれまでの水掛論に決着をつけた大変すぐれたもので、私も以後この説に従ってきております。

そこではじめの七番歌を読みます。

秋の野のみ草刈り葺《ふ》き宿れりし宇治の都の仮廬《かりいほ》し思ほゆ（巻一・七）

「宇治」は京都の南で今の宇治市。大和から近江への通路にあたっています。歌の内容は、かつて天皇の行幸に従って近江に旅した途中、宇治に一夜を過ごした時のことをなつかしく回想したものであります。当時の宇治は、今はありませんが、西に大きく開けた巨椋池《おおくらのいけ》に臨んでいて、水辺から生い拡がって茂る薄や芦の穂が一面にそよぐ荒涼たる原野でありました。一行はそこでそのみ草を刈って屋根に葺き、仮廬を作って宿ったのでありました。上三句、「秋の野のみ草刈り葺き宿れりし」の丁寧な叙述は一首の中心が仮廬にあることを愛着深く表わしており、下二句「宇治の都の」はその地を都と讃えて重々しく、「仮廬し思ほゆ」（仮庵のことが自然に思い出される）の九音の字余りはゆったりとして作者の思い入れが深くこもっております。「都」というのは宮のあるところの意味で、天皇が宿る所は都であります。

当時の旅行は今日のそれとは大きく異なっていて、わびしく苦しいものとするのが通念でありました。それに急場をしのぐ粗末な仮小屋での宿りに過ぎません。わびしさはひとしおであったに違いありません。ところがこの歌は、そのような通念を追憶の彼方に消し去り、やさしく、なつかしく、甘い回想に誘いこむ味わいをもっています。このことが一首を抒情性豊かなものにし、高い文芸的味わいのあるものにしています。追憶の抒情を歌に託したものは和歌史上この歌が初めてであるということを中西進さんも言っておられますが、その意味でも注目される和歌史的意義のある歌だということができます。

さきほど歌を作った年に問題があると申しました。一般には大化四年（六四八）の作とするのですが、私はこの歌がかつての行幸の時を回想した内容であるので、二度の行幸のあったうちのあと、すなわち斉明五年（六五九）の作と推定しております。その斉明五年、再び近江の比良へ行幸するに当り、一〇年前の皇極上皇の行幸の時のことが、女帝をめぐる一座の人々の追憶の中になつかしくよみがえり、ひとしきり話に花の咲くようなことがあったと想像できます。そしてとくに女帝は旅の途中、宇治の仮廬で過ごした一夜のことを口にしたようなことがあったのかもしれません。額田王はその気持を汲んで、このように歌ったのだと思われるのであります。おそらくこの歌は女帝を中心とする小規模な宴の場で披露されたものではないかと思われます。そして額田王が、このように女帝の往年の旅のひとこまを代弁的に歌ったということは、額田王もその折の行幸につき従っていたことを思わせています。大化四年、私の推定によれば一四歳という年齢からすると、このころ女帝の側近としてはじめて宮廷に出仕したのではないかと想像されるのであります。才気あふれる皇族の娘として女帝に愛されていたことが、やがて母女帝の許に出入りする大海人《おおあま》皇子（のちの天武天皇）に見初められるきっかけとなったと想像されるのであります。想像ばかりですが、十市皇女の生まれ年は大海人皇子二一歳の時と推定されます。その結婚生活がどのようなものであったのかはまったく知るすべがありませんが、女帝の孫を生むことによって、いっそうの信任を得て、安定した日々を送っていたと考えることができます。

それから二年後、斉明七年（六六一）正月、わが国はかねて同盟国であった隣国の百済が、唐・新羅の連合軍に攻められて亡んだのに対し、人質として日本に来ていた百済の皇子豊璋を立てて救援の大軍を送ります。六八歳の老女帝みずから陣頭に立ち、大船団が次々と瀬戸内海を下って行きます。八番歌、

熟田津《にきたつ》に船乗りせむと月待てば潮もかなひぬ今は漕ぎ出《い》でな（巻一・八）

の歌は、難波を出発して北九州筑紫の大本営に向う途中、伊予（愛媛県）の熟田津（松山市道後温泉近くにあった港。場所は不明）に碇泊し、そこから船出しようという時の歌であります。しかし、この歌にも左注があって、今は読みませんが、今言ったことと異なる事情のもとに詠まれた天皇の御製だとする伝えを記しています。左注の記す事情はとうていこの歌と合いませんので、何らかの誤りと考えられますが、天皇の御製とする伝えは、前の七番歌と同じく、これも額田王が女帝になり代って歌った歌だということを示しております。しかし、この場合は七番歌のような小さな集団を前にしてのものではありません。ことは朝鮮出兵という国家的大事であり、大船団の出航を前にしてのものであります。おそらく出航に先立って、航海の安全や前途を祝福するために執り行われた神事的な厳かな儀礼に伴って発表された呪歌であったのだと思われます。『日本書紀』によりますと、一行はこの熟田津に二か月以上碇泊していたことが知られます。なぜこんなに長く滞在していたのかはよく分かりませんが、戦力の増強、資材の補充、そのほかに天皇の健康上の理由から温泉で保養していたのだろうなど、さまざまな理由が考えられます。しかし、満を持して、いよいよ出航の時がやってきたのであります。月の出と潮流との関係は密接なもので古代航行の最大の関心事だと言われています。その熟田津において「船乗りせむと月待てば」にはその経過がこめられており、期待をこめて重厚に歌いおろして一休止し、次の「潮も」の「も」によって月の出とともに潮流の条件の備わったことを含蓄深く暗示しながら、一気に中核に躍りこむように「潮もかなひぬ」（潮流の具合もちょうどよくなった）と力強く句を切り、最後にたたみかけるように「さあ今は漕ぎ出そうぞ」と命令的な語気で堂々と重々しく言い放っているのであります。

一首の歌調は堂々たる重量感と気魄にみちていて、古来男性的ともいうべき格調の高さや雄渾な調子が称揚されているように、まさに帝王の作としてふさわしい風格をもっています。全軍の頂点に立つ女帝の心を全身に乗り移らせて、女帝と一体となった精神的緊張の漲る歌であります。時に額田王は二七歳、充実した日常を思わせるに十分であります。さきの七番歌とは別人の作とも思わせるほどの作風の相違は、儀式的な場における巫女の託宣のような呪歌とサロン的な場におけるなごやかな雰囲気を背景にした作との相違がもたらしたものと考えられるのであります。

ところで、その年の七月、斉明天皇は北九州の地で亡くなられます。ここに次の歌が詠まれるまで六年間の空白が訪れております。この空白の意味については誰も触れていませんし、正確には不明というしかないのですが、私は天皇の崩御によって、額田王は天皇の側近としての地位を失い、一時宮廷を離れていたのではないかと思っています。額田王は天皇の側近として、その心を代弁する必要がなくなったのでありましょう。

4　天智朝の歌

額田王が再び姿を現わすのは、今度は天智天皇の側近としてであります。天智天皇は母斉明天皇の崩後六年間、即位することなく天皇の仕事をしてきたのですが（これを「称制」といいます）、その称制に終止符をうち、近江の大津に遷都し、正式に即位するという重大事にあたり、母斉明天皇の側近として代作等の任を果たし、才藻を発揮していた額田王を思い出したのは自然なことであり、同じ役割を果たさせるために宮廷に召し返したのではないかと私は思うのであります。時に額田王三三歳、そのころ子までなした大海人皇子（のちの天武天皇）との関係がどのように続いていたのかは知る資料がありませんが、中大兄（天智天皇）に召されたことは、額田王をめぐって兄弟の間に葛藤が生じたのでしょうか。世上でよく問題となってきましたように、深刻な恋のさやあてがあったと考えるのは、美貌であったと想像される才女をめぐっていることだけに興味を誘うところであります。これから読もうとする三輪山の歌も、心ならずも相愛の仲を裂かれて、近江の中大兄の許に下る時の歌だとするような見方がかつては見られ、信じる方も多かったように思います。しかし、年齢的に見ましても、これは後世の『梁塵秘抄』巻第二（後白河天皇撰）の歌謡ですが、女性の盛りについて、こんな今様が歌われています。

女の盛りなるは　十四五六歳廿三四とか、三十四五にし成りぬれば、紅葉《もみぢ》の下葉に異ならず。

平均寿命の短かった時代では、こんな認識があったのだろうと思います。したがいまして、額田王の立場はおそらく女性として愛されたというより、新しい王朝の出発にあたり、神事とか詞章のことに当らせる目的をもって宮廷に召し返したのではなかろうかと思われるのであります。そこで三輪山の歌を読んでみましょう。

額田王、近江の国に下る時に作る歌（井戸王が即ち和ふる歌）
味酒《うまさけ》　三輪の山　あをによし　奈良の山の　山の際《ま》に　い隠るまで　道の隈《くま》　い積るまでに　つばらにも
見つつ行かむを　しばしばも　見放《さ》けむ山を　心なく　雲の　隠さふべしや（巻一・一七）

反歌
三輪山をしかも隠すか雲だにも情《こころ》あらなも隠さふべしや（巻一・一八）

「味酒」は「三輪」の枕詞。うまい酒の意で神酒を意味するミワにかかる。ここは「三輪の山よ」と呼びかけた形。「あをによし」は「奈良」の枕詞。奈良の山の山の向こうに隠れるまで、道の曲り角が幾つも重なるまで、ていねいに見つつ行きたいものを、何度も見たいと思っている山だのに、無情にも雲が隠してよいものか。の

意。反歌は、
三輪山をなんでそんなにも隠すのか。せめて雲だけでも心があってほしいものだ。隠してよいものか。の意であります。

さて、この歌にも前の二首と同様に、左注があって、山上憶良の『類聚歌林』には「都を近江に遷す時に三輪山を御覧《みそこなは》す御歌なり」とあり、中大兄が三輪山を御覧になる歌だと言っているのであります。するとここでも中大兄の代作をしたことになります。

もともと三輪山は神体山といって山そのものが神でありますが、四世紀のころ、その山麓にあった王朝（三輪王朝）がその山を大王統治の宗教上の根源とし、その神を祭ることによって、その霊力を身につけ、大王の地位につく資格をもつという信仰をもっていたらしいのであります。一〇代目の天皇と言われる崇神《すじん》から垂仁《すいにん》・景行《けいこう》などの天皇の時代です。ところが五世紀に入って河内王朝と呼ばれる一五代の応神天皇、仁徳などの王朝に三輪王朝は征服されるのであります。しかし、三輪山を祭る権力を持つ者が王者になるという信仰は依然として続いていたのでありまして、何か三輪の神が気に入らぬことがあると、新王朝に祟るというようなことがしばしば起こることが日本書紀に記されております。いわば三輪山は大和のシンボルともいうべき土着の神なのでありまして、大和に重大なことがある時には鄭重に祭らねばならない神であったのであります。もちろん中大兄（天智天皇）は新しい河内王朝の末裔であります。そこで、谷馨氏は、遷都に当り、大和朝廷に祟りの多い三輪の神霊を鎮めるための呪歌であろうとしました（『額田王』早稲田大学出版部　昭和三五年）。しかし、こうした歌を手向けることが、どうして祟りを鎮めることになるのかはよく分りません。また、伊藤博氏は大和を捨てて近江に向うにあたり、行く先の新都の幸運と繁栄への予祝をこめて、手厚く三輪山に惜別の思いを傾ける必要があった歌だと考えました（『万葉集全注』巻第一　有斐閣　昭和五八年）。この考えは一応もっともな点の多い説ですが、私はもっと積極的に、この山が大王霊（天皇霊）のこもる聖地であって、その霊を身にふりつけることによって天皇の資格を獲得する山であるところから、その霊を「見る」という行為を通して中大兄の身にふりつける（タマフリという）ための儀式的な呪歌であったのではないかと考えております。「見る」ことによって対象の霊力（呪力）を身につける例は多くありますが、一例だけ万葉から挙げておきます。

水鳥の鴨の羽色の青馬を今日見る人は限りなしといふ（巻二〇・四四九四　大伴家持）

この歌は正月七日に内裏で行われた、のちに「白馬節会」と呼ばれるようになる行事に際して作られた歌で、「そのめでたい青馬を今日見る人は寿命が限りないという」の意であります。三輪山の歌の場合もそうだとすると、遷都によって再び見ることができなくなる天皇霊のこもる三輪山をていねいに見ることによって、天皇霊を中大兄の身に付着させながら大和を去ってゆく歌と解されるのであります。歌の表現も、「味酒三輪の山」と枕詞を据えて丁重に力強く呼びかけるような詠嘆をこめて歌い起こし、続けて奈良の山の「山の際にい隠るまで」「道の隈い積るまでに」と二句対を用い、畳みかけるように「つばらにも見つつ行かむを」「しばしばも見放けむ山を」とさらに二句対を反復して見ることに強い執着を示し、三輪山に対する愛着の念を盛りあげ、最後に「心なく雲の隠さふべしや」と鋭く、強く、雲に向かって迫るように、激しい口調で歌い収めています。末尾は五音・三音・七音で終っていますが、これは初期万葉固有の形式でして、この小きざみな鋭いリズムは、よく呪的な力強さを表現しております。左注も内容とよく合致し、ことさらに「都を近江に遷す時に三輪山を御覧《みそこなは》す御歌なり」といっており、これが「見る」歌であったことを物語っておりますし、遷都の翌年正月に、中大兄は正式に即位して天皇になっていることも私の考えを支えると思います。

この歌の、雲よ心あれと切なる願いを三輪山に手向ける力強さや気迫は熟田津の歌と共通しています。おそらく同じような場で作っているからでありましょう。そしてそれゆえに漂う、まつわりつくような三輪山に対する慕情、後ろ髪を引かれるような恋情にも似た激しい詠嘆にこそ、恋歌と理解するような俗説が生じた理由であったのだと思います。反歌は読んですぐ分るように、長歌の強調反復で、呪的効果のいっそうの成就を促す働きをしております。ここでは省略しましたが、見えない嘆きを歌う額田王の歌に井戸《みのへの》王《おおきみ》が和《こた》えて「目につく」ことを歌って呪的な完結をはかっている歌（一九番歌）が続いて載っています。

こうしていよいよ天智天皇の時代が始まります。天智天皇という人は、大化改新の一連の政治によってもわかりますように、中国風をお手本として、非常に開明的であります。額田王の作品も、今の三輪山の歌こそ斉明朝を引き継いで呪的な面影を強く留めていますが、こうした伝統的古代的旧習が顧みられなくなってゆく時代の進展に伴い、額田王の歌も文芸性豊かな大陸風な和歌制作へと一気に花を開かせます。そのよい例が一六番歌であります。年代からすれば一七番歌よりあとに配列すべき歌ですが、もっとも近江朝らしい歌として、その冒頭にもってきたのでしょう。遷都の翌年か翌々年の作と思われます。題詞は天皇が藤原鎌足に詔《みことのり》して「春山の万花の艶《にほひ》と秋山の千葉の彩《いろ》」とを「競《きほ》ひ憐《あは》れびしめたまふ」た時、「額田王が歌をもちて判《ことわ》る歌」だと伝えています。「春山の……」と「秋山の……」の二句が六字ずつきれいな対句になっていますように、多分漢詩を主とした遊宴の席の歌でありましょう。「歌をもちて判る」といっているのもそのことを物語っています。歌は次のようです。

冬ごもり　春さり来れば　鳴かざりし　鳥も来鳴きぬ　咲かざりし　花も咲けれど　山を茂《し》み　入りても取
らず　草深み　取りても見ず　秋山の　木の葉を見ては　黄葉《もみち》をば　取りてぞしのふ　青きをば　置きてぞ

嘆く　そこし恨めし　秋山われは（巻一・一六）

まず、この歌で春と秋の美を主題としていること自体、自然を神として祈りの対象としてきた農業国日本に自然発生的に生まれるゆとりなどまだない時期でありまして、当然中国的な自然観に基づくものですが、それも一部上層貴族だけが獲得できた〝みやび〟の世界のものでありまして、額田王はその先端をゆく歌人として注目されるのであります。歌は一座の人々の春に心を寄せる者と秋がよいとする者との面前で、おもむろに歌い出されます。「冬ごもり」は「春」の枕詞。長い冬が終って、やってきた春の喜びの心を「鳴かざりし鳥も来鳴きぬ咲かざりし花も咲けれど」と鳥歌い花笑う明るい光景を肯定的に描きつつ、「咲けれど」の「ど」によって不安を抱かせ、続いて「山を茂み入りても取らず　草深み取りても見ず」と二句対を用いて、山の草木が茂っているので手に取ってめでることのできない飽き足りなさを否定的に述べます。ここまで肯定に四句、否定に四句で、春に味方する人々は最初は喜びつつ、あとでは不安になります。次いで秋のことを述べます。「秋山の木の葉を見ては『黄葉をば取りてぞしのふ』『青きをば置きてぞ嘆く』」とやはり二句対を用いて美しい黄葉を賞美できることを肯定しつつも、まだもみじしない青い葉を置いて嘆くことを歌います。ここは肯定に二句、否定に二句を用い、追い討ちをかけるように「そこし恨めし」と否定的に強く言い放ちます。ここまで春に一〇句、秋に七句を使い、それぞれの長所・短所を整然と述べてきましたが、さて、額田王はどちらに軍配をあげるのかはまだ明らかではありません。聴衆はこの述べ方に一喜一憂しながら、翻弄されるように運ばれてくるという構造です。ここに大きな間《ま》があると読みとるべきでしょう。そして王は、一呼吸置いて、ぽっと投げ入れるように「秋山われは」としめくくるのであります。ではその根拠は？　というと、何も言っていませんが、目で眺めるだけでは飽き足りず、手にとって賞でることができるかどうかという点にあるようで、いかにも女性らしい王独自の美意識によって採択されております。この叙述の巧妙さは、一座の空気を自在に巧みに操りながらゆとりをもってにこやかに歌いあげる風貌さえも浮かびあがらせております。喝采の中に脚光を浴びて立つあでやかな遊宴の女王の姿を思い描かせるものでありましょう。先代以来の呪的性格はまったく影をひそめ、高度な文芸性といち早き風流的世界をのぞかせているものであります。歌そのものは宴席における即興的な歌でありますので、胸にくい込むような深い感動はあるべくもありませんが、この卓抜な歌才はまさに驚嘆に価するものといえるでしょう。

次の二〇番歌は、おそらく同じ年の五月五日のことでありましょう。二一番歌の左注にありますように、天皇は近江の蒲生野《かまふの》で、宮廷をあげて大規模な薬猟《くすりがり》を催しました。薬猟とは男は野に鹿を追って、薬となる鹿の袋角（鹿茸《ろくじょう》）を採り、女は野で薬草を採る行事ですが、その日採った薬草はとくに効き目があるとされていたようです。これも大陸風の花やかで解放的なレクリエーションであります。その中で紫草の野をふみ分けて、かつて夫であった大海人皇子は大胆にも額田王に向かって、愛情を通わすしぐさである袖をしきりに振っているのであります。そこで王は歌います。

茜《あかね》さす紫野ゆき標野《しめの》ゆき野守は見ずや君が袖ふる（巻一・二〇）

「茜さす」は紫の枕詞。茜色の映ずる紫の意、「紫野」は紫の染料を採るための草を栽培している野、「標野」は占野で立ち入りを禁じた野で、紫野を言い換えたもの。「野守」は野の番人、暗に天智天皇を指す。「野の番人が見るではありませんか、そんなに袖をお振りになって」とやさしくとがめるようでありながら媚態さえ感じられるような歌であります。対して大海人皇子は、

紫草《むらさき》のにほへる妹を憎くあらば人妻故に我《あ》れ恋ひめやも（巻一・二一）

と答えます。「紫草の」は「にほふ」（色あでやかな意）の枕詞。そのように美しいそなたを好きでなかったら（憎しは好まない意。憎悪の意味ではない）、「人妻故に」は人妻なのにの意をもつ。額田王の所属は今は天智天皇の後宮ですので、形の上では人妻ということになります。「人妻と知りながら、どうしてあなたに恋いこがれたりなどしましょうか」というのであります。この歌も相愛の仲を割かれて不本意ながらも天智天皇の妻になった三角関係の悩みを歌い交わしたものとする人もありますが、もしそうなら、他人の目を憚る秘め歌ということになりますが、そうした歌がどうして万葉集の、しかも相聞でなく雑歌の部立をもつ巻一に収録されているのかの疑問は解きえません。これはやはり深刻な歌ではなく、猟のあとの宴席で、かつて夫と妻の関係にあった二人が、天智天皇の面前で、かけ合い的に座興としてとり交わした歌なのだろうとする説がよいのだと思います。作品が雑歌（公的な歌）に入っていることも、個人的な歌ではなく、行事に力点が置かれていることを示しております。

王の歌は、「茜」「紫」と華麗な色彩を印象づけ、調べも流麗で明るく、五月の明るい太陽の下で袖を振る大海人皇子の姿を大きく浮かびあがらせており、見せ場を心得た派手な作品であります。対する大海人の歌は、ずばりと息太く歌っていますが、「紫」のおうむ返しの呼吸、女性を占有する夫という意味をもつ、額田王の歌の「標野」「野守」を受けて「人妻」と応じ、掛け合いの技巧もぴったりしております。女性のゆれる恋心を男性的告白との対応とを思わせるこの歌い方は、宴会の興に花を添える模擬的な相聞であったことを思わせています。ここには早くも恋の風雅を楽しむ大宮人たちの世界があり、さっきの春秋の優劣を判定する歌と同質の文芸的基盤がうかがわれます。しかし、これが後世の語り草となり、やがては額田王と大海人皇子との悲恋の歌として享受されてゆくことにもなっていったのだと思われます。

また、いつ作ったのかは分りませんが、今の歌と同じころの歌でしょうか、額田王には「近江天皇を思ひて作る歌」と題する作品が残されております。巻四の歌であります。

君待つとわが恋ひをればわがやどの簾《すだれ》動かし秋の風吹く（巻四・四八八）

これに対し、鏡王女《かがみのおほきみ》は、

風をだに恋ふるは羨し風をだに来むとし待たば何か嘆かむ（巻四・四八九）

と和《こた》えています。当時の結婚の風習は夫婦別居が普通で、夕方女性の許に男性が通ってゆくのですが、それを前提として、額田王の歌は、秋の夕暮れ時、夫の訪れを今か今かと待ちわびる美女の姿が歌われています。期待と緊張でとぎ澄まされた女性の神経には、かすかな物音でも敏感に響きます。あっ、あの方がいらっしゃった、とばかり急いで出て見ると、そこには空しく簾が秋風に揺れ動いているだけであった。というのが大体の内容であります。一瞬の胸のときめきと、失望に逆転する心ゆらぎとが、じつに巧みに捉えられ、優艶な作品となっております。これに和えたと思われる鏡王女の歌は、失望した額田王を慰めようとして、むしろ羨みの心が中心となっていて、額田王の立場と自分の立場をくらべながら、自らの嘆きが深く静かに歌われております。ちなみに申しておきますと、鏡王女は藤原鎌足の正室ですが、天智天皇即位の翌年六六九年一〇月に鎌足は亡くなっております。

しかし、こうした二人の歌の世界は、すでに多くの人々が指摘していますが、中国六朝の『文選《もんぜん》』とか『玉台新詠』などの詩文集の情詩に例が沢山ありまして、それらの翻案ということも十分考えられ、必ずしも自身の体験を歌ったものとは考えられないのであります。一例を挙げておきます。

清風惟簾を動かし　晨月幽房を照らす　佳人は遐遠に処り　蘭室に容光なし（以下略す）

（さわやかな風が、とばりやみすをそよがせ、有明の月が、奥まった部屋まで差し込んでくる。私のよい方は、旅に出てはるか遠くの地においでで、蘭の香りの込めたこの部屋には、あの立派なお姿は見るをえない。……）

（『文選』第二九巻　張茂先。花房英樹『文選四』〈全釈漢文大系〉集英社　昭和四九年）

題詠的な作品が、のちに王の境涯と結びつけられ、漠然とした近江天皇などという題詞がつけられて伝誦・享受されるようになったものでありましょう。

それにしましても、この繊細な情感を柔かく表現した詠風は、時代的に見て新しすぎるほど王朝風でありますす。それで王の実作を疑い、後世の仮託（虚構）と考える説も有力であります。しかし、その確証もありませんので、私は、春秋の美の優劣を判定した歌に見られるような、近江朝宮廷の高度な文雅の一端を物語る歌と理解しておきたいと思います。

このように王の才能は、近江朝の花やかな文化的雰囲気の中で花を開き、申してきたような歌をとどめましたが、天智天皇の崩御に際しましては、皇后を中心とする後宮に仕える女性たちと一緒に二首の挽歌を捧げております。巻二にある一四七番歌から一五五番歌までの九首の歌は天皇が亡くなるころから、葬儀が終る時までの歌が並んでいますが、額田王の歌は一五一と一五五との二首であります。一五一は「大殯《おほあらき》」の時の歌（亡骸をしばらく安置してさまざまの儀礼を行なう宮）で、もう一人の後宮の女性舎人吉年《とねりのえとし》と並んで平均的な歌を残しています。

かからむとかねて知りせば大御船泊《は》てし泊《とま》りに標結《しめゆ》はましを（巻二・一五一）

（こうなるであろうとあらかじめ知っていたなら、天皇の大御船が泊てた港に標縄を張って悪霊の入らないようにするのだったのに）

論評は省きますが、もう一首の一五五は長歌で、葬儀の終りをしめくくる歌であります。

山科《やましな》の御陵《みはか》より退《まか》り散《あら》くる時に額田王が作る歌

やすみしし　我ご大君の　畏《かしこ》きや　御陵《みはか》仕ふる　山科の　鏡《かがみ》の山に　夜《よる》はも　夜《よ》のことごと　昼はも　日のことごと　哭《ね》のみを　泣きつつありてや　ももしき　の大宮人《おほみやひと》は　行き別れなむ（巻二・一五五）

題詞の「山科の御陵」は京都市東山区山科に今もある大きな御陵です。「退り散くる」とはお墓に奉仕していた人々たちが、それを切りあげてばらばらに退出してゆく時というのであります。長歌の「やすみしし」は「我ご大君」の枕詞、「鏡の山」は御陵の北の山かといいます。「夜はも」以下、日夜棺のまわりを哭泣の儀礼で奉仕するさまを歌っております。最後は大宮人たちがお墓の奉仕を切りあげて、それぞれの悲しみを胸に抱いて、名残を惜しんで退散してゆこうとすることを、自分を含む集団の心として、広い立場から歌いあげております。詠風は一読いかにもよそよそしく、形式的だとするような批評もあり、悲しみの表現にも個性的な輝きが見られませんが、これはおそらく個人的感情を押し出すことの許されない儀式的な歌で、その立場によることを思わせております。

額田王の個性は天智朝の文運に乗って、急速に花を開かせましたが、この歌は古風な葬儀という枠の中に自分を殺し、順応するすべも心得ていたことを思わせます。しかし、このように集団の心を大きく包みこんで代弁的に歌う歌い方はこれまでになく新しいのであります。この態度は春秋の優劣を判定した歌にすでに芽生えていて、その延長上にあると思いますが、じつに画期的なことでありまして、王の専門歌人としての立場をはっきりと見せております。そしてこの立場こそ、次の時代の宮廷歌人柿本人麻呂の立場を呼び起こすものとなるのでありまう。王はその意味で、わが国の宮廷歌人の元祖の位置に立つことになります。このことは、その作品の輝きのなさと相殺してもなお余りある、文学史的な栄光を担うものなのであります。

ふり返ってみますと、額田王の歌人としての生涯は、公私にわたる天皇の代作にはじまり、次いで宮廷サロンの花形としてめざましい活躍をし、その延長として集団を代表して歌うという新しい方法・立場を樹立して終っているのであります。いずれも王の豊かな才能ゆえのことですが、その歩みは初期万葉の歌風の展開を一身に体現して、次の時代に引き継いでいるといってもよいと思います。

額田王はこの歌を最後にして、宮廷の晴れの舞台から静かに消えてゆきます。遊宴の花ともいうべき、その立場のせいでもありましょうか、王はついに歌の上で素顔は見せておりませんが、王の本音は、あるいは晩年の相聞二首に聞くことができるのかもしれません。

5　むすび――晩年の額田王

天智天皇が亡くなって半歳（七ヶ月のち）、天智の弟大海人皇子と天智天皇の後継者大友皇子とによって、皇位をかけて争われた、わが国古代最大の内乱である壬申《じんしん》の乱がおこります。額田王の身になってみると、かつての夫と娘婿との間でくりひろげられた血で血を洗う戦乱であります。天智天皇の御陵から退散する歌も、この戦乱によって儀礼が早く切りあげられたのかと思いますが、王はこの戦いを、どこで、どんな思いで見つめていたのかの消息は残念ながら何ひとつわかっていません。壬申の乱は、かつての夫大海人が圧倒的勝利を得て天武天皇として即位するのですが、王はもうその天武朝にはまったく姿を見せていません。乱ののちは宮廷から完全に身を引き、どこかに隠棲して、ひっそりと老後を送っていたのでありましょう。娘の十市皇女は夫大友皇子の敗死後、天武天皇に引きとられ、あるいは高市皇子の妃の一人となっていたのかも知れませんが、天武七年（六七八）、にわかに宮中において亡くなります。多分自殺でありましょう。その薄幸の娘十市の訃報もまた額田王をいたく嘆かせたにちがいありません。が、その死を悼む歌は、高市皇子が三首の歌（巻二・一五六〜一五八）を詠んでいるのみで、額田王のものはどこにも伝わっていません。王の晩年は悲劇に彩られているといってよいと思います。

晩年の額田王の回想は、若くして斉明女帝に愛されたこと、また天武天皇との初恋のこと、さらには天智天皇の宮廷に召されて輝かしい活躍をしたころのこと、などさまざまな感慨にふけりながら、くりひろげられたことでありましょう。

しかしながら王の心の中心に、回想とともに鮮やかによみがえってくるのは、やはり子どもまでもうけた天武天皇との思い出であったようであります。その天武もすでに世になく、時代は天武の皇后であった持統天皇の時代に入っていましたが、当時明日香の古京に隠棲していた額田王の許に、吉野から天武天皇の若き皇子弓削《ゆげ》皇子から一首の歌が届きます。吉野といえば壬申の乱の時以来、とりわけ天武天皇にゆかりの深い土地であります。

持統天皇が正式に即位したのは持統四年（六九〇）ですので、その歌はそのころ、仮りに五年とすると、額田王は五七歳となります。弓削皇子はさきに葛野王の伝記について申しました時、次の皇位について意見を申し立て、葛野王に一喝された皇子で、持統天皇時代では不遇であったようで、父の天武時代を恋しく思っていたのでありましょう。

吉野の宮に幸す時に、弓削皇子、額田王に贈り与ふる歌一首

古《いにしへ》に恋ふる鳥かも弓絃葉《ゆづるは》の御井《みゐ》の上より鳴き渡りゆく（巻二・一一一）

「昔をなつかしく恋うて鳴く鳥なのでしょうか」というのは、父天武の時代を恋う気持を額田王に伝えて共感を求めたかったからでありましょう。「その鳥は吉野の宮のゆずり葉の茂る御井の上を鳴きながら飛んでゆきますよ」と古京にいる額田王も同じ思いでいるのではないかと謎をかけたのでありましょう。王はその謎をただちに解いて、

古へに恋ふらむ鳥はほととぎすけだしや鳴きしわが恋ふるごと（巻二・一一二）

と返します。「古へに恋うて鳴くという鳥、それはほととぎすでしょうね。おそらく鳴いたことでしょう。私が遠い昔を恋い慕っているように。」謎めいた皇子の気持を察し、鳥の謎を「ほととぎす」と解いて、「私も同じ気持です」と、余裕をもって巧みに和《こ》たえております。中国では、ほととぎすは昔を恋しく回顧する悲しい鳥と見る故事があります（杜宇伝説）。それをふまえているのでありまして、往年の才気は衰えていないのであります。

折り返して弓削皇子が吉野から蘿《こけ》（さるおがせ）のむした松の枝を贈ったのに対し、王のお礼の歌が残されています。

吉野より蘿生《こけむ》せる松が柯《え》を折り取りて遣《や》る時に、額田王の奉り入るる歌一首

み吉野の玉松が枝《え》は愛《ほ》しきかも君が御言《みこと》を持ちて通《かよ》はく（巻二・一一三）

「玉松」の「玉」は美称。手紙のついた松を尊んでいったのでありましょう。「み吉野の玉松の枝はなんといとしいことでしょう。あなたのお言葉を持って通ってくるとは」の意で、弓削皇子が額田王の長寿をことほいで贈ったのに対し嬉しい気持をこめて歌っております。弓削皇子がこの歌を作ったのを持統五年とすると、さきほども申しましたように額田王は五七歳となります。

その後の額田王が、いつ、どこで世を去ったのかは誰にも知るすべがありません。王の愛や憎しみも、多端な生涯も、すべて過去の霧の彼方にまぎれて見定めることはもはやできません。したがいまして、現代の我々の手には、ただ王の輝やかしい文学史上の位置と多彩な作品しか残されていないのであります。

（於山梨市　萬葉の森大学　平成六年（一九九四）一一月二五日）

二　大津皇子の悲劇と詩歌

1　はじめに

ただ今御紹介にあずかりました橋本でございます。このたびは国文学会の講演にお招きいただきまして大変光栄に存じております。それとともに、私にとってもひとしお感慨深いものがございます。と申しますのは、私がこの国文学会ではじめて研究発表をいたしましたのもこの小野梓記念講堂でして、昭和三四年（一九五九）の一一月一日のことでありました。今から四一年ほど前のことになりましょうか、はるばると来つるものかなという感慨ですが、このたびは最初の研究発表の時と同じように柄にもなく緊張しております。本日は朝から沢山の研究発表のあったあとのことですので、皆様大変お疲れのことと存じますが、しばらくお聞きいただけたらと存じています。

2　事件の背景

万葉集の時代はおよそ百二、三十年にわたりますが、その長い間に政争の犠牲となり、怨みを残して世を去った皇子は幾人もいますが、なかでも本日これからお話しようという大津皇子の事件はもっともあわれ深いものとしてよく知られております。時は朱鳥《あかみどり》元年（六八六）九月九日に天武天皇が崩御して間もなくのこと、次の皇位をめぐり、大津皇子が皇太子草壁皇子に謀反を企て、発覚して刑死したという事件であります。ことのあらましは『日本書紀』に記されていますが、簡単すぎて真相は謎の部分が多いのであります。

大津皇子の父は天武天皇で、あの大化改新を断行した天智天皇のあとを受けて、わが国の古代国家の基礎を固めた一代の英雄ともいうべき天皇で、天智天皇の同腹の弟にあたります。系図を書きますと、

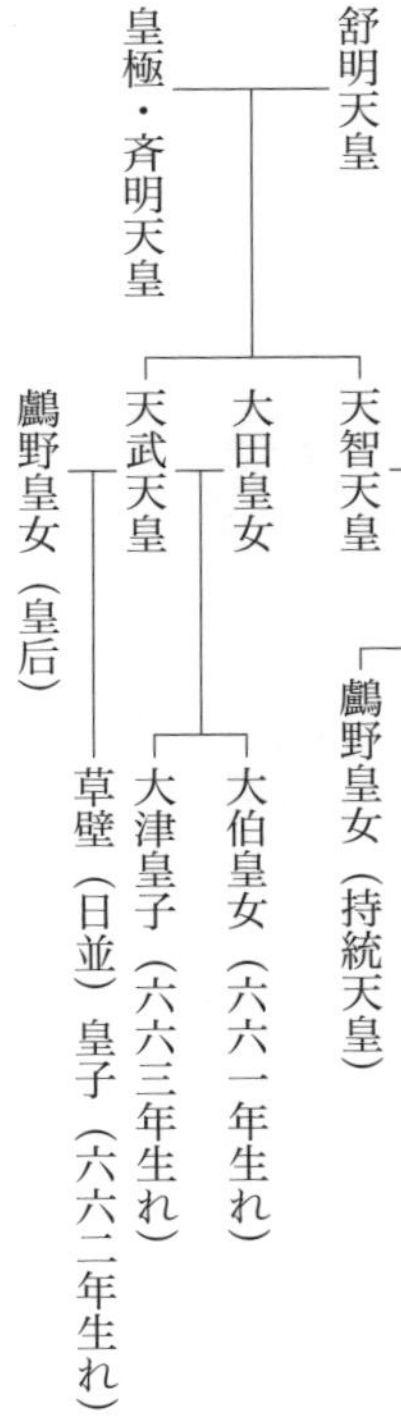

のようで、母は天智天皇の娘の大田皇女でして、二つ年上の姉に大伯《おおくの》皇女がおります。ところが母の大田皇女は天智六年（六六七）ごろ亡くなっていますので、皇子は四、五歳で母を亡くし、その時六、七歳であった姉大伯とともに、幼い時から淋しい境遇で育ったことになります。

しかし皇子は古代におけるもっとも英邁ですぐれた天皇であった二人の天皇の天智を祖父に、天武を父にもち、二人の血をよく受けついだのでありましょう、まことにたくましく、文武両道に秀でた皇子として成長して

いったようです。次の日本書紀の文章はよくそのことを物語っております。

……皇子大津、天渟中原瀛真人《あめのぬなはらおきのまひと》天皇第三子也、容止《みかほ》墻岸《たかくさがしく》、音辞《みことば》俊朗《すぐれあきらかなり》 為㆓天命開別《あめみことひらかすわけの》天皇㆒(天智)所㆑愛、及㆑長弁《わきわきしくして》 有㆓才学㆒ 尤愛㆓文筆㆒、詩賦之興自㆓大津㆒始也。(持統即位前紀)

(大津皇子は天武天皇の第三子である。容姿はたくましく、言葉は晴れやかで、天智天皇に愛された。長ずるに及んで分別があり学才にすぐれ、とくに文筆を好まれた、詩賦が盛んになるのはこの大津皇子より始まったのである。)

ここに祖父の天智天皇に愛されたとあるのは、幼くして母を亡くした孫ということもありましょうが、なんといってもそのすぐれた能力を買っていたからでありましょう。

次に挙げるのは『懐風藻』の皇子伝です。

皇子者 浄御原《きよみはら》帝(天武)之長子也、状貌魁梧《じやうばうくわいご》 器宇峻遠《きうしゆんゑん》 幼年好㆑学 博覧而能属《よくつづる》㆑文、及㆑壮愛㆑武多力而能撃《うつ》㆑剣 性頗《すこぶる》放蕩、不㆑拘㆓法度《ほうど》㆒ 降㆑節礼㆑士 由㆑是人多附託《ふたく》……(懐風藻)

(皇子は天武天皇の長子である。身体容貌が大きくたくましく、度量は高く広くいらっしゃった、小さいころから学問を好み、ひろくたくさんの書物を御覧になり、詩文を上手にお作りになった。壮年になると、武をお好みになり、力も強く、剣を使うことがお上手であった。御性質はかなりわがままであって、規則におかまいなく、高貴の身をへり下って人々を厚く礼遇するので、多くの人々が心を寄せつき従った。……)

ここでは天武の長子としていますが、日本書紀の第三子とあるのが正しく、この筆者は皇子が当然皇位につくべき人であったという同情から、わざと長子と書いたと思われるのであります。こんなところにも後世の人が皇子を悲劇の主人公として脚色していったことが伺われます。ここで注意すべき記述は日本書紀にはない「性頗放蕩　不拘法度」とか「人多附託」などの個所であります。「性頗」の「頗」はかなりの意だそうです。ともかくこうした個所は皇子には叔母にあたる持統皇后が自分の息子の草壁皇子のライバルとしてもっとも警戒を強めていたところであろうと想像されます。

ところで皇子の姉大伯《おおくの》皇女は天武朝に入って間もなくの天武三年（六七四）、一四歳で伊勢神宮を祭る斎宮に選ばれて伊勢に赴きます。姉と弟とはここで別れ、以後一三年間、会うこともなく過ごすことになります。

一方、天武天皇と皇后（のちの持統天皇）との間には大津皇子より一歳年上の一粒種の草壁皇子がおりますことは先の系図のとおりですが、この皇子には皇后という強力な後ろ楯がありますので、天武一〇年（六八一）には二〇歳で皇太子に立てられ、摂政として万機を委ねられていましたが、大津皇子と比べて、どちらかというと円満でおっとりした人柄であったように思われます。皇子の人柄を知る資料はまったくありませんので想像するしかないのですが、二八歳の若さで亡くなっていますので病弱であったのかもしれません。母の持統は大津とくらべて、そんな点も心配であったのだろうと思われます。

そのうえ、大津皇子は天武一二年（六八三）には「始メテ聴二ク朝政一ヲ」とあり、皇太子とともに国政に参画することになります。おそらく並々ならぬ能力があったので、父の天武も無視することができなかったのだろうと思われます。

こうして母も姉妹《きょうだい》である一歳ちがいの二人の皇子は宿命のライバルとして次の皇位を狙う立場に立たされることになります。

しかもこの対立は政治上のことだけでなかったと思わせる歌が万葉集に載っています。

大津皇子、石川郎女《いらつめ》に贈る御歌一首

あしひきの山の雫二《に》妹待つ跡《と》我立ち濡れぬ山の雫二《に》（巻二・一〇七）

（山の岩角や木の葉からしたたり落ちる山の雫に、あなたを待って佇んでいて、しとどに濡れてしまった、その山の雫に）

という歌です。石川郎女とデートの約束をしていたのに、郎女は来なかったので贈った歌です。二句と五句で「山の雫に」を繰り返しているのは歌謡的な歌い方で、直接には怨み言をいわず、同じ句をくり返すことで嘆きの深さを訴えています。皇子ともあろう人が山の中で女性を待つというのは異常ですし、普通なら当時は女性が男性を待つものなのに、その逆であるのも異常で、この密会がただならぬものであることを暗示しています。これに対し郎女の和えたのが次の歌です。

我《あ》を待つ跡《と》君が濡れけむあしひきの山の雫二《に》ならましものを（巻二・一〇八）

（私を待つとて、あなたが濡れたという、その山の雫になりたかったものを）

というのであります。約束を破った言いわけもせず、あなたが濡れたその山の雫になりたかったと、巧みに、女性らしい媚態さえも見せながら答えた、まことに魅力的な歌です。山へ行けなかったのは二人の関係を秘密にしておかねばならない特別の事情があったのであります。その事情は次の歌でわかります。その題詞は、

大津皇子、竊《ひそ》かに石川女郎に婚《あ》ふ時に、津守連通《つもりのむらじとほる》、その事を占《うら》へ露《あら》はすに、皇子の作りませる歌一首

とあります。この「竊かに」の「竊《せつ》」は「ぬすむ」という意味で、ここは密通を意味します。それは歌でもわかりますが、石川郎女は草壁皇子の思い人であったのに、大津が密通したということになり、そのことを津守連通が占いで暴露したのであります。この人は実在の人で、のちの養老五年（七二一）に陰陽道の達人として褒賞を受けたほどの人で、持統朝の秘密警察のような仕事をした人らしいと言われています。占いは星占いと思われます。

では大津皇子はどう歌うのでしょうか。

大船の津守が占尓《に》告らむ登《と》はまさし尓《に》知りて我が二人寝し（巻二・一〇九）

（あの津守の奴の占いに露われるだろうとは、こちらも占いによってちゃんと知っていながら、われら二人は愛し合ったのだ）

「大船の」は「津（港）」と続いて、津守にかかる枕詞です。「まさし」は正《まさ》しくで、「まさ」は占いの確かさをいう語です。

さきほど懐風藻の伝記を読みましたが、不羈奔放というか豪放な性格をそのまま反映するかのように、この歌は力強く、昂然と悪びれず、堂々とむしろ挑戦的に言い放っております。こんな点にも謀反事件の伏線が感じられます。そして次には皇太子草壁が石川女郎に思いを寄せる歌が並んでいます。

日並皇子尊、石川女郎に贈り賜ふ御歌一首　女郎字を大名児といふ

大名児《おほなご》（を）彼方《をちかた》野辺尓《に》刈《か》る草《かや》の束《つか》の間《あひだ》も我忘れめや（巻二・一一〇）

（大名児よ、遠くの野で刈っている草《かや》の、それを束《つか》ねる、その束《つか》ではないが、つかの間も私はお前を忘れようか）

「大名児」とは石川女郎の呼び名で、呼びかけです。二句と三句は「束」を起こす序詞です。

一人の女性をめぐる二人の皇子の恋争い、という多分に物語的な匂いのすることはあとでも申しますが、この恋もどうやら大津皇子に分があるように伝えられ、謀反事件の背景には恋の確執もあったかのように読めるのであります。

3　謀反事件と皇子の辞世

さて、大津皇子の謀反事件は「事件の背景」のところで申しましたように、朱鳥元年＝天武一五年（六八六）九月に天皇が崩御した直後に起こります。さっきも真相はよく分らないと申しましたが、懐風藻のさきにあげた皇子伝のあとには、続けて、新羅僧の行心という者が、皇子の人相を見て、これは臣下の相ではない、臣下でいては身を全うできない、といって謀反をすすめたと書いてあります。また日本書紀には天武天皇亡きあとの殯《ひん》宮《きゅう》（埋葬するまでの一定期間、遺体を安置して、さまざまな儀礼を行なう宮）で、大津皇子が皇太子草壁に対して謀反を企てたと書いてあります。この二つの記事の関連はよく分りませんが、天武の殯宮の儀礼の場で、大津は皇太子に対して何らかの不穏な言動があったのではないかと考えられます。それがどの程度のことであったのかはまったく不明ですが、それにつけこんで、きっかけとして皇后（のちの持統天皇）と皇太子側が一気に謀反に結びつけ、皇子を葬り去ったのではないかと思うのであります。日本書紀によると謀反を企てたのが九月二四日、発覚して逮捕されたのが一〇月二日、そして逮捕の翌日には刑死しているのであります。皇后・皇太子側の謀略と思われるのは、逮捕即死刑という処置の早さにも伺われます。これを長引かせていれば大津支持勢力のさまざまな動きが予想され、問題が紛糾する恐れもあったのでしょう。また謀反に加担した人々は三〇数人もいたと記されていますが、死刑は一人もなく、謀反をそそのかしたという新羅僧行心でも、ただ飛騨国に移されただけという処分の甘さによってもうかがわれます。要するに大津皇子一人を消し去ればよかったのではないかと思われるのであります。

それはともかくといたしまして、万葉集にはこの大津皇子がこっそりと飛鳥を抜け出して伊勢の斎宮にいる姉大伯皇女を訪ねたことを伝えています。その時期はおそらく天武天皇崩御の九月九日から謀反が発覚した一〇月二日までの間でありましょう。その時の大伯皇女の歌が二首伝わっています。題詞は、

大津皇子、竊かに伊勢神宮に下りて上り来る時に、大伯皇女の作りませる歌二首

とあります。ここにも「竊かに」とありますが、これも禁忌《タブー》を犯してこっそりとの意味です。そのタブーとは、天皇の独占的信仰対象となっていて皇位に直接関係のある神宮に天皇の許可もなく私的に詣でて祈願することは、私幣禁断の罪を犯すことで謀反に当ることを暗示しているのであります（岡田精司『古代祭祀の史的研究』塙書房　一九九二年）

では何の為に伊勢へ行ったのかというと、ヤマトタケルが東国平定に向う時、伊勢の斎宮であるオバの力を借りたように、姉の力によって神の力を借り謀反を成功させようとする意図があっただろうと考えられますし、もう一つ、今生の別れとなるかもしれぬ姉に一目会っておきたいという願いもあったことと思われます。その二首の歌を読みます。

わが背子を大和へ遣る登《と》さ夜ふけて暁露《あかときつゆ》尓《に》わが立ち濡れし（巻二・一〇五）

（わが弟を大和へ帰し遣るとて、夜もふけてずっと明け方近くまで立ちつくし、暁の露に私は濡れました）

ふたり行けど行き過ぎかたき秋山をいかにか君が一人越ゆらむ（巻二・一〇六）

（二人で行っても通り過ぎにくい秋山をどのようにして弟はただ一人越えているのだろうか）

一首目の「遣る」という言い方には、手離したくないのに行かせてしまうというニュアンスがこもっています。たくましく成長した弟に一三年ぶりに会った皇女はまるで恋人に会ったように感じたことでしょう。その弟を危険な大和へ帰しやる不安や来し方行く末のいろいろな事を思って、夜中から暁時まで茫然と立ちつくしていた皇女が、ふと我に返った時の心境を述べた歌で、深いあわれがこもっております。

二首目もけわしい山道を一人ではるかに旅立っていった弟の身を案ずる深い心のこもった歌です。しかし、こうした姉の切なる願いも叶えられず、大津皇子は断罪されてしまいます。時に年わずかに二四歳の若さでした。その死に臨んで、皇子は辞世の漢詩と歌とを一首ずつ残しております。まず漢詩から読んでみます。

五言　臨終一絶

金烏《きんう》臨㆓西舎㆒　鼓声催㆓短命㆒　泉路無㆓賓主㆒　此夕誰家向

「金烏」とは太陽のことです。一首の意味は、太陽は西の家屋を照らし（西に傾き）、時を告げる太鼓の音は自分の短い命をさらにせきたてるように聞こえてくる。泉路すなわち黄泉《よみ》への道には客も主人もなく自分一人がいるだけだ。この夕べ私は一人で誰の家に（どこに）向かおうとするのか。というのであります。まことに悲しみ深い詩です。では歌はどうでしょうか。

大津皇子、死を被《たまは》りし時、磐余池《いはれ》の陂《つつみ》にして涙を流して作りませる歌一首

百伝《ももづた》ふ磐余の池に鳴く鴨《かも》を今日のみ見てや雲隠りなむ（巻三・四一六）

「百伝ふ」は「イ（五十）」または「八十《やそ》」にかかる枕詞で、五十、六十……と百に伝いゆく意で「磐余」のイを引き起こします。磐余池は皇子の邸の近くの池です。時は一〇月三日、太陽暦の一〇月二五日に当ります。折から沢山の鴨が渡ってきていたと思われます。歌は「その鳴き騒ぐ鴨を見るのも今日だけ、すなわち今日を限りとして、私は死んでゆくのか」という感慨であります。一言も悲しみや嘆きの言葉を用いないで、眼前に鳴く鴨を静かに丁寧に叙述して、その鴨が雲の彼方に消え去ってゆくように、自分の命もと感じさせるところに深い余情がこもっています。おっとりとした歌い方ですが、下二句にこもる哀感は深いものがあります。元禄時代の契沖は『万葉代匠記』で、懐風藻の詩もあげて、「歌ト云ヒ、詩ト云ヒ、声ヲ呑ミテ涙ヲ掩フニ遑《いとま》ナシ」と評しています。まことに適切な批評と称してよいと思われます。

4　大伯皇女の悲しみ

こうして皇子は世を去りました。それから約一か月半のちの一一月一六日、大伯皇女は伊勢の斎宮を解任され、都へ帰ってきます。この解任は天武天皇の崩御に伴うもので、斎宮は天皇の代ごとに替る制度だったからです。皇女はおそらく大津皇子が刑死したことを人から聞いて知っていたと思うのですが、都に入って改めて悲しみも新たに二首の歌を詠みます。

大津皇子の薨ぜし後に、大伯皇女伊勢の斎宮より京に上る時に作りませる歌二首

神風の伊勢の国にもあらましを何しか来けむ君もあらなくに（巻二・一六三）

（神風の吹く伊勢の国にいた方が、むしろよかったのに、いったいどうして大和などへ帰ってきたのだろう。もう弟もいないことなのに）

見まく欲り我がする君もあらなくに何しか来けむ馬疲るるに（巻二・一六四）

（会いたいとひたすら私の思っていた弟もいないことなのに、いったいなんで帰って来たのだろう。いたずらに馬が疲れるだけだったのに）

一首目の「神風の」は神が吹かせるような荒い風が吹く意で「伊勢」にかかる枕詞です。伊勢に留まっていればよかったという述べ方は、自分の意志では留まることも叶わないのに、あえてこう歌わずにいられない悲痛な深い嘆きがこもっております。

二首目もほとんど同じ心境のくり返しです。『延喜式』（斎宮式）によりますと、斎宮の行列には沢山の馬が使われていたことがわかります。斎宮はもちろん輿に乗って行きますが、お供の人の乗る馬や荷物を運ぶ馬が数百匹使われていたようです。この歌はその印象的な馬を捉えて、自分自身の心身の疲れを余情をこめて歌っています。馬も疲れていたでしょうが、皇女もがっくりとした虚脱状態にある心境をよく表現しております。

万葉集はこの二首に続けて、翌年の春の作と思われる皇女の歌を二首掲げています。

大津皇子の屍を葛城《かづらき》の二上山《ふたかみやま》に移し葬る時に、大伯皇女の哀傷《かなし》びて作りませる歌二首

この題詞の「移し葬る」というのは、殯宮からお墓に移して葬る意味です。皇子は罪人ですので普通は殯宮は建てられないと思いますが、おそらく非業の死を遂げた皇子の祟りを恐れて、特別に殯宮を営み、霊を丁重に慰めようとしたのでしょう。葛城の二上山は今ニジョウサンと呼ばれていて、大和と河内の国境いにラクダの背のように雄峯（五一五メートル）と雌峯（四七四メートル）が南北に並ぶ山です。その雄峯の頂上に今大津皇子の墓があります。

平成六年（一九九四）四月には二上山麓の当麻《たいま》町、加守《かもり》寺跡から白鳳期の六角堂の遺構が出土し大津皇子の供養堂ではないかと言われています。歌は、

うつそみの人なる我や明日よりは二上山を弟世《いろせ》とあが見む（巻二・一六五）
（この世の人である私は、明日からは二上山をいとしい弟として、見つづけていよう。）
磯《いそ》の上に生ふる馬酔木《あしび》を手折らめど見すべき君がありと言はなくに（巻二・一六六）
（磯のほとりに生えている馬酔木の花を手折ろうとしてみるけれど、それを見せたいと思う弟は、この世にいると誰も言わないことだ）

一首目の「うつそみの人なる我や」という感慨は、「殯宮」にあるうちはまだ生死未分明にあると考えるのがたてまえなのですが、いよいよ本葬となると、はっきり生と死との断絶が意識にのぼってきます。その嘆きの深さが自分を「うつそみの人」と強く認識・自覚させているのであります。この認識のことはもう一度あとでも触れます。

二首目の「磯」はここでは川か池の磯です。あの早春に咲く鈴蘭のような花を房状につける可憐な馬酔木の花

も、ともに賞でる人がもういないという空しさが胸いっぱいに拡がってゆくような哀切をきわめた歌でありま
す。

さて、こうして私たちは、昔から皇子の悲劇的生涯と残した詩歌の、深い悲しみを誘うすぐれた抒情とを重ね合わせながら、皇子の死に涙をそそぎ、皇女のやさしさや切なさに同情を寄せて、万葉の中でももっともあわれ深い作品として鑑賞してきたのであります。

これで大津皇子の謀反事件にかかわる詩歌のおおよそは読み終ったことになります。

5　仮託説のゆくえ

ところが、ここから先に、もう一つどうしても述べておきたい話があるのです。そしてそれをむしろ本日のお話の中心に据えたいと思っておりますので、少し煩わしい点もありましょうが、もうしばらく御辛抱いただきたいと思うのであります。

それはもう、かれこれ三〇年以上も前のことになりましょうか、学界の一部において、大津皇子・大伯皇女の作品のあるもの、あるいは全部について、後世の人が皇子や皇女に同情して、仮託（かこつける）して作った作品なのではないかという説が出始めたのであります。しかし、読んできてわかりますように、このように哀切をきわめた個性的で一回的なすぐれた抒情歌が後の人が作れるはずはない、といって信じない人も多く、学界の大勢もまだどちらにも落ち付いていない状態にあります。そこで、では私はどう考えているのかということを、これから、これまでの経過をたどりながら申してみたいと思うのです。

最初に仮託が問題になったのは、さっき挙げた「五言　臨終一絶」の詩であります。小島憲之氏は皇子の詩に

非常によく似ている詩は中国に多いといって五例ほどを挙げました。そのうちの二首を挙げておきます。今は読むだけにいたしますが、

宝路発して詠みて曰く　叔宝（陳）

鼓声推（催）スレ命ヲ役　日光向ヒテレ西ニ斜メナリ　黄泉无ナシ二客主一　今夜向ハム二誰家ニカ一

臨刑詩　江為（五代後周の人）

衙《が》鼓《こう》侵《なが》シテレ人ヲ急ナリ　西ニ傾キテ日欲レ斜《ななめ》ナラントス　黄泉ニ無ク二旅店一　今夜宿《やど》ラム二誰ガ家ニカ一

のようで、一読大変よく似ております。そこで小島氏は、皇子は恐らく死に臨んで、平常からよく知っていた某人の臨刑詩を頭に浮かべて口ずさんだ悲しい詩だろうといいながら、「或は初期万葉の歌群の如く、大津皇子に仮託された伝誦詩とも考へられる」（『上代日本文学と中国文学』下　塙書房　昭和三九年）といって仮託説を暗示し、さらに次の論文では資料を追加し、皇子の死を悼んだ後の人が、死後間もなく仮託したのではないか、と述べたのであります（『萬葉以前』岩波書店　昭和六一年）。私の考えはあとで述べますが、その前に皇子の詩にはもう一首問題となる「七言述志」がありまして、「臨終一絶」の詩の前に載っています。

天紙風筆画二雲鶴一　山機霜杼織二葉錦一

この詩は「天の如く広い紙に、風の如く自由に筆を飛ばして雲間にかける鶴をえがき、また山が物を織る機《はた》となり霜が杼《ひ》（横糸を巻きつける道具）となって紅葉という錦の織物を織る」（小島校注『懐風藻』〈日本古典文学大系〉）

という意味で、同じく小島氏によれば、自由に、しかも美しい立派な詩文を作りたいという志を述べた詩であります。ところが後の人が、皇子の詩の意味を、わざと謀反にかこつけて、天子の位につきたいというような意味にこじつけ、次の聯句をつけているのです。

赤雀含《ム》レ書《ヲ》時不レ至　潜龍勿《なク》レ用《ヰルコト》未レ安レ寝

意味は、「めでたい鳥である赤雀が書をくわえて飛んでくる時（皇子が天子の位につく時）はまだ来ない。潜龍（世に出ない徳のある人＝皇子）はその時を待つべきなのに待たずに謀反を起こそうとして安眠もしない」のように続けているのであります。

こうしたつけ方から考えますと、作者不明の後の人の時代には皇子の謀反事件が語り草となって広く同情されていたので、本来は違う内容の詩をむりに謀反に結びつけたものと思われます。

そこでこのあとに続く臨終詩の場合を考えてみますと、皇子が漢詩文に長じていたことはさっきあげました『日本書紀』『懐風藻』の伝記によってもわかりますし、また、ここには挙げませんが、謀反事件と無関係の詩二首が「述志」の前に載っていることによってもわかります。しかし、当時の漢詩はおおむね中国詩を翻案したものか、盗作するという形で作られることが多く、皇子の「述志」に似たものも指摘されています（『懐風藻』〈日本古典文学大系〉補注）。これが当時の実情なのですから、似た詩があるからといって、それがただちに後人の仮託だとは言い切れないことになります。六朝時代のさきの叔宝の詩のような作を真似て、後の江為が作っているように、皇子も同じように作ったとする可能性も残るのであります。

しかし、ここで考えてみたいのは、この詩は、明らかに後人の作である聯句のうしろに並んでいることです。

この並び方は、皇子の悲劇が語り継がれていった背景と対応している現象と考えてよいと思うのです。謀反から刑死へと順を追って物語の筋が展開してゆくところで、やがて臨終詩をつけ加えることを求める空気がはぐくまれていって、誰かがこれを作ってつけたのではないかと想像されます。したがって「述志」の詩とその前に並ぶここでは掲げなかった二首の詩が皇子の実作で、後人聯句とこの臨刑詩が後人の作と考えるのが理屈に合っていると思われるのであります。

次にさきに挙げましたが、皇子の辞世歌、

百伝《ももづた》ふ磐余《いはれ》の池に鳴く鴨を今日のみ見てや雲隠りなむ（巻三・四一六）

を検討してみます。この歌を後人の仮託と考えたのは、小学館の『日本古典文学全集　萬葉集(1)』の頭注が最初と思われます（昭和四六年刊）。その根拠はこの歌に「死ぬ」ということを直接に言うのを避け、「雲隠る」と敬って表現している点にあります。いわゆる敬避表現でして、皇子作なら自分の行為に敬語を用いるはずはないから、第三者の言葉と考えられるというのです。そして「この歌は大津皇子の辞世の歌として伝わっていた伝承歌であろう」と述べています。この語のほかにも「百伝ふ」の枕詞は人麻呂以後にしか表現できないものだとする研究もあります（近藤信義『枕詞論』桜楓社　平成二年）。

また、この歌が万葉集が最初に編纂された段階の巻一や巻二になく巻三にあるのは、巻一、二ができたあとに仮託されたのだという説（都倉義孝「大津皇子とその周辺」萬葉集講座第五巻　有精堂　昭和四八年）、あるいは辞世歌は大変特殊なものなのに、皇子に限って歌と詩まで揃っているのはできすぎているから、やはり物語的なものが成長してゆく過程で仮託されたのだろうという説もあります（中西進「大津皇子の周辺」中西進編『万葉集の言葉と心』毎日新聞社　昭和五〇年）。

このような説を検討してみますと、私もまたこの辞世歌は皇子の死をめぐる伝承の中でつけ加えられた歌であろうと思うのであります。

次に、すでに読んだ歌ですが、もう一度万葉の配列順に並べて掲げて検討してゆきたいと思います。便宜上(A)(B)(C)に分けましたが、大津皇子関係歌ではもっとも物語性に富んだ配列になっている点はさきほど読んだ通りです。

(A)　大津皇子竊下二於伊勢神宮一上来時大伯皇女御作歌二首

わが背子を大和へ遣る登《と》さ夜ふけて暁露《あかときつゆ》尓《に》わが立ち濡れし（巻二・一〇五）

二人行けど行き過ぎ難き秋山をいかにか君が独り越ゆらむ（巻二・一〇六）

(B)　大津皇子贈二石川郎女一御歌一首

あしひきの山の雫二《に》妹待つ跡《と》我立ち濡れぬ山の雫二《に》（巻二・一〇七）

石川郎女奉レ和歌一首

我を待つ跡《と》君が濡れけむあしひきの山の雫二《に》ならましものを（巻二・一〇八）

(C)　大津皇子竊婚二石川女郎一時津守連通占二露其事一皇子御作歌一首

大船の津守が占尓《に》告らむ登《と》はまさし尓《に》知りて我が二人寝し（巻二・一〇九）

日並皇子尊贈二賜石川女郎一御歌一首　女郎字曰二大名児一也

大名児（を）彼方野辺《をちかたのへ》尓《に》刈る草の束《つか》の間《あひだ》も我忘れめや（巻二・一一〇）

まず、(B)と(C)には石川郎女をめぐって恋争いをする背景に政治上の対立が想像できるようにし、これが謀反事件をいっそう劇的に彩る役割を果たしていますし、(A)の題詞の「竊かに」や伊勢訪問は謀反事件を暗示する働きをしています、また、(A)と(C)の題詞は異例に長く、これも物語性を強く感じさせています。そしてこれらの歌も全部物語的に仮託されたものだとする、さきにあげた都倉氏の説もありますし、(B)だけを物語性をもたせるために編者が仮託して作ったとする伊藤博氏の説もあります（伊藤『萬葉集の表現と方法』上の第六章第二節　塙書房　昭和五〇年）。伊藤氏は(A)と(C)とは実作と考えていますが、(C)の一首目も仮託の可能性のあることにふれています。

また、改めて申すまでもありませんが、六首全部をそれぞれの実作と考える人も沢山おります。今のところ水掛論に終って、どちらにも決定的根拠はありません。ではこれをどう考えたらよいのか、というところで私の意見を述べてみます。結論を先に言いますと、私はさっき伊藤氏が仮託と考えた(B)を逆に実作と考え、他の(A)と(C)とを仮託と考えます。その根拠を述べてみます。

それはまず(B)だけが(A)や(C)と資料が違っていて別のものだということです。(B)の題詞には石川郎女が「郎女」とあるのに、同じ人が(C)では「女郎」と書かれています（上代文献においては「郎女」と「女郎」の間には違いはない）。また(B)では「雫に」の「に」の助詞を漢数字の「二」で表記しているのに、(A)と(C)ではその助詞を「尓」と表記しています。また(B)では助詞の「と」を「跡」と表記していますが、(A)と(C)では「登」と表記しています。このことは(B)が(A)(C)とは別人によって書かれていたのを、編者がこのように並べたものだということがわかると思います。しかし、ここまでですと、(B)だけが仮託だったからこうなっているのだという伊藤説も成り立ちます。そこで次に、歌の表現に目を向けてみようと思います。

はじめに(A)の「暁露」という語の性格を考えてみますと、この語は万葉ではほかに三例、いずれも皇女よりははるか後の時代の歌にしか出てきません、年代のほぼわかるのは大伴家持の天平一五年（七四三）ごろの歌（巻八・

一六〇五）で、ほかの二例は作者未詳歌（巻一〇・二一八二、二二一三）ですが、ともに天平期の歌と思われます。またこの語は漢語「暁露《ぎょうろ》」を新しく歌語として造ったもので、中国の詩文には沢山出てきます。こうした斬新な外来的歌語を、一四歳から伊勢の斎宮という、もっとも外来的要素の入りにくいところで青春のすべてを捧げて奉仕した皇女がはたして使いえたかといえば、まず否定的にしか考えられないのではないでしょうか。

次にやはりこの歌の結句が「わが立ち濡れし」と過去の助動詞「き」の連体形「し」で詠嘆をこめて結んでいる手法です。この形は(C)の大津皇子の歌にも「わが二人寝し」と出てきますが、こういう形の歌は万葉集にほかに一三首ありますが、この二首がもっとも古く、他のほとんどは万葉第三期から第四期（七一〇～七五九）のもので、この二首とほぼ同時代（第二期）のものは柿本人麻呂関係歌に四首も集中して出てきます。その四首をあげます。

真草刈る荒野にはあれど黄葉の過ぎにし君が形見とぞ来し（巻一・四七　人麻呂）
今のみのわざにはあらず古の人ぞまさりて音にさへ泣きし（巻四・四九八　人麻呂）
潮気立つ荒磯にはあれど往く水の過ぎにし妹が形見とぞ来し（巻九・一七九七　人麻呂歌集、非略体歌）
宇治川の水沫さか巻き往く水の事かへらずぞ思ひそめてし（巻一一・二四三〇　人麻呂歌集略体歌）

この四首はすべて係助詞「ぞ」の結びで、その点では異なりますが、歌の調子が大変似ていることに変りはありません。このほか、『古事記』の歌謡に、

葦原の密《しけ》しき小屋《をや》に菅畳《すがたたみ》いやさや敷きて我が二人寝し（記一九）

があって大津皇子の歌の結句と同一な点も注意されます。

同様のことは(C)の日並皇子の歌の「束《つか》の間《あひだ》」という言葉も、人麻呂の歌のほかは作者未詳歌に一例しかありません。

夏野行く牡鹿の角の束《つか》の間《ま》も妹が心を忘れて思へや（巻四・五〇二　人麻呂）
紅《くれなゐ》の浅葉の野らに苅《か》る草《かや》の束《つか》の間《あひだ》も吾《あ》を忘らすな（巻一一・二七六三　作者未詳）

人麻呂の歌のツカノマと皇子の歌のツカノアヒダの相違はありますが意味は同じで、序詞を用いて「束」を導くところ、結びを反語でしめくくっているところなど、大変似ていることがおわかりいただけると思います。「暁露」のような造語（歌語）は、やはり人麻呂の「夕波千鳥」に代表されるように、人麻呂には多くあり、以上に挙げてきた言葉や調子も、いずれも人麻呂的な匂いを濃厚に発散しているのであります

これと同様なことが、さきに掲げた大津皇子の屍を葛城の二上山に移葬する時大伯皇女が作った歌の「うつそみの人なる我や」という認識の仕方にもいえると思います。この「我」は自分を現実の世の人であることを三人称的発想において認識した、きわめて客観的な「我」であるという点において、まことに底深い認識・自覚の仕方であるのですが、こうした認識や自覚も人麻呂作品に多く、人麻呂時代以後にようやく浸透していったものなのであります。

また、この「うつそみ」の語は「うつせみ」の古形といわれていますが、「うつせみ」は万葉に三九例も出てきますが、「うつそみ」は人麻呂に四例あるほか、はるか後代の大伴家持に一例（巻一九・四二一四）あるに過ぎない特殊な語であることも見逃すことができないのであります。人麻呂の用例は巻二・一九六、二一〇の一云、

二一三に二例、であります。

さらにつけ加えますと、この歌の二上山を弟として見てゆこうという、いわゆる形見によって亡き人を偲ぶという歌い方を和歌の上にはっきりと定着させた人も人麻呂が最初であったといえます。これも前にあげました、

真草刈る荒野にはあれど黄葉の過ぎにし君が形見とぞ来し（巻一・四七）

潮気立つ荒磯にはあれど往く水の過ぎにし妹が形見とぞ来し（巻九・一七九七）

がその好例です。

6　むすび

さて、以上を見てきた大津皇子関係歌は辞世の歌を除くと、さきにあげたⒶⒷⒸの歌および大伯皇女が伊勢から都に帰る時の歌Ⓓと同じく皇女作の大津皇子移葬の時の歌Ⓔの五種の歌はいずれも二首ずつ組になっていて、それぞれ分離できない緊密な歌ですが、その五組の中で人麻呂的口吻の認められない組は、大津皇子と石川郎女の贈答歌Ⓑと大伯皇女の上京の時の歌Ⓓの四首だけということになります。

Ⓑの「山の雫」の歌に見られる贈答形式は、古くからある歌垣の場などにおける掛け合いの伝統を引く素朴なもので、初期万葉の贈答歌の多くはこの伝統を引くものですので、この歌も素直に皇子と郎女の実作と認めてよいものと思われます。

Ⓓの大伯皇女歌の発想・表現また歌い方は、ともに歌謡的な素朴さがあり、ほとんど同じ内容をくり返し述べ、内容も単純であります。だからといってつまらない歌だというのではなく、ともに「何しか来けむ」と衝撃

の強さを歌い、「馬疲るるに」と深い詠嘆が吐露されているなど、心打つ秀歌とは思いますが、この程度の表現なら比較的容易に皇女によっても作りうると思うのであります。

したがって、この四首あたりが実作で、それを核として、皇子や皇女に関する語りが、前後に拡がるにつれて、歌が仮託され、今のような形ができあがったのではないかと私は考えるのであります。

万葉集の巻一と巻二の中核部分（原万葉）は人麻呂が中心になって編纂したのではないかというのが、私の年来の持論ですが、そうすると巻二のこれらの歌も人麻呂によって歌物語風にアレンジされたり作られたのだというと、よく辻褄が合うのであります。

大津皇子のライバルであった草壁皇太子は、この謀反事件から二年半後に皇位につくことなく病没いたします。これは大津皇子の祟りと思われていたかもしれません。人麻呂が万葉集に初めて登場するのは、この草壁皇太子の死を悼んだ挽歌（巻二・一六七〜一六九）でありまして、以後持統天皇のもとで数々の宮廷讃歌や挽歌を作ってゆきます。人麻呂はおそらく持統朝の安泰をはかる意図もあって、非業の死を遂げた大津皇子が祟らぬように鎮魂する目的でこれらの歌を作ったり配列したりしたのではないか、というのが本日の大体の結論ということになります。

そうすると懐風藻の臨終の詩や巻三の辞世歌などは、さらにその後の誰かが作って加えたということになりましょう。

大津皇子や大伯皇女の歌に見られる個性的・一回的臨場感に富む詠嘆は、とうてい余人をもってしては作り得ないとして、仮託を信じない人も多くいることは何度も申しましたが、作中の人物に共感し、これと一体化して一回的に個性的に臨場感をもたせて抒情する歌も、人麻呂なら十分できることは、彼が第三者の立場に立ったり、あるいは作中の人物になりきって代作する歌を残していることによってもわかると思います。

決定的な根拠はなかなか出てきませんが、以上、これまでほとんど試みられることのなかった表現（語性）とか発想や歌調などに即して、大方の歌は人麻呂によって仮託されたのであろうということを申してみました。

皇子や皇女の珠玉の作品のイメージを、あるいはこわすことになったのではないかと恐れてもいますが、万葉集研究の現場で問題となっている、その一端なりとも御理解いただけたらと思って、わずらわしいことまで申してみました。これをもって終りといたします。

（早稲田大学国文学会〈於小野記念講堂〉平成一二年〈二〇〇〇〉一二月二日）

三　大伴家持の美意識

1　はじめに

大伴家持は万葉集の最後を飾る歌人であります。家持が作歌に踏み出したのは天平四、五年（七三二、三）、一五、六歳の頃でありまして、長い万葉の歴史もすでに一〇〇年に近い歳月を刻んだのちのことであります。

初期万葉から人麻呂時代にいたる古代国家草創期の和歌が、概して素朴・雄勁・重厚ではつらつとしたものであったのにくらべ、この時代になると、律令制度の確立と安定、さらには衰退の現象と並行し、ようやく美意識も洗練され、優美・繊細におもむき、複雑な陰影を帯びた作品が作られるようになってまいります。

家持はこの時代の美意識を先端的に推進し、新しい歌境を樹立してゆくのであります。そして一五、六歳の頃から約二六、七年間沢山の歌を作るのですが、天平宝字三年（七五九）正月元旦の、これは万葉集の最後の歌ともなりますが、

新《あら》しき年の始めの初春の今日降る雪のいやしけ吉事《よごと》（巻二〇・四五一六）

（新しい年の初めの正月の、今日降る雪のしき降るように、いよいよしき重なれ吉い事よ）

というめでたい歌を残して、以後ぱったりと歌を残さなくなります。この時家持は四二歳です。しかし家持は万葉に歌をとどめなくなってから、二六年間も官界で生きてゆきます。そして亡くなったのは、桓武天皇の延暦四年（七八五）八月二八日で六八歳であります。今年はしたがいまして家持の没後一二〇〇年にあたります。八月二八日は、こんにちの太陽暦に換算しますと一〇月五日、あたかもあさってにあたることになります。何か因縁めいた年や日に、万葉を愛するこのように沢山の皆さんの前でお話できますことは大変嬉しく光栄に思っている次第です。

私のお話がはたして本日の主題である「よみがえる万葉―面白さの発見」につながるかどうかは、はなはだ心もとない気持もいたしますが、ともかくさきほども申しましたような、新時代の美意識を、家持はどのようにして切り拓いていったのかというような問題を、いささかは新しい視点を交えて、お話申し上げてみようと思います。

大伴家持の作品は長歌・短歌など、すべてを含めて四七二首と数えられております。（注1）これは万葉集の総歌数の一割を優に越える数でして、彼自身が万葉集の編纂に大きく関与していることに理由があるのですが、そんなにも沢山の数がある割に家持の秀歌は、それほど多くは一般に知られていません。家持の秀歌といえば、まず次にあげる巻一九巻末の三首などを誰しも思い浮かべられることと存じます。

春の野に霞たなびきうら悲しこの夕かげに鶯鳴くも（巻一九・四二九〇）
わがやどのいささ群竹吹く風の音のかそけきこの夕かも（巻一九・四二九一）
うらうらに照れる春日に雲雀《ひばり》あがり心悲しも独りし思へば（巻一九・四二九二）

家持生涯の絶唱と称えられている有名な作品でありますし、きわめてわかりやすい歌であります。天平勝宝五年（七五三）二月、家持三六歳の作です。具体的にはあとで詳しく申し上げたいと思いますので、今は読むだけで、その気分や情景を思い浮かべていただくことにしますが、このように現在大変有名な歌であるにもかかわらず、調べてみますと、それほど遠い昔から高い評価を受けていたのではありません。せいぜい明治の終りごろから大正にかけて窪田空穂（一八七七〜一九六七）やその影響を受けた折口信夫（一八八七〜一九五三）によって見出され、ようやく高い評価を受けるようになったものです。そのいきさつを調べるのも興味深いことですが、今は横道ですから省きます。ただ折口信夫が万葉の評価の歴史にかかわらせて次のように言っておりますのが注意されます。

> 実を云ふと、明治大正の短歌は、私が此を発見した頃、まだそこまではいつてゐなかつた。私が二十代の頃、十年々長の窪田空穂さんがさう云ふ傾向だつたといへようか。他にはそんな歌はなかつたのだ。唯、さういふ歌のよさが訣つたのは、歌はさうなければならない、と世間が言ひだしてゐたからだ。それまで、人麻呂の一面の大づかみな、魂をはふり出した様な歌が本道だと教へられ、さう思つてゐたのが、さうではない。歌は、仄かな心の微かな動きをも捉へねばならないといふ歌論が、そろそろはじまつてゐたのである。(注2)

この時代、小説の方の自然主義の影響を受けまして、家持のこれらの歌に見られるような心理的なかすかな動きや繊細な気分を歌うようなものが見直されていったことによるものであったのです。こういう歌論を唱えていたのが窪田空穂でして、空穂は誰よりも早く家持のこの三首を高く評価したのであります。要するにこの歌が近代の美感に訴え、共感を呼ぶものであったからにほかなりません。それだけ近代的な歌であったということになります。
私もまたこうした見方に異議を唱えるつもりはなく、家持の最高傑作として、奥深い人生の哀感や孤独感を美しく歌いあげたすばらしい歌であるという感を深くしております。そして、それゆえに家持が、どうしてこのような歌を詠むまでに至ったのかという点に強い関心を持つのでありまして、それを解きほぐしてみようというのが、本日のこれからのお話となります。

2 天平四、五年の作（一五、六歳）

早速歌を読みながら考えてゆくことにいたします。前にも申しましたように、家持の歌は天平四、五年（七三二、三）、一五、六歳の時から万葉に現われます。処女作は作家の全生涯に見せるもろもろの傾向を集約的に表わしているものだとも言われています。その作品にまずどんな家持が現われているのかを見てみたいと思います。これからあげる三首が天平四、五年の歌であります。

大伴宿祢家持の鶯の歌一首
うち霧らし雪は降りつつしかすがに我家《わぎへ》の苑《その》に鶯鳴くも（巻八・一四四一）
大伴宿祢家持の坂上家《さかのうへのいへ》の大嬢《おほいらつめ》に贈る歌一首
わがやどに蒔きしなでしこいつしかも花に咲きなむなそへつつ見む（巻八・一四四八）
大伴宿祢家持の初月《みかづき》の歌一首
振り放《さ》けて三日月見れば一目見し人の眉引《まよびき》思ほゆるかも（巻六・九九四）

鶯の歌は「空一面を霧りわたらせて、すなわち、かき曇らせて雪は降りながら、それでいてわが家の庭園には鶯が鳴いていることだ」の意味で、冬のものである雪がしきりに降りながらも、すでに春の鶯が鳴いているよという、冬から春へ移るころの矛盾に興を覚えて、春のやってきた喜びを歌ったものです。しかし、この「しかすがに」（そうではあるが）で上の句と下の句をつないで季節の矛盾を歌うという歌の型は、家持以前に六首も万葉に見られまして、一読それほどの違いが見られません。二例だけ挙げておきます。

風交《まじ》り雪は降りつつしかすがに霞たなびき春さりにけり（巻一〇・一八三六　作者未詳）

梅の花散らくはいづくしかすがにこの城《き》の山に雪は降りつつ（巻五・八二三　大伴百代《ももよ》）

巻一〇にはこの型の歌が多く（五首）、家持はそれを学んでいるのです。したがいまして家持はよく模倣歌人という汚名を着せられているのですが、それだけでこの歌を見過ごすならば、家持の意図も理解できないことになります。その決定的な差は、雪と対比されている景物にあります。例歌はそれが霞と梅ですし、ほかの挙げなかったものも、柳とかがありますが、家持の歌は「苑の鶯」なのです。別に大差はなかろうとお思いの方もありましょうから、その点を解説してみましょう。

まず「苑」というのは、普通に庭などというのとは異なり、木を植えたり小山を作ったりして観賞や遊覧のために造られた庭園をいい、もっぱら漢詩文学に現われてくる言葉であります。ですから万葉集でも人麻呂ごろまでは歌われることがなく、奈良時代に入ってから初めて現われて参ります。そしてとりわけ沢山の「苑」が歌われていますのは、この家持の歌より二年前の天平二年正月、家持の父大伴旅人が北九州の大宰府の自邸で開いた大がかりな宴会、いわゆる梅花の宴と呼ばれている宴の歌であります（巻五に載る）。万葉集では「苑」は全部で二一例、うち巻五の梅花の宴で八例も見られます。ついでに言っておきますとほかでは作者未詳歌に五例、家持に五例、田辺福麻呂、大伴書持・藤原永手に各一例です。

この宴会は大宰府の長官であった大伴旅人が九州全域から主だった官人三一人を招き、つぎつぎと梅の花を讃え、宴会の楽しさを謳歌し歓楽を尽くしたものであります。大宰府は大陸交通の玄関口でもありまして、旅人をはじめ大陸の思想や文芸によく通じた一流の知識人がその要衝に当っていました。山上憶良も筑前守として、また造筑紫観世音寺の別当沙弥満誓、「あをによし奈良の都は咲く花のにほふがごとく今盛りなり」（巻三・三二八）と歌った小野老などもこの宴に参加しております。当時家持は一三歳の少年でしたが、この時代の先端を行く、新鮮で盛大な宴会を興味深く憧れ心をもって眺めていたことと思います。それは後年（天平勝宝二年〈七五〇〉）、この梅花の宴をなつかしんで、追和する歌を作っていることによってもうかがうことができます（巻一九・四一七四）。

ちなみに梅の花も渡来植物で、人麻呂時代まではまだ歌われることはなく、このころから盛んに歌の上に現われてくるハイカラな花であったわけです。家持は幼少の日をこのように大陸風に彩られた文化の中に身を浸しながら送っていたのであります。前に「しかすがに」の類歌としてあげた大伴百代の歌は、この梅花の宴の中の一首です。家持の漢詩文的世界に対する強いあこがれが、この「苑」の語となって表われているといってよいかと思います。梅花の宴のことでやや言葉を費し過ぎたようですが、これは家持の美意識や文芸観を知る上で、きわめて大切なことと思われますので、あえて申してみました。

そこで次に「鶯」です。この鳥は万葉集に五〇首も歌われていて、万葉びとに愛された鳥ですが、調べてみますと、やはり奈良時代に入ってから、その可憐な鳴き声が愛されて広く歌われるようになったもので、時代的に新鮮な素材であったことがまず注意されます。しかし、少し時代の古い人麻呂歌集の歌に二首あるのが例外ですが、これとても、その可憐な愛らしさを歌ったものではありません（巻一〇・一八九〇、一八九二）。その鳥が梅花の宴の歌と巻一〇の中で半分以上を占め、家持一人で一一首も歌っております。家持の歌が万葉の中で多いことを考慮に入れてみても、いかに彼にとって心ひかれる素材であったかを物語っております。そして、もう一つ目を引くのは、もともと山や野原で鳴く鶯が、この歌では「苑」で鳴いている点です。人麻呂歌集の鶯はいうまでもなく、巻一〇の鶯もほとんど山野で鳴いているのですが、この歌と梅花の宴の歌が苑であるということになります。

こう見てきますと、たしかにこの歌の型は先人の歌を学んだ独創性のないものといえますが、素材的な新鮮さは、家持が歌で目指していた世界をはっきりとうかがわせ、他の歌との差を引き立てております。はじめに家持の傑作としてあげた「……この夕かげに鶯鳴くも」の鶯、また、あとで「家持の完成」の項であげる、やはり代表作「春の苑紅にほふ桃の花……」（巻一九・四一三九）の「苑」などの道具立てが早くも現われているのも見逃せません。大宰府の宴の様子がいかに強く彼をとらえていたかをも物語っていましょう。そのように家持の関心は、その宴に象徴される大陸風の文雅の上にあったのでありまして、巻一〇の歌などを学びながら、それらの野外性をいっそう優美に庭園化し、再構築した歌を作ろうとしていたといってもよいと思います。

次の大嬢に贈る恋の歌は、「わがやどの庭に蒔いたなでしこ、そのなでしこは、いつになったら花が咲くのであろうか、咲いたらあなたをその花になぞらえて見よう」というのです。この大嬢はのちに家持の奥さんになる人ですが、この時は一三歳くらいでしょう。

この歌では、「やど」「なでしこ」そして「なそふ」という見立てが家持らしさをよく現わしています。まず「やど」は意味の広いことばでして、家とか宿所をいう場合は古くからありますが、この歌のように〝家の庭〟をいう場合は古い歌になく、せいぜい山部赤人とか梅花の宴の頃が上限です。さっきの歌の「苑」との違いはっきりしないところもありますが、苑よりももっと親しみのある、家のまわりほどの意味となりましょう。家持はこの「やど」をじつに沢山歌っていまして万葉全体の三分の一近くを一人で歌っています。行く末長く持続してゆくやどへの関心は、赤人や梅花の宴の歌などを学びながら、のちの傑作「わがやどのいささ群竹吹く風の音のかそけきこの夕へかも（巻一九・四二九一）などを産み出す源泉となっていることを思わせています。

次の「なでしこ」もまたとりわけ家持が好んだ花でして、やはり万葉の三分の一以上を一人で歌っています。しかしこの花も、どなたもよく知っている山上憶良が秋の野の七種《ななくさ》の花を詠んだ「萩の花尾花葛花なでしこの花をみなへしまた藤袴朝顔の花」（巻八・一五三八）が一番古いといってよく、その周辺の歌もわずかしかありません。このことは、前の時代では歌に詠まれることもなかったのが、奈良時代に入って、美意識の変遷とともに、この花の優美、可憐な美しさが愛されるようになり、歌の世界に登場してきたことを思わせています。そのうえ、さらに注目されるのは、「なでしこ」（かわらなでしこ・やまとなでしこ）は本来野の花で、憶良の歌もそうですが、家持より古いのは全部野のなでしこを歌っています。しかるにこの歌ではじめて、やどのなでしこが歌われているのです。

なでしこを最初に庭に植えて観賞したのはなにも家持がはじめたことではないでしょうが、少くとも万葉集の中で、家持が最初である点に、圧倒的多数のなでしこを詠み、やどの文学に傑作を残した家持の面目が躍如としております。彼の趣味・美意識を端的に示す歌といってよいでしょう。

これらのことに加えて、もう一つ忘れてならないのは、そのなでしこを大嬢に「なそへ」て見ようと表現していることです。何かを何かにたとえる歌は古くからありますが、それを自覚的・知性的に「なそふ」と表現している点が、彼の文芸的な態度を物語っています。この「なそふ」の語は人麻呂歌集に一つ（巻一一・二四六三）あるだけで、残りの三例は全部後年の家持が使っています。彼が人麻呂歌集から学んでいることは、この限られた用例から分かりますし、学習した範囲の広さを思わせますが、この小さなヒントをとりこんで歌を詠む方法として活かしていることが注意されなくてはなりません。これはやがて『古今和歌集』で一般化する「見立て」の技法となるものでして、その先駆的意義は高く評価することができます。

このように分析的に見てきますと、この歌もまた、家持の将来の作品を導く上で重い意味をもちますし、和歌史的にも新鮮な境地を開いている歌として見逃しがたいということになります。格別の秀歌ではありませんが、やさしく可憐な大嬢を連想させる繊細な佳作ということができます

三首目の「初月《みかづき》」の歌は家持の処女作として、これまで一番論じられることの多かった作品です。前の二首は多分天平四年（七三二）の作で、これは配列によってはっきり天平五年作とわかる位置にあります。

内容は「大空をふり仰いで三日月を見ると、ただ一目見た、美しい人の眉が思われることだなあ」という意味です。

まずこの歌の「眉引」という語に注目してみます。眉引とは眉が長くすうっと引いているさまから眉そのものをいいます。ほかに黛で引いた書き眉をいうとする説もあります。が、それは今問わないことにします。そこでこの眉引という語は、家持以前では彼の周辺にいて影響を与えた山上憶良に一つ、ほかでは作者未詳歌に二例しかありません、そしてその二例の作者未詳歌二首は、

思はぬに至らば妹が嬉しみと笑まむ眉引思ほゆるかも（巻一一・二五四六）
我妹子が笑まひ眉引面影にかかりてもとな思ほゆるかも（巻一二・二九〇〇）

のように家持の歌と「眉引」と「思ほゆるかも」の句を共有しております。ということは家持の歌はこれらを学

びとっていることは明らかです。そして初句の「振り放けて」と「見る」形の歌も万葉には沢山あって、これまたその類型を学んだものということになります。すると家持の歌の組み立てはほとんど前例を学んだものだということになります。では家持の歌の狙いはどこにあったのかというと、こういう類型の中に、三日月を眉にたとえるという、新鮮な漢詩文の表現を導入することにあったのだと思われます。そしてこの二つのものを一首の中に融けこませる新しさが家持の目的であったと考えられます。漢詩文では、たとえば、

峨眉山上ノ月眉ノ如シ（駱臨海集　巻四）

眉ハ月ノ消エント欲スルガ如シ（遊仙窟）

のように、眉を弦月にたとえる例はじつに多く、枚挙にいとまのないほどなのであります。しかし、それなのに万葉集の中ではこの歌と坂上郎女の歌一首しかありません。その歌は、次のような歌です。

月立ちてただ三日月の眉根《まよね》掻かき日長《けなが》く恋ひし君に逢へるかも（巻六・九九三）

（月が替ってまだ三日目の、三日月のような眉をかきながら、もう逢えるか、もう逢えるかと長くこがれていたあなたに、ついにお逢いできたことです）

そしてじつはこの歌は家持の歌と同じ「初月の歌」という題詞がついて、家持の歌の前に並んでいるのであります。

坂上郎女という女性は家持の父の旅人の妹で、家持の叔母さんで、娘の大嬢《おおいらつめ》を家持に嫁がせている人ですが、

家持の歌の指導や生活上の面倒なども見た人だろうといわれていて、この二首の歌も、同じ「初月」という題で一緒に作ったのだろうともいわれております。おそらくそのとおりかと思うのですが、ただ坂上郎女の歌と比較していえば、そのように作歌の指導を受けながら作っているとしても、家持の個性はけっして失われていないことが読み取れると思うのです。

郎女の歌は、眉がかゆくなるのは、思う人に会える前兆だとする俗信を中心に歌っておりまして、その眉を導くために上二句を序詞として比喩的に冠せた技巧の目立つ歌ですが、家持のは、正面から三日月に美女の眉を連想する歌い方で、「振り放けて三日月見れば」の大きな歌い出しとともに、おおらかなのびやかさがあり、「思ほゆるかも」のゆったりと結んだ調子もこれに見合って落ちついております。内容もそれにふさわしく、初々しい弦月に美女の額に開くあえかな眉を思い、ほのぼのとした恋心を寄せているなど、多感な少年の若々しいロマンテシズムと繊細な情感がやわらかく流れておりまして、独自の境地を美しく反映しているといえましょう。

ちょっと細かく分析し過ぎたかもしれませんが、まとめてみますと、家持が作歌を始めたころ、どのような歌を詠もうとしていたのかというと、まず第一に大宰府の梅花の宴に代表されるきらびやかな漢詩文的世界への憧れがあったこと。第二に家持の周辺にあった古歌、とりわけ人麻呂歌集の歌や時代感覚の新しい巻一〇の歌などを広く摂取していること、そしてそれら作者未詳歌の単純・素朴な内容を漢詩文的に装い、新鮮で美しい、そして繊細な歌を作り出そうとしている、ということができましょう。この持ち味はさまざまに形や味わいを変えながらも、彼の生涯を一貫して流れてゆく、一つの基調となるものでもあります。

3　天平八年九月の作（一九歳）

今の歌からおよそ三年後、家持の作品では初めて作った年月を記したものが現われます。「秋の歌四首」と題された天平八年（七三六）九月、一九歳の時の作です。これは四首が時間を追いながら、次々と情趣を連鎖させながら詠み継いだ起・承・転・結の形をとる連作でして、前の歌の情趣が次々と下の歌に引きつがれて展開してゆくという鎖のような形をとる歌ですので、その連作の手法にも家持だけという独特の構成が見えるのですが、今は時間の都合で省いて、後半の二首の美意識についてみておきたいと思います。その一首目は、

雨隠り心いぶせみ出で見れば春日の山は色づきにけり（巻八・一五六八）

です。意味は「雨に降りこめられて、心がふさいでうっとうしいので、外に出てみると、春日の山はもう美しく色づいていたことだ」となります。この「いぶせし」という言葉は今「心がふさいでうっとうしい」と訳しましたが、近年山本健吉氏が「家持のひどく当代的な心理をその微妙なニュアンスをも含めて、的確に表現し得ている」（日本詩人選5『大伴家持』筑摩書房　昭和四六年）。と指摘しておりますとおり、家持の鬱屈した気持をじつによく現わしております。この言葉はとりわけ家持が愛用していて（全用例一〇例中五例）、調べてみますと、すべて恋愛のことで心がふさいでいる時に使われています。すると家持は、この言葉によって、陰鬱な秋の長雨に降りこめられて、恋人のところへ通うこともできず、欲求不満にさいなまれ、ふさぎこんでいる微妙な心の陰影まで表現することに成功しているということになります。そして三句目以下、その思いを晴そうと外へ出てみることを契機として場面を転回させまして、鮮やかに明るい紅葉を対照的に歌っております。この歌の下の句の「……は色づきにけり」の型は巻一〇の作者未詳歌に沢山ありまして、そうした型を学んでいることははっきりしています。しかし、巻一〇のものは、たとえば、

九月《ながつき》のしぐれの雨に濡《ぬ》れ通り春日の山は色づきにけり（巻一〇・二一八〇）

のように、色づいた理由や背景が歌いこまれるのが常で、単純なのですが、これは前半の暗さと後半の明るさとをみごとに対照・映発させることによって、紅葉した山の印象を鮮明に伝える歌となっております。上二句の表現のように、複雑な心のこまかさや深い心象（心のかたち）を表現することができた歌は、万葉和歌史上でもこれが最初といってもよく、はじめにも申し上げた後の傑作「春の野に霞たなびきうらがなし……」以下三首の繊細な心のかげりや感傷の表現に通じてゆくものとなりましょう。

続く一首は、

雨晴れて清く照りたるこの月夜《つくよ》またさらにして雲なたなびき（巻八・一五六九）

という歌で、「雨がすっかり晴れて、清らかに照っているこの月よ」と詠嘆をこめて軽く切り（「月夜」は月のこと）、「またさらに雲よたなびいてくれるな」と願望を述べた歌であります。この歌で「雨晴れて」といっているのは、前の歌で「春日の山は色づきにけり」といったのを承けて具体的に進めたものであります。紅葉が色鮮やかに見えたのは、もうすっかり雨が晴れていたからです。大伴邸のあった佐保の方から望むと、春日山は折からの西日につやつやかに照り映えていたと思われます。それがその日も暮れて、この歌は時間を夜に進めたものです。

さて、この歌で注意されますのは、第一に清らかな月をいつまでも観賞していたいという美的態度、そして第二に、月を愛惜するあまりに、再び雲のかかることに不安を覚える心理的動揺を歌っている点にあります。

いったい奈良朝に入るまでは、月は美的対象というより、時刻を知るためとか夜間の照明用といった実用的対象であったのですが、だんだん美的な対象とされるようになっていったものです。したがいまして、こういう態度は何も家持に始まるわけではないのですが、家持には月をめでる歌が格別に目立ちまして、たとえば後年、天平勝宝七年（七五五）、三八歳の作、

秋風の吹きこき敷ける花の庭清き月夜に見れど飽かぬかも（巻二〇・四四五三）
（秋風の吹きしごいた花が散り敷く花の庭は、清らかな月の光に、いくら見ても見飽きることはありません）

などには花と月の美を渾然と一体化してめでております。庭に散り敷いている花はおそらく萩の花でしょう。また、これより少し前の天平勝宝元年（七四九）には、宴席で、「雪月梅花を詠む歌一首」と題して、

雪の上に照れる月夜に梅の花折りて贈らむ愛《は》しき児もがも（巻一八・四一三四）
（雪の上に月が照り映えている夜に、梅の花を折って送るようなかわいい子がいればいいのだがなあ）

と歌っているようなものもあります。雪月花という風雅の象徴ともいうべき素材を一首にまとめたわが国最初の作であります。雪月花といえば『白氏文集』（巻二五）「殷協律ニ寄ス」に「雪月花ノ時最憶レ君ヲ」が有名で、平安時代の『和漢朗詠集』巻下「交友」や『枕草子』一八二段などにもてはやされていますが、白楽天の生まれたのは、家持のこの歌の作られた時より二十三年も後のことであります。家持の歌が当時、いかに新鮮であったかが理解できると思います。

話が少しそれましたので軌道修正しますが、要するに家持の「雨はれて」の歌は、彼のこのような美意識を歌った先駆をなすものでして、時代の新しい傾向を推し進めながら、耽美的な面をはっきりうち出している点が注目されるのであります。

第二の心理的動揺を歌っているという点では、第四句目の「マタサラニシテ」の小刻みな声調（リズム）に、微妙に揺れ動く不安な気持がじつにみごとに形象化されているといってよいでしょう。そして更につけ加えるならば、結句の「雲なたなびき」の表現も従来の歌から区別されることを言っておきたいと思います。「雲なたなびき」という句を持つ歌は万葉集にこの歌のほか五首ありますが、その中で一番古い人麻呂歌集の歌をあげておきます。

遠き妹がふり放《さ》け見つつ偲ふらむこの月の面に雲なたなびき（巻一一・二四六〇）

ほかの歌もこれもそうですが、これらはすべて恋人をしのぶよすがとしての月や山が見えなくなるのを惜しむという実用性から発せられているのですが、家持の歌はその型を踏みながらも、純粋に月夜の光景を惜しむという新しい美意識のもとに捉え直し、類句の発想を拡大し進めているのであります。これは従来の歌に対する一種の挑戦と受け取ることができましょう。

このようにして一首は、美しい月を賞でながらもそれに浸り切っていることができず、すぐまた雲に隠れるのではないかと心を砕く、複雑に揺れ動く屈折した心境を、繊細な近代人的な感覚によって捉えた歌だということになります。こうした複雑な心境は従来誰によっても表現できなかった新しい分野であったとすることができましょう。

4　中国の詩論・詠物詩の摂取

これまで、作歌に出発したころの家持の歌について、時代的に特筆すべき歌の多いことを述べてきました。家持がなぜ時代的に新しい美意識のもとに進んだ歌を作ることができたかというようなことにつきましては、もちろん父祖から受けた天性の感受性の敏感さ、そして繊細な神経というようなものがありましょう。父の大伴旅人が万葉集屈指の抒情歌人であることは改めて言う必要もないくらいですし、さっき触れました坂上郎女も万葉にもっとも多数の歌を残している女流歌人であります。こうした才女の影響もおのずから女性的で可憐な自然などへ目を向ける契機となっていることを考えてもよいかもしれません。しかし、そうした天性とか環境の上に、彼の文学に培ったものとしては、若くから関心を抱いていた漢詩文の世界、そして中国の詩論であったと思われます。家持が読んでいた詩論書としては、六朝時代、梁の劉勰《りゅうきょう》（四六六?－五二〇?）の『文心雕龍《ぶんしんちょうりゅう》』そして鍾《しょう》嶸《こう》（四六八?～五一八?）の『詩品《しひん》』があります。『文心雕龍』では、五〇篇のうち「物色」（自然の風物）の一篇を設け、自然と文学との関係を論じています。その冒頭を引いておきます。

春秋ハ代序シ　陰陽ハ惨舒《さんじょ》ス　物色ノ動ケバ　心モ亦揺《ゆ》ラグ　焉蓋シ　陽気萌《きざし》而玄駒《げんく》歩ミ　陰律凝《こり》而丹鳥羞《しゅう》ス　微虫スラ猶或ハ入ルレ感ニ　四時之動カスコトレ物ヲ深矣

（季節の断え間ない移り変りの中で、人は秋の陰気に心ふたぎ、春の陽気に思いを晴らす。自然の変化に感じて、人の心もまた揺らぐのである。春の気配が萌すと蟻は活動を開始し、秋のリズムが高鳴れば蟷螂《かまきり》は冬ごもりの餌をたくわえる。微々たる虫けらでさえ外界の変化を身の内に感じるのだ。四季の変遷が万物に与える影響は実に深いといわねばならぬ。興膳宏氏による訳、『陶淵明　文心雕龍』〈世界古典文学全集25〉　筑摩書房）

要するに、四季の風物が詩的感興を催す大きなものであることを述べているのであります。『詩品』の序でもまた、次にあげますように、

若《も》シ乃チ春風・春鳥、秋月・秋蟬《しゅうせん》、夏雲《かうん》・暑雨《しょう》、冬月・祁寒《きかん》ハ斯レ四候之感二諸《これ》ヲ詩ニ一者也。

（さて、春の風・春の鳥、秋の月・秋の蟬、夏の雲・炎暑の驟雨、冬の月・厳しい寒さ――これら四季おりおりの自然は、人の心に詩的感興を呼びおこす。興膳宏氏による訳、『文学論集』中国文明選13　朝日新聞社）

と述べております。これらの詩論が今までの四季の風物に託して抒情する根本にあったことを思わせています。そしてその上で、『文心雕龍』や『詩品』の出来たころ、さかんに流行していた詠物詩（動植物や花鳥・草木・月などを題として客観的に細かい描写で写生的に歌う詩）の態度・歌い方・美意識などを学んでいったことになります。家持には天平一五年（七四三）二六歳の時に「物色を見て作る」と左注に記した秋の歌がありまして、その中の一首には、今読んだ『詩品』の文章のように同じ語を繰り返す、

秋の野に咲ける秋萩秋風に靡ける上に秋の露置けり（巻八・一五九七）

のような歌もありまして、歌い方はまことに詠物詩的であります。彼がいかに詩論や詠物詩などと深く結び合って作歌していたかが知られます。

また『詩品』の序では、さきの自然の風物が詩的感興を呼び起こすものであるとしながら、すぐあとで、人間生活のさまざまな状況や経験をあげて、詩の機能とか効用をのべているところがあります。引用しますと、

凡ソ斯ノ種種。感二-蕩セシム心霊一ヲ。非レザレバ陳レルニ詩ヲ何ヲ以テカ展二ベン其義一ヲ。非レザレバ長レクスルニ歌ヲ何ヲ以テカ騁二セン其情一ヲ。故ニ曰ク。
詩可二シ以テ羣一。可二シ以テ怨一ム。使二ムル窮賤ヲシテ易レク安ンジ。幽居ヲシテ靡レ悶者。莫尚二於詩一矣。

（これらくさぐさの状況は、そこに置かれた人の心をゆり動かすが、詩による陳述をおいて何によってその心ばえを展開できよう、声をのばして歌う以外に、何によってその感情を流動させられよう。だからこそ『論語』にも、「詩は社会生活に役だち、憤りの感情を表白できる」というのだ。貧窮の極にある人の心をやわらげ、ひとり世から逃れて生きる人の苦悶を静めるのに、詩ほど大きな力を発揮するものはないのである。前出、興膳宏氏の訳による。）

すなわち詩による以外、何によって心をゆり動かす感動を述べることができようというので、詩は社会生活に役に立ち、貧窮の心を慰めたり、苦悩を静めるのに詩ほど大きな力を発揮するものはない、というようなことが述べられております。こういう詩歌観を万葉の中で初めて述べているのは、家持に大きな影響を与えた山上憶良であります。憶良は歌を作って老いの嘆きを撥おうといったり、心中のわだかまりを払いのけようなどといっております。憶良にとって歌とは、人生の憂愁や心のわだかまりを除くものであったのでありまして、それが和歌の本質であり機能であると明確に自覚していたのであります。おそらく憶良の影響もありましょうが、家持も若くから、こうした和歌観をもっていました。それを物語る歌が天平一一年（七三九）、二二歳の時にあります。この年家持は妾（正室以外の妻）を喪い、悲しむ一連の歌を一二首作っています。その一連は長歌をまんなかに据えて、季節の推移と無常感とを織りまぜながら次々と悲しみを述べてゆくのですが、最後に「悲緒《かなしび》未だ息《や》まず、更に作る歌五首」を据えて全篇をしめくくっています。この題詞は歌によって「悲緒」すなわち悲しみの心が終熄（なくなる）するまで歌い継いでゆこうという考えのあったことを物語っております。果してその五首の最後の一首は、次のように結ばれております。

昔こそ外《よそ》にも見しか吾妹子が奥津城《おくつき》と思へば愛《は》しき佐保山（巻三・四七四）

内容は「昔こそ自分と関係のないものとして見ていた山だけれど、わが愛する妻の墓どころだと思うと、いとしい佐保山よ」の意味です。この「愛しき佐保山」の結びは、佐保山を、すでに妹の鎮まる山として、なつかしいものと見るまでの心の余裕が生じていることを物語っております。ここに至ってようやく作者の心は悲しみから解放され、題詞の「悲緒」が息《や》むことになります。このように心のたけを抒《の》べつくすこと、それによってさまざまの憂い、悲しみなどを撥《はら》うのが和歌の本質であると、家持は若くして体得していたとわかります。

それから二年後の天平一三年（七四一）、当時都は奈良から久迩《くに》京へ移っていましたが、都（奈良）に残っている弟の書持《ふみもち》に、家持は橘やほととぎすの歌を贈っています。歌は今省きますが、家持はその題詞（巻一七・三九一一）で、次のように言っています。

橙橘初メテ咲キ　霍鳥翻リ嚶ク　対二ヒ此ノ時候一ニ　詎ゾ不レザラン暢レベ志ヲ　因リテ作二リテ三首短歌一ヲ　以テ散二チラサマクノミ鬱結之緒一ヲ耳

（橘がようやく花開き、ほととぎすが飛びながら鳴いている。このよい時候を迎えて、どうして心の中を述べ表わさずにいられようか。そこで三首の短歌を作り、もってふさぎにふさいだ心を晴れやかにしようと思うばかりだ）

この文章もまた、家持の和歌観をよく見せているものといえます。

家持という人は生まれながらにして物に感じ易く、孤独感の深い、感傷的性格の人物であったと思われます。

この世を無常と観ずることも、この時代、とくに父旅人や憶良など家持の周辺に広く行きわたっている思想でもありました。それに加えて時代の背景には貴族間の激しい対立・抗争に明けくれる天平の憂鬱ともいうべき状況もあります。家持の資質は政治家というより詩人肌であったと思いますが、何といっても名門大伴家の嫡男として官界に立たねばならぬ運命を背負っていた人であります。心の中の葛藤や鬱結は、生まれながらの性格に加えて、いっそう増幅されていったことが考えられます。

家持は、これはさきほど述べましたが、鬱屈した微妙な気持をみごとに表現した「いぶせし」という言葉をしきりに用いてほかの人がほとんど用いていないのもそれと深い関係があろうと考えられます。また、家持にはほかの人が誰も言わなかった「心慰さに」(心を慰めようとして)という言葉が五例も出てきます。ほかに「思ひのべ」(心を晴らす)、あるいは「心和《な》ぐ」(心がおだやかになる)などの表現も格別に多く見られます。そして心の鬱結を解くために、多くは自然の美しい風物に心を向けて歌を詠んでいるのであります。

このように大陸風のきらびやかな詩文の、とくに詠物詩に見られる自然物に対する微視的な細かい観察にもとづく精緻な詠風は、その後もいよいよ豊かに幅を拡げ磨きあげられてゆきます。そしてまた詩論から得た文学観に立ち、人生上のさまざまな問題に対しても、本来の感じ易い繊細な神経をもって歌いついで参ります。

5 家持の完成

家持作品の頂点に立つのが、現在巻一九の巻頭を飾っている十数首の歌群と同じ巻の終りをしめくくっている三首の歌ということになります。終りの三首は最初に申し上げたように絶唱と讃えられている歌であります。

巻頭の歌群の中から、一首を読んでおきます。三三歳の時の歌です。

天平勝宝二年（七五〇）三月一日（太陽暦の四月一一日）の暮《ゆふへ》に春苑《しゆんゑん》の桃李《たうり》の花を眺矚《なが》めて作る歌二首

春の苑《その》紅《くれなゐ》にほふ桃の花下照る道に出で立つ娘子《をとめ》（巻一九・四一三九）

この一首は桃の花が紅ににおっている（照り映えている）樹の下に一人の美女が立っているという、絵画的で、じつにあでやかな歌で、すでに代表作として定評のある歌です。「春の苑紅にほふ」と二句切れで読むか、「紅にほふ桃の花」と三句切れで読むかは問題となっていて二句切れの方が有力ですが、私は三句切れがよいと思っています。理由はあとで申しますが、どちらにしても中国趣味の絢爛とした色彩と、花と娘子の照応は変りませんが、私はまず「春の苑」と大きく大陸風の庭園を喚起しておいて背景とし、その中にあかあかと色美しく照り映える「紅にほふ桃の花」を配し、さらにその木の下に娘子を立たせて、三つの部分がお互いに映発し合うように詠んだものと思います。一首の構図が絵画的であることも、また、こう見ると、初句と三句目と結句とがそれぞれ名詞で止まり、簡潔で漢詩風になるのも内容に調和すると思うからです。また二句切れを主張する人々が証歌としてあげる、

黒牛の海紅にほふももしきの大宮人しあさりすらしも（巻七・一二一八　藤原卿）
雄神川紅にほふ娘子らし葦付《あしつき》採ると瀬に立たすらし（巻一七・四〇二一　家持）

の二首はともに上二句の景を下三句で説明・推量していて、上二句と下三句は因果関係をもって照応しているのに対し、この歌はさきにも述べましたように三つの部分が互いに映発していて、同じ句法・構成であるとはいえ

ないのであります。

ところで、この木の下に人物を配する構図はペルシャやインドに源があり、シルクロードに沿って東洋全体に流行したものといわれておりまして、それを学んだものだったのです。わが国にも、この歌の二年後の天平勝宝四年六月二六日の日付が下張りに記されている屏風が正倉院に残っております。一般に樹下美人の屏風と呼ばれているようですが、「鳥毛《とりげ》立女《りゅうじょ》屏風《びょうぶ》」がそれであります。その屏風に描かれた豊満な、紅におう美人の面ざしは、家持の歌の雰囲気をそのまま伝えているといってもよいかと思います。

作歌を始めたころから見せていた中国趣味が豊かに実を結んだ一首だといえましょう。

さて、最後の三首を読んでみます。今の桃の歌から三年後の天平勝宝五年（七五三）二月、家持三六歳の作です。

二十三日に、興に依りて作る歌二首
春の野に霞たなびきうら悲しこの夕かげに鶯鳴くも（巻一九・四二九〇）
わがやどのいささ群竹吹く風の音のかそけきこの夕へかも（巻一九・四二九一）
二十五日に作る歌
うらうらに照れる春日に雲雀《ひばり》あがり心悲しも独りし思へば（巻一九・四二九二）

そして、次の左注がついています。

春日遅々《ちち》にして、鶬鶊《うぐひす》正《ただ》に啼《な》く。悽惆《せいちう》の意、歌にあらずは撥《はら》ひかたきのみ。よりて、この歌を作り、もちて

締緒《ていしよ》を展《の》ぶ。（以下略す）

題詞の二月二三日は太陽暦の四月一日に当っています。「興に依りて」は感興を催して、ぐらいの意味です。一首目で歌いたかった気分は、たなびく夕霞に触発された「うら悲し」さであります。この悲しさは、少なくとも歌の上では、直接の原因があってのものではありません。漠然と春になると襲ってくるもの憂いうら悲しさで、とくに夕暮れ時につのってくる感傷的気分であります。一般に「春愁」と呼ばれていますが、こうした気分を捉えて作品化できたのは家持が最初であります。万葉の抒情もついにこのような繊細な心のかげりやひだまでも表現しうるまでに深まったのだということを思わせています。もっとも家持にはこの傾向が若くから指摘されることは、秋の歌のところで述べましたし、春愁についても三年前に「春まけてもの悲しきに」（春になって、そぞろ物がなしい気分のする折　巻一九・四一四一）とさっきの桃の花の歌のあとで詠んでいますので、いわば生まれながらの感傷性ともいえますが、ここに至り、より深められ、完成したかたちで歌いあげられていることが大切だと思います。

春の夕暮れの野辺には、うっすらと霞がたなびき、おぼろな景が眼前に拡がっています。そのかすかな夕方の光のただよう中で、鶯がもの憂く鳴いているのであります。家持の「うら悲し」さはこの景色そのものでありまして、やるせなく愁わしく悲しいのでありましょう。「うら悲し」はここで切れているようで、そのまま下にもかかってゆくとみるのがよいと思います。

二首目も同じ日の作で、時間的には夜に入っています。春の永日もようやく暮れはてて、家持は部屋に入っているのでしょう。ひっそりとしたあたりの空気をかすかにゆるがせて、庭前の「いささ群竹」（いささかの群がって生えている竹）が、さらさら、さらさらと葉ずれの音をたてています。その音にひとり静かに聞き入っている家持の思いは、これまたかそけく消え入るようなものであったと思われます。「かそけし」は音とか光とかが消えかかるさまをいうと辞書で説明されています。家持の言いたかったのは葉ずれの音とともに、消えかかってゆくようなわが思いにあります。孤独な悲しさが細々とただよい、人生そのもののさびしさを思わせる深さと拡がりがあります。

一首目の「うら悲し」「霞たなびき」などは家持がよく歌い、彼の感傷気分をさながら象徴するような言葉ですが、この歌の「かそけし」も家持しか用いなかった言葉で、たとえば、「夕月夜　かそけき野辺に　はろばろに　鳴くほととぎす」(巻一九・四一九二)のように、その「はろばろに」などとともに、独自な奥深い彼の美意識から選択された言葉であったということができます。

三首目は翌々日に、前の二首の心境を自覚的に深めた歌でありまして、とくに一首目の哀愁を孤独感にまで深めた歌といえましょう。

はじめの「うらうらに照れる春日」の「うらうらに」は、ただ「うららかに」とか「のどかに」などと訳したのでは届かない陰影を帯びた句であります。この言葉も万葉集でただ一つしかない言葉で、家持だけが表わしえた光景であります。左注に「春日遅々にして」とあるのに当っていて、春の日永の暮れがたい状態、どこかくぐもるように、ぼんやりとした柔らかな春の日の照る状態と考えられます。一首目のように夕方でもなく霞もたなびいていませんが、状況としては似ていて、やや明るい光景と思われます。その空高く、ひばりがさえずりながら、一直線に舞い上がってゆくのです。生命の声を漲らせつつ、大空に吸いこまれてゆく小さな雲雀を目で追いながら、家持はふとわが存在に思いを致し、やりどころのない孤独感におそわれたのでありましょう。「心悲しも独りし思へば」というのはその表現でありましょう。

万葉集の中で、「独り」を「思ふ」に続けた人は家持だけだと言われております。普通「独り」と自覚するのは、恋人などと離れていて一人だというのが一般的なのですが、この歌のような孤独感は家持によって初めて歌われた境地なのであります。まことにそのように、人間の存在そのものが独りなんだと自覚する、言いようのないさびしさが歌われております。雲雀を歌ったのも家持が最初で、ほかでは後の例が二首（巻二〇・四四三三、四四三四）あるだけで、その一首は家持の作です。

左注の「春日遅々にして鶬鶊正に啼く」の句は『詩経』小雅「出車《すいしゃ》」の「春日遅々　卉木萋萋　倉庚喈喈　采繁祁々」（春の日永はうらうらと草木も茂りうぐいすのつれて鳴く音も朗らかに　よもぎ摘む子はおちこちに）[注3]によったもので、倉庚は一般にうぐいすといいますが、日本ではひばりをいうこともありまして（『和名抄』）、今の場合はそのひばりをいっています。[注4]「悽惆の意」は痛み悲しむ心で、歌の「心悲しも」にあたります。そしてその心痛は歌でなくては撥い難いので、歌を作って結ぼれた心（締緒）を晴らす（展ぶ）のだというのであります。この和歌観については前に述べましたように、若くからのもので、中国の詩論によるものでしたが、ここに至り、作品と左注の和歌観とが一体となって融け合って、いささかも付け焼刃的な異和感のないところに、すでにこうした歌論が家持にとっては、確固として血肉化していたことを示すものでありましょう。

まさにそのように、この三首は、家持独自の洗練された言語感覚によって選び抜かれた、新鮮で美しい言葉を使って、人生の奥深い悲しみや孤独感を、注釈を加える必要もないほど平明に歌い上げることに成功しているのであります。家持の美意識や歌論はこれらの歌に凝集しているといってよく、至り着いた最高の境地を見せた作品ということができましょう。

では、こうした秀歌がなぜこの時点で生まれたのかといいますと、家持はこの前後になにも語っていませんので、よく分らないのですが、私はこの三首の歌の直前にある歌（二月一九日で四日前）が、当時の首班であった左大臣橘諸兄《たちばなのもろえ》をことほぐ宴席の歌であることから、その宴席と関連づけて説明できるのではないかと考えております。家持はこの諸兄によって官界に引き立てられていった人であります。しかし、当時諸兄の政権はすでに傾きかけておりまして、藤原仲麻呂の勢力が諸兄の力を圧倒しつつあった時代であったのです。家持個人にとっても位階も官職も長い間全然あがらず、ふさいだ状態にあったことが調べてみるとわかります。しかも諸兄をことほぐ歌は家持の一首だけで、ほかの人の歌はありません。いわばこのような、やりどころのない感情が家持の胸中に、もやもやと立ちこめていた時期であったわけで、そのような心で春の光景を眺めつつ湧いてきた感慨であったことを考えてよいかと思っています。

しかし、そうはいっても、私は、これらの歌がそのような現実を直接反映しているなどとはいささかも思っておりません。家持の歌は具体的な現実を広く包みこみながら表現の上には参加させず、捨象しているのでありまして、広く人間とは存在自体が悲しく、孤独なものだとする、さびしさそのものに昇華させて歌っているのであります。そしてこのような高い境地こそ、生まれながら感じ易く、ふるえるような細かい神経をもって、人間としての深い悲しみを抱き続けていたところから生まれてきたものと考えます。それゆえに、俗世間的な現実と無関係に、現代のわれわれにも深い感銘を与えるのだと思うのです。

6　むすび

さて、家持の美意識ということでまとめますと、はじめに申しましたように、ごく若いころから、すでに将来を約束する、すぐれた感受性をもち、長い万葉の伝統を消化しながら、奈良時代の新しい美意識を、さらに繊細に、美しく、可憐なものへと進めていっていることがわかりますし、それをさらに、中国の詩論や詠物詩などを深く摂取することにより、自然詠ばかりではなく、人生の奥深いところに触れる歌などにも、一段と進んだ境地をうちたてることができたのだということができると思います。
このやさしく柔らかい、優雅な歌の世界は、次の古今和歌集の世界に多分に通じるものをもっていますが、そこはやはり万葉の歌で、最後の三首によくうかがわれますように、細々と繊細に歌っているとはいっても古今和歌集のように理屈っぽくはなく、のびやかに自己の感情をまっすぐに表現している点、万葉らしさを失っていないことが読んでおわかりいただけるかと思います。

（第73回朝日ゼミナール（於有楽町朝日ホール）昭和六〇年（一九八五）一〇月三日）

（注1）尾崎暢殃『大伴家持論攷』所収「大伴家持の作品」（笠間書院　昭和五〇年〈一九七五〉）
（注2）折口信夫『折口信夫全集』第一〇巻所収「短歌本質の成立」（中央公論社　昭和四一年〈一九六六〉）
（注3）目加田誠訳『詩経・楚辞』中国古典文学全集1（平凡社　昭和三五年〈一九六〇〉）
（注4）この左注は第三首のみにかかるものとみて「倉庚」を「ひばり」と解したが、一連三首全体にかかると見る方が妥当と思い直したので、第一首目の「鶯」を念頭においた左注と見て、「倉庚」は「鶯」と解する説に従う。

四

東歌・防人の歌・恋の歌

1 はじめに

このたびは北上市の市民大学にお招きいただきありがとうございました。

ここ北上の地は宮沢賢治のふるさとにも近く、高村光太郎が大戦中に住んだ家や、石川啄木の故郷渋民村も遠からぬ所にありまして、文学をやる者にとりましては、大変心ひかれるゆかしい所でございます。そうした土地でお話できますことは、まことに光栄に存じている次第であります。

このたびは、万葉集の中でも、とくに東歌《あづまうた》・防人《さきもり》の歌・恋の歌についてお話してほしいというようなことでうかがいました。この三題噺《さんだいばなし》のような題目をどうつないでお話いたしたらよいのかと考えましたが、東歌と防人歌とは同じ東国の歌ですので、これは一つのまとまりをもたせることができます。しかし、恋の歌というのは大変漠然としております。恋の歌は万葉集では、のちの古今集以下の勅撰集のように「恋」という部立《ぶだて》（分類）がなく「相聞《そうもん》」といっています。これは本来「恋」とまったくイコールではありませんが、その九九パーセント位までは恋の歌といってよいものです。そこで、ちょっと困惑したのですが、万葉集全体四五〇〇余首の歌のうち、「相聞」に分類されている歌は大体四〇パーセント位もあります。しかも時代も一〇〇年以上、階層も上下の差が大きく、万葉の恋歌とはこのようなものですといって簡単に示すことはなかなかできにくいのでありまず。そこで、東歌二三〇首を見ますと、「相聞」に分類されている歌および相聞の一類である「譬喩歌」を含めますと、二〇〇首以上が恋の歌といってよく、東歌はほとんどが恋の歌ということになります。また防人歌も分類はありませんが、恋の歌が多いものですので、このたびは、東歌と防人の歌とについて申し上げながら、東国人の恋の様相を見ていきたいと思っています。あらかじめ心づもりを申し上げ、早速本題に入っていきたいと思います。

2　東歌について

まず最初に東歌とはどういう歌なのかということを一応説明しておきたいと思います。

万葉集の歌は地域的には大和の、そして階層的には貴族の歌が大部分を占めますが、その中にあって、東国に限って民衆の歌が集められていまして、巻一四の一巻が東歌、そして巻二〇の一部に防人歌が収められております。その意味で、この二つの巻は全体の中で、非常に特異な巻であるということができます。

では、なぜ東国の歌だけが集められたのかというと、これにはいろいろな説がありますが、中央の大和朝廷の人々は、東国の人々がどのような生活をして、どのような考えをもって生きていたのか、すなわち東国の民情を知るために集めたというのが、もっとも大きな理由ではなかったかと思われます。

東国は大和朝廷にとって西の国々よりも比較的に遅れて支配下に入った国々ですが、歴史家の研究によりますと、五世紀の中頃から、天皇や后・皇子等の名をつけた私有地・私有民（これを名代《なしろ》・子代《こしろ》といってます）が多くなり、私有地は六世紀には房総半島から利根川河口にまで及んでいたといわれております。関東地方では毛野国《けの》

（群馬・栃木）を除く大部分が大和朝廷の勢力下に属していたことになります。したがいまして、その私有地は天皇家を中心とする大和朝廷の経済的基盤であり、私有民は同時に軍事的基盤でもあったわけです。大化前代ではそうした東国の軍団が都に上って、皇室や朝廷の有力な親衛軍（衛士）になって急変に備えていたという伝統があるのであります。大化改新（六四五年）以後になりますと律令制的官制が施行され、全国に画一的兵制が布かれるようになり、東国の軍団の宮廷における意義も次第に軽くなってゆくのでありますが、大化改新を行なった中大兄の時代（斉明朝）、日本の同盟国であった百済《くだら》が唐と新羅《しらぎ》の連合軍に攻められて滅亡した時、それを再興しようとして国を挙げて救援軍を派遣したのですが、さんたんたる敗北を喫し（六六三年白村江の戦い）、以後大陸の勢力が日本を脅かすことになります。その対策として、東国の軍団を北九州の沿岸防備に差し向けたのではないかと考えられるのであります。それが埼守（防人）が東国の兵に限られる慣習となったのではないかと思われるのであります（直木孝次郎「防人と舎人」『飛鳥奈良時代の研究』所収　塙書房　昭和五〇年）。

ここに東歌の国々と防人を出す国々とが大体一致する理由があったのだと考えられます。東歌は国名がわかる国の歌（勘国歌）とわからない歌（未勘国歌）とに分けて編纂されていますので、それを一覧しますと、次に掲げる表一のようになります。

また、勘国歌を部立別・国別に表にしたのが表二で、これを防人を出している国々とくらべてみますと表三のようでほとんど一致するのであります。

表一　東歌の採録

勘国歌（国名のわかる歌）		未勘国歌（国名不明の歌）	
雑　歌（三三四八～三三五二）	五首	雑　歌（三四三八～三四五四）	一七首
相　聞（三三五三～三四二八）	七六首	相　聞（三四五五～三五六六）	一一二首
譬喩歌（三四二九～三四三七）	九首	防人歌（三五六七～三五七一）	五首
		譬喩歌（三五七二～三五七六）	五首
		挽　歌（三五七七）	一首
計	九〇首	計	一四〇首

表二　勘国歌の国別・部立別歌数

街道	東山道				東海道									
部立＼国名	陸奥	下野	上野	信濃	常陸	下総	上総	武蔵	相模	伊豆	駿河	遠江	小計	合計
雑歌				一	二	一	一						五	九〇
相聞	三	二	二二	四	一〇	四	二	九	一二	一	五	二	七六	
譬喩歌	一		三						三		一	一	九	

表三　防人歌の国別上進歌数と採録歌数

街道	東山道				東海道									
歌＼国名	陸奥	下野	上野	信濃	常陸	下総	上総	武蔵	相模	伊豆	駿河	遠江	計	昔年防人歌
上進歌		一八	一二	一二	一七	二二	一九	二〇	八		二〇	一八	一六六	九
採録歌		一一	四	三	一〇	一一	一三	一二	三		一〇	七	八四	

東歌にあって防人の歌のないのは陸奥と伊豆の二国だけなのであります。このうち伊豆は東歌でもわずか一首で防人の数も少なかったので、あるいは歌を詠む人がいなかったか、あるいは相模か駿河の軍団に属していたのかもしれません。また陸奥の東歌四首はすべて今の福島県の歌です。大化以後、次第に大和朝廷の勢力がその辺にまで及んでいたのでしょうが、防人を出すまでには至っていなかったとも考えられるのであります。要するに防人を出す国々の庶民の気持を知ろうとして、中央で東歌を蒐集したらしいということになります。いわば気心のよく知られない東国の民衆の心を知るためのものということになります。防人歌につきましてはあとで読むことにいたしまして、まず東歌を読んでゆこうと思いますが、その前にもう少し考えておかなくてはならないことに触れておきます。

さきほど、東歌は当時まだ文化的水準の低かった東国の民情を都の人々が知るために集めたのだろうということを申しました。だが、いつごろ、誰が集めたものなのかということはまだわかっていません。しかし、国別に組織的に集めたものであるならば、国名のわからぬ歌が表一で見るように一四〇首もあるのは不思議であります。このことは長い間にわたって、いろいろな経路を経て集まっていた歌を、のちに国別に分類したものであることを物語っております。これを国別に分けた人は、当時すでに政府中央にあった街道別の国郡一覧表を利用して、それを手引きにして国名のわかる歌九〇首を選び出したのだとする研究があるのであります（伊藤博『萬葉集の構造と成立』上「東歌」　塙書房　昭和四九年）。調べのつかなかった一四〇首は仕方がないので未勘国歌として一括したのであります。これをした人はおそらく万葉集全体の編纂に大きく関与した大伴家持であろうと思われます。

このようなことを申しましたのは、東歌はけっして体系的に集中的に集めたものではないことを言っておきたかったからですが、ではどのような経路で中央に集まったのかと考えますと、表四にあげた三つの場合が考えられます。

表四　東歌集録の経路

①　東国人がみずから都へ運んだ歌
②　都の人が東国に旅した折に採録した歌
③　天子への国魂奉献による服従・忠誠を誓う行事（宮中の年中行事）が年久しく行われていた、その時の歌

したがって、都の人の手に渡ってから歌われているうちに洗練されていった歌も多いと考えられます。土橋寛さんはその性格を表五であげましたように三つに分けております。

これらのことは、東歌に出てくる東国方言が、のちに一回的に集められた防人歌にくらべて、はるかに低率であることによってもわかります。防人歌には東歌の二・六倍以上の方言的要素を有していると福田良輔さんは述べておられます（『奈良時代東国方言の研究』風間書房　昭和四〇年）。

表五　東歌の性格（土橋寛『万葉集―作品と批評』創元社　昭和三一年）

①　民謡的性格のいちじるしい歌
②　都人の創作歌と区別できない歌
③　東国的特徴をもった東国人の創作歌

東歌は従来、単純に東国の民謡を集めたものと考えられるのが一般的でしたが、近年の研究では、さきに土橋さんが分けたように、その素性はかなり複雑であるといってよいと思います。しかし、東歌を分類した大伴家持は、これらの歌が東国人が作ったものと信じていたことは疑いがなく、私どももまた、そのほとんどは東国の人々が作った歌として見ていってよいのではないかと思うのであります。

3　東国の庶民生活

やや前置きが長くなりましたが、東歌を読んでいきましょう。ここでは庶民の実生活を反映した、いかにも東国的な歌を一一首取り上げてみます。

1　足柄のをてもこのもに刺す罠《わな》のかなる間しづみ児ろ吾紐解く（巻一四・三三六一　相模）
（足柄の山のあちこちでかけたわなの、それではないが、音が静まってからこの児とわたしは紐を解く。）

「足柄」は足柄山のこと、「をてもこのも」は「彼面《をちおも》・此面《こちおも》」の約であちらこちらの意。「刺す罠」は張り設けた罠で、鳥や獣がかかると鳴子が鳴るようになっている。ここまで三句が序詞で、そのようにの意。「かなる間」は騒がしく音を立てる意。「しづみ」は静かになって、「児ろ」は自分の好きな女を親しんで呼ぶ言い方。「紐解く」は着物の紐を解きあって一緒に寝ることを言います。この歌は足柄の山中に住み、狩猟生活をしていると思われる男が、家人の目をしのんで恋人と会う夜の気持を歌っています。序詞は狩猟生活の実際を捉えているもので、罠に獲物がかかるとけたたましく鳴子が鳴る。が、やがて獲物は取りおさえられて静かになる。ちょうどそのように、家の人々が寝静まって静かになるのを待って、という比喩として使われています。まことに直截で、ずばりと恥じらいもなく赤裸々な感情が歌われていて、東歌ならではの素朴さで歌われています。

2　足柄の箱根の山に粟蒔きて実とはなれるを逢はなくもあやし（巻一四・三三六四　相模）
（足柄の箱根の山に粟を蒔いて、もう実となったのにあわないとは変だわ。）

「粟《アハ》」を蒔いてそれが稔って実となったのに「会《ア》はない《ハ》」とはこれいかにというので、1の歌よりわかり易い、言葉遊びを楽しんでいる典型的な民謡で、畑仕事の時にでも歌われたものかと思われます。京都府の盆踊り歌に「忍ぶ道には粟黍《あはきび》植ゑな、あはず戻れば気味《きび》悪い」というのがありますが、これも同じ言語遊戯を楽しむ歌であります。

3　多摩川にさらす手作りさらさらになにぞこの児のここだかなしき（巻一四・三三七三　武蔵）
（多摩川にさらす手作りの布のさらさらに、なんでこの娘はこうもいとしいのか。）

この歌は東歌の中でも、もっともよく知られた歌で、高校の教科書などにも採られているよい歌です。「手作り」とは手織の布で、武蔵国は調（税の一種）として布を朝廷に納める国でして、その布を調布といいます。今も調布・田園調布という地名が多摩川のほとりに残っています。織りあげた布を白くする為に水に晒し、日にさらすのであります。上二句はそうした労働を背景に生み出された序詞で、「さらす」の「さら」ではないが、さらにさらに、どうしてこの娘がこんなにも甚しくいとしいのだろうか。と恋人の女性が時がたつにつれてますますいとしくなり、たまらないという気持をのろけている男の明るい歌であります。女性は布をさらす庶民の娘、

「さらす」「さらさら」「このこの」「ここだ」と同音をくり返して調子もよく、謡われた歌であることをよく示しているものです。

4　筑波嶺《つくはね》のをてもこのもに守部据ゑ母いもれども魂ぞあひにける（巻一四・三三九三　常陸）

（筑波嶺の山のあちこちに番人を置くように母は見張っているが、私たちの魂は逢ってしまった）。

この歌も男の歌です。「をてもこのも」は1歌に出ました。東国語です。「守部」は山の番人、山を守るために置きます。子供（娘）は母の監督下にあるのですが、その母親が山守のように山のあちこちに番人を置いて見張っているように、娘を番しているが、私はあの娘と魂が通じ合ってしまったよ、というのです。上三句の序詞は母親の監視が厳重なことをいう比喩です。魂が合えば、やがて身も合うにきまっているという気持でしょう。「ひそかに関係を結んだ男の、勝ち誇ったような気分でいっている」（窪田空穂『萬葉集評釈』）歌であります。これも若い男の間で歌われたものでしょう。

5　上野安蘇《かみつけのあそ》のま麻群《そむら》かき抱《むだ》き寝れど飽かぬをあどかわがせむ（巻一四・三四〇四　上野）

（上野の安蘇のま麻群のように抱きかかえて寝ても飽きないが、これ以上どうすればよいのか。）

「安蘇」は地名で、下野《しもつけの》（栃木）に今もある郡名です。上野（群馬）にも近いので、安蘇郡はもと上野・下野にまたがっていたのかもしれません。あるいは民謡というものは地名だけ変ってあちこちで歌われますので、その例ともとれます。それはともかく、「ま麻群」は麻が群生している状態です。ここまで二句が序詞です。麻をとり入れる時は、抱くようにかかえて抜き取ったので、そのように妻を抱きかかえて共寝をしているが、いとしさが余って満足できないのを、私はどうしたらよいのでしょう、というのであります。女がかわいくてたまらず、自分でどうしようもない気持を歌っているもので、われとわが愛情をもて余した、身も世もない烈しい気持を大胆・率直に表現しています。このような性愛の直接的表現は東歌以外には見られません。それにしましても、農民の労働そのものが、土の香をむんむんさせ、汗の匂いまで漂わせながら歌いこまれ、表現もむき出しで、一読下品とも思われる欲情が、あけっぴろげに、のびのびと歌われていまして、明るい太陽の下で歌われるにふさわしい健康な世界がこの歌にはあります。参考までに貴族中の貴族ともいうべき大伴家持の伯母の大伴坂上《さかのうえの》郎女《いらつめ》の歌を挙げて比べてみましょう。

千鳥鳴く佐保の川瀬のさざれ波やむ時もなし我が恋ふらくは（巻四・五二六）

この歌も上三句は序詞を用いています。その序詞は奈良の大伴家の前を流れる佐保川を捉え、そこに鳴く可憐な千鳥を歌っています。その川瀬の波が小きざみに寄っている、そのさざ浪がとだえる時がないように、私の恋は止む時がありませんと恋人に訴えている歌です。美しい眼前の光景を、そのまま自分の恋のさまにとりなして、上品に歌っている歌であります。同じ恋を歌っても、このように貴族と農民の歌い方に大きな違いがあるのでして、万葉の世界の広さを見せているといってよいでしょう。

6　安太多良《あだたら》の嶺《ね》に伏す鹿猪《しし》のありつつも吾《あれ》は至らむ寝処《ねど》な去りそね（巻一四・三四二八　陸奥）

（安太多良の峰で寝るししのように、こうして絶えず私は逢いに来よう。寝間を離れないでおくれ。）

「安太多良の嶺」とは今も同名の山が福島県二本松の東にある標高一七〇〇メートルの山です。その山に伏す鹿や猪のようにで、鹿や猪は一度ねぐらを定めると、けっして他に移さないという習性をもっていると言われているところから、二句を比喩的に序詞にして、「ありつつも」すなわち「いつも変らずに」私はお前の所へ通ってゆこう。その寝床を変えないでおくれ、というのです。序詞はやはり狩にかかわりのある人々の間のもので、そうした人々の間で謡われたものであることを物語っています。「寝処な去りそね」は大変露骨・率直ですが、男が女に対して、自分の変らぬ愛を素朴に訴えているのであります。

7　稲搗《つ》けばかかる我《あ》が手を今夜《こよひ》もか殿の若子《わくご》が取りて嘆かむ（巻一四・三四五九　未勘国）
（稲を搗いて荒れたわたしの手を今夜もお舘《やかた》の若君が取って嘆かれることだろうか。）

稲を搗くのは、上代は米を保存するのに稲穂のまま置き、必要な時に臼でついて脱穀したもので、これをするのは女性の仕事であったわけです。稲舂《つ》きは重労働である上に、稲は皮膚を荒らすものですので、手がひび割れするのであります。「かかる」はあかぎれができることで、歌は今夜もまたお舘《やかた》の若様が手に取って、かわいそうにといって嘆くことであろうか、というのです。「殿」は地方豪族層の者で、その若い息子が「殿の若子」でありります。作者はその殿の家の「婢」かお手伝いの農婦と思われます。するとこの歌は、一般には「殿の若子」に愛される女の喜びを、生活のみじめさの中にありながら、実に生き生きと歌って、いかにも乙女らしい純情な気持が歌われていると考えられます。しかし一方では稲舂き女たちの歌った作業歌であろうとする説も有力に主張されています。そうだとすると「殿の若子」は詩的仮想で、歌い手個人のおのろけ歌ではなく、稲舂き女たち全体の詩的空想であって、空想と現実の違いの大きさ、矛盾によって爆笑がもたらされるという性格の歌ということになります。私はこの方がよいのではないかと思っております。

8　赤見山草根刈りそけあはすがへ争ふ妹しあやにかなしも（巻一四・三四七九　未勘国）

（赤見山の草まで刈り払ってくれながら、させるものかと抵抗するあの娘《こ》がむしょうにいとしいことだ。）

「赤見山」は栃木県佐野市赤見町にある山です。すると下野の歌ということになりますが、未勘国の部に入っているのは、分類した人が、分類に当って使用した国郡の一覧の中に赤見がなかったのでわからなかったのでありましょう。歌の「草を刈り払って」というのは野外で男女が交わる場所を準備する為ですが、そのようにして自分と逢ってくれている上で、私の言うことをきかずに拒んで争うあの娘《こ》がむしょうにいとしい。という意味です。佐佐木信綱の『評釈萬葉集』には「上代における田園の野性的な恋愛が窺われる」といい、「身も魂も男に委ねきってゐながら、時に女は拗ねて争ひもするのである。愛する女のそうした仕打ちを時に却つて可愛いいとさへ思ふのも男の不思議な心理である。そこを赤裸々に写したのがこの歌で」あると述べています。まさに男女の微妙な心理を歌いつつ女に対する愛情を中心にしている歌で、野合そのものの興味を歌ったものではないので、厭味がなく、健康で明るい庶民生活のひとこまが歌われているといえましょう。

9　麻苧《あさを》らを麻笥《をけ》にふすさに績《う》まずとも明日着《き》せさめやいざせ小床《をどこ》に（巻一四・三四八四　未勘国）

（麻の苧を麻笥いっぱいに績んだとて明日着られるわけでもないだろう。さあ寝ようよ寝床で。）

「麻苧」は麻の繊維から取った糸、「ら」は接尾語。「麻笥」は紡いだ麻糸を入れる容器。「ふすさ」はたくさんの意。この夫婦は同居していて、夫は早く一緒に寝たいと思っているのに、妻は夜なべにせっせといつまでも麻糸を紡いでいてやめそうもないのを見て、そんなに沢山紡いだとて、といって早く寝ようと促している歌であります。古代の東国農民の素朴な家庭生活をうかがわせる歌で、同時に妻をいたわる気持も働いていて、ほのぼのとした情愛の伝わってくる歌だといってよいと思われます。

10　等夜《とや》の野に兎《をさぎ》狙《ねら》はりをさをさも寝なへ児《こ》ゆゑに母にころはえ（巻一四・三五二九　未勘国）

（等夜の野で兎を狙うように、機会を狙っていたのに、おさおさ、ろくに寝てもいないあの娘《こ》のことで、母親に叱られてさ。）

「等夜の野」は不明。その野で兎《をさぎ》（うさぎの東国語）を狙うように（「狙はり」は「狙へり」の東国語）で、ここまでが序詞で、「をさぎ」「をさをさ」を同音を反復して引き出してきます。と同時に、その兎を狙うように、女に近づくチャンスを狙っていたのですが、「をさをさも」は「ろくすっぽ」の意で、ろくに共寝してもいない娘のために、お母さんにこっぴどく叱られてしまって。ということになります。要するに女の家へ忍んで行って、娘の母親に見つかって、ひどく叱り罵られた愚痴をいっている歌で、野趣に富んだ歌であります。やはり女の親に見つかって追っぱらわれた歌が次の11の歌です。

11　妹をこそ相見に来しか眉引《まよびき》の横山辺ろの猪《しし》なす思へる（巻一四・三五三一　未勘国）

（思う娘に逢いに来ただけなのに、私のことをまるで横山あたりの猪のように追っ払うよ。）

「眉引の」は「横山」の枕詞。娘の母親に毒づいている歌であります。

以上、少しの例歌しか挙げられませんでしたが、東国の庶民の生活に密着した歌をあげてきました。これらは都の人々から見れば、とても風流などといえない素朴で率直・大胆なものですが、古代東国の庶民の気持や生活やがエネルギッシュに明るくおおらかに歌われているのを知ることができます。こうした東歌の特質は近畿地方のやはり庶民の歌や下級官人の歌が多いとされている巻一一、一二の歌と比べる時いっそうはっきりすると思いますので、次に少しばかり比較してみたいと思います。

4 近畿の庶民の歌との比較

すでにお気付きと思いますが、東歌には男女が共寝する意味を端的に「寝る」と表現する例が、たとえばさきに挙げた5とか10に出てきます。この種の歌は東歌二三〇首のうち二八首（一二・二パーセント）もあります。それに対して巻一一、一二では八七〇首のうち一四首（一・六パーセント）しかないのです（柴生田稔「東歌及び防人の歌」『萬葉集大成10』平凡社　昭和二九年）。例を一、二あげてみます。

伊香保ろの夜左可《やさか》のゐでに立つ虹《のじ》の現はろまでもさ寝をさ寝てば（巻一四・三四一四　上野）
（伊香保のやさかの堰に立つ虹がはっきり見えるように、人にばれるほどお前と寝て寝とおせたらなあ）

験《しるし》なき恋をもするか夕されば人の手巻きて寝《ぬ》らむ児ゆゑに（巻一一・二五九九　作者未詳）
（甲斐もない恋をすることか、夕方になると他人の手枕をして寝るであろうあの娘なのに。）

「伊香保ろ」の「ろ」は接尾語。「夜左可」とは地名か。大きいという意味とする説もあります。「ゐで」は人口池で田に水を引くために川を塞きとめたダム。意味は「幾夜も続けて寝られたら（あとはどうともなれ）」というようなものです。誰にも気がねせずに思い切り寝たいという願いです。東歌の場合は「寝る」がただちに性行為そのものを意味するような直接性があります。対する巻一一の歌は同じ「寝る」を使っていても、普通の意味の「寝る」に近い使い方が多く、趣がちがいます。東歌の方が大胆で直接的・現実的であります。この男女の共寝を意味する「寝る」という語は万葉も初期に多く見られ、後期にいくにつれて段々と減ってゆくのですが、それは原始的で直接的・肉体的な思考が徐々に間接的・精神的に変ってゆくのと対応しているといえましょう。

さ寝《ぬ》らくは玉の緒ばかり恋ふらくは富士の高嶺の鳴《な》る沢《さわ》の如《ごと》（巻一四・三三五八　駿河）

（一緒に寝たのは玉の緒ほどのほんのわずかだ。恋しく思うことは富士の高嶺の鳴る沢のように絶え間なくはげしいことだ）

朝日さす春日《かすが》の小野に置く露の消《け》ぬべき吾が身惜しけくもなし（巻一二・三〇四二　作者未詳）

（朝日の射す春日の小野に置く露のように、消え入りそうなこの身は惜しいとも思わない。）

恋ひ死なば恋ひも死ねとや玉桙《たまほこ》の道行き人の言も告げなく（巻一一・二三七〇　人麻呂歌集）

（恋い死にするなら恋い死んでしまえとでもいうのか、道行く人がなんの言葉もかけてくれないのは。）

東歌の場合は、富士山の鳴る沢の岩石が落下する轟音のように激しい。と恋の満たされない場合の状態を直写して表現していますが、次にあげた巻一一、一二の場合は、身が消えるとか、死ぬなどと恋に苦しむ気持を心こまかく表現しています。

今申したことと関連させて言いますと、「恋」という語についてです。東歌では恋という語は一二例で、わずか五・二パーセントですが、これは巻一一だけ調べたのですが、四九〇首中の一四七首に出てまいります。比率はちょうど三〇パーセントです。この「恋ふ」という語も観念的表現ですので東歌には少なく、むしろ直接的・行動的な「寝る」などが多く用いられているのだと思います。また、恋に関して夢を歌った歌も巻一一、一二には三五首もありますのに、東歌には一首（三四七二）しかありません。東歌の世界では現実に逢うことがすべてであって、夢の中でなどというのは意味がなかったのでありましょう。

こうしたことから都中心の歌が観念的・抽象的・精神的に歌うのに対し、東歌は、より現実的・具体的・肉体的・官能的だということができると思います。

東歌につきましては申し足りないところが多いので、ここに五、六首、いかにも東歌らしい秀歌を挙げておこうと思います。

信濃道《しなぬぢ》は今の墾《は》り道刈りばねに足踏ましむな沓《くつ》はけ我が背（巻一四・三三九九　信濃）

（信濃道は今拓いたばかりの道です。切り株に足を踏みつけなさるな。沓をはいていらっしゃいな、あなた。）

信濃なる千曲《ちぐま》の川のさざれ石も君し踏《し》みてば玉と拾《ひろ》はむ（巻一四・三四〇〇　信濃）

（信濃の千曲の川のさざれ石もいとしいあなたが踏んだ石なら玉と思って拾いましょう。）

下野安蘇《しもつけのあそ》の河原よ石《いし》踏まず空ゆと来《き》ぬよ汝《な》が心告《の》れ（巻一四・三四二五　下野）

（下野の安蘇の川原を石も踏まずに空を飛ぶようにやってきたのだよ。さあお前の気持を聞かせておくれ。）

鈴が音の早馬《はゆま》うまやの堤《つつみ》井《ゐ》の水を給へな妹が直手《ただて》よ（巻一四・三四三九　未勘国）

（馬の鈴が鳴る宿場の堤で囲った泉の水をいただきたいものだ。あなたの手から直き直《じ》きに。）

子持山《こもちやま》若かへるてのもみつまで寝《ね》もと我《わ》は思ふ汝《な》はあどか思《も》ふ（巻一四・三四九四　未勘国）

（子持山の若い楓の葉がもみじするまで、ずっと寝たいと私は思う。お前はどう思うかね。）

あずの上に駒をつなぎて危《あや》ほかど人妻児ろを息にわがする（巻一四・三五三九　未勘国）

（崩れそうな崖の上に駒をつないではらはらするようにおっかないけど、人妻のあの人を命がけで私は思っている。）

さて、今まで申し上げてきたような歌を作ったり歌ったりしていた東国の農民が、指名されて防人として徴発され、はるばると北九州の地まで運ばれてゆくのであります。話を防人の歌に移してゆこうと思います。

5　防人歌の所在・制度・規定

防人の歌はさきほど申しましたように、巻二〇にほとんどが収まっているのですが、もう少し細かく見ますと、表六のようになります。

表六　防人歌の所在

① 天平勝宝七歳（七五五）、乙未の二月に相替りて筑紫に遣はさるる諸国の防人等が歌（二〇・四三二一　題詞）…八四首　遠江国（二月六日）　相模国（二月七日）　駿河国（二月七日）　上総国（二月九日）　常陸国（二月一四日）　下野国（二月一四日）　下総国（二月一六日）　信濃国（二月二二日）　上野国（二月二三日）　武蔵国（二月二九日）

② 昔年の防人の歌（二〇・四四三二　左注）…八首

③ 昔年に相替りし防人の歌（二〇・四四三六　題詞）…一首

④ 防人の歌（一四・三五六七　題詞）…五首

これは表三にあげたもののほか、巻一四東歌の巻末に「防人歌」と小題をつけた五首がありますので、合計九八首になります。

まず、サキモリとは崎守・岬守のことで、辺境を守る人の意ですが、中国唐代の制にならって「防人」の制度がはじめて登場するのは表七に記しておきました。

表七　防人の制度の設置

○大化二年（六四六）正月…初めて京都を修め、畿内国の司・郡司・関塞・斥候・防人・駅馬・伝馬を置き、鈴契を造り、山河を定めよ。
○天智三年（六六四）…この年、対馬嶋・壹岐嶋・筑紫国等に防人と烽（すすみ）とを置く。又、筑紫に大堤を築きて水を貯へしむ。名づけて水城（みづき）といふ。

御覧のように大化二年（六四六）の改新の詔によって初めて設置されたとされています。しかし、前にも申しましたように朝鮮半島における敗戦の後に、国防のために本格的に実際化したものと考えられます。表七の二番目にあげた天智三年の記事がそれです。

防人制度の細かい規定は律令の「令」の中の「軍防令」にきめられています。必要なものだけ整理したのが、次にあげる表八であります。ざっと読んでおきます。

表八　防人に関する規定（養老令巻第六・軍防）

①衛士・防人に赴く年限－衛士は一年、防人は三年、現地までの往復日数は年限のうちに数えない。（令八）
②衛士・防人にあてる場合の基準－国司が正丁（二一歳～六〇歳）の中から選ぶ。父子兄弟の中からすでに兵を出している場合、祖父母・父母が老疾の場合、またその家に本人以外成年男子のいない場合は選ばれない。（令一六）
③防人に向う時の粮食－食糧は難波まで自弁。難波出発の時から公粮（令五六）
④防人に勤務地で農耕に従わせること－近隣の空地を支給。諸種の蔬菜を栽培させ、牛を耕作に使うことなど（令六二）
⑤防人の休暇と療病について－休暇は十日に一日。病者には医薬を支給（令六三）

防人に指名するのは国司で、その国司が任命する部領使《ことりづかい》（兵士などを引率して送り届ける使）が防人を引率して難波津に至り、難波の港で諸国の防人が集結してから専門の使に率いられて舟で筑紫へと向かい、大宰府で管下の防人司の支配下に入るのであります。その人数は正確には分りませんが、二〇〇〇人から三〇〇〇人ほどであったと推定されます。その根拠は天平一〇年（七三八）の「駿河国正税帳」（正倉院文書）にこの年駿河国を通って帰国した防人の人数が記されているのであります。それによると、伊豆二二人、甲斐三九人、相模二三〇人、安房三三人、上総二二三人、下総二七〇人、常陸二六五人で、計一〇八二人になります。駿河国は東海道ですので、東山道の国々および東海道でも駿河より西の遠江および駿河の国の人数は入っていません。したがいまして、これに信濃・上野・下野・武蔵および遠江と駿河の人数（推定一三〇〇人）を加えると、全体で二四〇〇人ほどになります。

歌を作って上進している防人はこのうちのほんのひと握りに過ぎませんが、では彼らはどのような気持で防人として赴いたのでしょうか。それを如実に示しているのが万葉集の防人たちの歌であります。

6　防人歌の諸相

まず防人歌はどんな時に、どんな場所で詠まれたものかというと、大体次の三つにわかれます。①郷里における旅立ちの時（三八・〇パーセント）②旅の途次（四五・三パーセント）③難波滞在中（一六・七パーセント）。これを見ますと出発の前後とか旅の途中の歌が多いことがわかります。これらの①②③は武蔵の場合は①だけ、相模が③だけですが、他の国の場合は大体①と②または③の歌も交っています。ということは、これらの歌はきまった時に同じ場所で一度に詠まれたものではなく、さまざまの機会に歌ってきた歌をまとめたものであるということになります。そこで①から主な歌を読んでゆこうと思います。

1　父母が殿の後方《しりへ》の百代草《ももよぐさ》百代いでませわが来たるまで（巻二〇・四三二六　遠江）

（父母の住むあの母屋の裏の百代草ではないが、どうか百までお達者で。私が帰ってくるその日まで。）

「百代草」とはどんな草かわかりませんが、めでたそうな草ですね。ここまでが序詞です。この防人は自分のことには触れず、別れに臨んでただ父母の無事・安全を願っているものです。年老いた父母を置いて行かねばならない気持でしょうか。恐らくはまだ独身の防人なのでしょう。

2　我《わ》が妻も絵に描《か》き取らむ暇《いつま》もが旅行く我れは見つつ偲《しの》はむ（巻二〇・四三二七　遠江）

（わが妻をせめて絵に描き写す暇があったらなあ。そしたら旅行く俺は見ながら偲ぼうに。）

「いつま」は「いとま」の訛りです。「もが」は願望の助詞。あってほしいの意です。この歌によりますと、防人は指名されると、出発するまでほとんど余裕がなかったことがわかります。妻の絵姿もかけない嘆きをいっているのですが、東国の農民にもそうしたたしなみのあったことが知られます。今なら写真をもってゆくのでしょうか。

3　ふたほがみ悪《あ》しけ人なりあたゆまひ我《わ》がする時に防人に指す（巻二〇・四三八二　下野）

（ふたほがみは、たちの悪い人だ。俺が急病で苦しんでいる時に防人に指名するとは。）

「ふたほがみ」は防人を指名する国司の名前でしょうか。「悪しけ」は「悪しき」の訛りです。「あたゆまひ」はよく分かりませんが、「ゆまひ」は「病ひ」でしょうから「あた」は急の意か熱病かともいわれています。国守の悪口をいっている歌で、指名するのが悪いといっているのです。本気で怒っているのでしょうが、変った珍しい歌で、読む人を苦笑させるような歌です。

4　我《あ》が面《もて》の忘れもしだは筑波嶺《つくはね》を振り放《さ》け見つつ妹は偲《しぬ》はね（巻二〇・四三六七　常陸）

（俺の顔を忘れそうな時には、筑波の嶺をふり仰いではお前は俺を偲んでおくれ。）

「しだ」は「時」の意。上二句は別れている時間の長いことを思わせています。その時は、いつどこからでも見える故郷のシンボルでもある山を見て私を偲んでおくれ、という心情は哀れで悲しいものであります。新婚の妻を残してきた防人の歌でしょうか。

5　久慈川《くじ》は幸《さけ》くあり待て潮船にま梶《かぢ》しじ貫《ぬ》き我《わ》は帰り来む（巻二〇・四三六八　常陸）

（久慈川よ変らず待っていておくれ。潮船にびっしりと櫂を貫き並べて俺は帰って来よう。）

久慈川は今もある川で常陸太田と那賀郡の境を流れる大きな川です。子供の時から馴れ親しんで生活の場ともしてきた川であったのでしょう。出発に臨んで川との別れを惜しみ、祝福している歌です。「潮船」は海上を航行する船で、防人の乗る官船。故郷の川に対して無事な帰郷をはっきり表明した歌です。

6　防人に行くは誰が背と問ふ人を見るが羨《とも》しさ物思ひもせず（巻二〇・四四二五　昔年の防人）

（「今度防人に行くのはどこのご主人」と問う人を見るとほんとに羨しい、物思いもせずに。）

この歌は「昔年の防人」の歌とありますが、防人の妻の歌です。自分の夫は防人に指名されないで気軽なところから、思いやりもなく井戸端会議のようなところで、今度行くのはどこの人、なんて人の気も知らないで言っているのを耳にして、批判的に歌っている歌です。今の防人の妻の場合は別ですが、今まで読んできた歌は大体郷里における旅立ちの「宴」などで作られたものと思われます。このことを端的に示すのが、家族の歌が同時に防人の歌の中に入っていることです。次の7の歌がそれです。

7　家にして恋ひつつあらずは汝が佩ける太刀になりても斎ひてしかも（巻二〇・四三四七　上総国防人の父）

（家に残って恋い慕っていないで、お前が腰に帯びた太刀になってでも守ってやりたい。）

この防人は国造《くにのみやつこ》（大化前代の地方首長）の家の出身で、防人の中では最も高い身分の人であります。父はおそらく国造であった人と思われます。歌も地方的なところがなく都風で高い教養を感じさせるものです。防人の父の歌はこの一首のみです。これに対して息子の防人の歌は、

8　たらちねの母を別れてまこと我《わ》れ旅の仮廬《かりほ》に安く寝むかも（巻二〇・四三四八　上総国の国造丁《ちやうくさかべのおみみ》日下部使主三中《なか》）

（お母さんと別れて、ほんとにこの俺は旅の仮小屋で気楽に寝られるのでしょうか。）

のように、心をこめて守ってやりたいという父よりも、母との別れの辛さを述べています。おそらくは若い防人で、これが本音だったのだろうと思われます。歌い方は父の歌と同じく都風の歌です。次の二首は夫婦の問答とも思われる歌です。

9　家《いは》ろには葦火《あしふ》焚《た》けども住みよけを筑紫に至りて恋《こふ》しけ思《も》はも（巻二〇・四四一九　武蔵）

（わが家では葦火を焚く貧しい家だけど住みよいのに、筑紫について恋しく思うだろうな。）

「いはろ」「あしふ」「よけ」「恋しけ思はも」（恋しく思はむの訛か）など訛りの多い歌ですが、葦を焚くと煙がたちこめ、その煙でいぶされ煤《すす》が垂れ下がる。貧しく侘びしい有様ですが、それでもわが家にまさるところはない。さぞ九州に着いたなら恋しく思うだろうというので、農民の生活を楽しんでいるような気分が感じられます。次の妻の歌は、

10　草枕旅の丸寝《まるね》の紐絶《ひもた》えば我《あ》が手と付けろこれの針持《はるも》し（巻二〇・四四二〇　武蔵国防人の妻）
（草を枕の旅のごろ寝で着物の紐が切れたら、私の手だと思ってつけなさい。この針を持って。）

と歌っています。「付けろ」「針《はる》」「持し」は「付けよ」「針《はり》」「持ち」の訛りです。旅の荷物の中に、この妻は糸と針を入れたのでしょう。針を自分の形見として夫につけてやる気持です。こまごまと気をくばっている妻らしい歌といえましょう。

このようにして故郷を出発した防人たちは部領使に引率されて、東海道あるいは東山道をたどりながら旅を続けることになります。しかも難波までもっとも近い遠江や駿河でも十数日、他の国々からは一か月近くはかかるのであります。ここではその②、旅の途次の歌と思われるものを読んで行きます。

1　我が妻はいたく恋ひらし飲む水に影《かご》さへ見えてよに忘られず（巻二〇・四三二二　遠江）
（私の妻はひどく私を恋しがっているらしい。飲む水に妻の影まで映って、まことに忘れられない。）

「恋ひらし」「影《かご》」は「恋ふらし」「影《かげ》」の訛りです。旅を続けながら泉でもあったのでしょう。水を飲もうと水面に顔を近づけると、妻の姿がありありと水に映っているのです。相手が自分を恋すると相手の姿が水に映って見えるという俗信でもあったのでしょう。「らし」という推量の助動詞は証拠があってする強い推量の時に使います。これは影が映ったのが証拠で、確信をもって推量しているものです。

2　忘らむて野行き山行きわれ来《く》れどわが父母は忘れせのかも（巻二〇・四三四四　駿河）

（忘れようと野行き山行き俺はやってきたが、どうしても父母のことは忘れられない。）

「忘らむて」の「て」は「と」の訛り。「忘れせのかも」の「せの」は「せぬ」の訛りです。ため息をつくように切ない気持を詠んでいます。まだ独身の若い防人なのでしょう。

3　我《わ》ろ旅は旅と思《おめ》ほど家《いひ》にして子持《め》ち痩《や》すらむ我が妻《み》かなしも（巻二〇・四三四三　駿河）

（俺の旅は旅だとあきらめるが、家にいて子を抱えてやつれているであろう妻がいとしい。）

訛りの多い歌で、「我ろ」は「われ」、「思《おめ》ほど」は「思《おも》へど」、「家《いひ》」は「いへ」、「持《め》ち」は「持《も》ち」、「妻《み》」は「め」の訛です。自分のことは諦めて言わず、妻を思いやっているあわれ深い歌であります。妻子と三人でくらしていたような歌です。

4　わぎ妹《め》子と二人わが見しうち寄《え》する駿河の嶺《ね》らは恋《くふ》しくめあるか（巻二〇・四三四五　駿河）

（いとしい妻と二人で眺めた（うち寄《よ》せる）駿河の嶺は恋しいことだなあ。）

「わぎ妹《め》子」は「わぎ妹《も》子」「うち寄する」は駿河の枕詞。「恋《くふ》しくめ」は「恋ほしくも」の訛です。難波までの道中の山々を眺めるごとにふるさとの山や妻のことが思われてならないのでありましょう。その山は富士山であろうと思います。

5　父母が頭かき撫で幸くあれて言ひし言葉《けとば》ぜ忘れかねつる（巻二〇・四三四六　駿河）
（父と母とが私の頭を撫でて、達者で居よと言った言葉が、忘れられないことだ。）

「幸くあれて」は「幸くあれと」の「けとば」は「ことば」の訛。出発の別れ際に父や母が自分を祝福してくれたこと、言った言葉が身にしみていつまでも忘れられないというのでありまして、父母のぬくもりが伝わってくるような歌であります。年若い純情な防人を偲ばせる歌です。

6　防人《さきむり》に発《た》たむ騒きに家の妹《いむ》が業《な》るべきことを言はず来ぬかも（巻二〇・四三六四　常陸）
（防人に出で立とうとする騒ぎにとり紛れて、家の妻に農事のあれこれを言わずに来てしまった。）

「防人《さきむり》」はサキモリの、「妹《いむ》」はイモの訛り。「業るべきこと」は生業すなわち農作業のこと、旅をしながら家を思うにつけ、留守中自分に代って農作業をしなければならない妻を心配しながら出発前のどさくさにとりまぎれて注意するのを忘れてきたことを残念に思っているのです。防人に指名されると余裕もなく家を出てゆかなくてはならなかったことは、さきほど妻の姿を絵に描くひまがほしいと嘆いた防人のいたことからもわかると思います。

7　常陸さし行かむ雁もが我が恋を記して付けて妹に知らせむ（巻二〇・四三六六　常陸）
（常陸をさして飛んでゆく雁がいてくれたらなあ。俺の思いを書いて、その雁に言づけて妻に知らせように。）

これは中国の故事をふまえた珍しい歌です。前漢時代、蘇武という人が匈奴に使して久しく囚われていた時、南に渡ってゆく雁の足に手紙をくくって無事でいるという音信を漢の朝廷に伝えたという、いわゆる雁信・雁書の故事にもとづいています（漢書蘇武伝）。その故事を知っているということは、たとい耳学問だったとしても、かなりの知識人であったことを物語っています。一首に全然訛りのないことも貴族の歌と比べて遜色のないものです。こうした人々も防人として徴発されていったのだということも知っておく必要があろうと思われるのであります。

次にあげる8・9・10の三首はみんな愛する家族に泣かれている歌です。

8　我《わ》が母の袖もち撫でて我《わ》が故《から》に泣きし心を忘らえぬかも（巻二〇・四三五六　上総）

（お母さんが袖で頭を撫でながら、俺のために泣いた気持が忘れられないことだ。）

母が別れを悲しんでひどく泣いたさまが面影に立って離れないのでしょう。せつない歌です。次は妻が泣く歌です。

9　葦垣《あしかき》の隈処《くまと》に立ちて我妹子《わぎもこ》が袖もしほほに泣きしそ思はゆ（巻二〇・四三五七　上総）

（葦を編んだ垣根の物陰に立って、いとしい妻が袖をしぼるばかりに泣いていたのが思い出されてならない。）

この妻はあるいはまだ秘密にしていた恋人で、それゆえに人目をしのんで見送っている様子が思い出されるのでしょう。次の歌は子供のことを心配している防人の歌です。

10　韓衣《からころむ》裾に取りつき泣く子らを置きてそ来ぬや母《おも》なしにして（巻二〇・四四〇一　信濃）

（韓衣の裾に取りすがって泣く子どもを置いてきてしまった。母親もいないのに。）

自分の衣の裾にすがりついて泣きじゃくった子供のさまを、旅をしながら思い出しているのです。五句目の「母なしにして」は母親は亡くなっているのでしょう。父親と幼な児だけの家族にも容赦なく召集令状は届くのでありましょう。悲痛というか無情というか、防人の心中いかばかりかと涙をさそわれるような歌です。防人歌で子を思う歌はこの一首だけです。

このように歌いながら難波に到着した防人たちは、そこで検閲を受け、兵部省に所管が移されて、それぞれ船に乗り、はるか筑紫を指して運ばれていったのであります。

その難波滞在中または出発の時の歌が③であります。わかり易い歌ばかりですので五首をあげておきます。

1　難波津に装《よそ》ひ装ひて今日の日や出てて罷《まか》らむ見る母なしに（巻二〇・四三三〇　相模）

（難波の港で出船の用意を着々と整えて、今日という今日、北九州へ下って行くことか、見送る母もいなくて。）

見送る母もいないままに出航する嘆きを歌っている歌です。

2　百隈《ももくま》の道は来にしをまたさらに八十島《やそしま》過ぎて別れか行かむ（巻二〇・四三四九　上総）

（たくさんの曲り角を曲って道はやってきたが、またさらに多くの島々を過ぎて遠く別れて行くのか。）

陸路はるばると難波まで来たのに、また新たに海路瀬戸内海を下って筑紫へ向かおうとする時の感慨で、限りなく故郷から遠ざかっていくことを嘆いた歌であります。

3　白波の寄そる浜辺に別れなばいともすべなみ八度袖振る（巻二〇・四三七九　下野）

（白波の寄せる浜辺で別れてしまったら、もうどうしようもないので、何度も何度も袖を振ることだ。）

難波までは陸続きで故郷につながっているが、浜辺で別れてしまったら、あとはもうどうしようもないので、故郷の方に向かって袖を振り、別れを惜しんでいるというのである。「寄そる」は「寄する」の訛り。

4　国々の防人集ひ船乗りて別るを見ればいともすべなし（巻二〇・四三八一　下野）

（あちこちの国々から防人が集まり、船に乗って遠く別れてゆくのを見ると、何とも言おうようもない。）

これは先に出航する防人を見送る時の気持を歌っています。前の歌と同じ下野の防人で、その「いともすべなみ」をうけて、同様に、どうしようもなく、やりきれない感情を歌っています。

5　行こ先に波なとゑらひ後方《しるへ》には子をと妻をと置きてとも来ぬ（巻二〇・四三八五　下総）

（船の行く先に波よひどくうねり立たないでおくれ、後ろには子供や妻を残してやってきたのだ。）

「行こ先」は「行く先」の「とゑらひ」は「とをらひ」の「しるへ」は「しりへ」のそれぞれ訛り。「とをらふ」は波がもりあがってうねるさまです。いよいよ発船しようという時、不安な前途と妻子への愛情との板ばさみになって悩んでいる防人の歌です。おそらく中年の人で、悲痛な気持を歌っています。

さて、私はさきほど、東歌は防人を出す国々の民情を知るために集めたものらしいということを申しました。しかし、防人歌はどうして集めようとしなかったのかには触れないできました。それで最後にそのことについて申しておきたいと思います。

防人歌を朝廷に献上ないしは提出する習慣のあったことは、「5　防人歌の所在・制度・規定」の項で述べましたように「昔年の防人の歌」や巻一四に「防人の歌」のあることによって想像されるのですが、大部分は天平勝宝七歳（七五五）の時の歌でありまして、その歌はすべて「進《たてまつる》」と記しているように、部領使が朝廷に奉るという公的な事業として集められていることがわかります。そしてその歌は大体その国の防人の階級順に並べられていまして、階級の上の人の歌から並べられているのであります。その内容は今まで読んできたような内容のものだったのですが、その中には、さきの太平洋戦争の際に、大いに戦意高揚の為に使われて有名になった、

今日よりは顧《かへり》みなくて大君の醜《しこ》の御楯《みたて》と出で立つ我は（巻二〇・四三七三　下野）

（今日からはうしろをふり返らずに天皇の醜の御楯として出立して行くのだわれは。）

のような歌もあります。「醜の御楯」とは自分を卑下した言い方で、自らを天皇を守る楯に見立てているものです。門出に当っての決意を表明している歌で、天皇に対して誓いを立てる歌であります。この歌は下野の防人歌

の冒頭にある歌で、火長（兵士一〇人の長）の歌です。これに続く歌も火長の歌で、

天地の神を祈りて幸矢《さつや》貫《ぬ》き筑紫の島をさして行く我は（巻二〇・四三七四　下野）

（天地の神に無事を祈って、矢を靫《ゆき》にさし貫き、筑紫の島を目指して行くのだ。われは。）

前の歌と同様に門出の決意を表明している歌です。「幸矢」は本来狩猟用の矢をいうが、ここでは戦いに用いる矢に用いています。防人は矢を背中の靫に五〇本指して携えることになっていました。

もう一首あげておきましょう。

霰《あられ》降《ふ》り鹿島《かしま》の神を祈りつつ皇《すめら》御軍《みくさ》士に吾は来にしを（巻二〇・四三七〇　常陸）

（〈霰降り〉鹿島の神を祈り続けて、天皇の兵士として俺はやってきたのだ。）

「霰降り」は霰の降る音のかしましいところから同音の鹿島にかかる枕詞です。鹿島の神は茨城県鹿島市の鹿島神宮に祀る神で、武神建《たけ》御《み》雷《かずち》神をいう。佐佐木信綱の『評釈』は「ひたぶるな敬神の念と、顧みなき尊皇の赤誠とが一首に溢れている。（中略）関東男児の心緒の高揚した真個の益良雄ぶりである。」と評しています。

こうした歌がわずかですが見えております。これらはまさに防人歌一般とは遠い気持のものです。「今日よりは」の歌や続く「天地の神を」の歌などは郷里を出発する際の、公的な壮行会の時のような場で、決意表明として発表されたものと思われますが、こうした歌が朝廷に進上されているということは、防人歌は本来、防人として忠誠を誓う、すなわち誓詞的な意味でたてまつる習慣になっていたのではないかと思われるのであります。し

かし、本来誓詞的なものであったとしても、長い間に趣旨は忘れられ、歌を進上する習慣もすたれていったのではないかと思われます。いつもいつも進上されていたものとすると、昔年の防人の歌がわずか一四首しか残っていないのは少なすぎるように思います。しかし、これを復活させたのは、多分歌を愛する大伴家持が、たまたま兵部省の次官でありましたので、長官であった橘奈良麻呂にはかって、奈良麻呂の父でありました当時の首相にあたる左大臣橘諸兄の承認のもとに公的事業として、あらかじめ国司に伝達していて、これを集め、防人たちの心情を広く宮廷の人々に知らせようという意図で集めたものと考えられるのであります。上進歌は資料三で示しましたように総歌数一六六首。うち家持は八二首を「拙劣歌」として削り、八四首を採録しているのですが、これは読むにたえない歌を除いて宮廷の人々に示そうとした配慮のあったことを思わせているのであります。

7　むすび

前後に類のない多数の防人歌は、このようにして万葉集に残されたのであります。もし家持が兵部省の次官として防人派遣の事務に携わらなかったとしたら、永遠に失われてしまった貴重な歌声だったといってよいでしょう。私はここに歴史の偶然の大きさを思わないでいられません。家持は手許に集まった数々の防人歌を読みながら、彼らに同情して「追ひて、防人の悲別の心を痛みて作る歌」や「私の拙懐を陳《の》ぶる歌」とか「防人が情《こころ》のために思ひを陳《の》べて作る歌」など長大な長歌三首と反歌各二首を作っていますが、それもさることながら、それを越えて家持の残した大きな業績として和歌史上に燦然とかがやくものであったといってよいと思います。このことは防人歌ばかりでなく、東国の庶民の歌声を集めた東歌についても当然いえることでもあるわけであります。

（北上市市民大学〈於北上市生涯教育センター〉平成一四年（二〇〇二）八月二二日）

五　万葉集の花と鳥

1　はじめに

花鳥といえば、花と鳥のことであるのはいうまでもありませんが、花と鳥で代表される美しい自然の風物をいう場合もありますし、また、花を見たり鳥の声を聞くという風雅な情趣を指すこともありますように、自然界の美しい風物を広くいう言葉であります。

しかし、このたびは〝万葉の風雅〟とか〝万葉の風物〟というような意味にではなく、文字どおりの花と鳥とが長い万葉集の歴史のなかで、どのように歌われはじめ、歌い継がれていったのかという点を中心にして述べることにいたします。それは万葉時代に源を発して形作られていった美意識が、その後の長い和歌史を貫流し、現代に至るも変らぬ重さをもって受け継がれていると思うからであります。いわば日本的抒情の源泉とでもいうべきものを、万葉集の花と鳥とをとおして探ってみようというわけです。

万葉集に歌われている植物はおよそ一七〇種ですが、そのうち花は五〇種ほどであります。とりわけ多いの

が、萩、梅、橘、桜の四種で、次いで藤、撫子、卯の花の順になります。その歌数は、

萩（はぎ）　一四一首
梅（うめ）　一一八首
橘（たちばな）　六八首
桜（さくら）　四〇首
藤（ふぢ）　二七首
撫子（なでしこ）　二五首
卯の花（うのはな）　二四首

であります。歌数は数え方によって異同が生じますので、今は松田修著『増訂万葉植物新考』（社会思想社　昭和四五年）によって掲げました。

次に鳥は、万葉集に三五種類の鳥が歌われております。そのうち、とくに多いのを順に掲げますと、次のようであります。

霍公鳥（ほととぎす）　一五二首
雁（かり）　六六首
鶯（うぐひす）　五一首
鶴（たづ）　四三首

鴨（かも）　　　　三四首
千鳥（ちどり）　　二二首

この歌数も数え方で多少の違いが出てきますので、今は伊藤博・橋本達雄編『万葉集物語』（有斐閣　昭和五二年）に載る「万葉の動物」（森淳司執筆）によりました。

ここに掲げました花は七種、鳥は六種ですが、花は上位の四種を梅、桜、萩、橘の順に、鳥は一位のほととぎすと三位のうぐいすについて申し上げることにいたします。

2　梅と桜

はじめに梅の花について述べます。「梅」という字の中国音は、バイ、メイですが、呉音のメによるものでして、古くは日本になかった木であります。ではいつごろ日本に渡ってきたのかといいますと、これははっきりしないことですが、奈良時代の末にできました『懐風藻《かいふうそう》』という漢詩集に、慶雲《けいうん》二年（七〇五）に亡くなった葛野《かどの》王《おおきみ》の詩に「春日鶯梅を翫《はや》す」（春の日に鶯と梅とをめでる）と題する詩がありまして、その中で「素梅開素靨、嬌鶯弄嬌声」（白梅は白いえくぼを開き—白く咲きほころび—かわいい鶯は、美しくあでやかな声をもてあそぶ—さえづる。弄は哢でさえづる）のように述べているのが、わが国の文献に梅の出てくるもっとも古いものとなります。しかし、懐風藻の詩は、当時まだ日本になかったものも知識だけで詠んでいるような例もありますので、たとえば懐風藻には沢山菊の花が出てきますが、菊も中国から渡ってきた花で、万葉集には一首もありません。平安時代に入って二代目の平城《へいぜい》天皇の大同二年（八〇七）九月の菊花の宴に、天皇の弟であるのちの嵯峨《さが》天皇が、

みな人のその香にめづる藤袴きみの大物手折りたる今日（『類聚国史』巻三一　帝王部十一）

と詠み、これに対し天皇は、

折る人の心のまにま藤袴うべ色深くにほひたりけり（同右）

と菊でなく藤袴を歌っていることによって、これが代用されていたとわかる歌があるのであります。藤袴は菊科の植物で香も高いので、使ったのだろうと思いますが、本物の菊があれば、もちろんそれを使ったでしょうからやはりなかったのだと思われるのであります。菊も中国音で訓はありません。ちなみに藤袴は万葉集ではただ一首、山上憶良が秋の七草を歌った歌に出るだけです（巻八・一五三八）。

話が少しそれましたが、このような例がありますので葛野王の時に梅があったかどうかは確実ではないのですが、まあこのころはじめて中国から渡ってきたと考えてよかろうかと思うのであります。そして万葉集で梅が歌われる確かな例は奈良時代に入ってしばらくした七二〇年代ごろからなのであります。

そんなわけで、奈良時代より前の柿本人麻呂に梅の歌はありませんし、それより以前の額田王は木も見たことがなかったと思います。ところがこの額田王のことを書いた井上靖の『額田女王』という小説を読みますと、美しく咲きにおう梅林や観梅の宴などの場面がかなり出て参ります。小説ですからかまわないといってしまえばそうなんですが、やはりいささか抵抗感があったのを覚えています。井上さんほどの小説家ならもう少しきめの細かい時代考証をしてほしかったと思うわけです。さっき日本で一番古い梅の詩を作ったといった葛野王は、この額田王の孫にあたる人なのであります。

話を万葉集に戻します。万葉集における漢詩・漢文の影響を見ますと、もっとも初期の額田王時代から顕著に認めることができまして、万葉の全時代にわたっておりますが、梅という花はとりわけ奈良時代という漢詩・漢文の摂取がさかんで、文芸的自覚の高まった時代に和歌の世界に導入されていますので、その歌い方、発想、素材の取り合わせなど、すべてにわたって漢詩・漢文に習って歌っているのであります。彼ら万葉びとは外来のハイカラな美しい花の木を庭園に植えて、春に先がけて咲く花を観賞しながら中国風に歌うことによって、新しい時代の異国趣味を謳歌していたのであります。当時はまだ白梅だけで、紅梅は平安時代に入ってからのものですので、その白さを雪にたとえたり、雪と対比しながら歌う歌はきわめて多いのですが、これも中国の六朝《りくちょう》時代（後漢滅亡〈二二五〉から隋の統一〈六一九〉まで、建業〈南京〉を都とした、呉・東晋・宋・斉・梁・陳の六つの王朝の総称）の詩以来の例にならった歌い方であります。

六朝の詩文を一、二あげてみます。

梅花ハ特ニ早ク　偏《ひとえ》ニ能ク識レ春ヲ　或承ケテレ陽ヲ発シレ金ヲ　乍《ある》ハ雑リテレ雪ニ而被《おほ》フレ銀ヲ　標《こずえ》ハ半落チ而飛ビレ空ニ　香ハ随テレ風ニ而遠ク度ル（梁・簡文帝、梅花賦、『芸文類聚』）

偏《ひとえ》ニ疑ヒ二粉蝶ノ（白い蝶）散ルカト一　乍《ある》ハ似ル二雪花ノ（雪のように白い花）開クニ一　可レ憐香気歇《つ》キ　可レ惜風相催《うなが》ス（陳・江総　楽府詩）

万葉では、たとえば山部赤人の、

わが背子に見せむと思ひし梅の花それとも見えず雪の降れれば（巻八・一四二六）

また、同じころの大伴旅人の、

わが苑に梅の花散るひさかたの天より雪の流れくるかも（巻五・八二二）

などがその例としてあげることができます。この旅人の「雪の流れくるかも」も漢詩によく出る「流風」「流霞」「流雪」を日本式に応用したものであります。赤人の歌の下句は（どれが梅の花とも見分けがつかない。あいにく雪がふっているので）の意。旅人の歌の下句は、（いや、これは天から雪が流れてくるのであろうか）の意であります。

また、梅を鶯や柳と取り合わせて歌う歌も雪の場合に匹敵するほど多く、これも漢詩文にならったものであります。さっき出た江総の「梅花落詩」に、

……梅花隠ル 処隠二嬌鶯一……楊柳條《えだ》青ク 楼上軽ク 梅花色白ク 雪中ニ明ナリ……（梅『芸文類聚』）

とありますように万葉でも、

うち靡く春の柳とわがやどの梅の花とをいかにか分かむ（巻五・八二六　史氏大原）

のように柳と梅の優劣の定めがたいことを歌い、鶯の鳴いていた庭に美しく咲いていた梅が雪に散るさまを思いやった、

鶯の鳴きし垣内《かきつ》ににほへりし梅この雪に移ろふらむか（巻一九・四二八七　大伴家持）

などはそのよい例ですが、この同じ家持は、宴席で「詠二雪月梅花一歌」と題する歌まで作っています。

雪の上に照れる月夜に梅の花折りて贈らむはしき子もがも（巻一八・四一三四）

下句は「梅の花を折って送ってやれるかわいい子がいればいいがなあ」の意です。雪月花といえば美しい眺めの代表とされ、『白氏文集』（白楽天）の「雪月花ノ時最モ憶フレ君ヲ」が有名で、わが国でも平安時代以降にもてはやされていますが、家持がこの歌を作ったのは天平勝宝元年（七四九）で、白楽天（七七二〜八四六）の生まれる二〇年以上も前のことですので、万葉びとたちがいかに急速に中国的風流を吸収・消化していっているかがよくうかがわれると思います。

また、この歌のように梅と雪、月はありませんが、代りに鶯を詠みこんだ歌が作者未詳の歌にあります。

梅が枝に鳴きて移ろふ鶯の羽白たへに沫雪《あわゆき》ぞ降る（巻一〇・一八四〇　作者未詳）

（梅の花の咲いている枝から枝へ鳴きながら飛び移っている鶯の羽をまっ白にして沫雪がふっている）

「梅・鶯・白雪の取り合せは、六朝、初唐詩の影響」と『新潮日本古典集成』の指摘するところでありますが、まことに優美であるというほかなく、この歌は『新古今和歌集』春上に「沫雪《あわゆき》」（泡のようにとけ易い雪）を「淡《あは》雪《ゆき》」（これも消え易い雪であるが、「淡し」の感覚でとらえた、うっすらと積もった雪）と変えて採っているように、後世の耽美的な梅の歌の原型は早くもこの時代に完成していることを知ることができるのであります。

この梅とまったく対照的な花が桜であります。桜はわが国の原産で、当時は山桜です。中国でも地方によって似た木はあったらしいのですが、漢字の「櫻」(「桜」の旧字体)は中国ではユスラウメのことで日本のサクラではありません。日本のサクラに相当する漢字がなかったので、この字を用いたものと思われます。

桜は古くから民間の風俗に深くとけこんでいまして、花は稲の花の象徴と見られて、その咲き方からその年のみのりを占ったりしたものらしく、早く散るのは凶兆(悪いきざし)であったと折口信夫は言っています(「花の話」折口信夫全集第二巻)。また、桜の花の散るのを惜しむ習慣も和歌などに多いことは御存知と思いますが、これもそうした民俗が背景にあると、やはり折口さんはいっています。それにつけて『宇治拾遺物語』巻一に「田舎《ゐなか》の児《ちご》桜の散るを見て泣く事」という一段がありまして、これは麦のことですが、「我が父《てて》の作りたる麦の花の散りて、実の入らざらん思ふ侘しき」といって、おいおいと泣いたという話です。

花といえば桜というくらい賞でられるようになった時代でも農村の子どもにとっては、桜の花の早く散るのは麦の実が稔らない嘆きとしかとらえられていないことをうかがわせています。したがいまして、長い間桜については、花の美しさをめでるという発想は育たなかったようです。桜の美しさを歌った歌の最初は『日本書紀』の允恭《いんぎょう》天皇(五世紀前半の天皇)が、

花ぐはし　桜の愛《め》で　同愛《ことめ》でば　早くは愛《め》でず　我が愛《め》づる子ら(紀六七)

(花の美しい桜のめでたさよ、同じ愛でるなら早くから愛でていればよかったのに、そうはせず、惜しいことをした、我が愛《いと》しい人よ。)

と、同じ賞美するなら早くからすればよかったといって、愛する女性の比喩として歌ったのが最初とされて、従う注釈書もありますが、桜をめでるということは時代的にいって、またこの歌謡が短歌形式であることからしてもこのころの歌とは信じられません。次に古い時代の歌は柿本人麻呂歌集の歌で、

……青山を　ふり放《さ》け見れば　つつじ花　香娘子《にほえをとめ》　桜花　栄《さか》え娘子……（巻一三・三三〇九）

のように、桜花のように栄えている娘子として出てきます。その前の句「つつじ花香娘子」はつつじの花のように色美しい娘子で、美女のたとえとなっていますが、桜の場合はそれと異なり「栄える」比喩で、必ずしも美的には歌っていないことが注意されます。

しかし、それが次の奈良時代（万葉第三期）に入りますと、梅が賞でられたのと同じように、ようやく見て楽しむ対象として注目を集めるようになってゆくのであります。それでも梅のように庭園に植えてある桜を詠んだ歌はわずか三、四首しか見られません。次はその一首です。

春雨に争ひかねてわがやどの桜の花は咲きそめにけり（巻一〇・一八六九　作者未詳）

この歌は春雨を桜の開花をうながすものと見ての歌で、春雨が降るのに逆らいかねて、と言っているのです。ほかでは山部赤人や同時代の高橋虫麻呂は、

あしひきの山桜花日並べてかく咲きたらばいたく恋ひめやも（巻八・一四二五　赤人）

い行き逢ひの坂の麓に咲きををる桜の花を見せむ児もがも（巻九・一七五二　高橋虫麻呂）

のように歌っています。赤人の歌は桜の花が幾日もずうっとこのように咲いていたなら恋しく思うことなどあろうか、というもので、いつまでも桜を賞美していたいという歌、高橋虫麻呂のは国境いの坂に枝もたわわに咲く美しい桜の花を見せてやるようなかわいい子がいたらなあ、というもので、さっき申しました白楽天の「雪月花の時最も君を憶ふ」に通じています。二首ともまことに耽美的で、桜の花を美しいものとする観念はしっかり定着していますが、二首とも山の桜を詠んでいる点は梅の場合とちがっています。民俗的な目で桜を見る伝統がまだ根強く残っていたからでしょうか、この辺はよく分りませんが、こういう歌もあります。

春日なる三笠の山に月も出でぬかも　佐紀山に咲ける桜の花の見ゆべく（巻一〇・一八八七　作者未詳）

五・七・七を反復する珍しい旋頭歌《せどうか》です。おそらく佐紀山に近いところで野外の宴を楽しんでいた時の歌と思われますが、その宴に興を添えるためにも背後の三笠山から月が出てくれないかなあといっているもので、夜桜を楽しみたいという歌です。

この桜が平安時代に入りますと宮中や寺社、それに貴族の庭園などにさかんに移植され花といえば桜としてもてはやされるようになってゆくのですが、その変化が万葉集の梅の歌、

ももしきの大宮人は暇《いとま》あれや梅をかざしてここに集《つど》へる（巻一〇・一八八三　作者未詳）

の「梅を……」以下を「桜かざして今日も暮らしつ」と変えて愛唱していったものと思われるのであります。この替え歌は平安中期の『倭漢朗詠集』（春興）に赤人の歌として載り、『新古今和歌集』（春歌下）にも赤人作として出ます。美意識もこうして次第に日本化してゆくのでありましょう。

3 萩

次に、花の中の第一位の萩について見ようと思います。萩は全国各地の山野に自生する花で、桜とともにもっとも日本的な花であります。「萩」の字は国字で、中国で「萩《しゅう》」といえば「蓬《よもぎ》」の類あるいは「楸《ひさぎ》」をいいます。平安時代に入って、秋の代表的草花ということでこの国字が作られたのだと思われます。万葉集では「芽子」または「芽」と書くのが普通です。なぜこう書いたのかはよく分りませんが、「牙子」という蛇苺に似た植物の葉が一葉三片で萩と同じところから借りてきて、さらに「芽」に改めたのだろうという説（山本章夫『万葉古今動植正名』）や萩は古株から芽を出すのでこの名がついたという説（松田修『増訂万葉植物新考』）があります。

すべての自然物の場合がそうですが、自然物が美の対象として歌われるようになるのは、前の桜の場合もそうであったように、さかのぼっても人麻呂の時代よりあとで、萩もその例外ではありません。万葉集でもっとも古い萩の歌は、弓削皇子《ゆげのみこ》と柿本人麻呂歌集の歌と思われます。

我妹子に恋ひつつあらずは秋萩の咲きて散りぬる花にあらましを（巻二・一二〇　弓削皇子）

（あの子に恋いつづけてなんかいないで、いっそのこと、秋萩の咲いてすぐ散ってしまう花であったらよいのに）

さ雄鹿の心相思ふ秋萩のしぐれの降るに散らくし惜しも（巻一〇・二〇九四　人麻呂歌集）

（さ雄鹿が心から慕っている秋萩の花が時雨にぬれてひとり散ってゆくのは惜しいことだ）

弓削皇子は人麻呂が歌を献上している天武天皇の若い皇子ですが、これはとくに萩の美しさを歌ってはいない歌です。人麻呂歌集の歌もその点では同じですが、萩を妻、鹿はそれを慕う夫と見立て、自然の情趣を人間的に解して、可憐な美しい花を咲かせる萩を耽美的に歌っていることが注目されるのであります。そしてこのように、ひとたび歌の世界にその美しさが取上げられるようになりますと、清らかで可憐な魅力は万葉びとの心を広くそして強くとらえてゆくのでありまして、後世まで一貫してゆくのであります。

萩の花は、いわゆる豪華とか絢爛というにはほど遠い花でして、しなやかな枝のたわみも風情を添えて、楚々とした上品さを特徴としています。こういう好みこそ日本的な美意識の原型であったのではないかと思われ、万葉にもっとも多く歌われた理由であろうと思われるのです。

折から鹿の妻恋いする時期に咲くこともあって、人麻呂歌集の歌のように鹿と取り合わせて歌う歌は二〇例を越えております。さきほど梅の花のところで申しましたように、梅と鶯の取り合わせなどは中国的なもので、それを学んだものだと申しましたが、萩は中国になかったのでありましょうか。日本の萩にあたる漢字もみつからず、萩は詩の題にも出てきませんし、詩も見当らないのであります。すると、鹿と萩の取り合わせは、梅と鶯のような例にならって、日本的に取り合わせたものということができるのではないかと思います。すると、そのような歌は人麻呂歌集の歌がはじめてですので、おそらく人麻呂がそれをした最初の人なのではないかと思われるのであります。鹿と萩とを取り合わせた歌を二首あげておきます。

我が岡にさを鹿来鳴く初萩の花妻とひに来鳴くさを鹿（巻八・一五四一　大伴旅人）

（私の住む岡に雄鹿が来て鳴いている。初萩の花を妻問うために来て鳴いている雄鹿よ。）

秋萩の散りの乱《まが》ひに呼び立てて鳴くなる鹿の声のはるけさ（巻八・一五五〇　湯原王）

（秋萩の花がしきりに散り乱れる時に、妻を呼び立てて鳴く鹿の声がはるばると聞こえてくることだ。）

旅人の歌は人麻呂歌集の歌よりもいっそう強く「花妻問ひに」と表現している点で、一歩進めているといってよいと思います。

湯原王の歌の「呼び立てて鳴く」のは鹿が妻である萩の散るのを惜しんで鳴いている意味を含んでいて、心の細かい、なかなか情趣のある歌であります。

また、秋の深まりとともに置くきらきらと輝く白露との対比で萩をとらえる歌も多く、これも三〇例を越えております。一、二の歌をあげておきます。

さ雄鹿の朝立つ野辺の秋萩に玉と見るまで置ける白露（巻八・一五九八　大伴家持）
秋の野に咲ける秋萩秋風に靡ける上に秋の露置けり（巻八・一五九七　大伴家持）

読んだ通りの歌で解釈はいらない歌ですが、ともに観察が非常に細かく、新鮮な美しさを歌ったものです。あとの歌の「秋の野」「秋萩」「秋風」「秋の露」のように同音をくり返す形式は中国の六朝時代に流行した双擬対（同字畳用法）の技法を和歌に使ったもので、「梅」の項で申した葛野王の詩にも使われていたものです。

また、こうした露はあるいは萩の開花をうながし、あるいはまた散らすものとしても歌われます。その例を一首ずつあげておきましょう。

この夕《ゆふへ》秋風吹きぬ白露に争ふ萩の明日咲かむ見む（巻一〇・二一〇二　作者未詳）

この歌について『窪田評釈』は「露は花を咲かせようとし、萩は咲くまいとして争う、その芽子の、これは当時一般にそう感じられていることで、おそらく露を男、萩を女と見、夫婦関係を連想しての心である」と言っています。争っていた（逆らっていた）萩が争いかねて明日はいよいよ咲くであろう花を見ようというのである。自然現象を男女関係に見立てている耽美気分の濃い歌であります。

このごろの秋風寒し萩の花散らす白露置きにけらしも（巻一〇・二一七五　作者未詳）

この歌は読んだとおりの歌で説明はいらないと思います。

このようにして誰もが愛する萩であるからこそ、時にはそれに逆らって、あまのじゃく風に歌うものも出てくるのであります。たとえば、

人皆は萩を秋といふよし我は尾花が末《うれ》を秋とは言はむ（巻一〇・二一一〇　作者未詳）

（世間の人みんなは萩を秋の代表的な花だという。たとえそうでも、私は尾花の穂先の美しさを秋の代表だと言おう。）

のように、薄の穂先のきらきらと光る美しさを採ろうという歌であります。これも清楚な日本的な美しさを萩と対比的にたたえあげている歌といえましょう。

4　橘

次は橘に移ります。橘というのはコミカンと呼ばれる小型のミカンの類であるといいますが、第一一代の垂仁《すいにん》

天皇が田道間守《たじまもり》に命じて、海の彼方の理想郷（常世《とこよ》の国）から求めさせたという伝承は『古事記』『日本書紀』にありまして、非常に名高いものであります。日本に渡ってきた実年代は分かりませんが、この垂仁《すいにん》天皇より四代あとの応神天皇の歌として「かぐはし花橘」（古事記）と歌われた句がありますし、さらに応神天皇から六代あとの二一代雄略天皇時代には餌香市《えかのいち》に植えられていますので（日本書紀）、五世紀ごろには広く親しまれる花となっていたと思われます。万葉集ではほかの花と同じように、とくに奈良時代以降に好んで歌われる花となります。それ以前の歌はきわめて少なく、歌われていても花よりも木で、恋歌の背景としてあるいは点景として歌われるものばかりです。

……思へこそ年の八年を　切り髪のよち子を過ぎ　橘のほつ枝を過ぐり　この川の下にも長く　汝が心待て

（巻一三・三三〇九　柿本人麻呂歌集）

（あなたをねんごろに思っているからこそ、八年もの間、切り髪の少女の年頃を過ぎ、橘の上枝《うわえだ》よりも背丈がのびた時期を過ぎ、この川の底ではないが、心の底で長い間、あなたの心が私に向くのを待っていたのです。）

男女の問答歌の女の答えの部分でして、男の問いの一部は「桜」の項で紹介いたしました。これは橘の上枝の高さを言っているものです。また、

橘の蔭踏む道の八衢《やちまた》に物をぞ思ふ妹に逢はずして（巻二・一二五　三方沙弥）

（橘の並木の陰をふんでゆく道が八方に分かれているようにあれやこれやと思い悩むことよ、あの子に逢わないでいて。）

この歌は街路樹が比喩的に歌われている例です。三方沙弥も人麻呂と同時代の人で、街路樹も藤原京の大道のものでしょうが、ともに花を歌ったものではありません。

それが奈良時代ごろから、花の咲くころ渡ってきて鳴くほととぎすの声のめでたさと強く結びつくようになり、情緒的に、また花そのものの美しさが歌われるようになってゆくのであります。

暇《いとま》なみ五月《さつき》をすらに吾妹子《わぎもこ》が花橘を見ずか過ぎなむ（巻八・一五〇四　高安王）

（ひまがないので、橘の咲く五月だというのに、いとしい妻の家の花橘を見ないで過ごしてしまうのであろうか。）

この歌は妻の家で、ともに花橘をめでられそうもないのを嘆いた歌であります。

わがやどの花橘は散りにけり悔しき時に逢へる君かも（巻一〇・一九六九　作者未詳）

（わが家の庭さきの橘の花は散ってしまいました。こんな時にあなたにお逢いしてほんとうに残念です。）

せっかくおいでになったのに、一緒に橘の花を見ることができなかったのを悔んでいる歌であります。

また、花橘とほととぎすを取り合わせて歌うのも急速にふえてゆき、たとえば、

ほととぎす来鳴きとよもす橘の花散る庭を見む人や誰《た》れ（巻一〇・一九六八　作者未詳）

（ほととぎすが来てさかんに鳴き立てる、橘の花の散る庭を見るのは、いったいどなたでしょうか。）

この歌のようにわが家の庭の花橘をほととぎすが散らす風情をめでる人は、あなた以外にありません、といって婉曲に夫の来訪をうながす女性の歌です。

ほととぎす来居も鳴かぬかわがやどの花橘の地《つち》に落ちむ見む（巻一〇・一九五四　作者未詳）

（ほととぎすよ来てとまって鳴いてくれないかなあ、わが家の庭の花橘が声のひびきで地面に散りこぼれるのを見たいものだ。）

これはほととぎすが鳴き散らす花橘に美しさを見出している歌であります。このようにほととぎすとともに歌われる橘の歌は全体の約四割を越えております。そしてあの文化勲章の図柄ともなっている白色五弁の気品ある花とともに、その実も果物の最上のものとされ、常緑の葉もまた賞美の対象とされているのであります。

橘は実さへ花さへその葉さへ枝《え》に霜降れどいや常葉《とこは》の樹（巻六・一〇〇九　聖武天皇）

この歌は、じつは橘に寄せて、橘氏（諸兄《もろえ》）をことほいだ歌ですが、その尊ばれていた理由のよくわかる歌となっております。

ところが不思議なことに橘の花の芳香を歌うものはほとんどありません。これは梅の芳香にも共通することなのですが、さきほど応神天皇の歌と伝える歌に「かぐはし花橘」の句のあることを申しましたが、この「か」は現在では嗅覚で感じる香《かおり》をいいますが、古代ではかおりの「香《か》」と同じものではなく、「か」とは、そのものから漂う、あるいは発散する霊気とか精髄のようなものを言いまして、その霊気すなわちスピリットが「くはし」

すなわち霊妙だという意味でして、必ずしも嗅覚の表現とはいえないのであります。神楽歌《かぐらうた》に榊《さかき》や火を「榊葉の香《か》をかぐはしみ」とかおりのない榊の葉を歌い、「焼《た》く火《ほ》の気《け》磯良《いそら》が崎に薫《かを》りあふ」と、これまた火の気を薫りあふといっているのはそのことを物語っております。また日本書紀神代上にもイザナキノ尊が「我が生める国、唯朝霧のみ有りて、薫《かを》り満てるかな」と述べています。

万葉集ではキノコ（松茸か）の芳香を詠んだ珍らしい一首、

高松の此の峰も狭《せ》に笠立てて満ち盛りたる秋の香《か》のよさ（巻一〇・二二三三　作者未詳）

（高松のこの峯もせましとばかりに笠を立てて今をさかりといっぱい生えている秋の香りのかぐわしいことよ。）

がありますし、梅の香を詠んだものも市原王が宴席で主人を讃えた歌、

梅の花香をかぐはしみ遠けども心もしのに君をしぞ思ふ（巻二〇・四五〇〇）

（梅の花の香《かをり》がよいので、遠くはなれておりますが、心がしっとりとするほどあなたを思っております。）

がありますが、万葉集中この一首だけで、橘の花の香りも間違いのないのは市原王と同時代の大伴家持の、

橘のにほへる香《か》かもほととぎす鳴く夜の雨にうつろひぬらむ（巻一七・三九一六）

（橘の花のにおっている香《かお》りは、ほととぎすの鳴くこの夜の雨で消え去ってしまったであろうか。）

と、それに近い、

かぐはしき花橘を玉に貫き送らむ妹はみつれてもあるか（巻一〇・一九六七　作者未詳）

（美しい―香りのよい―花橘を緒に貫いて送ろうと思う妹は病みやつれていることであろうか。）

の一首があるくらいであります。

こうした現象は、多様な芳香を題材とする中国の詩文の影響のもとに、万葉時代も末になって、ようやく家持たちの積極的な文芸意識によって香《かお》りが和歌の対象として歌われるようになったことを思わせております。これが平安朝に入りますと、一方で香《こう》が発達したこととも相まって、おびただしい花の香《か》の歌が古今和歌集をにぎわしてゆくようになるのであります。

5　ほととぎす

ここで鳥の方のお話に移りたいと思います。

万葉集に現われる鳥は、はじめに申しましたように三五種にものぼり、ただ鳥などとある関係歌を含みますと六〇〇首近くの歌に詠まれておりますが、数でいうとほととぎすが断然トップを占めております。

ほととぎすは万葉では一字一音で「保等登芸須」などと書くほかはすべて「霍公鳥」と表記されています。中国では一般に「杜鵑」「子規」「杜宇」などと書かれるほかにも幾種類もの表記がありますが、この「霍公鳥」はなく、出典は明らかにされておりません。しかし、この文字を音読すればクワツコウ鳥でありまして、「郭公」となんらかのかかわりをもつ表記と考えられるのであります。

ほととぎすも郭公も、鳴き声からつけられた名でありまして、鳴き方はほととぎすが、一般にテッペンカケタカとかトッキョキョカキョクと聞こえるといわれていますように、鋭く、はげしい鳴き方をするのに対し、郭公は御存知のようにカッコウ、カッコウ、とのどかにゆったりと鳴くので、まったく対照的な鳴き声ということになります。しかし、この二つの鳥は同じホトトギス科に属していて、体長は郭公がやや大きい程度で、体形も体色も大体似ているうえに、託卵の習性（鶯などの巣に卵を産んで育ててもらう）も双方にあり、似たところの多い鳥なのであります。しかも万葉にはあの親しみのある鳴き方をする郭公を詠んだと思われる歌が一首もないという現象がありまして、古くから問題となっているのであります。そこで万葉でいうほととぎすとは、さっきの霍公鳥の表記からしてもじつは郭公なのではないかとする説もあります。しかし、そう考えるよりも万葉のホトトギスは双方を含むホトトギス科の鳥の総名ではないかと考えられるのであります。この二つの鳥は大変似ていますが、その習性を分けますと、たとえばホトトギスはさかんに夜鳴くのに対し、郭公はほとんど夜鳴かず、暁から鳴き出すことなどちがう点もあり、それを万葉の歌に当ってみますと、どちらの鳥もホトトギスと言われているように思われるのであります。それにしましても手がかりは少ないので、歌を区別するのは容易ではありませんん、ということは、当時はまだ双方を別の鳥という認識はなく、同じ鳥が時刻や雄《おす》や雌《めす》、あるいは子供と親などによっていろいろに鳴くと思っていたのではないかと考えるのがよいのではないかと私は思っているのであります。このように考えるうえで大変参考になりました本として『万葉集の鳥』川口爽郎（北方新社　昭和五七年）を挙げておきたいと思います。

そこで万葉のホトトギスの歌を見ると藤原夫人《ぶにん》の歌がもっとも古いと思われます。夫人というのは天皇の后の位で、妃と嬪との間に位する。この人は藤原鎌足の娘で、天武天皇の后の一人です。

ほととぎすいたくな鳴きそ汝《な》が声を五月《さつき》の玉にあへ貫《ぬ》くまでに（巻八・一四六五）

（ほととぎすよ、あまりはげしく鳴くな、お前の声を五月の玉にまじえて貫くことができるその日までは）

五月の玉というのは五月五日の節句に飾る薬玉《くすだま》をいい、中国の風習（長命縷《ちょうめいる》）にならって、邪気を払い、長命を祈る呪術として花橘、菖蒲、よもぎなどを五色の糸に貫いて右肩から左脇へ垂らして腰に結んだものでありま す。今日の菖蒲湯などもその名残と考えられます。四月中に早くも鳴き立てている声を愛惜して、五月五日の薬玉として交え貫く日まではあまり鳴くなと命じた女性らしい趣向の歌でありまして、こうした想像はのちに多くの類歌を生み出しますが、その最古の歌として注目に価する歌といえます。

しかし、この鳥は晩年の額田王によって、次のように歌われてもおります。

古《いにしへ》に恋ふらむ鳥はほととぎすけだしや鳴きし我が恋ふるごと（巻二・一一二　額田王）

（古へを恋うて鳴く鳥はほととぎすですね、その鳥はおそらく鳴いたことでしょうね、私が昔を恋い慕っているように。）

この歌は「萩」のところで出てきました、天武天皇の皇子弓削《ゆげ》皇子が吉野から明日香京の額田王に贈った、

古《いにしへ》に恋ふる鳥かも弓絃葉《ゆづるは》の御井《みゐ》の上より鳴き渡りゆく（巻二・一一一　弓削皇子）

（古に恋うて鳴く鳥なのでしょうか、弓絃葉の御井の上を鳴きながら飛んでゆくのは。）

の歌に和《こた》えた歌なのです。弓削皇子は天武天皇の次の持統天皇時代は不遇であったようで、その点では額田王も

同じであろうとの心から、父天武帝時代を慕って鳴いてゆくのだろうと言ったのに対し「古に恋ふる鳥」の謎をほととぎすと解き、自分も同じですと、ほととぎすを懐古の鳥とする観念で歌っているものです。これは中国の蜀魂の故事、すなわち蜀の望帝が譲位していったんは山に入ったのですが、のちにもう一度帝位につきたいと思ったが果たせず、死んでほととぎすとなって昔を恋い、昼夜悲しく鳴くという伝説にもとづいて歌っているらしいのであります。中国の詩文では、ほととぎすといえば、この故事をはじめ、人と別れる予兆とするなど、悲運の象徴、あるいは不吉な声として詠まれるのが一般的なのであります。その点で今の二首はその系統に立つものといえます。

しかし、万葉ではこの種の歌はきわめて少なく、圧倒的多数は藤原夫人の歌のように、初夏のもっとも好ましい景物として、初音を待ちわび、鳴き声を讃嘆し、飽きることなく聞き続けたいと願う歌なのであります。こうした美意識は中国にはなく、まったく独自に万葉びとによって育てられたものでありまして、それが長く日本的なホトトギス観となって固定してゆくのであります。

ほととぎすの歌が多作されるのは、やはり季節感や美観が成熟する奈良朝に入ってからで、それ以前とわかるのは、今申した歌も含めて五、六首に過ぎません。そして奈良朝に入ると、さきに橘の花のところでも申しましたように、折からの橘、あやめ、卯の花、藤などと取り合わせられ、類型化しながら詠み継がれてゆくようになります。

ほととぎす花橘の枝に居て鳴き響《とよ》もせば花は散りつつ（巻一〇・一九五〇　作者未詳）
五月山《さつきやま》卯の花月夜《つくよ》ほととぎす聞けども飽かずまた鳴かぬかも（巻一〇・一九五三　作者未詳）
ほととぎす厭ふ時なしあやめ草蘰にせむ日こゆ鳴き渡れ（巻一〇・一九五五　作者未詳）

わかり易い歌なので現代語訳はいたしませんが、鳴き響く声とともに散る橘の花の風情を愛し、五月の山に照る月に卯の花が浮かびあがっている宵に鳴く声はいくら聞いても飽きないと初夏の風景にとけ込ませて賞で、鳴き声はいつ聞いてもよいが、とりわけ五月の節句の日に鳴いてほしいと願ったり、とりどりにこの鳥への愛着を歌うのであります。

このような情趣にもっとも溺れ、その美しさを細かく歌い進めましたのが、万葉最後の歌人大伴家持でありまして、一人で六三首ものほととぎすを詠んでおります。橘のところでもその花の香を詠んでいる新鮮な歌のあることを申しましたが、次にあげた歌は、藤の花の情趣と一体化させて詠んだ長歌の後半であります。

……まそ鏡二上山《ふたがみやま》に　木の暗《くれ》の茂《しげ》き谷辺《たにへ》を　呼び響《とよ》め朝飛び渡り　夕月夜《ゆふづくよ》かそけき野辺に　はろはろに鳴く
ほととぎす　立ち潜《く》くと　羽触《はぶれ》に散らす　藤波の花なつかしみ　引き攀《よ》ぢて袖に扱《こ》き入《れ》つ　染《しま》まば染むとも

（巻一九・四一九二　大伴家持）

（……（鏡のふた）二上山に、木立のこんもりと茂った谷辺を鳴き響かせて朝飛びわたり、夕月がかすかに照らす野辺に、はるかに遠く鳴くほととぎすが飛びくぐってゆくとて、羽を触れて散らす藤の花が懐かしくて、引き寄せて袖にしごき入れた。色が染み付くなら染まってもかまわないと思って。）

「かそけし」「はろはろ」など家持好みの表現はまことに奥深く繊細な情感がこもっておりまして、「立ち潜く」も樹の間をくぐり抜けるほととぎすの姿を的確にとらえた独自な観察であります。その羽に触れて散る藤の花の華麗さと相まって、ほととぎすに寄せる耽美性の強さと感傷性とが、前にあげた作者未詳のほととぎすの歌などの域をはるかに越えて深められているのを読み取ることができるのではないかと思われるのであります。

6　鶯

最後に鶯についてお話いたします。鶯が歌に詠まれたもっとも古いものは、柿本人麻呂歌集にある次の二首です。

春山の友鶯の泣き別れ帰ります間《ま》も思ほせ我《われ》を（巻一〇・一八九〇　人麻呂歌集）

（春山の鶯が友とたがいに鳴き交して別れるように、泣き別れしてお帰りになるその間もずうっと思って下さい、この私のことを。）

春山の霧に惑《まと》へる鶯も我にまさりて物思はめや（巻一〇・一八九二　人麻呂歌集）

（春山の霧の中に迷いこんだ鶯でも、私以上に物思いをすることがあろうか、ないだろう。）

前の歌の上二句は「泣き別れ」を引き出す序詞で、心ならずも別れなくてはならなくなった男に女が贈った歌で、あとの歌はそれに答えたもので、「春山の友鶯」を承けて「春山の霧に惑へる鶯」といい、その鶯と対比して、自分の恋の将来に対する不安な気持を述べたものです。しかし、これらの歌は鶯を序詞として使ったり比喩に使ったりして鶯を直接対象として歌ったものではなく、その姿や鳴き声を問題にしている歌ではありません。すなわち、まだ美的な対象として鶯をとらえていないのであります。

ところが、奈良時代に入りますと、人麻呂の時代から二四、五年後に山部赤人は、

百済野《くだらの》の萩の古枝《ふるえ》に春待つと居りし鶯鳴きにけむかも（巻八・一四三一　山部赤人）

（百済野の萩の古枝に春を待つとて、じっとまっていた鶯はもう鳴きはじめたであろうか。）

あしひきの山谷《やまたに》越えて野づかさに今は鳴くらむ鶯の声（巻一七・三九一五　山部赤人）
（〈あしひきの〉山や谷を越えて人里近い野の小高い所で、今は鳴いているであろう鶯の声よ。）

のように鶯を詠んでいます。可憐な鳴き声に寄せる憧れと春を待って鳴く鳥ないしは春を告げる鳥という観念がこのころから定着しはじめているのを知ることができます。そしてこうした鶯に対する美意識が後世まで一貫してゆくことになります。

鶯を待つ歌を少しあげておきます。

鶯は今は鳴かむと片待てば霞たなびき月は経につつ（巻一七・四〇三〇　大伴家持）
（鶯は今はもう鳴くだろうとひたすら待っていると、霞がたなびき月がすぎてゆきながら……いっこうに鳴きそうもない。）

この歌には「鶯の晩《おそ》く哢《な》くを恨《うら》むる歌」という題詞がついています。「月は経につつ」というのは二月が過ぎて春たけなわの三月になったことをいうのでありましょう。春の半ばを過ぎても鶯の鳴き声が聞かれないもどかしさを嘆いている歌で、家持の越中守時代の歌です。北国越中の風土に即した感慨といえましょう。

同じ家持のもう少し後の歌をあげておきます。

うち靡く春ともしるくうぐひすは植木の木間《こま》を鳴き渡らなむ（巻二〇・四四九五　家持）
（〈うちなびく〉春になったとはっきりわかるように鶯よ、この植木の木の間を鳴きわたっておくれ。）

これは正月六日の歌で鶯の鳴き声を待つ心の歌です。また、鶯の鳴き声をゆかしむものとして、

梅の花咲ける岡辺に家居れば乏しくもあらず鶯の声（巻一〇・一八二〇　作者未詳）

（梅の花の咲いている岡辺に家を造りそこに住んでいると、ふんだんに聞かれることだ、鶯の声が。）

の歌があります。家の近くでさかんに鳴く、春たけなわの鶯を詠んだもので、その声をうれしく聞いているのです。

梓弓春山近く家居れば継ぎて聞くらむ鶯の声（巻一〇・一八二九　作者未詳）

（〈梓弓〉春の山辺に近く家を構えて住んでいらっしゃるのでしたら、しょっちゅうお聞きでしょう。鶯の声を。）

これは山辺に住んでいる人をうらやんでいる歌です。

こういう歌のほかでは梅の歌のところでも申しましたように梅との取り合わせで鶯を歌うものは多く、そのほか雪・柳・竹・卯の花など多様な景物との取り合わせで歌うものが見られるようになります。

御苑生の竹の林に鶯はしば鳴きにしを雪は降りつつ（巻一九・四二八六　大伴家持）

（御苑《ぎょえん》の竹の林の中で鶯はもうたびたび鳴いて春の訪れを告げているのに、雪はまだ降り続いていて。）

うち靡《なび》く春立ちぬらしわが門《かど》の柳の末《うれ》に鶯鳴きつ（巻一〇・一八一九　作者未詳）

（〈うち靡く〉春になったらしい、わが家の門の柳の梢で鶯が鳴きはじめた。）

鶯の通ふ垣根の卯の花の憂《う》きことあれや君が来まさぬ（巻一〇・一九八八　作者未詳）

（鶯がよく通ってくる垣根の卯の花ではないが憂きこと―つらいことがあってか、あの方が来て下さらないよ。）

この歌は上三句が序詞で「夏相聞」に出る歌であります。

そしてついには、

春の野に霞たなびきうら悲しこの夕かげに鶯鳴くも（巻一九・四二九〇　大伴家持）

（春の野に霞がたなびいてなんとなく物悲しい、この夕暮の光の中で鶯が鳴いているよ。）

のように、鶯の鳴き声がそのまま自己の憂愁を象徴するような微妙な陰影に富む歌まで生み出されるにいたるのであります。

7　むすび

以上、わずか花四種、鳥二種しか述べることができませんでした。しかもそれも大雑把なお話でしたが、それらが長い万葉集の歴史の中でどのように歌われ変化していったのかというようなことを申し上げました。それは徐々にではありますが、着実に日本的抒情の源泉として成熟していっていることが読みとれるのではないかと思うのであります。

（専修大学夏期公開講座〈於専修大学生田校舎〉平成四年（一九九二）七月二一日）

六　私と『万葉集』研究

この原稿は平成元年（一九八九）一一月一八日、早稲田大学の教育学部国語国文学会に招かれて講演した時の記録である。演題は「私と『万葉集』研究」で、学生の幹事の方からあらかじめ、

1　研究に携わる前に学生時代興味をもっていたこと
2　万葉集研究に携わろうとしたきっかけ
3　万葉集研究の楽しさと難しさ及び研究方針
4　先生にとって「万葉集研究」とは何か

の四項目について述べよということであった。

今から一〇年以上も昔の講演であるが、今年度いっぱいで定年を迎え、専修大学を去ることになったので、こ

れを機に活字化して、学生諸君に贈ることばに代えたいと思う。

1　研究に携わる前に学生時代興味をもっていたこと

このたびは教育学部の国語国文学会にお招きいただき、まことに有がたく光栄に存じております。しかし、今《きょ》日《う》はここに掲げましたような項目についてお話をせよとのことですので、じつははじめ御依頼を受けた時は大変とまどいました。というのは、何か研究発表の一つもせよというようなことならなんとかできましょうが、このような題目ですと、これは定年前の最終講義でするような内容になります。私はまだこんなことは考えたこともなかったうえに、それほど立派な仕事を積み上げてきたという自信もありませんのに、何か口はばったい自慢話めいたことになりはしないかという心配もあったからです。

しかし、考えてみると、万葉集の勉強をはじめてもう三〇年を越えていますし、年齢もあと三か月ほどで六〇歳になるわけで、皆さんからみれば、もういいおじいさんで（自分ではそんなつもりはありませんが）、仮りに私が東京大学に勤めていたとすれば、来年三月で定年を迎える年でもあるわけですので、この際思い切ってお話することをお引き受けしたような次第です。そこでまあ、私のお話が皆さんの勉強や人生上の役に立つかどうかはあまり自信もありませんが、幹事の方々からの申し出でに添って、とりとめもないお話をはじめたいと思います。

最初に「研究に携わる前に学生時代興味をもっていたこと」は何かということですね。

これには私がなぜ早稲田大学に入学したのかということから始めないとわかりにくいので、まわりくどいようですがそこから始めますと、私の履歴は「柿本人麻呂」の授業を受けられた方はテキストの奥書きで大体おわかりと思いますが、そこには「昭和三二年早稲田大学第二文学部卒業」と記してあります。すなわち昭和二八年に夜の学部に入学したのですが、それは旧制中学（当時は五年で今の高校より一年短い）を卒業して六年後になります。中学を卒業してすぐに進学していれば、早ければ大学は昭和二六年、あるいは二七年に卒業していたわけで、私が大学へ入った時は中学時代のほとんどの同級生は大学を卒業したあとでした。今でいえば六浪で入学したことになります。

それはともかくといたしまして、そんなに遅れてなんでとお思いでしょうが、一つには敗戦直後の混乱で進学を断念しなければならない家庭の事情があったために、働きながらもいつまでもその無念さが残っていて、大学への漠然とした憧れをもっていたこと、もう一つは、こちらの方が重要なのですが。中学時代から田舎で短歌を作っていて、その時の先生が早稲田大学名誉教授であった故窪田空穂(注1)の高弟の真島武(注2)という先生であり、空穂先生の主宰する「槻《つき》の木」という短歌結社に私も所属していたからだと思います。その雑誌には教育学部のT先生もおられましたし、万葉の研究で非常に有名なN先生もおられました。したがって私はこういう方々とは大学入学以前から交際があって、随分刺激を受けていたのであります。

そんなきっかけで、私にとって大学とは早稲田大学でなくてはならなかったのです。しかし、その段階で研究者になろうなどとは夢にも思っていませんでした。入学の目的は古典を広く理解しておきたいという素朴なもので、それがなんらかの形で歌を詠む上でプラスになればよいというような気持でした。一方で勤めも持っていましたし、第二文学部へ入ったのもそのためですが、誰の世話にもならず自分で食べていたものですから、入学しても将来何になろうというようなことは考えませんでした。それでも折角入学したからには、というので、外国・日本を問わず好きな小説を乱読したり、代表的な日本の古典を気ままに読んで過ごしていました。古典は古いものから読み下ろしてゆこうと思い、まず『古事記』を宣長の『古事記伝』で、大学一年の時に通読しました。それには小学校の国語の教科書に「松阪の一夜」というのがありまして賀茂真淵と宣長の劇的な対面の場面で、真淵に激励されて宣長が古事記の研究に励んだという話に感動していたことがあったと思います。ともかく読み終えて、大仕事をしたような気になって空穂先生にその事を申し上げたところ、「やれやれ、それは御苦労なことだったなあ」と哀れむような調子で言われたのを覚えています。そんな労力を費やさなくとも、現代的でよい注釈書がいくらもあるのに、という意味だったのでしょうか。たしかにまことに愚直で、徒労という面も大きかったとあとで思いましたが、宣長の学者としての大きさ、また学問とはこういうものなのかということを肌で感じた最初のできごとでした。また、これは大学二年の時、ある先生が津田左右吉先生の『文学に現はれたる我が国民思想の研究』という四冊から成る大部の本を、すばらしい本だからぜひ読めとすすめて下さいました。それをまともに受けとめて、夏休みに図書館へ通い通読したことがありました。これもまたすすめるだけあって、すごい本だなあと思いました。が、一方で、こういう本は、こちらが古典の内容やストーリーをよく知ったうえで読むもので、たとえばこの古典はかくかくしかじかであると述べられていても、こっちは中味を知らないのですから、そうかそうかと思って読むだけで、身につかないというか、心に残らないということをさとりました。以後、私はまず原典を注釈書や頭注本を使って、自分の目で読むという原典第一主義をとることにいたしました。

このようにして過ごしていましたが、私の関心・興味の中心にはやはり和歌がありました。歌を作っていたので、明治以降の短歌史、とくに啓蒙時代にはじまり、明星派や根岸派の動きや自然主義の歌人たちについて考えてみたり、論争の経過などに興味をもって、卒業論文にしてみようかなどと思ったこともありました。窪田空穂が『明星』から出発した歌人であったことなどもあって、そんなことを考えたのかもしれません。

また、和歌のことを考えるならば、やはり歌論を勉強しなくては、などと殊勝な考えをおこし、岩波文庫の『中世歌論集』という本を、かなり高かったのを買ってきて読んでみたこともありました。しかし、今とちがって岩波の『古典大系』とか小学館の『古典全集』のような注のついた本もない時代ですので、読んでみてもさっぱり分らない。大分我慢して読んだのですが、これは到底手に負える代物ではないと諦めたこともありました。一方では『古今集』『新古今集』など代表的和歌集は空穂先生の『評釈』で読み、これも面白いなあと思ったものでした。が、肝腎の『万葉集』は断片的に、やはりいろいろの入門書や解説書で読むには読んでいましたが、なんといっても『古今集』の四倍を越える歌数のある本ですので、通読はあと廻しになっていたというのが本当のところだったのでしょう。でもやはり和歌の源にあって、日本人の心の原郷でもあるはずの、おそろしく重みのあるこの本を避けていては、折角和歌を勉強した意味もなかろうと思い、これも空穂先生の『万葉集評釈』一二巻にとりかかったのが、大学三年の夏休みの終り頃であったのではないかと思います。というわけは、東京堂から出たこの本は総頁四五九二頁もあり、中途半端な気持では読み通せないと思い、一日五〇頁を読む計画をはじめにたてたことを覚えているからです。読み終った日が昭和三〇年一一月三〇日と一二巻の終りに記してあるのによると、九月から一一月の三か月を使ったことになるのであります。四五九二頁を五〇で割ると九二日です。もちろんいろいろの都合で五〇頁はおろか一頁も読めない日もありましたが、そういう場合はできるだけ翌日に足りない分を補うという読み方をしました。一頁も読めぬ日の翌日は一〇〇頁読むということになります。私はこれを坊さんのする「行《ぎょう》」のように思ってみずからに課したことを記憶しています。これも修行の一つだという考え方です。が、今思うとなんでそんな無理をしたのかとも思うのですが、それはやはり先生の『評釈』がすばらしく面白く、強く引きつけられていたからだと思います。

これは大学一年の時の歌で恥ずかしいものですが、少し披露いたします。

電燈の下に読みゆく『古事記伝』ローソクともし読まましものを

遠つ人我らが祖《おや》の残さしし『古事記』の文字をたどりつつ読む
夜の更けを読めばかなしも『古事記伝』宣長のつく息も聞かれて
先生が筆の御運び馴れそめて読むに楽しも『古今集評釈』

これらは昭和二八年七月一〇日の夜作った四六首の中から抜いたものです。『万葉集評釈』もこんな気持で読みました。

こうして『万葉集』を読み終ったころ、これがちょうど卒業論文の題目と計画書の提出時期であったのです。『評釈』に魅せられていた私はためらいもなく万葉を選んだのでした。

当時はゼミもありませんし、指導もとくにありませんでした。題目を提出したあとで、五、六分程度の面接が二度ありました。一回目が昭和三〇年一二月一五日でした。手許に残っている指導票という小さなカードに日付と指導教授の印が残されているからわかったのですが、二回目は翌年の六月一八日とあります。

指導教授は主査が空穂先生の長男の窪田章一郎先生、(注3)副査が山路愛山の三男、山路平四郎先生で、(注4)ともに早稲田大学名誉教授で現在も八〇歳を越えて御健在であります。

卒業論文の題目は「万葉集歌風と序歌の展開」(三五七枚)でした。ここで申すのも気が引けるほどの大きな題目で、図々しくよくもこんな題をつけたものだと恥ずかしいのですが、これは研究というより、曲りなりにも『評釈』を読み通して興味を覚えたことを感想として自分なりにまとめておきたいという気持から、このような題を選んだのでした。したがって万葉集を研究しようなどということはまだ念頭にはありませんでした。

この論文のことは、じつは昔、『国文学　解釈と鑑賞』という雑誌(昭和四九年三月号)に「私の卒業論文」という題で書かされたことがありますので、詳しいことは省略します。

2　万葉集研究に携わろうとしたきっかけ

そこで次に第二の「万葉集研究に携わろうとしたきっかけ」はということになりますが、その前に申し忘れていたことを一つつけ加えておきます。さっき私は大学に入る時職業をもって自立していたと申しましたが、職場は日本国有鉄道（国鉄）で、今のJRの前身であります。田舎から東京へ転勤してきて、神田駅や鶯谷駅に勤務していましたが、御存知の方もありましょうが、駅は徹夜勤務が原則で、朝出勤すると翌朝引き継ぐまでの二四時間勤務になります。日曜日に出勤したとしても、学校へは週四日しか行けないのです。それも規則正しく勤務表が組まれていますので、どうしても学校へ行けない曜日がきまってくることになります。すなわち、日曜に勤めると月曜が徹夜明けで空きますが、火曜には出勤、水曜が明け、木曜がまた勤務、金曜が明け、土曜が公休となるわけで、火・木の二日は学校へ行けない日になるのであります。しかし、これは初めから判っていたことで、大学は四年で卒業しなくともと入学の頃は思っていたのですが、入学してみるとだんだん勉強の方がおもしろくなりかけてきて、国鉄で一生を送る気持も徐々に失せていましたので、大学一年の時の一〇月に、それまで七年間も勤めてきた国鉄を思い切ってやめてしまいました。その後は弁護士の事務所で働いたり、家庭教師をいくつかやって食いつないでゆくことになりました。

夜更けの食堂に飯《いひ》くらひつつ勤めを思ひ学校を思ふ
学校を休まねばならぬ勤めなり朝《あした》を目覚め寮を出でゆく

国鉄をやめるころの歌であります。

さて、そこで万葉集研究に携わるようになったきっかけですが、じつは郷里の、さっき申した私の歌の指導をして下さった真島先生から、卒業したら帰ってきて高校の教師をしないか、そのつもりなら私が力になろう、という懇切でありがたいお誘いを受けていましたので、初めはそうしようかと思っていたのですが、よく考えてみると、郷里では中学時代の同級生がもう五、六年も前から先生をしているのが何人もいて（旧制の専門学校三年を出ると教員になれたので）、そんな狭い所へ帰って、彼らに先輩面をされ、下風に立つのもなにかいまいましく、いさぎよしとしない気持があって、どうせおくれついでだから大学院へ入ってもう少し勉強してみようかという気持になりました。幸い卒業論文は大変ほめていただき、少しは学問らしいこともできるのかなと思い初めていたこともあります。

結局こんなことで大学院に入って研究することになったわけです。変な言い方ですが、もののはずみのようなもので、私が順調に進学していれば、おそらく国文学は選ばなかったでしょうし、選んでいても郷里へ帰って高校の教員をしていただろうと思います。

大学院に入った年の八月に、かねて発表せよといわれていた卒業論文の一部が『国文学研究』に掲載されました。題して「記紀歌謡に現われた序詞の形態」といいます。初めて書いたものが活字になるというのは大変嬉しいものです。が、それから程なく、『国文学　解釈と鑑賞』（昭和三三年一月号）の学界展望欄で採り上げられ、好意的に激励されたことを思い出します。その部分を引用します。

「木にきりよせつ」加藤諄、「記紀歌謡に現われた序詞の研究《ママ》」橋本達雄（『国文学研究』第一六集）、前者は……（中略）……、後者は記紀歌謡にあらわれた序詞を、現在の諸説を批判しながら、かなり広い視野に立って、自説を出そうと試みたもので、努力は買わるべきであろう。

批評して下さったのは関西大学教授であった吉永登先生で、今年（平成元年）一月、八三歳で亡くなられました。吉永先生とはこれが機縁で、私の書いた論文をお送りして御批評をいただいたり、先生の論文を頂いたり、随分親切にしていただき、いろいろとお世話になりました。私としては終生忘れることのできない恩人の一人となった方です。

ここで余談になりますが、人をほめるということ、それはじつは大変むつかしいことなのですが、きわめて大切なことだと思っています。空穂先生は「人間誰でもいい所を一つや二つ持っていない者はいない。だから少し気にくわない奴だと思っても、そういう面は見ないで、いい所だけ見るようにしてつき合ったらいい」とおっしゃったことがあります。人間誰でもほめられて悪い気のする人はおりません。「おだてれば豚も木に登る」という言葉もあるそうですが、よい所を見出してほめてやる。これは教師にとって忘れてならないことだと思います。常々そう思っていても実際にはなかなかできにくいことですので、自分に言い聞かせながら、皆さんも将来教師になられる人が多いと思いますので、一言余計なことまで申しました。

こんなことを申しますのは、ふり返ってみると私の人生も、おだてられながら、それに乗ってきたところが多いと思うからです。私はどうもおだてに乗りやすい単純なところがあるのだと思っていますが、じつは歌を作り初めた時がそうです。中学時代の文化祭の時に、歌を作って色紙に書いて展示することになって、その歌を、さつき申した真島先生に見て頂いたところ、その時先生がおっしゃることには、「うーん、これはうまい、なかなかいい歌だ、私よりもうまい。これからも作ってみたら」ということだったのです。先生が空穂の高弟であるということも知らなかったとはいえ、そんなに言われるほどよい歌だとは自分でも思いはしなかったのですが、それでも気持のよいもので、それがきっかけで歌を作り続けるようになったのです。論文のことも窪田・山路両先生や吉永先生のお言葉がなかったら、その後研究を続け、論文を書くようにはならなかったとも思います。私はほんとうによい先生に恵まれたとしみじみ思うのです。

結局、万葉集研究に携わるようになったきっかけといえば、卒業論文で万葉集を取り上げたことによる周囲の先生方のはげましのおかげであるといってよいと思いますし、それがとても苦しいことであるとともに面白かったということに尽きるかと思います。

3　万葉集研究の楽しさと難しさ及び研究方針

次は第三の「研究の楽しさ・難しさ・研究方針」ということですね。

どの分野の文学研究であっても楽しさと難かしさは表と裏のような関係にあって、とくに万葉集研究が特殊であろうとは思いませんが、文学作品を自由気ままに読んでいるうちは大抵楽しいもので、とくに万葉集はそうです。それは作品自体が描き出す人生の哀歓が今もなお新鮮な共感を呼び起こし、力強く胸に伝わってくるからでしょう。昔の人も今と同じようなことに悩み、苦しみ、また、喜んで生きていたのだなあ、という感動です。けれども、これは研究の楽しさとは異なるものでしょう。それが研究となると、そんな甘い感傷的なことは言っていられなくなるからで、おしなべて苦しみに変ってきます。そしてその苦しさを乗り越えて一つの論文を書き上げた時に、やっと楽しさが湧いてくる。研究の楽しさとはそうしたものではないかと思うのです。やや抽象的な言い方ですので、話を万葉に戻しますと、万葉集研究ばかりでなく上代文学の研究と近世や近代の文学研究との大きな違いは、文献というか資料がほとんどないということです。万葉集をやるとすればその理解を助ける文献といえば、日本書紀・続日本紀という歴史書、それに古事記、あるいは漢詩集の懐風藻、地理書である風土記くらいが主なもので、中心となるのは万葉集一冊にしか過ぎないということです。その一冊を俎の上に乗せ、それをどう調理するか、庖丁のあて方でどのような切り口を見せるか、または見えてくるか、というようなことばかり考えていなくてはならないのです。これが近世や近代のものですと履歴や戸籍など明らかな周辺の材料が沢山あるので、考えを進めてゆく上に役立つものが多いという違いがあります。それはそれでやはり大変なことと思いますが、上代の場合、ある一つの事実ともう一つの事実があっても、その二つの事実がどういう関係にあるのかわからない場合が多いのです。そしてそれを説明する道はいくつもあって、乱暴な言い方をすれば、かなり勝手なこともいえるのです。いわば点と点とをどういう線で結ぶかということでして、その結び方が論理的・実証的に正しい手続きを踏んで述べられていれば、多くの人々はそれに説得され、一応正しいということになります。今一応といいましたが、また別の結び方を考える人もあとで出てくるので、それが真理となるかどうかは後世にゆだねなくてはならないということになります。

最近、柿本人麻呂について、いろいろな本が出廻っていて、それに興味をもって読まれた人もいると思いますが、これらは大方、さっきいった勝手なことが言える分野だからであります。その元は梅原猛の『水底の歌』にあるようで、このごろではさらに突飛な意見が横行しています。これらは私のいう、正しい手続きを論理的・実証的に踏んでいないものばかりで、間もなく水の泡のように消えてゆくと思います。それは学問ではないからです。小説や物語としては面白くても、それは学問とは別の分野のものとして考えなくてはならないと思います。こういう勝手なものは万葉とか古事記とか、あるいは邪馬台国のものなどにことに多く、平安時代以降のものにほとんどないことでもおわかりいただけるかと思います。そういえば芭蕉が忍者であるという本があると聞きましたが、これも小説でしょうか。多分芭蕉は伊賀の人で、広くあちらこちらと行脚しているところから結びつけたものなのでしょう。読んでいませんのでたしかなことはわかりません。

そこで、楽しさと難しさ、ということについて、自分の体験をもとにもう少し具体的にお話してみましょう。卒業論文で万葉集全体をざっと見たことはさきほど申しました。が、これをやっていて一番心にかかり、この人が分らなければ万葉は分らない、と思ったのが柿本人麻呂でした。万葉初期までの和歌史を総合しつつ新しい分野を大きく拓き、後期へ向けて絶大な影響を与えた人麻呂とは、いったいどういう人なのか、また、どうして文学史上に現われてきたのか、こんなことを漠然と思っていたものですから、大学院に入ってそのことを考えてみようと思ったのです。大学院に入学して間もなくのころ、今もある科目かと思いますが、文献研究という授業をとりました。写本を読んだり作者や出典を調べたりする古典研究の基本的な知識や方法を身につけるための授業です。先生は当時宮内庁書陵部におられ、のちに早稲田の教授になられた伊地知鉄男先生で、今もやはり八〇歳を越えて御健在です（先生は平成一〇年九月に九〇歳で逝去）。

この先生が授業の最初の時間に、写本を読んだり調べたりする資料を院生に割りふってあてがうために、それぞれ何を研究対象にするのかを尋ねられたことがありました。私の順番がきましたので、躊躇することなく「柿本人麻呂をやるつもりです」と答えたところ、先生は非常にびっくりされ、「え！　人麻呂？」と絶句され、それからちょっと間を置いて「人麻呂なんて、まだやることがあるの？」と呆れられたのを覚えています。なんでそんなにびっくりなさったのかはとっさにはわかりませんでしたが、万葉集研究は古典の中でももっとも長い研究史をもち、研究も多面的に掘り下げられているうえに、校本も総索引もすでに大正から昭和にかけて完成しており、これから開いてゆく分野などあまりないと考えられがちですし、まして人麻呂といえば、その中でも調べ尽くされ、新しいことの言えるような分野はないのではないかと思うのが普通で、先生もそんな意味をこめておっしゃったのではないかと思います。事実、なんでこんな対象を選んだのだろうと、あとで何度か思い当りましたし、私より三、四年後輩で、やはり人麻呂で修士論文を書こうとして、とうとうノイローゼ気味になり、しばらく休んで卒業していった者もおります。この男、柔道二段とかで堂々たる体格でしたが、ある時私のところへやってきて、ベソをかきながらこんなことをいうのです。「いろいろと調べたり考えたりして、やっといいことを思いつき、見通しも立ち、これで書けるかなと思って、次に誰か同じことを言っていないかと論文を調べてゆくと、必ずすでにある」というのです。「自分が書こうと思ったことは、みんなすでに誰かがかいている。もう書けない」。これがノイローゼ気味になった理由だったのです。

では私はどうやって人麻呂を書いていったのか。これについて申し上げます。ごく当り前のことですが、初めは人麻呂の作品をていねいに読み、何か問題点はないかと、ずうっと考えていました。しかし、私が問題点と思ったものは、さっきの後輩ではありませんが、やはりほとんど言い尽くされているのです。そのうちに「柿本人麻呂歌集」というものがあって、これが人麻呂の鍵を握っているのではないかと考えるようになりました。人麻呂歌集という本は、もとのままの形で残っているのではなく、万葉集の中に、この歌集から採録したという歌が、いくつかの巻にわかれて三七〇首ほどあるのです。人麻呂が作ったとある歌は八〇首ばかりです。だからこれがわかれば人麻呂もわかるのではないかと考えたのです。ところがこの人麻呂歌集というものがまた大変わからない所の多いものなのです。まず、人麻呂とどういうかかわりのある歌集なのかというところから分らない。

近世の契沖や真淵以来、この歌集のことはいろいろ論じられてきましたが、歌集の歌の作者からして、ある人は人麻呂だといい、ある人は人麻呂の名を借りて後世の歌を集めたものだといい、ある人は民謡だといい、いやはや説も多種多様、議論百出という状態であるわけです。私としては、結局その大部分は人麻呂が作ったものだろうということを、人麻呂作の表現と歌集のそれとを比べることを中心にして四三〇枚ほど書き修士論文にまとめて修士を終りました。二年間なんて、あっという間で、結局人麻呂に至らずその入口でとまってしまいました。博士課程に入ってからは、その修士論文を切り取っては『国文学研究』や『和歌文学研究』などの雑誌に発表しながら、やはり人麻呂歌集にこだわっていたのですが、修士論文の方法では前へ進めない、いや新しい展望が開けてこない、と絶望的になり、一時人麻呂歌集を諦めて、憶良のことを考えたり、万葉から離れて平安時代の和歌を万葉との関係で考えてみようなどと思い、古今集はすでに読んでいましたので、古今と万葉の間を考えたり、さらには後撰集の注釈書を買いこんで初めから丹念にノートをとって読んだり、ほとんど平安時代の和歌のことばかりをやって博士課程の三年が過ぎてしまいました。ふり返ってみると本当につらく、苦渋に満ちた三年間でした。

研究の苦しさということばかり申したようですが、これも才能が乏しいための仕方ない成り行きだったと考えざるをえません。

博士課程を終った昭和三七年四月から、私は早稲田高等学校の専任教員になりました。高校の教師というものはまことに忙しいもので、なかなか勉強のひまがとれないものです。大学院を終ってすぐ大学の教員になれる人はよほどできる人か運のいい人、あるいは東大とか京大の大学院を出た人などでしょう。当時の早稲田は、今でもあまり変りはないでしょうが、そんな状態ではありませんでした。先輩や後輩を見ても、高校の教員をやって勉強をやめていった人が沢山おります。その忙しい中で勉強を続けることができる人が研究者として残るのだと私は考えています。「継続は力なり」といいますが、継続すること努力することも私は才能の一つだと考えます。

大学院を終るころだったでしょうか。卒業論文の時以来お世話になっていた山路先生がこんなことをおっしゃいました。私が研究の焦点も定まらず、平安時代の和歌ばかりやっていたからでしょうが、「それはそれで悪いことではないが、折角万葉をやってきたのだから、そちらも忘れず、むしろ中心にして勉強したらどうか」という懇切なアドバイスでした。私としても万葉を忘れ去ろうとか諦めようと思ったのではなく、むしろ平安時代から万葉を眺めて新しい視点でも開けないかと期待してやっていたのですが、それも思うようにゆかない頃でしたので、もう一度万葉に腰を据え直してやってみようと思ったのでした。専任の教員になることもきまっていたので食うには困りません。「石の上にも三年」という諺があります。差し当って三年くらい功をあせらず思い切って沈んでみるのもいいではないか。そんな気持でした。

しかし、人麻呂歌集では完全に行きづまっていましたので、そちらはひとまず忘れることにし、人麻呂その人をいろいろの角度から検討し直してみようと思ったのでした。そして、そこに一筋でも光明が見出せるならば、その視角から再度人麻呂歌集を捉え直すことができるのではないかとも考えたのです。

一、二年のあいだ、私は研究会へも学会にも顔を出さず、人麻呂をもっとも基本的なところから考え直そうと努めてみました。そこでやっと人麻呂が少し見えてきたような気がしたのが、昭和三八年の末ごろで、就職して二年近く経ったころでした、まとめた論文は「人麻呂と持統朝」と題し、昭和三九年三月と七月の二度に分け『文芸と批評』（第三、四号）という同人誌に発表いたしました。これを書き上げた時、それまでにもいくつかの論文を書いてきましたが、一番嬉しい気持を味わいました。あえて研究の楽しさはと問われれば、自分なりに人麻呂が見えてきたということ、しかもこれは今迄誰も気付かずにいた視点であろうということ、そしてこの視点から見れば、今迄見えなかったものが見えてくる。そんな喜びであり、楽しさであったと今にして思います。

では、この論文で私は人麻呂のどういうことを明らかにしたのか、というと、あとになってみれば、なんだそんなことと思うような素朴なことなんです。いってみればコロンブスの卵のようなもので、人麻呂を見る角度を変えただけのものです。ここにそれから約一〇年後に、これらの論文をまとめて出版した私の『万葉宮廷歌人の研究』（昭和五〇年二月）を書評して下さった伊藤博氏の文章があり（注5）ますので、いささか照れくさい気持もしますが、その部分だけ引用してみます。

㈠柿本人麻呂の研究――マスラヲブリ、これは万葉歌風の特徴を蔽うもので、それを代表する歌人が人麻呂だというのが古来の通説であった。そして、人麻呂は男帝天武天皇が築いた体制の中で宮廷讃歌を歌ったとされてきた。ところが人麻呂の作品には不思議な片寄りがある。彼の作品は持統女帝即位と共に現われ、持統他界と共に姿を消す。しかも、彼の表立った作品は持統が天皇であった時代に集中する。この重大な現象を発見したのは橋本氏であった。この発見に基づき、橋本氏は、人麻呂を持統が皇后であった頃の後宮機関に密着する歌人でなかったかと推測し、持統がその子草壁の不慮の死によって天皇の位に即いたことが、人麻呂に歌人としての活躍の場を与え、その作品を社会の表面に押し出す重要な契機となったのではないかと説き、人麻呂文学の形成の由来には女の社会との関連を考慮すべきでないかと論じた。

古く、祭りとそれに伴う歌は「女」が担当するものと決っていたらしい。その伝統は人麻呂より一つ前の天智朝まで続き、その時代を代表して女歌人額田王が活躍した。ところが、次期天武朝を経て持統朝に入ると、そうした歌の分担が突如男に変る。……(中略)……宮廷歌人の女から男への変質について、橋本説は大きな鍵を与えたというべく、その研究は学界の注目を浴びて、橋本氏の出世作となった。(国文学『解釈と鑑賞』昭和五一年五月号)

要するに作品をじっくり読み込み、周辺や背後の事情をしっかり抑え、事実をはっきりさせる。そしてその事実はどうして起こったのかをあらゆる蓋然性を検討しながら推理し解釈する。私の研究方法は一貫してこのような心構えでやってきたつもりであります。研究方針といっても、たとえば文献学的・文芸学的・歴史社会学的・民俗学的・比較文学的研究と、分けてみればいろいろありますが、その方法は対象によって異なり、また総合的になされなければならないと思っています。必要に応じてそのいくつかを併用してゆかなくてはならないということです。

4　私にとって「万葉集研究」とは何か

最後に「私にとって『万葉集研究』とは何か」という問いです。これは大変むつかしく答えにくいことですが、気障《きざ》な言い方をすれば私の人生のほとんどすべてだといえるかもしれません。また、たとえていえば長年連れ添って離れがたい古女房のようなものともいえるのではないかと思います。私ども昭和ひと桁《けた》、しかも前半の人間は概して遊ぶことが下手で不器用なのですが、趣味もなく仕事だけしている、そのような部類に私も入るかもしれません。現代ではやりませんし、少しさびしいことですが、勉強が趣味、あるいは本を読まないと一日気分が落付かないというようなところがあります。専門バカという言葉がありますが、それでもかまわないではないかと思っています。だって、才能の乏しい私が、ともかく今までこうしてやってこられたのは、本を読み、考えること、これの繰り返しでしかなかったからだと思うからです。そろそろ時間でもありますので、これで終ることといたします。

（早稲田大学教育学部国語国文学会〈於教育学部教室〉平成元年〈一九八九〉一一月一八日　のち『専修国文』第六六号〈平成一〇年一月〉に掲載）

（注1）窪田空穂　昭和四二年（一九六七）四月一二日逝去　八九歳。
（注2）真島武　昭和四二年（一九六七）九月三〇日逝去　六三歳。
（注3）窪田章一郎　平成一三年（二〇〇一）四月一五日逝去　九二歳。
（注4）山路平四郎　平成四年（一九九二）四月二二日逝去　八六歳。
（注5）伊藤博　平成一五年（二〇〇三）一〇月六日逝去　七八歳。

II

学術論考——万葉の歌人を論ずる

一　飛鳥前期の歌

1　万葉の胎動

明日香が日本史の主な舞台となるのは、第三三代推古天皇が豊浦宮《とゆらのみや》（明日香村豊浦）に即位し（五九二）、のちに小墾田宮《おわりだのみや》（明日香村雷付近か）に移られてからである。推古朝は聖徳太子が皇太子となり摂政として万機《よろずのまつりごと》を悉《ことごとく》に委《ゆだ》ねられたとあるが、背後には大臣《おおおみ》蘇我馬子《そがのうまこ》の強大な政治力があり、二人の共治体制であったといわれている。その実態については諸説があるが、以下に述べる諸制度の制定などを主導したのは太子であったらしい。

小墾田宮に移った推古一一年（六〇二）一二月には始めて冠位十二階を制定して官人秩序の基本を定めて官司制度を整備し、翌一二年正月には冠位を諸臣に賜い、四月には「皇太子親《みずか》ら肇《はじ》めて憲法十七条を作りたまふ」とあるように、儒教を軸にして臣下の天皇に対する忠誠を説く法を定めている。（注1）また、この年一月一日より、「始《はじめて》用《フ》二暦日《ヲ》一（『政治要略』巻二五）とある。このように官人の秩序や法など諸制度を整備し、皇権を充実して中央集権体制を推進しようとした時代であった。

これに加えて、推古二八年（六二〇）には、皇太子が馬子と議《はか》って「天皇記《すめらみことのふみ》及国記《くにつふみ》、臣連伴造国造《おみむらじとものみやつこくにのみやつこ》百八十部《ももあまりやそとものおあは》并せて公民《おほみたからども》等の本記《もとつふみ》」を録したとあることも、わが国最初の歴史編纂についての記録として、これが未完に終ったものの、新時代への胎動を思わせている。

こうした時代の中で、二〇年（六一二）一月七日、中国風の新しい節日である「人日《じんじつ》」の宴の席で、大臣馬子が天皇の長寿を寿《ことほ》いで歌を奏上している姿はまことに象徴的である。

やすみしし　我《わ》が大君《おほきみ》の　隠《かく》ります　天《あま》の八十陰《やそかげ》　出《い》で立《た》す　御空《みそら》を見《み》れば　万代《よろづよ》に　斯《か》くしもがも　千《ち》代《よ》にも　斯《か》くしもがも　畏《かしこ》みて　仕《つか》へ奉《まつ》らむ　拝《おろが》みて仕《つか》へ奉《まつ》らむ　歌付《うたつ》きまつる（紀一〇二）

内容は広大無辺な天皇の御威光を讃え、天皇に奉仕、服従する官僚として忠誠を誓う歌である。冒頭の「やすみしし」は「我が大君」の枕詞だが、国の隅々までを統治する意で、この歌に初めて出る、内廷で創造された枕詞で、同時期に外廷で用いられはじめたと思われる「天皇」号と表裏の関係にあるものと考えられる。(注2)これに和《こた》えて天皇は、蘇我一門の人々を馬や利刀にたとえ、大君が重用するのももっともなことだと讃えている。

しかし、推古朝も末年から太子の新政は破綻《はたん》したらしく、太子もまた三〇年（六二二）、四九歳で亡くなり、三四年には馬子も世を去る。大臣は馬子の子蝦夷《えみし》に受けつがれ、その子入鹿《いるか》とともに、次の舒明朝から皇極朝にかけて権勢をほしいままにした。推古天皇は三六年（六二八）七三歳で崩じ、舒明朝を迎えることになる。

2　舒明朝の歌

推古朝に掲げられた中央集権国家確立の理想はその後、紆余曲折《うよきょくせつ》しながら大化改新（六四五）、壬申《じんしん》の乱（六七二）を経て天武朝に結実してゆくが、この過程は新たなる貴族階級の成立とともに個我に目覚めた人々によって、それまでの村落共同体的社会の集団的歌謡を創作歌としての抒情詩へと大きく転回させる基盤であった。

その背景には遠く応神朝に伝来したという文字ならびに儒教の精神や欽明朝に公伝した仏教思想などが、古来の信仰や原始的思考を徐々に変革していったことであろうが、万葉時代の「飛鳥前期」はまさしくこの時期にあたっており、文学史上に一回しか経験し得ない貴重で重要な時代であった。もちろんこうした抒情の萌芽する時代に立ち会ったのは、時代の先端にいたごく少数の貴族たちであるので、歌の作者たちはすべて皇室関係者に限られるのは当然であった。その先頭に位置づけられるのが第三四代舒明天皇である。

しかし、万葉集は舒明以前の作者を四人伝えている。その人物は時代順に第一六代仁徳天皇の皇后磐姫、難波（仁徳）天皇の妹《いろも》、第二一代雄略天皇、聖徳太子である。このうち雄略は巻一の、磐姫は巻二のそれぞれ巻頭を飾る。古撰の巻である巻一と巻二の冒頭を万葉集時代から見て古代の英雄的君主と同じく古代の代表的皇后の作を巻頭言のごとく据えたもので、実作ではなく、後世に仮託《かたく》（かこつけて作ること）された作品である。聖徳太子の歌は巻三挽歌の冒頭、難波（仁徳）天皇の妹の歌は巻四の巻頭にある。巻三と四とは巻一と二の形式を踏襲する拾遺歌巻であるので、やはりのちに仮託されて飾られたのである。難波天皇の妹とは仁徳天皇の異母妹で后でもあった八田《やた》皇女をいうらしい。皇女は磐姫の恋のライバルでもあった。

これら四人の歌を除くと、巻一の最初に位置するのが舒明天皇の有名な「香具山《かぐやま》に登《のぼ》りて国見《くにみ》したまふ時《とき》の御《おほ》製歌《みうた》」となる。

大和《やまと》には　群山《むらやま》あれど　とりよろふ　天《あめ》の香具山《かぐやま》　登《のぼ》り立《た》ち　国見《くにみ》をすれば　国原《くにはら》は　けぶり立《た》ち立《た》つ　海《うな》原《はら》は　かまめ立《た》ち立《た》つ　うまし国《くに》ぞ　蜻蛉島《あきづしま》　大和《やまと》の国《くに》は（巻一・二）

（「大和」は奈良盆地の一部。「とりよろふ」は諸説あるが、「神霊の寄りつく」の意に解する。「かまめ」は「かもめ」のこと。「うまし国ぞ」は、よい国だの意）

国見とは高所から国の様子を見てほめ讃え、その年の豊穣をあらかじめ祝う（予祝）農耕儀礼であって、民間や村落共同体の中で発生したものだが、村々が豪族の支配下に入ることによって豪族層のものとなり、さらに天皇家の統一支配によって天皇の行事として定着していったと言われている。事実『古事記』『日本書紀』（以下『記』『紀』と称する）の伝える国見や国見歌は、いずれも偉大な天皇の行為や歌と伝えられているが、内容は素朴、単純なものが多く、たとえば次のような歌がある。

(1) 千葉《ちば》の　葛野《かづの》を見《み》れば、　百千足《ももちた》る　家庭《やには》も見《み》ゆ　国《くに》の秀《ほ》も見ゆ（記四一　応神天皇）

(2) 大和《やまと》は　国《くに》のま秀《ほ》ろば　たたなづく　青垣《あをかき》　山隠《やまごも》れる　大和《やまと》しうるはし（記三〇　倭建命《やまとたけるのみこと》）（注3）

（(1)「千葉の」は「葛野」の枕詞。「葛野」は山城国葛野郡の地。「百千足家庭」は多くの豊かな人家。「国の秀」はすぐれた国土。(2)「国のま秀ろば」はすぐれた国土。「たたなづく」は重なり合う意）

これを舒明天皇の歌と比較すると、内容・形式・リズムなど、どの点から見ても天皇の歌がいちだんと均整の

香久山（南からみたもの）

とれた美しい歌となっているのに気付くだろう。歌はまず、大和の象徴ともいうべき神聖な香具山に立って国見する天皇の雄姿を描き、以下国原と海原の繁栄を炊煙と魚群を追う鷗とによって立体的・動的に歌い、両者を承けて「うまし国ぞ」以下を歌い下ろした調子は端麗で、完璧な国讃め歌となっている。「蜻蛉島」は「大和」の枕詞だが農の豊饒をたたえる働きもしている。国見歌は呪歌（まじないのための歌）で、目に触れた光景を歌う叙景歌ではないので、通説のように海原を埴安池《はにやすのいけ》、鷗を百合鷗《ゆりかもめ》とするのは誤りであって、呪的観念を海と陸にわたらせて表現したものととるべきである。（注4）

だが、それにしても海のない大和の国見歌に海が出るのは不自然なので、本来は「海原云々」の句はなかったのかもしれない。が、天皇支配の拡大とともに、多分難波のイメージをもって、のちに国原に対して歌いこまれたのではなかろうか。ここに陸と海とを豊かに領有した新しい天皇像がある。したがって歌の最後に出る「大和」ははじめの「大和」より領域が拡大していることになる。だからといってもこの歌をただちに舒明の実作とするのもためらわれるところで、おそらく国見する偉大な天皇像を万葉の直接の祖ともいうべき天皇に結びつけて伝承した歌なのであろう。天皇は六二九年即位、翌年岡本宮《おかもとのみや》（明日香村岡の「飛鳥京跡」遺跡の下層か）に移られ、その後田中宮や厩坂宮《うまやさかのみや》に住み、舒明一二年（六四〇）百済宮《くだらのみや》に移って、翌年四九歳で崩じている。百済宮の位置は従来奈良盆地の中央部の広陵町百済と言われてきたが、近年香具山の北東一キロ《メートル》ほどにある吉備池《きびいけ》南辺の東と西から巨大な土壇が発掘され、金堂と塔の基壇であるらしく、百済大寺跡である可能性が強まった。宮跡はまだ不明だが、一一年の記事に「西の民は宮を造り、東の民は寺を作る」とあるので、百済大寺の西にあったと思われ、ならばいっそう香具山に近くなる。天皇が香具山で国見する歌と結びつく一つの契機はこの辺にもあったのではなかろうか。

舒明朝の歌として、もう二種を見ておきたい。その一つは「天皇、宇智《うち》の野《の》に遊猟《みかり》したまふ時《とき》に、中皇命《なかつすめらみこと》の間人《はしひとの》連《むらじ》老《おゆ》をして献《たてまつ》らしめたまふ歌《うた》」と題する長歌と反歌である。

やすみしし　わが大君《おほきみ》の　朝《あした》には　取《と》り撫《な》でたまひ　夕《ゆふへ》には　い倚《よ》り立《た》たしし　みとらしの　梓《あづさ》の弓《ゆみ》の　中《なか》弭《はず》の　音《おと》すなり　朝猟《あさかり》に　今《いま》立《た》たすらし　夕猟《ゆふかり》に　今《いま》立《た》たすらし　みとらしの　梓《あづさ》の弓《ゆみ》の　中弭《なかはず》の　音《おと》すなり（巻一・三）

反《はん》歌《か》

たまきはる宇智《うち》の大野《おほの》に馬《うま》並《な》めて朝踏《あさふ》ますらむその草深野《くさふかの》（巻一・四）

題詞の「宇智の野」は奈良県五条市宇智。「中皇命」はのちにもう一度（巻一・一〇～一二）出るが、女性であり、神祭りに携わる高貴な女性（神と天皇の中立ちをする）の称か。宮廷の重要な行事に際して賀歌を献る風習があったらしく、天皇の皇女間人《はしひと》とするのが穏当であろう。ただし皇女は舒明朝末年でも一三、四歳くらいと考えられるので、歌は皇女を養育した間人家との関係から、題詞に出る間人《はしひとの》連《むらじ》老《おゆ》が皇女になり代って作り、献ったのであろう。

長歌は猟に出発するにあたり、天皇が朝に夕に御愛用の梓の弓を用い、中弭（弦の中間部分）をはじき鳴らして悪霊を鎮める呪術（鳴弦《めいげん》）をし、猟の安全と豊猟を祈って献った賀歌であろう。形式は雄略天皇に袁杼比売《おどひめ》が献ったという「志都歌《しづうた》」に似ていて、

やすみしし　わが大君の　朝《あさ》とには　い倚《よ》り立《た》たし　夕《ゆふ》とには　い倚《よ》り立《た》たす　脇几《わきづき》が下《した》の　板《いた》にもが　あせを（記一〇四）

と同じ型である（「朝と」は朝のほど。「脇几」は脇息。「板にもが」は板になりたい。「あせを」はお兄さんよの意の囃《はや》し詞《ことば》）。

だが、この歌の冒頭の「やすみしし」の句が推古朝に初見することは述べたように、のちにつけ加えられたものであり、「い倚り立たし」「い倚り立たす」の単純な反復を中皇命の歌では「……取り撫でたまひ」「……い倚り立たしし」と変化させ、具体化して対句らしくし、「脇几が下の」以下の通俗性や間のびした、ゆったりとしたリズム、「あせを」の囃し詞など、歌謡的で緩慢な調子を「みとらしの梓の弓の中弭の音すなり」と、「びーん、びーん」と高鳴りする弦の音が聞こえてくるような緊迫感をもって、力強く爽やかな響が集中的に表現されている点など、すでに歌謡の通俗性・平板性を脱しているものである。続く「今立たすらし」の引きしまった反復も新鮮である。「朝猟に」「夕猟に」は一日の猟を表現する型であろう。また「みとらしの」以下四句の反復はこの歌の呪的効果をいっそう高める働きをしている。このように古歌謡をふまえてはいるが、到底同日には論じ難い。いまだ歌謡性を残し、創作歌としての円熟味はないが、生まれ出たばかりの抒情が瑞々しくあふれ出た歌といえよう。

反歌は颯爽《さつそう》と朝猟に馬をならべて進める様子を想像したものである。「たまきはる」はウチや命の枕詞で原義未詳だが、「宇智の大野」と続いてゆくと、明るく広々とした雰囲気を漂わす。「朝踏む」「草深野」など簡潔に圧縮した造語が全体を引きしめて躍動感にあふれている。歌謡と訣別した高らかな響が貫流しているのである。歌は間人老の代作だろうといったが、老は後年遣唐使判官として渡唐する文化人であって、こうした知識人によって中国の詩文が学ばれ、はじめて創作歌への道が開かれていったのである。しかも長歌は古謡をふまえた改作、反歌は新しく、長歌とは別に新境地を開いた歌である。長歌には古くは反歌はなかったが、ついたのはこれが最初で、中国の賦に付された「反辞《はんじ》」を学んだものといわれている。しかし、これは出猟時の予祝歌として別

時に作られた歌で、並び記されていたのを反歌と誤認したとする説もある。(注5)

また、この猟は反歌に「草深野」とあるように、夏五月五日の薬猟《くすりがり》であるらしい。薬猟とは、薬料とする目的で男は鹿茸《ろくじょう》（鹿の袋角）、女は薬草を採取する、大陸風の華やかな開放的遊楽行事であって、推古一九年（六一一）の記事が初見で詳しく、二〇年、二二年にも記事がある。さきの「人日」の節や三月三日の曲水の宴も推古朝に始まるようで、(注6)このころから宮廷の諸行事が整備されてゆくのである。ただし舒明紀には薬猟の記事はない。

舒明朝のもう一種の歌は「讃岐国《さぬきのくに》の安益郡《あやのこほり》に幸《いでま》す時《とき》に軍王《いくさのおほきみ》の山《やま》を見《み》て作《つく》る歌《うた》」（巻一・五～六）であるが、長歌の構造、内容など歌柄が新しく、また飛鳥前期の長歌としては異例に長く二九句もあるところから、この時代の作として疑いが持たれていたもので（『全註釈』、窪田『評釈』など）、作者の軍王も左注でいうように未詳であった。だが、軍王をコニキシ（朝鮮語で百済国王の呼称）と読み、舒明三年（六三一）に人質として百済から入朝した余《よ》豊璋《ほうしょう》とする説が出て、(注7)そこに作品の新しさを求める説もある（伊藤博『釈注』）。だが、伊藤説にしても、のちの斉明朝の作としているのだが、そうだとすると、渡来系歌人がわが国の抒情詩創造に果した役割の一例となろう。このことは後述する。しかし一方では使用語句をめぐって、この時代の歌ではなく、人麻呂時代以降の作とする有力な論もあり、(注8)にわかに決しがたい。したがってこの歌を除くと例は少なくなるが、述べたように、すでに中皇命（間人老）の歌などにみずみずしい抒情の生誕を見るのであり、この時代に歌謡から抜け出た清新な万葉風への一歩が確実に踏み出されたのを知ることができる。

3　大化から斉明朝へ

舒明天皇は舒明一三年（六四一）に四九歳で崩じ、翌年一月、皇后宝皇女《たからのひめみこ》が即位して第三五代皇極天皇となった。翌皇極二年（六四三）には板蓋宮《いたぶきのみや》（明日香村岡の「飛鳥京遺跡」の中層）ができて移った。そしてその四年、舒明・皇極の長子中大兄《なかのおおえ》は中臣鎌子《なかとみのかまこ》（藤原鎌足）らと謀《はか》って蘇我氏の本宗家を倒した。そして退位した天皇に代って、弟の軽皇子《かるのみこ》が即位して第三六代孝徳天皇となり、中国の法制にならった、いわゆる大化改新が断行された。新政府は「大化」の元号を制定して難波に遷都し、次々に新政策をうち出していった。改新の新政は大化五年（六四九）ごろをもって一段落したといわれているが、(注9)その五年三月一七日に左大臣阿倍内麻呂《あべのうちまろ》が病死して間もなくの二四日、右大臣蘇我倉山田石川麻呂《そがのくらやまだのいしかわまろ》は突然讒言《ざんげん》による謀反の罪で中大兄に攻め滅ぼされる事件が起こる。石川麻呂の娘造媛《みやつこひめ》は中大兄の妃《きさき》の一人であったが、父の死に傷心のあまり、悲しみもだえて死没する。愛する妃を失った中大兄がひどく泣き悲しむさまを見て、側近の野中川原史満《のなかのかわらのふひとまろ》が進んで献ったという歌を『紀』は伝えている。

(1)　山川《やまがは》に鴛鴦《をし》二《ふた》つ居《ゐ》て偶《たぐひ》よく偶《たぐ》へる妹《いも》を誰《たれ》か率《ゐ》にけむ　其の一（紀一一三）

(2)　本毎《もとごと》に花《はな》は咲《さ》けども何《なに》とかも愛《うつく》し妹《いも》がまた咲《さ》き出来《でこ》ぬ　其の二（紀一一四）

(1)「偶よく」以下は「仲よくいつもいっしょだった妻を誰が連れ去ったのだろうか」の意

古い時代、人の死にあたり、何らかの所作や舞に伴う歌謡が奏

板蓋宮跡（飛鳥京跡　中層か）

されたことは『魏志』の倭人伝や『記』などが伝えているが、それらの歌は死者の蘇りを願う招魂の呪術に基づき、やがて鎮魂（死者の魂を鎮める）の意味を強めてゆく性格の歌であった。倭建命の死に際して、后たち御子たちが歌ったという。『記』の大御葬歌《おほみはふりのうた》四首はその好例である。一首を挙げる。

なづきの　田《た》の稲幹《いながら》に　稲幹《いながら》に　這《は》ひもとほろふ　薢葛《ところづら》（記三四）

（すぐそばの田の稲の茎に、はいまわっている山の芋の蔓《つる》よ）

この歌は本来童謡とか恋の民謡とか言われている歌だが、「這ひもとほろふ」の句が葬儀における這いまわる儀礼（匍匐礼《ほふくれい》）に通じるところから葬歌に転用されたのであるらしく、表現内容は死を悲しむ感懐からはほど遠いものである。そのようにわが国では歌詞に悲しみを盛る抒情詩としての挽歌はまだ誕生していなかったのである。しかるに上掲の二首はともに歌詞そのものに悲しみを託したものである。(1)は『詩経』や『文選』の中国詩をふまえて歌われていると指摘されているが、「偶へる妹を誰か率にけむ」は哀切である。(2)は不変の自然と移ろい易い人事とを対比して悲しむ中国詩的発想の歌である。ここにおいて初めて挽歌が生まれていることはわが文学史上に画期的なことであった。中大兄がこの二首にいたく感動して、たくさんの褒美を賜わったと記されているのも、これまで体験することのなかった新鮮な感動によるのであろう。歌は中大兄の心情を歌ったもので代作である。また、作者は渡来系の侍臣であった。こうした外来文学の知識や献歌の風習に詳しい人々の手によって、宮廷や民間に伝えられていた歌謡が、集団的一般性を克服し、個人的な創作歌としての抒情詩へと転生してゆくのである。

同様に歌謡と抒情詩とを架橋する位置にある歌がやはり『紀』にある。孝徳天皇が白雉《はくち》五年（六五四）、難波宮で崩じ、皇極上皇が再び位について第三七代斉明天皇となった四年（六五八）五月、皇孫建王《たけるのおおきみ》が八歳で亡くなる。王の父は中大兄、母はさきの造媛であった。だが、そうだとすると建王は母の死後の誕生となり年齢が合わぬが、伝承の間に物語が脚色されたものと考え、その点は問わぬことにする。この王は言語に障害があった。早く母を亡くした孫を斉明はことのほか酷愛していたらしく、自分の死後は必ず合葬せよといい、三首の歌を作ったという。うち二首を掲げる。

(1) 今城《いまき》なる小山《をむれ》が上《うへ》に雲《くも》だにも著《しる》くし立《た》たば何《なに》か嘆《なげ》かむ　其の一（紀一一六）

(2) 飛鳥川《あすかがは》　漲《みなぎ》らひつつ行《ゆ》く水《みづ》の間《あひだ》もなくも思《おも》ほゆるかも　其の三（紀一一八）

これらは諸注がいうように、いずれも民間に類歌が流布しており、発想もそれらに基づくもので、(2)はそのまま恋歌の転用かとも思われる。しかし、(1)は今城の谷の上に殯したとする『紀』の記事に見合う具象性があり、小山《をむれ》なる朝鮮語の使用も新鮮である。(2)もまた上三句の序詞の景と情とが融合して内省的詠嘆が伝わってくる。「何か嘆かむ」「思ほゆるかも」の句はともに記・紀歌謡にこのほか例はなく、万葉時代に用例の多い抒情的な句である。

また、同じ年一〇月、紀温泉《きのゆ》（和歌山県白浜湯崎温泉）に行幸する際に、亡き建王を思い出し、悲しんで歌った三首が伝えられている。歌い方はいっそう個性的・抒情的であるが、今は省略して、同時の旅中詠と思われる歌が万葉集に四首あるので、それについて触れる。その四首とは中皇命の三首と額田王の一首（巻一・九）であるが、額田王《ぬかたのおおきみ》のは、有名な難訓歌で四〇種以上の訓が諸家によって試みられているが定訓はなく手がつけられない。ここでは前者のうちの二首に注目してみたい。

中皇命《なかつすめらみこと》、紀温泉《きのゆ》にいでます時の御歌《みうた》

(1) 君《きみ》が代《よ》も我《わ》が代《よ》も知《し》るや岩代《いはしろ》の岡《をか》の草根《くさね》をいざ結《むす》びてな（巻一・一〇）

(2) 我《わ》が背子《せこ》は仮廬《かりほ》作《つく》らす草《かや》なくは小松《こまつ》が下《した》の草《かや》を刈《か》らさね（巻一・一一）

（(1)上二句は「あなた（中大兄）の寿命も私の寿命も支配している」の意。「や」は詠嘆の間投助詞。「岩代」は和歌山県日高郡南部町《みなべ》岩代。紀温泉まで、海上二〇キロメートルほどの地）

「岩代」は旅の安全を祈り、草や木の枝を結ぶ呪術を実修する地で、(1)はそれに伴う寿歌である。(2)も仮廬は忌み籠りのためのものかといわれ、ともに呪術ないし儀礼に伴う歌であるらしく、とくに個性的な抒情が問題となるような性格の歌ではない。しかし、これらにはすでに原始的な匂いは薄らぎ、歌謡的な調子や類型もなく、(1)には呪性を越えて作者の情愛が明るく流露し、(2)も口頭で歌いかけるように素直でやさしく品位があり、ともに巧まずして抒情性の高い作品となっている。これらの歌は左注では斉明天皇の御製であるという。題詞を実作者、左注を形式作者であるとする伊藤博、中西進両氏の説に従うと(注10)、中皇命が一座の中心者斉明天皇の立場や気持を代弁的に詠じた歌となる。中皇命はさきに述べた間人皇女と思われる人で、舒明朝では呪歌献呈の主体となる人であった。が、ここでは代作する立場で登場する。舒明朝から斉明四年までは二〇年近くもある。その間に、古いわが国の風習は、既述のような渡来系の人々による新しい代作や献歌の風を学びつつ新しい方向に、すなわち、より中国風に傾いていったことを物語るのであろう。

斉明天皇の一行が多くの廷臣たちを従えて紀温泉《きのゆ》に行幸していた留守に、飛鳥では失意のまま恨んで世を去った孝徳天皇の遺児有間皇子《ありまのみこ》の謀反事件が起こった。斉明天皇は派手好みの女性で、大土木工事を方々におこして人々の非難を浴びていたが、留守官の蘇我赤兄《そがのあかえ》は、そうした天皇の失政三か条をあげて有間皇子に謀反をすすめたのである。誘いに乗った皇子は謀略とも知らず喜んで挙兵の謀議をめぐらすが、ことはその夜のうちに破れ去った。赤兄は人を遣わして皇子を捕えて紀温泉に送った。連行の途中、皇子は岩代において二首の歌を残している。題詞は「有間皇子自《みづか》ら傷《いた》みて松《まつ》が枝《え》を結《むす》ぶ歌二首」である。

(1) 岩代《いはしろ》の浜松《はままつ》が枝《え》を引《ひ》き結《むす》びま幸《さき》くあらばまたかへり見《み》む（巻二・一四一）

(2) 家《いへ》にあれば笥《け》に盛《も》る飯《いひ》を草枕《くさまくら》旅《たび》にしあれば椎《しひ》の葉《は》に盛《も》る（巻二・一四二）

（(2)の「家にあれば」は家にいる時はいつもの意。「笥」は食器。「草枕」は旅の枕詞）

「岩代」はさきに出た地。皇子はここで土地の習俗に従い松の枝を結び、身の無事を祈ったのである。すでに運命は動かし難いと諦めていたであろうが、もしやと思う一縷の望みが「ま幸くあらば」の仮定であろう。皇子の悲劇的事件とともに哀切な歌として鑑賞されているが、歌そのものは悲しいとも悔しいとも言わず、切迫感に欠け、(1)は「ま幸くあらば」に心ゆらぎが感じとれる程度である。(2)はたんなる旅の不自由を述べたとしか思われないほど、おおどかで古朴である。このように歌自体に悲しみが求心

有間皇子　結び松の碑

的に歌われていないことは「自傷」の表現がまだ造型できなかった時代の歌として味わうべきものと思われる。(注11)皇子は紀温泉で訊問を受けて帰途、殺害されて終る。年一九歳であった。

飛鳥前期でもっとも注目すべき歌人としては額田王《ぬかたのおおきみ》がいる。作品の配列によると皇極朝時代にはじまり、斉明朝から持統朝に至る四〇年近くにわたって作歌したことになるが、孝徳・天武朝の作はなく、持統朝の歌は私的な相聞で、文学史的にはとくに重要ではない。結局中心となる作歌期間は斉明朝から天智朝の一〇余年間に絞られる。

はじめに出るのは「明日香川原宮御宇天皇代《あすかのかはらのみやにあめのしたしらしめすすめらみことのみよ》」の標題のもとに「額田王《ぬかたのおほきみ》の歌」と題詞にある、

秋《あき》の野《の》のみ草《くさ》刈《か》り葺《ふ》き宿《やど》れりし宇治《うぢ》の京《みやこ》の仮廬《かりいほ》し念《おも》ほゆ（巻一・七）

である。「明日香川原宮」は『紀』には皇極二年（六四三）四月に「権宮《かりみや》より移《うつ》りて飛鳥板蓋《あすかのいたぶき》の新宮《にひみや》に幸《いでま》す」とあるのみで「川原宮」はないが、斉明元年（六五五）板蓋宮が焼失し、一時皇居となった記事がある。「飛鳥川原板蓋宮」（日本霊異記上）とも言ったらしく、あとに出る斉明朝を「後飛鳥岡本宮」と呼んだのと区別して皇極朝を指す称ととれる。広い意味では川原宮も板蓋宮も同所と思われるが、川原寺に寄った所であろう。

一首はかつて近江に旅した途中、宇治で一夜を過ごした時のことをなつかしく回想したものである。左注および『紀』によれば近江の比良宮行幸は大化四年（六四八）と斉明五年（六五九）の二度しか記録がなく、舒明朝の行幸を大化四年に回想したとする説があるが（沢瀉『注釈』）、舒明の行幸の記録はなく、大化四年の皇極上皇の行幸を斉明五年の時点で回想したと見るのが自然で、したがって斉明五年の作ということになろう。歌は上三句、愛着をこめて仮廬を細叙し、下二句は思い入れ深く詠嘆しており、やさしく甘美な回想に誘いこむ。この回想の抒情が詩として高い文芸的香気を放っているゆえんである。追憶の抒情は和歌史上この歌をもって嚆矢《こうし》とすると言われているように、(注12)かかる内省的詩情の表現は当時としては驚くべき新風であったというべきである。

斉明朝の王の歌はもう一首ある。緊迫した国際情勢の中で、わが国は同盟国の百済が唐・新羅の連合軍に侵攻されたのに対し、斉明七年(六六一)、天皇みずから陣頭に立ち救援の大船団を送った。歌はその大船団が伊予(愛媛県)の熟田津《にきたづ》を出航しようとする時のものである。題詞にはただ「額田王の歌」とある。

熟田津《にきたづ》に船乗《ふなの》りせむと月待《つきま》てば潮《しほ》もかなひぬ今《いま》は漕《こ》ぎ出《い》でな(巻一・八)

(熟田津で船出をしようと月の出を待っていると、潮流の工合もちょうどよくなった。さあ今は漕ぎ出そうぞ)

一行は道後温泉で二か月以上も逗留していた。老齢の天皇の保養のためであろうか。が、いよいよ出航の時が来たのである。月の出と潮流とは密接な関係にある。三句目まではその経過を期待をこめて重厚に歌い下ろしてきて一休止し、次の「潮も」の「も」によって月の出を含蓄深く暗示しつつ、一気に中核に迫り「潮もかなひぬ」と力強く言い切り、畳みかけるように「今は漕ぎ出でな」と命令的語気で重々しく言い放っている。歌調は堂々たる重量感と気魄に満ち、格調高く、古来名歌の誉が高い。それにしても、さきの「秋の野」の歌とこの詠風は別人の作と思われるほど一方はやさしく女性的で、こちらは雄渾で男性的である。この相違の解明はそのまま王の歌人としての性格につながるものと思う。この二首はともに題詞に額田王作とありながら、左注では天皇御製とする異伝がある。同様の異伝はさきの中皇命の歌にもあった。すなわち双方とも天皇になり代って作った歌なのである。そして前者は女帝を囲む親密な小集団の中で作られ披露されたものと思われ、その場の性格が女帝になり代わりつつも、同時に自身の抒情となった理由であろう。後者は同じ代作といっても朝鮮出兵という国家的大事に際し、緊張した儀式的な場で、大船団を前にして、全軍の総帥たる天皇の全霊を身にのり移らせ、あたかも巫女の託宣のごとく発せられたものと思われる。帝王の作にふさわしい格調の高さ、命令的語気もかくして理解できるのではあるまいか。

同じ西征途上で、今の熟田津の歌以前の作と思われる歌に、「中大兄の三山の歌」がある。

(1) 香具山《かぐやま》は　畝傍《うねび》を愛《を》しと　耳成《みみなし》と　相争《あひあらそ》ひき　神代《かみよ》より　かくにあるらし　古《いにし》へも　しかにあれこそ　うつせみも　妻《つま》を　争《あらそ》ふらしき（巻一・一三）

反　歌

(2) 香具山《かぐやま》と耳成山《みみなしやま》とあひし時《とき》立《た》ちて見《み》に来《こ》し印南国原《いなみくにはら》（巻一・一四）

(3) 海神《わたつみ》の豊旗雲《とよはたくも》に入日《いりひ》射《さ》し今夜《こよひ》の月夜《つくよ》さやけくありこそ（巻一・一五）

（(1)「畝傍を愛しと」は畝傍をいとしいと思って。「うつせみ」は今の世の人。(2)「あひし時」は争った時。(3)「さやけくありこそ」は清らかであってほしい。の意）

三首とも訓みや解釈に諸説があるが、しばらく右のように解しておく。

大和三山（「山辺の道」より）

大和三山の妻争いの伝説は『播磨国風土記』にも見え、広く知られていたためか、内容には深く触れず簡潔にずばりと述べただけでよかったのであろう。土地の伝説を詠むことは、土地の霊を讃えることに通じ、行旅の安全を祈るためのものである。その前半を承けて、古《いにし》えもそうであったからこそと続け、一首の中心である後半の感懐を思い入れ深く肯定している。(2)も伝説の内容を知らないと理解しがたいほど単純化して印南国原を讃えている。立って見にきたのは『風土記』では出雲《いづも》の阿菩大神《あぼのおおかみ》であるが、その大神が留まったところが印南国原なので、上代の信仰では国原がそのまま大神ということになる。印南は兵庫県高砂市から明石にかけての地であり、『風土記』の伝説はその西方三〇キロメートルほどの揖保郡《いいぼのこおり》の神阜《かみおか》の話としている。両地に同様の伝説があったものと思われる。(3)は左注で「反歌に似ず」とあるように、反歌ではなく、前歌と同じ場所で作った歌が並べ記されていたのを誤認したのであろうか。「旗雲」は瑞雲でめでたいしるし。「豊」は呪的ほめ詞。上三句、海神のたなびかす旗雲にあかあかと入日の射す、荘厳、華麗な光景と下二句の力強い確信に近い願望とがよく調和し、雄大で引きしまった歌調である。おそらく印南の海上で詠んだ歌で、夜の航海の安全を呪的に願う心の歌であろう。

大化から斉明朝にいたる歌の様相は、上述のように多様で一括しがたいが、全体として歌謡性に根ざしつつも抒情性が強まり、文芸的創作歌的方面に進出していることは明らかで、中皇命の素朴で健康な明るさ、中大兄三山歌の簡古でたくましい力強さ、また月明を希求する荘厳な歌、額田王の美しくやさしい追憶の抒情や堂々たる重量感に富む天皇の代作など、この時代特有の新鮮かつ溌剌《はつらつ》とした和歌が定着してゆくさまをうかがうことができる。

斉明天皇はこの出陣の旅中、同年（六六一）七月に北九州の朝倉橘広庭宮《あさくらのたちばなのひろにわのみや》で急死する。六八歳であった。側近額田王は天皇の崩御によって、しばらく活動を中断する。

4　飛鳥前期の相聞

これまで述べてきた歌は、万葉集の三大部立《ぶだて》（分類）のうちでいえば、すべて雑歌《ぞうか》（公的な場におけるさまざまな歌、儀礼歌が多い）、挽歌《ばんか》（人の死を悲しむ歌）に属する歌であった。ここでは残る一部立の相聞《そうもん》（私情を伝え合う歌、主に恋歌）について見ておきたい。

相聞の源流は民間の歌垣《うたがき》などの場における歌の掛け合いにあろうということはすでに言われて久しい。（注13）歌垣の場などにおける恋する男女の性の吸引を主題とする民謡は、どこにでも古くからあって歌い継がれていたと思われるが、それは個人対個人が特定の条件下で交わす歌と異なり、共同体のなかで集団的に応酬され、男対女ならば誰にでも通用するものであった。これらは創作歌としての抒情詩でないことはいうまでもない。しかし、これも一般的抒情開花の方式により、社会秩序や専制国家体制の確立に伴う対立・矛盾などを味わうにつれて、徐々に個の意識に目覚め、本能的性欲が精神的に内面化し純粋化してゆくことにより、抒情化の道をたどってゆくのである。その時期が前述の時期と対応するのは当然であるが、飛鳥前期の相聞のほとんどは前代的掛け合いの技法や民謡の形態を継承しつつ、内容に個人的感情が何らかの形で表現されている歌が多い。だが、伝承・仮託された磐姫の相聞を除けば、巻二相聞は天智朝の歌ではじまり、数も甚だ少なく（一二首）、特定の作者に片寄っている。この現象は、相聞の抒情は雑歌や挽歌と比較して、より歌謡的世界から離陸するのが遅かったことを思わせている。

まず、天智天皇が鏡王女《かがみのおおきみ》と贈答した歌は次のようである。

（1）　妹《いも》が家《いへ》も継《つ》ぎて見《み》ましを大和《やまと》なる大島《おほしま》の嶺《ね》に家《いへ》もあらましを（巻二・九一）

（2）　秋山《あきやま》の木《こ》の下隠《したがく》り行《ゆ》く水《みづ》の吾《われ》こそ益《ま》さめ思《おも》ほすよりは（巻二・九二）

(1)の「継ぎて見ましを」はいつも見ていようものを。(2)の上三句は序詞で「……流れゆく水のように」の意)

天皇の歌は「ましを」を二句と五句で反復する歌謡的調子を伝え、鏡王女の歌も相手の物言いを逆手にとってやり返す民謡の掛け合いの形の歌だが、思慕の情のしみじみとした訴えが比喩的序詞によって活《い》かされ、内省的抒情が相聞の分野においても、ようやく定着する時代に入ったことを思わせている。

また藤原鎌足が鏡王女を娉《つまど》う時に応酬した歌は次のようである。

(1)　玉匣《たまくしげ》覆《おほ》ふを安《やす》み明《あ》けていなば君《きみ》が名《な》はあれどわが名《な》し惜《を》しも（巻二・九三　鏡王女）

(2)　玉匣《たまくしげ》みもろの山《やま》のさな葛《かづら》さ寝《ね》ずはつひにありかつましじ（巻二・九四　藤原鎌足）

（(1)(2)の「玉匣」は覆ふ、みもろの枕詞。(1)は二人の仲を覆い隠すのは容易だといって、夜が明けてから帰ったならば、あなたの浮き名の立つのはともかく、私の名が惜しいことです、の意。(2)はみもろの山のさなかづらのさなではないが、あなたとさ寝なかったら、とても生きていられないでしょう、の意）

この二首も歌垣における機智的掛け合いの呼吸で歌っており、鎌足の「寝る」は歌謡世界の語である。王女の歌はともかく、鎌足のものはまだ民謡的である。もう一首、鎌足が采女安見児《うねめやすみこ》を得た時の歌を挙げておく。

われはもや安見児《やすみこ》得《え》たり皆人《みなひと》の得《え》かてにすとふ安見児《やすみこ》得《え》たり（巻二・九五）

采女とは天皇直属の容姿端麗な女官で、臣下との結婚はかたく禁じられていた。ここは天智天皇が功臣鎌足に特別に賜わった美女だったのだろう。歌はその喜びを即興的に宴席などで誇らしげに歌ったものと想像される。策謀家鎌足としては、まことに単純・素朴で、二句と五句の反復は歌謡のままの形態である。実感が奔騰するように手放しで歌われているが、内面的抒情とはほど遠いであろう。

こうした一般的趨勢の中にあって、一頭地を抜く存在が額田王であった。「額田王、近江天皇《あふみのすめらみこと》（天智）を思《しの》ひて作る歌」とそれに和《こた》えたと思われる「鏡王女の作る歌」と題詞にある歌が巻四相聞の巻頭近くにある。

君《きみ》待《ま》つとわが恋《こ》ひをればわが屋戸《やど》の簾《すだれ》動《うご》かし秋《あき》の風《かぜ》吹《ふ》く（巻四・四八八　額田王）
風《かぜ》をだに恋《こ》ふるは羨《とも》し風《かぜ》をだに来《こ》むとし待《ま》たば何《なに》か嘆《なげ》かむ（巻四・四八九　鏡王女）

額田王の歌は、秋風裏に夫の来訪を待ちこがれる佳人の一瞬のときめきから失望への心ゆらぎを巧みにとらえ、じつに優艶である。鏡王女の相聞は前にも見たが、これは、額田王の落胆を慰めようとして、むしろ羨みの情が中心となり、対比しつつ自《みずか》らの嘆きを深く静かに歌っている。すでに多くの人々によって指摘されているように、[注14]二人の歌は『文選《もんぜん》』『玉台新詠《ぎょくだいしんえい》』など、中国六朝《りくちょう》の詩文の情詩に同想のものが多く、それらの翻案ともいえるもので、必ずしも体験的な歌とは考えがたい。題詠的な歌がのちに王の境涯と結びつき、語り継がれたものかも知れない。それにしてもこの繊細な情感を柔かく表現した詠風は新し過ぎるほど王朝風で新鮮である。額田王の他の作品はすべて巻一と二にあるのに、これだけは別なこともあって、後人の仮託と考える説もあるが、確証もないまま、仮託説は採らないでおく。

5　天智朝の歌

天智朝の相聞については触れてきたが、ここでは歴史の流れにそって、そのほかの歌について述べてゆくことにする。

額田王は、前述のように斉明天皇と作品を共有していることからして、天皇の側近として若くから（多分大化ごろ）寵愛され、才藻を高く評価されていたに違いない。そしてこのことが天皇の子の大海人皇子《おおあまのみこ》（のちの天武天皇）に愛されるきっかけとなり十市皇女《とおちのひめみこ》を産むに至ったのであろう。王の作品が斉明崩御を境にして六年間もの空白を見せるのは、崩御を機に一時宮廷を離れていたことを思わせる。だが、宮廷に返り咲くのは、天智六年（六六七）、中大兄の近江遷都に際してであった。

　　額田王の近江国《あふみのくに》に下《くだ》りし時作《ときつく》る歌《うた》、井戸王《ゐのへのおほきみ》即《すなは》ち和《こた》ふる歌《うた》

(1)　味酒《うまさけ》　三輪《みわ》の山《やま》　あをによし　奈良《なら》の山《やま》の　山《やま》の際《ま》に　い隠《かく》るまで　道《みち》の隈《くま》　い積《つも》るまでに　つばらにも
見《み》つつ行《ゆ》かむを　しばしばも　見放《みさけ》む山《やま》を　心《こころ》なく　雲《くも》の　隠《かく》さふべしや（巻一・一七）

　　反　歌

(2)　三輪山《みわやま》をしかも隠《かく》すか雲《くも》だにも心《こころ》あらなも隠《かく》さふべしや（巻一・一八）

(3)　綜麻形《へそかた》の林《はやし》の始《さき》のさ野榛《のはり》の衣《きぬ》につくなす目につくわが背（巻一・一九　井戸王）

（(1)「味酒」は三輪の、「あをによし」は奈良の枕詞。「つばらにも」は十分に、「隠さふべしや」は隠してもよいものか、の意。(2)「心あらなも」は心があってほしいの意。(3)「綜麻形」は三輪山。下句は、衣に染みつくように目に染みついて見えるわが背よ、の意）

(3)が井戸王の和《こた》うる歌《うた》であるが、(2)に左注があって、遷都の時に「三輪山を御覧《みそこなは》す御歌《みうた》」であるという。御歌とあるので、中大兄作とする伝えがあったのであり、遷都という画期的大事に際し、中大兄の名のもとに作られた公的儀礼歌で、やはり王の代作である。この歌は一般に、遷都に当り、大和の象徴である三輪山に惜別の情を手向け、三輪の神霊を鎮め加護を願うための呪歌とされている。ほかに、三輪山を見ることにより、山に籠る天皇霊を中大兄に付着させ、翌年正月の即位の万全を期するためとする考えもあるが、(注15)いずれにせよ三輪山を「見る」ことによる呪歌と考えられる。(1)の長歌は力強く三輪山に呼びかけるように歌い起こし、「山の際に」以下、畳みかけるように二句対を反復して切なる感情を盛りあげ、結末の三句(五・三・七音)に向かって鋭くはげしく集中してゆくもので、この表現は古歌謡のおっとりしたものとは類を異にし、きわめて先鋭な抒情表現を達成しているのである。対句の用い方も古歌謡の単純な反復ではなく、変化に富み効果的である。こうした対句は中国詩の摂取によろうが、間人老の歌(巻一・三)の技法を経て、いっそう洗練されている。(2)の反歌は長歌の要約・反復で、呪的効果を高める働きをしている。(3)の和うる歌は左注に「和歌《こたふるうた》に似《に》ず」とあるように問題はあるが、(注16)見えない嘆きを歌う(1)(2)に対し「目につく」と歌うことにより、呪的意図の貫徹をはかる和歌であるとする説がよさそうである。それにしても同音の反復をくり返す民謡風の覆いがたい歌で、額田王の歌とは対照的である。この額田王の歌も呪的な原始性を基盤にしながら新しい文芸的方法意識のもとに抒情表現が

三輪山

獲得されている。

天智朝の王はかくして前代の職掌を継承して呪歌代作をもって再出発したが、中大兄はかつて母斉明のもとにあった才媛を新朝の出発にあたって召し返し、後宮に列したのであろう。しかし、中皇命の呪歌献呈という伝統的風習が代作という中国的新風によって変質してゆく時代に、そのあとを承けた額田王は、その出発にあたり、すでに新旧の風習を継承していたのであり、秋の野の歌（巻一・七）に、呪歌ならぬ甘美な抒情を託しえたのも、詩才とともに新風に深く薫染していたことを物語る。この一面は天智朝の積極的唐風文化摂取の方針のもとで、呪歌制作という原始性が顧みられなくなるとともに、花やかに開花する。この方向にいっそう拍車をかけたのは、天智二年（六六三）に滅んだ百済の貴族たちが大量に亡命してきたことによって、彼らがもたらした高度な大陸文化の影響である。額田王の作品もその中で、伝統的実用世界の和歌を大陸風の文芸性豊かなみやびの世界へと展開させてゆく。その第一に挙げられるのが、次の春秋の美の優劣を判定する歌である。

冬《ふゆ》ごもり　春《はる》さり来《く》れば　鳴《な》かずありし　鳥《とり》も来鳴《きな》きぬ　咲《さ》かずありし　花《はな》も咲《さ》けれど　山《やま》を茂《し》み　入《い》りて
も取《と》らず　草深《くさふか》み　取《と》りても見《み》ず　秋山《あきやま》の　木《こ》の葉《は》を見《み》ては　黄葉《もみち》をば　取《と》りてぞしのふ　青《あを》きをば　置《お》き
てぞ嘆《なげ》く　そこし恨《うら》めし　秋山《あきやま》われは（巻一・一六）

（「冬ごもり」は春の枕詞。「春さり来れば」は春になると、「しのふ」は賞美する意）

題詞には、天皇が鎌足に、春山の多くの花々のあでやかさ（春山万花之艶）と秋山のいろいろの葉の彩《いろどり》（秋山千葉之彩）と、どちらが趣深いかとお尋ねになった時、額田王が歌《うた》で判定した歌だとある。題詞中で原文で示したカッコ内が、六字ずつの対句になっている点や、わざわざ歌で判定したといっている点からすると、漢詩の遊宴の席で、おそらく宴をしめくくる際に歌ったものと思われる。
まず主題の、春秋の優劣を云々すること自体、昔から自然を神として崇拝の対象としてきた農業国日本では、おのずからに生まれてきたものではなく、中国詩文の美意識を学びつつ獲得した主題といえるであろう。ただし、中国においては、春秋の美の優劣を問題にした詩文は、この時代まだ確実な例がないという。[注17]時代はすでに上層貴族間では自然を生活から分離し、客観化して鑑賞するゆとりを持てるまでになっていたのである。歌は一座の春に味方する者と秋をよしとする者たちの面前で、まず春から歌い出し、それぞれの長所と短所とをほぼ均等に、だが秋がやや劣るかのように挙げ、どちらに味方するともさとらせず、一喜一憂させながら進めてきて、一呼吸おいて間《ま》をとり、卒然と「秋山われは」と判定を下すのである。一座の空気を操りながら、ゆとりをもってにこやかに歌いあげる風貌までしのばせ、喝采のなかで脚光を浴びる、あでやかな遊宴の女王の姿を見るようである。しかもその根拠は示していないが、手に取れるか否かにあるようで、女性らしい美意識による判定と思われる。先代までの呪性は影をひそめ、高度な文芸性とわが国初の風流的自然観を歌った作品として注目される。

おそらくこれと同じころであろう。中大兄が、長かった称制に終止符をうち、正式即位し第三八代天智天皇となった天智七年（六六八）五月五日（端午の節）、近江の蒲生野《かまふの》（近江八幡《おうみはちまん》駅東方の野）で大規模な薬猟《くすりがり》を催した。その折、紫草を栽培する禁野をあちらへ行き、こちらへ行きしながら大海人皇子が、今は天智後宮にある額田王に向かって、愛情を通わすしぐさである袖をしきりに振っている。王はやさしくとがめるように、

茜《あかね》さす紫野行《むらさきのゆ》き標野行《しめのゆ》き野守《のもり》は見《み》ずや君《きみ》が袖振《そでふ》る（巻一・二〇）

（「茜さす」は紫の枕詞。「標野」は立入り禁止の野）

と歌いかける。すると大海人皇子は、

紫草《むらさき》のにほへる妹《いも》を憎《にく》くあらば人妻《ひとづま》ゆゑに吾恋《あれこ》ひめやも（巻一・二一）

（初二句は紫草のように色美しい妹、の意。「人妻ゆゑに」以下は人妻なのに私はどうして恋をしようか、の意）

と、大胆に歌い返す。

古来、天智・天武（大海人）の兄弟の天皇が額田王をめぐって三角関係にあり、恋の葛藤を歌ったとする説が主流であったが、雑歌の部立中にあることは公的行事に力点を置いて伝えられたことを示し、近年では遊猟後の宴席で掛け合いの形で取り交わされた歌と見るのが定説になろうとしている。

王の歌は「茜」「紫」と華麗な色彩を印象せしめ、調子も流麗で明るく派手な作品である。対する大海人の歌は直截で息太く歌い下ろしているが、「紫」のおうむ返しの呼吸、女性を占有する夫の意を含み持つ「標野」や「野守」を受けて「人妻」と対応させ、掛け合いの技巧もぴったりしていて、多分に歌垣的応答の形で歌われている。宴の興に花を添える模擬的相聞だからであろう。ここには早くも恋の風雅を楽しむ大宮人の世界がある。

この遊猟のあった翌天智八年（六六九）、長年天皇を支えてきた藤原鎌足が五六歳で世を去る。そして天皇も、大化以来内外の多難な政局を切り抜けてきて疲れ果てたのか、一〇年（六七一）一〇月ついに病床に臥し、一二月近江大津宮で崩御した。五八歳と伝える。一代の巨星が堕《お》ち、次期皇位をめぐり、天下を二分した古代最大の内乱、壬申の乱が勃発しようとしていた。しかし、そうした空気とは別に、ひたすら天皇を悼み悲しみ、挽歌を捧げる一群の人たちがあった。それはいずれも天皇の生前、身辺に奉仕した後宮の女性たちであった。歌は天皇の不予《ふよ》（病気）、御病急（危篤）から崩後、崩時と続き（崩後と崩時の順が逆なのは、はじめの三首を大后の歌で一括したため）、次に大殯《おおあらき》の時（埋葬以前に遺体を安置し、生けるがごとく仕える祭儀）と時間を追って展開し、最後に額田王の御陵退散の時の歌でしめくくられている。長歌三首、短歌六首、すべてで九首である。

まず「聖躬《せいきゆう》不予《ふよ》の時」大后の奉った歌は、

天《あま》の原《はら》振《ふ》り放《さ》け見《み》れば大君《おおきみ》の御寿《みいのち》は長《なが》く天足《あまた》らしたり（巻二・一四七）

である。寿命の長久を祈る儀礼における呪的な寿歌《ほきうた》である。大空を仰ぎ見るのも祭式における呪的行為であろう。一首は大后がかかる呪術を通して天皇の御寿《みいのち》が天空に充足しているさまをはっきり見て確信していることが「天足らしたり」と断定した表現にあらわれている。大后の切実な願いが重々しい調べと力強く言い切った結句に生かされ、歌柄が大きく、じつに堂々たる風格である。飛鳥前期特有の巻一の四番歌、八番歌、一五番歌などの呪歌に共通するすぐれた歌境である。同じ大后の崩後の歌、

人《ひと》はよし思《おも》ひ息《や》むとも玉鬘《たまかづらかげ》影に見えつつ忘《わす》らえぬかも（巻二・一四九）

（「よし」はたといの意。「玉鬘」は面影の意の「影」の枕詞）

は、死後間もなくの歌であろうが、思慕の深さと悲しみとが、ほかの人との対比のうえで哀切に歌われている。

また、崩時に姓氏未詳の婦人《おみなめ》の作った、

うつせみし、神《かみ》に堪《あ》へねば　離《はな》れ居《ゐ》て　朝嘆《あさなげ》く君《きみ》　放《さか》り居《ゐ》て　吾《あ》が恋《こ》ふる君《きみ》　玉《たま》ならば　手《て》に巻《ま》き持《も》ちて
衣《きぬ》ならば　脱《ぬ》く時《とき》もなく　吾《あ》が恋《こ》ふる　君《きみ》ぞ昨夜《きぞのよ》　夢《いめ》に見《み》えつる（巻二・一五〇）
（初二句は、現世に生きる者は神となった大君とともにあることはできないので、の意）

の歌もまた、表現の稚拙さや歌謡的反復の目立つ歌だが、天皇を玉や衣にたとえ、綿々とした思慕の情を素直に吐露している。しかも伊藤博氏によれば、さきの「玉蘰」は魂祭りの具かといい、この歌の「夢」は忌み屋に籠って夢を得ようとした祭式的行為によるものだろうというように、(注18)いずれも儀礼の場の歌であろうが、そうした場の空気を感じさせないほど人間的情感が豊かにあふれ出ている。遠く葬歌の時代から、野中川原史満《のなかのかわらのふひとまろ》や斉明天皇の建王《たけるのおおきみ》を悼む歌などを経て、万葉集はここにはじめて本格的な抒情挽歌を定着し得たのである。次に大殯の時の歌があるので、この二首は遺体を「殯宮《あらきのみや》」に安置する前、八日間ほどの間に詠まれたものであろうか。
続く「大殯の時」の歌は額田王、舎人吉年《とねりのえとし》の二人の専門的歌人の歌が並び、大后、石川夫人《いしかわのぶにん》と妻の歌が並ぶ。この四首は語句の呼応からみて同じ座の歌と考えられるが、額田王が一座をリードする位置にいたらしく、まず次のように歌う。

かからむとかねて知《し》りせば大御船《おほみふね》泊《は》てしとまりに標結《しめゆ》はましを（巻二・一五一）
（このようになるだろうと前もって知っていたら、大君の御船の泊てた港に標縄を張って悪霊の侵入を防ぐのだったのに）

この歌は訓みや解釈に諸説あるが、今は右のように解しておく。あからさまな感情表出は控えて婉曲に嘆いているが、立場と儀礼の性格をわきまえた歌い方なのであろう。

天智天皇陵

大后の歌は次のようである。

鯨魚《いさな》とり　淡海《あふみ》の海《うみ》を　沖放《おきさ》けて　漕《こ》ぎ来《く》る船《ふね》　辺《へ》つきて　漕《こ》ぎ来《く》る船《ふね》　沖《おき》つ櫂《かい》　いたくな撥《は》ねそ　辺《へ》つ櫂《かい》　いたくな撥《は》ねそ　若草《わかくさ》の　夫《つま》の　念《おも》ふ鳥《とり》立《た》つ（巻二・一五三）

（「鯨魚とり」は淡海の海の、「若草の」は夫の枕詞）

この歌も個人的な悲しみの表現が目立たず、わずかに末の三句（五・三・七音）で、夫の遺愛の鳥であるとともに夫の霊魂が宿ると信じられていた水鳥を飛び立たせてくれるなと、やさしく願い、深い悲しみを余情として感じさせている。表現も古朴である。総じてこの大殯の時の歌は、挙げなかった二首も含めて、大后の「人はよし」の歌や婦人の歌と較べて感情の流露に乏しいが、同じ葬儀の歌といっても、私情の吐露の許される場と、硬直した厳粛な場とがあったと想像される。それゆえの歌調の硬さであろう。これは葬儀をしめくくる、額田王の「山科《やましな》の御陵《みはか》より退《まか》り散《あら》くる時《とき》」に作った歌にも及ぶものである。

やすみしし　わご大君《おほきみ》の　畏《かしこ》きや　御陵《みはか》仕《つか》ふる　山科《やましな》の　鏡《かがみ》の山《やま》に　夜《よる》はも　夜《よ》のことごと　昼《ひる》はも　日《ひ》のことごと　哭《ね》のみを　泣《な》きつつありてや　百《もも》磯《し》城《き》の　大宮人《おほみやひと》は　行《ゆ》き別《わか》れなむ（巻二・一五五）

（「山科」は京都市東山区。「哭を泣く」は声をあげて泣く儀礼。「百磯城の」は大宮の枕詞）

山科の御陵における奉仕がいつ終ったのかは記録もなく判らないが、題詞に「退り散くる時」とあるので、壬申の乱の直前に余儀なく葬儀を切り上げて退散したのではないかと思われる。歌は大宮人たちがそれぞれの悲しみを秘めて墓前から去ってゆく気持を、みずからも含む集団の心情として、広い立場から歌いあげたものである。その立場上、いっそう個に即した悲しみの表現は憚《はばか》られたのであろう。作品がやや形式的で一種のよそよそしさがあるのは、場と王の立場によると考えられる。しかし、このように大宮人を主体として、それを客観視しながら詠ずる方法は、これまでになく新しい。それはやがて集団の心を代弁的に詠ずる次代の宮廷歌人柿本人麻呂の詠法を呼び起こす道でもあった。王はその意味で宮廷歌人の元祖の位置に立つ。このことは作品の輝きのなさと相殺してもなお余りある文学史的栄光を担うものであった。

額田王の歌人としての生涯は天皇たちの代作にはじまり、宮廷の宴席での花形となり、その延長として衆を代表して歌う新しい立場を樹立して終っている。その歩みは飛鳥前期の和歌の展開を一身に具現して次代に引き継いでいるといっても過言ではない。

かくして飛鳥前期は終焉する。壬申の動乱のけたたましい人馬の響とともに歴史は大きく転回して天武朝となり、都は飛鳥浄御原宮《あすかのきよみはらのみや》（明日香村岡の「飛鳥京遺跡」の内郭・外郭とエビノコ郭）に戻る。和歌の世界はしばらく進展はないが、天武朝の国風重視の政策が徐々に実を結び、次の持統朝（六八七〜六九六）にいたって、柿本人麻呂に代表される万葉の最盛期を迎えるのである。

（注1）「憲法十七条」については、聖徳太子の真作とする通説に対し、後世の偽作とする有力な説が提出されている（森博達『日本書紀の謎を解く』中公新書　平成一一年〈一九九九〉一〇月）。
（注2）拙著『万葉集の時空』所収「『やすみししわが大君』考」（笠間書院　平成一二年〈二〇〇〇〉初出平成四年）
（注3）倭建命は天武朝ころまで、天皇とされていたという（吉井巌『ヤマトタケル』学生社　昭和五二年〈一九七七〉）
（注4）山路平四郎『記紀歌謡の世界』（笠間書院　平成六年〈一九九四〉）
（注5）稲岡耕二『万葉集の作品と方法』第一章（岩波書店　昭和六〇年〈一九八五〉初出昭和五三年）
（注6）和田萃『日本古代の儀礼と祭祀・信仰』中（塙書房　平成七年〈一九九五〉）
（注7）青木和夫『日本律令国家論攷』（岩波書店　平成四年〈一九九二〉）
（注8）注5の書第二章
（注9）関晃「大化改新」（『日本の歴史』古代2　岩波書店　昭和三七年〈一九六二〉）、井上光貞『大化改新』（弘文堂〈アテネ新書〉昭和四五年〈一九七〇〉）
（注10）伊藤博『万葉集の歌人と作品』上（塙書房　昭和五〇年〈一九七五〉初出昭和三一年）、中西進『万葉集の比較文学的研究』（桜楓社　昭和三八年〈一九六三〉）
（注11）注2の書所収「有間皇子の挽歌群」
（注12）中西進『万葉史の研究』三、第二章（桜楓社　昭和四三年〈一九六八〉）
（注13）武田祐吉『国文学研究』万葉集篇（大岡山書店　昭和九年〈一九三四〉）、土橋寛『古代歌謡と儀礼の研究』（岩波書店　昭和四〇年〈一九六五〉）など
（注14）土居光知『古代伝説と文学』（岩波書店　昭和三五年〈一九六〇〉）、小島憲之『上代日本文学と中国文学』中（塙書房　昭和三九年〈一九六四〉）など
（注15）拙著『万葉宮廷歌人の研究』第一章（笠間書院　昭和五〇年〈一九七五〉初出昭和四五年）
（注16）森朝男『古代和歌の成立』第一章（勉誠社　平成五年〈一九九三〉初出昭和五二年）
（注17）身崎壽『額田王』（塙書房　平成一〇年〈一九九八〉）
（注18）伊藤博『万葉集の表現と方法』上　第四章（塙書房　昭和五〇年〈一九七五〉）

二　柿本人麻呂の世界

1　はじめに

古来、人麻呂ほど多くの人々に関心を持たれ、崇められた歌人は少ないだろう。すでに万葉集時代の末に、大伴家持は「山柿の門」に至らざる嘆きをもらし、『古今集』の序は「歌のひじり」として称揚している。以来、平安時代・中世を通し、和歌史上第一等の歌人としてその伝記や作歌にもさまざまな尾鰭がつきつつ崇拝・信仰の対象とされ、遂には人麻呂の影像に供物をささげて祭る「人麻呂影供《えいぐ》」のような行事まで行われるに至った。しかもそれは歌人の世界のことばかりではなかった。おそらく近世に入ってからのことであろうが、諸所に祭られた人麻呂（人丸）は、ヒトマルすなわち「火止まる」として火難よけの神とし、あるいは「人産《ひとま》る」で安産の神ともなって庶人の信仰を受けるようなことまで行われた。

しかし、これらの大方は人麻呂の虚像に対するものであって、その変遷をたどることもそれなりに興味あることだとしても、当面の問題ではない。ではその実像はどうかということになるが、近代の科学的研究がおびただしく積み上げてきた研究成果によっても、必ずしも人麻呂の謎や魅力のすべてが解明されているとはいえない。

それどころかますます紛糾するところさえ多いのである。

人麻呂とはいったいいかなる歌人であったのか。人麻呂を知る直接の資料は『万葉集』にしか存しない。結局は万葉の作品をつぶさに読み、その時代や立場などを考えつつ人麻呂に迫って行くことよりほかに道はないということになる。本稿ではそのための基礎的な事項を概説することを主眼とし、具体的な作品論は各項の論述にゆだねることとする。

2　人麻呂の作品

最初に万葉集中における人麻呂関係作品のあり方を見ておきたい。人麻呂の名を付した作品は、およそ二つのあり方をもって出てくる。一つは題詞に「柿本朝臣人麻呂の作る歌」とあるもので「作歌」と呼ばれるもの、もう一つは主として左注に「柿本朝臣人麻呂之歌集中出」「……歌集出」（これは「歌集より出づ」の意と解すべきこと渡瀬昌忠氏の論に詳しい『万葉集講座第五巻』）とある、いわゆる「歌集歌」である。以下「作歌」「歌集歌」の称を用いることにするが、順序として作歌を巻別・部立別に順に掲げて見る（「長」は長歌、他は短歌）。

巻一　雑歌

1　近江の荒れたる都を過ぐる時の歌（二九長・三〇・三一）

2　吉野の宮に幸しし時の歌（三六長・三七、三八長・三九）

3　伊勢国に幸しし時、京に留まれる歌（四〇・四一・四二）

4　軽皇子の安騎野に宿りましし時の歌（四五長・四六・四七・四八・四九）

巻二　相聞

5 石見国より妻に別れて上り来る時の歌（一三一長・一三二・一三三、一三五長・一三六・一三七、或本の反歌一三四、或本の歌一三八長・一三九）

巻二 挽歌

6 日並皇子の殯宮《あらきのみや》の時の歌（一六七長・一六八・一六九、或本の歌一七〇）

7 泊瀬部皇女と忍壁皇子に献る歌（一九四長・一九五）

8 明日香皇女の木𥑪《きのへ》の殯宮の時の歌（一九六長・一九七・一九八）

9 高市皇子の城上《きのへ》の殯宮の時の歌（一九九長・二〇〇・二〇一、或書の反歌二〇二）

10 妻死《みまか》りし後、泣血哀慟して作る歌（二〇七長・二〇八・二〇九、二一〇長・二一一・二一二、或本の歌二一三長・二一四・二一五・二一六）

11 吉備津の采女の死りし時の歌（二一七長・二一八・二一九）

12 讃岐の狭岑島に、石中の死れる人を視て作る歌（二二〇長・二二一・二二二）

13 石見国に在りて臨死《みまか》らむとする時の歌（二二三）

巻三 雑歌

14 天皇、雷丘に御遊《いでま》しし時の歌（二三五）

15 長皇子の猟路《かりぢ》の池に遊《いでま》しし時の歌（二三九長・二四〇、或本の反歌二四一）

16 羈旅の歌八首（二四九・二五〇・二五一・二五二・二五三・二五四・二五五・二五六）

17 新田部皇子に献る歌（二六一長・二六二）

18 近江国より上り来る時、宇治河の辺に至りて作る歌（二六四）

19 柿本朝臣人麻呂の歌一首（二六六）

20　筑紫国に下りし時、海路にて作る歌（三〇三・三〇四）
巻三　挽歌
21　香具山の屍を見て、悲慟《かなし》びて作る歌（四二六）
22　土形娘子を泊瀬山に火葬《やきはぶ》る時の歌（四二八）
23　溺れ死にし出雲娘子を吉野に火葬る時の歌（四二九・四三〇）
巻四　相聞
24　柿本朝臣人麻呂の歌四首（四九六・四九七・四九八・四九九）
25　柿本朝臣人麻呂の歌三首（五〇一・五〇二・五〇三）
巻一五
26　七夕の歌（三六一一）

右のようで、長歌一八首（うち或本歌二）、短歌六六首（うち或本歌八）、合計八四首である。しかし、このうち巻一五に飛び離れてある一首は、天平八年（七三六）、人麻呂時代から四〇年程も後に新羅に遣わされた使人たちが、船中で誦詠した歌で、「右柿本朝臣人麻呂歌」と左注にあるのも以前と異なる。この一連中には巻一や三の人麻呂の歌を誦詠したものも含まれているが、伝来上からいえば巻四までと同列には扱えない。このほかに巻三・四二三左注、巻九・一七六一・一七六二左注の二箇所に、「或は云ふ、柿本朝臣人麻呂の作なりと」とある作品もある。巻三は題詞に「同じ石田王の卒《みまか》りし時、山前王の哀傷《かなし》びて作る歌一首」とあり、山前王は人麻呂とつながりの深い忍壁皇子の子なので、あるいは人麻呂の代作ということも考えられる。巻九のは、巻九自体、人麻呂歌集や他の私家集を資料として編纂しているにもかかわらず、それと別資料であること、および作品内容からみても、人麻呂の実作と考えがたい。伝承の間に人麻呂と結びついた作品なのであろう（阿蘇瑞枝『柿本人麻呂論考』参照）。以下の論述からは不確実なものとしてこの三首を省くことにする。従って作歌の歌数も一覧から巻一五の一首を除き、八三首ということになる。

かくして「作歌」は巻四までに収録されていることがわかる。しかもこれを更に作品の軽重という観点から見ると、巻三以下のものが軽く、巻一、二に採り残した人麻呂作品の拾遺ということができよう。本格的な儀礼性の濃い長歌が巻三にわずか二首（15・17）、それも短篇を収めるに過ぎないこと、作歌事情を記さぬ作（19・24・25）のあること、作歌年月のわかるもののないことなどもこれを物語る。巻一と二とは古来勅撰かとも言われ、万葉集中でももっとも格調高い、本格的な巻とされ、巻三と四とはその拾遺として編まれたとされるが、人麻呂作品のあり方もこれと軌を一にしているといえる。それはともかくとして、簡単な一覧に過ぎないけれども、ここから導かれるいくつかのことを摘記しておこう。

部立別に見てまず目を引くのは、挽歌がきわめて多いということである（長九・短二五）。数だけではなく質的にも高い代表作が巻二には並んでいる。次に多いのは雑歌だが（長六・短二七）、拾遺的な巻三に一八首もあることが注意される。意外に少ないのが相聞で（長三・短一三）、何といっても5が代表しているに過ぎない。

ここでもう少し作品の内容に立ち入ってみると、雑歌では天皇・皇子らの出遊に供奉して作った讃歌（2・14・15）、あるいは皇子の宮に伺候して献った讃歌（17）、讃歌でないにしても出遊に関係ある歌（3・4）が目立つ。1も行幸従駕の歌だとする説もあるほど類似する（北山茂夫『万葉の創造的精神』参照）。挽歌では皇子・皇女らの死を悼んだり（6・8・9）、それにかかわる歌（7）――これは河島皇子が亡くなった時、妻の泊瀬部とその兄弟忍壁に献った歌である――が第一に注目され、次いで宮廷（という中でも後宮か）に奉仕していた采女・娘子の死を悼むもの（10・22・23）、ゆかりもない旅人の死を詠じたもの（12・21）でほとんどを占める。相聞はさきにも触れたが、妻と別れて上京する時の5が特筆される。

このように人麻呂は宮廷と深いかかわりを持ちつつ作歌に従事しているのであって、主流をなすのは天皇・皇子らへの讃歌と皇子・皇女らへの挽歌であった。傍流として相聞の5や挽歌の10の自己の妻を詠じたものがある。これらは一見きわめて私的な作品であるけれども、その歌いぶりは間違いなく聴衆を念頭に置いたもので、妻との生別・死別をテーマに脚色しつつ制作された物語的作品というべく、宮廷人を前に披露されたものである。作歌の場として宮廷サロンのようなもののあったことを想像できる。この系列には11・24・25も含まれるであろうし、披露ということでは12やその他の羈旅歌（16・18・19・20）も含めて考えてよい。

このように公的な場とサロン的な場に作品を提供する歌人のことをわれわれは宮廷歌人と称している。後の笠金村・山部赤人・田辺福麻呂などがこの系統の歌人であるが、人麻呂作品のあり方はその典型を示すものといってよい。ただことわっておきたいことは、万葉時代に宮廷歌人なる呼称や職業があったというのではない。人麻呂は宮廷内のいずれかの部署に勤務し、何らかの業務に携わっていたのであるが、時に応じて召し出され、ほぼきまって作歌を命じられる歌人であったということなのである。このことは後の田辺福麻呂の本職が造酒司にあって、令史であったことによってもうかがうことができる。

最後に、言い残してきた大切な問題として作歌年代がある。これは後に詳述するつもりなので簡単に触れるが、さきの一覧の中で年代のわかるもっとも古いものは6で、持統三年（六八九）四月薨去した日並皇子に対する挽歌である。この年の作としてよいが、内容から見て、翌四年に入ってからの作とも考えられる。年代の一番新しいのは8で、文武四年（七〇〇）四月薨去した明日香皇女に対する挽歌である。これも翌大宝元年（七〇一）の作ということが考えられないわけではない。持統天皇は夫天武の崩後「臨朝称制」して天武の葬儀を二年三カ月にもわたって執行し、更に最愛の日並皇子にも先立たれてこれを送り、天皇として正式に即位したのは四年正月のことであった。人麻呂の出発はちょうどこの頃に当る。持統が孫の文武に譲位したのは六九七年、文武が一五歳の時であって、文武四年（七〇〇）は一八歳に当る。すなわち人麻呂の作歌年代は持統朝の全期を覆い、文武朝の初頭に及ぶ。その間一二年である。

以上、ごく表面的に作歌の概要に触れたに過ぎないが、これを一つの手がかりとして先へ進まねばなるまい。

次に人麻呂歌集について述べよう。作歌にならって巻別・部立別に国歌大観番号をもって掲示し（題詞は省く）、一覧する（「長」は長歌、「旋」は旋頭歌、「非」「略」は短歌の区別であることを示す、後述）。

巻二（挽歌）一四六非（非一首）

巻三（雑歌）二四四非（非一首）

巻七（雑歌）一〇六八非、一〇八七非・一〇八八非、一〇九二非・一〇九三非・一〇九四略、一一〇〇非・一一〇一非、一一一八非・一一一九非、一一八七略、一二四七略～一二五〇略、一二六八非・一二六九非、一二七一非（以上巻七雑歌非一二首、略六首）

一二七二旋～一二九四旋（旋二三首）

巻七（譬喩歌）一二九六略～一三一〇略（略一五首）

巻九（雑歌）一六八二非～一七〇九非、一七一五非～一七二五非（非三九首）

巻九（相聞）一七七三非～一七七五非、一七八二非・一七八三非（非五首）

巻九（挽歌）一七九五非～一七九九非（非五首）

巻一〇（春雑歌）一八一二非～一八一八非（非七首）

巻一〇（春相聞）一八九〇略～一八九六略（略七首）

巻一〇（秋雑歌）一九九六非～二〇三三非、二〇九四非・二〇九五非、二一七八非・二一七九非、二二三四非
　（非四三首）

巻一〇（秋相聞）二二三九略～二二四三略（略五首）

巻一〇（冬雑歌）二三一二非～二三一五非（非四首）

巻一〇（冬相聞）二三三三略・二三三四略（略二首）

巻一一（旋頭歌）二三五一旋～二三六二旋（旋一二首）

巻一一（正述心緒）二三六八非、二三六九略～二四一四略（非一首、略四六首）

巻一一（寄物陳思）二四一五非、二四一六略～二四三三略、二四三四非、二四三五略～二四四八略、二四四九非・二四五〇非、二四五一略～二四六四略、二四六五非、二四六六略～二四八二略、二四八三非・二四八四非、二四八五略～二四八九略、二四九〇非、二四九一略～二五〇七略（非八首、略八五首）

巻一一（問答）二五〇八非～二五一二非、二五一三略～二五一六略（非五首、略四首）

巻一二（正述心緒）二八四一略～二八六三略（略二三首）

（羈旅発思）三一二七略～三一三〇略（略四首）

巻一三（相聞）三二五三長・三二五四非（長一首、非一首）

（問答）三三〇九長（長一首）

巻一四（相聞）三四一七、三四七〇、三四八一、三四九〇（非・略不明四首）

右の如く、長歌二首、旋頭歌三五首、短歌三三三首、合計三七〇首の歌を擁するのが『万葉集』に採録された

人麻呂歌集の歌である。ただし万葉に歌集歌を採録するに当り、「右〇首」と明記している場合は問題ないが、単に「右」とあって首数のないのもあって、その「右」のかかる範囲について疑義の生ずる場合がある。巻九・一七〇九と一七二五の左注がそれで、この範囲については定説がなく、歌数が論者によってやや異なってくる。だが、それにしてもこの作歌の四倍を上回る歌に人麻呂の名が冠せられていることは、歌集と人麻呂との関係を考える上できわめて重要であって、人麻呂の本質を究明する大きな鍵を握っているといってよい。

はじめに採録のされ方について概言すると、巻二の一首は後の増補によること明瞭で、巻二編纂の当初からあったものではない。これを歌集歌でないとする説もあるが、その説は成り立たぬであろう。しかし巻二は当初は歌集歌から採録を意図しない巻であったことはいえる。巻三の一首も「或本の歌」として参考までに収録したものである。はじめからあったとしても、巻の体制からいって積極的な採録ではない。巻一四の四首は歌集から採録したのであろうが、この巻の他の歌と同様に一字一音に書き改められていて特殊である。巻一三の二つの場合は、ともに類歌が直前にあって、その同類ということで一括採録されたことを思わせる。歌集歌たることが左注ではなく、題詞にあるのも他の巻と異なり特殊である。以上の四巻は、それぞれに採録事情を異にするかも知れないが、積極的な採録を思わせず（巻一四の場合は歌集中に東歌とあるのがこれだけだったのかも知れぬ）、他の巻と事情を異にして特殊である。歌数の僅少なこともこれを物語っている。

この四巻を別とすると、他は巻七、九、一〇、一一、一二であって、巻九を除いて作者未詳の巻である。巻九は私家集を主体とした編纂であって、作者判明巻と不明巻の中間的存在ともいえる。それにしても圧倒的歌数が作者未詳の巻にあることは、歌集歌の性格を考える上で一つの視点を与えている。

次に歌体別にみると、作歌に多い長歌がわずか二首、作歌に全くなかった旋頭歌が三五首もあることが注意され（集中の旋頭歌はすべてで六二首、半数以上が歌集歌である）、他はすべて短歌だということである。

さて、歌集歌についてもっとも大切なのは、それらが人麻呂といかにかかわるものかということであろう。多くの論議が近世以来かわされてきたが、結局は不明の部分がきわめて多く、以下に述べる私見も確定的なことではない。しかし、その一部については大方の承認を得る段階に到達しているところがないわけではない。それは主として短歌についてであるが、そのうちの「非略体歌」の性格に関してである。歌集歌は書式の面で大体二様に分れることが古くから注意されてきた。一つは万葉の一般的書式に近く、たとえば、

巨椋乃《おほくらの》　入江響奈理《いりえとよむなり》　射目人乃《いめひとの》　伏見何田井尓《ふしみがたゐに》　雁渡良之《かりわたるらし》（巻九・一六九九）

のごとく記したもの、もう一つは、

白玉《しらたまを》　従手纏《てにまきしより》　不忘《わすれじと》　念《おもひしことは》　何《いつか》　畢《をはらむ》（巻一一・二四四七）

のように、助詞・活用語尾などを極度に省いた書式である。真淵は前者を常体と呼び、後者を詩体と呼んでいる。今は一般に用いられている呼称で、前者を「非略体歌」、後者を「略体歌」と称することにする。さきの一覧で、「非」「略」を付したのはその略号である。概括的に言えば、この非略体歌が人麻呂の自作歌と認められるもので（ただし人麻呂以外の作者名のある少数の歌を除く）、従駕歌・皇子への献歌など宮廷関係歌が多い（阿蘇瑞枝『柿本人麻呂論考』、渡瀬昌忠『柿本人麻呂研究歌集篇上』、後藤利雄『人麿の歌集とその成立』など参照）。巻一三の一首を除き一三一首を数える。

非略体歌中には作歌年代のわかるものが二例存し、後にこれを援用するが、巻一〇・二〇三三の天武九年（六

八〇）が上限となり、巻二・一四六の大宝元年（七〇二）が下限となる。上限は作歌をややさかのぼり、下限は作歌とほぼ一致することが注意される。

では略体歌はどうかというと、計一九七首の殆どが相聞であって、書式・集録の目的などを考える手がかりを与えると思うが、その性格について私見を言えば、民衆的世界に伝承されていた民謡、あるいは人麻呂によるその改作、人麻呂の手になる民謡的次元の作物、人麻呂の体験に即した自作歌などを含む多様な集成であったと思われる。すなわち一刀で両断し得ぬ複雑さをもつ。従って問題も多いのである。ただ略体歌と非略体歌とを何を基準にして分けるかというと、おおむね助詞省略の様態とか、両書式特有の文字遣い、表記などからしているが、未だ客観的に認められる基準はなく、諸家の認定にいくらかの食い違いのあるのが現状である。私見は巻と部立とによって両者を区分するのを原則とし、理由のはっきりつく場合は混入を認めるとする立場によっているが、他の諸家と方法を異にするということを言い添えて置きたい。表記法や書式からだけで截然と分割するのは困難であり、かつ略体歌、非略体歌は内容的にも厳密に分離できぬ面もあり、書式・内容とも重なり合う部分をいくらかは認めなくてはならぬとする考えからである。

残る長歌・旋頭歌についてもはっきりしないことが多い。旋頭歌も表記上から略体・非略体に二分すべきだとする説があって（稲岡耕二「人麻呂歌集略体・非略体表記の先後」『国語と国文学』昭和四三年五月、「人麻呂歌集と人麻呂作歌」『上代文学論叢』所収）、その着目によって見ると一応可能のように思われるが、表記的にも内容的にも短歌の場合ほどにも截然とゆかない。すなわち分離しても両者の重なり合う部分が多いのである。したがって今はしばらく、略体短歌と大よそ同性格の歌群と考えておく。が、本来口誦的・民謡的な旋頭歌が、かくも大量に歌集に収録されてあることは、人麻呂のこの詩型に対する並々ならぬ関心を物語るものであって、人麻呂の基底を探る上で重要な視点を提供するものであろう。

長歌は反歌とも非略体の書式で、人麻呂作とも思われるが、反面伝承歌的でもあり、宮廷の伝承歌を人麻呂が採録したのか、それとも自作か判らぬもの（巻一三・三二五三）と衆庶の世界につながるもの（巻一三・三三〇九）とがあって判然としない。

そのほかまだ問題は多岐にわたってあるが、詳しくは以前述べたこともあるので（『万葉宮廷歌人の研究』）省略し、結論的なことのみ言えば、人麻呂が宮廷歌人として公的に（サロン的場も含む）発表し保存されたものが作歌に多く、他の宮廷関係歌が非略体歌であり（発表されなかったというのではない）、他の主として略体歌は宮廷社会（特に後宮関係）に作歌の規範として提供したものの収録ではなかったかと思われる。

かくして人麻呂関係歌は、作歌・歌集歌を総合すると四五四首の多きに上る。これは集中随一の歌数を持つ大伴家持の四二五首を上回っている。人麻呂の研究はこの歌集歌を含めて、より総合的に進展がはかられねばならないが、それはまだ緒についてばかりの段階で、今後の大きな課題である。

3　柿本氏

前述のような作品を擁して和歌史上に聳え立つ人麻呂のような宮廷歌人が、ではどのようにして出現してくるのであろうか。それについて考えてゆきたい。順序としてその出自、年齢などを調査するところからはじめよう。しかし、そうは言っても人麻呂がいつ生れ、いつ亡くなったのかはどこにも記されていない。その身分さえもよく判らないのである。ただ『万葉集』はその死没について「石見国にありて臨死時《みまからんとする》」と記しているので、身分を知る手がかりとされている。上代の文献ではある人物の死没について記すとき、身分によって「薨」（三位以上）「卒」（四五位）「死」（六位以下）と記す。従って人麻呂が「死」と記されているのは六位以下であったことになる。またこの歌はおおよそ時代順配列をとる巻二挽歌中で、奈良の宮の直前にある。ここから人麻呂は奈良時代に入る前に世を去ったであろうと推定できる。他は作品の一覧を通して知りうることくらいである。これをもう少し具体的にしてゆこう。

上代においては個人の能力もさることながら、その属した氏の職能、育った氏の性格に左右されることもきわめて大きいので、はじめに柿本氏について見る。人麻呂を生んだ柿本氏の本貫（本籍）がどこにあったかということも、古来説が多く定説はないが、近江説、石見説には有力な根拠もなく、やはり大和とするのが穏当である。平安時代の文献ではあるが『新撰姓氏録』には大和国皇別の中に見出され、孝昭天皇の皇子天足彦国押人命を祖先とする伝承を記す。また柿本氏は「朝臣」の姓をもつが、古くは「臣」であり、この臣姓の豪族は畿内およびその周辺を地盤にするとも言われている（阿部武彦『氏姓』）。しかし、この大和説にも二つあって、一つは現天理市、旧添上郡櫟本《そうのかみいちのもと》、もう一つは北葛城郡新庄町柿本である。後者は地名として現存し、捨てがたい魅力もあるが、後世の文献によると、添上郡の郡老として柿本朝臣安吉の名が見え（『平安遺文一』）、柿本氏の氏寺と思われる柿本寺も添上郡にあったという記録がある（『東大寺要録』六）。また『新撰姓氏録』に同祖とする大春日朝臣、あるいは古事記の孝昭天皇の系譜に柿本氏と同族とされる春日臣・大宅臣・粟田臣・小野臣・壱比韋臣などの大方が、奈良盆地北東部を本拠としていることなどを総合すると、現天理市を本貫とする説の方が正しいと思われる。ところで、『日本書紀』の孝昭天皇の条には、さきに柿本氏の祖先とした天足彦国押人命の後裔としては和珥《わに》氏しかあげていないのである。和珥氏は『古事記』の系譜には見られなかった氏である。ことに『古事記』の系譜に登場する氏々との関係が問題となる。しかし、この関係は、五・六世紀の頃有力であった和珥氏の本流が春日と改姓し、続いて柿本などいくつかの氏々に分岐して行ったことを反映するもののようで、一祖多氏の系譜を記す『古事記』と一祖一氏の『日本書紀』との記載方式の差に由来が求められる。結局和珥氏は柿本や春日その他さきにあげた氏々の本家筋ともいうべく、同族ということになろう（岸俊男『日本古代政治史研究』参照)。

和珥氏の本貫はやはり添上郡櫟本町大字和爾にあって、これはさきに柿本氏の本貫に比定した地の北に隣接する地であった。ところで、和珥氏は記・紀によれば五世紀から六世紀にわたり、応神・反正をはじめ欽明・敏達など七人の天皇に九人の后妃を納れ、皇室の後宮機関と密着した有力豪族であった。そして、すでに注意されていることだが、記・紀には和珥氏が伝承したと信じられる多くの歌謡、物語が伝えられている。人麻呂がかかる氏族の伝統の中に生い立っていることは、当然後の人麻呂を生む地盤であったはずである。人麻呂が和歌をもって宮廷に奉仕し、無条件で皇室に寄せる讃歌を奏でている姿は、和珥氏を宗家とする氏の伝統につながるもののごとく、後述するように、人麻呂が宮廷の中でも、特に後宮機関(内廷)に奉仕したと考えられるゆえんも、后妃と深くかかわる和珥氏の支族だったこととつながりを持つもののように思われる。柿本氏は天武朝に至るまで歴史に名を留める人物を出していない。これもあるいは活躍の場が政治的な外廷ではなく内廷にあったことを思わせるものかも知れない。しかしこの辺のことは確定的に言えることではない。和珥氏一族の中で、ほかならぬ人麻呂が活躍するゆえんは、彼の資質によることはもちろんである。だがそれを承知の上で、やはりその資質をはぐくみ育てた氏の伝統ということを考えてみなくてはならぬのである。

4　年齢

人麻呂はいつこの世に生をうけたのであろうか。これが不明なことはさきに触れたが、僅かながらも推定の根拠を与える資料がある。人麻呂歌集歌の上限を語る非略体歌であって、巻一〇・二〇三三の左注に「此歌一首庚辰年作之」とあることである。庚辰の年に作ったというのだが、庚辰は干支の組合せによる年の記し方で、六〇年に一度めぐってくることになる。それで従来天武九年(六八〇)説と天平一二年(七四〇)説とがあって意見が分かれていたのであるが、干支の組合せによる紀年様式の検討から前者と認定した粂川定一氏の説などが出てほぼ確定した感がある（「人麿歌集庚辰年考」『国語国文』昭和四一年一〇月）。かつて武田祐吉氏も、これを天武九年と認定した上で、「この時、少なくとも二〇歳前後」と推定したが（『国文学研究―柿本人麻呂攷』）、この着眼は真淵が、人麻呂の歌に老人の口吻のないことや蔭子の出身を考えた上で下した推定や（『万葉考別記』）これを踏襲する説、あるいは人麻呂作品に歌われた歴史的内容の印象批評を通してする推定などに比べて格段の実証性を持つものであった。問題の七夕歌は、

天の川安の川原に定まりて神競者磨待無

とある、後半定訓のない難解歌であるが、武田説を敷衍すると、次のようなことが言える。(1)七夕伝説は中国伝来の素材で、この歌はその早期に属するが、少なくともこの頃までは中国の『文選』や『玉台新詠』を通して受容したと考えられ、宮廷的な素材であった。(2)一首の内容は前半によれば天の川の安の川原に神々が集まって何かしたと受け取れ、古事記的神話の発想をもつ。人麻呂における国家神話的発想は、宮廷の儀礼を媒介として生長したものであろう（大久保正『万葉の伝統』）。この二点から帰納される宮廷的ということは、遅くとも人麻呂はこの年以前に宮廷に出仕していたことを物語る。出仕の年齢は後の養老の軍防令の舎人任用規定によると二一歳である。人麻呂時代がこれと全く同じだったとする保証はないが、大筋のところで狂わないとすれば、人麻呂はこの年二一歳を越えていたと考えられる。しかも国家神話的発想が宮廷生活を経ることによって形成されてゆく期間を考慮すると、出仕の年から二、三年は経過していたとするのが自然である。仮に二三歳とすると、各時代の年齢は次のようになる。

斉明四年（六五八）誕生

壬申の年（六七二）一五歳
持統元年（六八七）三〇歳
文武元年（六九七）四〇歳
大宝元年（七〇一）四四歳
和銅元年（七〇八）五一歳

奈良遷都（七一〇）以前に世を去ったとすれば、五〇歳をやや越えていたことになる。人麻呂の活動はさきに見たごとく持統朝に始まる。歌集歌の中には今のように天武朝の作品もあろうが、本格的な大作はすべて持統朝に入ってからであった。三〇歳を越え、充実した人麻呂の風姿を思い描くことができる。

5　人麻呂と持統朝

人麻呂はすでに天武朝に出仕していた。が、その具体的な姿はわからない。そこで作品のあり方を手がかりとして、宮廷と人麻呂との関係をより追い上げてみたい。作歌中で制作年次のわかる作品、推定可能の作品を配列してみると、およそ次のようになる。

持統三年（六八九）　日並皇子挽歌（巻二挽歌）
〃　○近江荒都歌（巻一雑歌）
持統三〜五年　○吉野離宮讃歌（巻一雑歌）
〃　○雷丘の歌（巻三雑歌）

持統五年（六九一）　泊瀬部皇女・忍壁皇子献歌（巻二挽歌）
持統六年（六九二）　伊勢行幸時の留京歌（巻一雑歌）
持統六、七年　○安騎野に供奉の歌（巻一雑歌）
持統一〇年（六九六）　高市皇子挽歌（巻二挽歌）
文武三年（六九九）　○長皇子の獦路池出遊の時の歌（巻三雑歌）
文武四年（七〇〇）　明日香皇女挽歌（巻二挽歌）
〃　○新田部皇子献歌（巻三雑歌）

○印をつけたものが年次推定作品である。根拠は省略するが、大きく違うことはなかろうと思う。また掲出しない作品も多いが、それらの大方も右の範囲を出ないだろうと考えられる。

さて右の一覧によって、とりわけ明らかなのは、人麻呂の宮廷関係の儀礼歌が全部含まれているということである。そして文武朝の三種（うち二種は推定）を例外とすると、全部持統朝の作となる。しかも例外とした文武朝の初頭では天皇は若年であり、持統は健在であって、持統上皇の政治力が強く及んでいた時代であった。かくして人麻呂の作歌、とりわけ主要な宮廷関係歌は持統と切り離しがたいつながりを持ちつつ詠出しているという事実を指摘できる。

一般の概説書によれば、人麻呂は持統・文武朝の歌人と説明するのが常である。たしかにこれは誤りではない。だが、このような通説が持統と人麻呂との密接な関係を朧化させてきたことは否めない。従って、作歌時代の把握についても、天武朝に作歌のないのは、まだ作歌に熟達していなかったのであろう、文武朝以降の作品の乏しいのは、すでに晩年であって間もなく世を去ったからであろう、という偶然の問題として考えていたかの感がある。しかしそれを人麻呂の寿命や作歌の習熟と結びつけて説明することは何のいわれもないことである。その証拠に、人麻呂の初作である日並皇子挽歌の制作時は天武天皇の埋葬時期と大差なく、すでに天武朝も末年ともなれば、堂々たる歌を詠み得たとして不自然ではない。しかるにそれは一首もない。また、人麻呂作品の下限は文武四年で、歌集歌（非略体）の下限は大宝元年であった。持統上皇の崩御は大宝二年である。すなわち人麻呂作品の下限は持統崩とほぼ一致し、崩後における文武朝の歌はこれまた一首もない。この現象を結論的に推断するならば、天武・文武両朝における人麻呂は宮廷内において作歌の場をもっていなかったと考えられてくる。ということは換言すれば両朝においては、持統朝のように公的な儀礼歌を献る場も習慣もなかったのだということになる。すなわち人麻呂の宮廷歌人としての役割は持統朝とともにはじまり、持統の崩御で終ったということである。

6　後宮の歌人

では唯一持統の宮廷を舞台とした人麻呂の宮廷内における職掌は何であったのだろうか。これもまた作品から判断するしかないが、さきの一覧によれば、人麻呂の宮廷的作品は持統天皇に対する吉野讃歌、雷丘の歌および諸皇子・皇女に対する挽歌や讃歌が中心をなしていた。ほかに歌集非略体歌の皇子への献歌を加えてみると、人麻呂は天武の諸皇子のほとんどと作歌上つながりを持つことになる。そして、それらをいかなる立場で詠んでいるかを調査してみると、皇子の宮人、舎人、従者、妻、第三者など多様であり、非略体歌では皇子の代作かとも思われる恋の歌なども献じている。したがってこれまでよく言われ、現在においても有力な、草壁（日並）あるいは高市など特定の皇子に直属する舎人であったとするような説は窮屈に過ぎよう。人麻呂は常に特定の個人に直接従属していない。それでいて持統を中心とする皇子・皇女ら貴顕の出入りする場に身を置いている。宮廷内でそのような場はどこかと考えてくると、それは後宮社会であったのではないか。後宮ならば天皇の身内が交流する場としてもっともふさわしい所ではなかろうか。人麻呂が天武朝ではなく、持統朝に入っていきなり出現するという事実を考え合せる時、天武朝では皇后持統の近辺にあって、後宮関係の和歌や詞章のことを掌りつつあったため、表面的な活躍の場がなかったのではなかろうか。

それにしても後宮というと、いかにも女の園というイメージが強く、誤解を招く恐れもあろうが、ここでいう後宮機関とは大和朝廷の公的行政機関に対する天皇家の私的家政機関を指すのであって、前者を外廷と呼ぶなら内廷と称しても差し支えないという程度の拡がりを持たせて考えたい。天武天皇の殯宮儀礼に当って、第一日目に誄を奏上している諸職掌が、いずれも太政官関係の官と区別され、天皇家の家政機関的なにおいのすることについては青木和夫氏に指摘がある（「浄御原令と古代官僚制」『古代学』三ノ二　一九五四年、のち同氏『日本律令国家論攷』一九九二年　岩波書店）。人麻呂がその中のいずれの機関に所属していたかは今の所つめる術もないが、そのせんさくよりも大切なのは、人麻呂を国家権力の中枢たる天皇と直結させ、公的な行政機関の官人として捉えるこれ迄の見方に対し、宮廷内では私的な後宮機関に移し見ることによって、人麻呂作品の本質、ないしはやや大げさに言えば上代和歌の本質が適切に理解できると考えられることである。

さて、皇后を中心とする後宮関係のもっとも重要な仕事は祭祀であろう。祭政一致というように古くは祭祀が政治と一体化していたことは何人も認めるところであって、神の託宣を受けるヒメとそれを政事に移すヒコとの共治体制こそ古来の伝統であった。大化以来の合理的律令体制を目指す国家のあり方からすれば、かかる反近代的・呪術的祭祀は徐々に後宮の奥深く追いやられ、政治の表面に浮び上がることが少なくなってゆくが、一時代前の推古・皇極などの女帝には神事ないし祭祀との密接な関係が指摘できる。この二人の女帝はともに帝位についた後も、聖徳太子や蘇我氏・中大兄に政治は悉く委任して直接携わっていない。また二人とも敏達・舒明の皇后であったことを思うと、彼女たちは帝位を践んだ後もその中心的位置を皇后時代の後宮に保留しつつ、祭祀など後宮関係の諸行事に専念していたことを思わせる。

しかし、持統の場合はこれとやや異なる。彼女もまた政治を委任する皇子がいないわけではなかったが、天智天皇の皇女として冷徹な頭脳を受けつぎ、また、夫天武の片腕として長年政治を助けてきたという自信と非凡な能力をもち、政治の実権は堅く手中におさめていた。これは次期皇位を孫の文武に譲り渡すためという要求に支えられていたことも大きな理由であろう。天武の遺鉢を継いで着実に実行し、安全に皇位を文武に渡したこの女帝に対する持統なる名こそ、まさに言い得て妙な諡号というべきである。したがって持統は天武亡き後の政治の全権を掌握しつつ、同時に皇后以来の後宮の伝統的諸行事に対しても中心的位置を保留し続けていたと考えられる。この推定によれば、従来皇后の私的機関として片隅に追いやられがちであった後宮機関が、天皇の政治生活の一環としての位置を獲得しつつ前面に押し出されてくるとともに、政治的諸儀式と後宮的儀式（祭祀・豊楽・喪葬など）とが微妙に融合・合体し、それぞれの分野に異質な要素の入りこむ契機が生ずると考えられる。この持統朝の特殊な両面性が、本来後宮機関に奉職していたと思われる人麻呂をして、政治的に拡大された場へも進出せしめ、一見きわめて公的・政治的な歌をも作制する立場をも与えたのではないかと考えられるのである。

この仮説は作品の分析を通して裏付けることができる。詳しいことは別に述べたところに譲り（『万葉宮廷歌人の研究』、「柿本人麻呂」『万葉の歌人』〈和歌文学講座５〉）、簡単な指摘にとどめるが、本来後宮主宰の豊楽の場に献る私的な天皇讃歌が、人麻呂の吉野讃歌のように臣下全体のものとして構想され、外廷的な国見儀礼の要素を取り込みつつ制作されていること、これまた後宮に由来する挽歌が、基本的にはその場を継承しつつも、いちじるしく政治的粉飾をまとい、公的性格を強めていることなどである。人麻呂の主要作品のすべては後宮に由緒をもつ分野で、それが外廷的に粉飾、拡大されているのであって、そこに制作の場と享受層の拡大とを見てとることができる。同時に、前代の讃歌や挽歌の比較的単純・短小であったものが、人麻呂によって複雑化・長大化してゆく契機でもあった。

7　時代の背景

人麻呂時代は長い万葉和歌史中でも全盛時代であった。それが人麻呂の天才に負うことはもちろんであるが、人麻呂の活躍もそれを必要とした時代の趨勢と無関係には考えられない。ではいかなる時代であったのか。その地盤に注目してみよう。

人麻呂時代は前述のごとく持統朝だが、時代の流れは天武朝に発しているので除外するわけにはいかない。まず手がかりの一つを漢詩文に求めてみたい。といっても天武・持統朝の漢詩文はほとんどなく、その無いところに意味を読み取ろうというのであるが、目をひくのは『懐風藻』の序文である。序文は神話・国初の時代から説き起し、文字の伝来などに触れつつも、推古朝まで詩文を作る暇のなかったことを述べているが、次の近江朝を詩文の隆盛時として高く評価して讃え、天智天皇の功業に及んでいる。しかしながら次の天武・持統両天皇については全く言を省き、持統に抹殺された大津皇子と同じく天皇に逆らった三輪高市麻呂のことを記すのみで、また次の文武朝に至るや、天皇と時代の支柱であった藤原不比等をあげて讃えている。天武・持統朝には『懐風藻』撰者が理想とする、詩文を通してする君臣和楽の状態がなかったことを物語り、逆に近江朝と文武朝にはあったということなのである。序文は潤色も多く、撰者の立場も考慮に入れて読まねばならぬが、にもかかわらず天武や持統を貶めたり無視する理由もなく、その語るところは当時の実情を適切に記しているものと考えられる。すなわち漢詩文の歴史においては、天武・持統朝は否定的にしか考えられていなかったのである。

これを傍証していると思われるのは、天武・持統朝の対中国の態度である。遣唐使の派遣を例にとると、天智朝は治政わずか一〇年の間に四年と八年の二度も派遣しているのに対し、天武・持統の両朝は一度も派遣なく、それが文武朝の大宝元年に復活しているのである。すなわち三〇年間の空白に両朝がすっぽりと収まるのである。このような空白は舒明朝以来平安時代に入って遣唐使が廃止されるに至るまでの長い期間を通じ二番目に長く、奈良時代以前には全く例を見ない異例の出来事なのであった。しかも両国間の通交を妨げる外的な要因も考えられないとすれば、この措置は、意識的に中国的なものを疎外し、自国内の発展をはかり、自国の文化を高めようとする積極的政策の発露であったろうと思われる。

8　天武・持統朝の政策

次にそれについて述べよう。天武朝はわが古代最大の内乱、壬申の乱（六七二年）を勝ち抜き、近江朝を倒してうち建てられたものであるだけに、その政策も乱の勝利と深くかかわるものであった。乱を勝利に導いた理由としては、天皇の作戦計画と果断な行動によることは言を待たぬが、ほとんど徒手空拳で反乱に立ち上がった天皇を支えたのは、天智朝の急進的唐風政策に不満をもつ地方豪族層、旧氏族層などの支持であった。すなわち合理的律令体制の推進によって、彼らの旧来の特権が奪われていったことが大きいが、そのほか近江遷都によって特権の縮小を余儀なくされた大和の旧豪族層、さらには有力氏族中でも天智朝に重用されなかったものなどもあげられる。加えて天智朝では百済救援のために国を挙げて朝鮮出兵し、莫大な国費を投入したあげく惨憺たる敗北を喫し、その結果国防に一層力を注がねばならなかった。これらもまた諸階層の反感を買ったことであろう。

天武の政治はこの轍をふまぬためにも種々の対策が必要であった。しかし前代以来の律令体制を推進する路線が変更されたのでは決してなかったが、諸階層のもついろいろな不満を、さまざまな形で緩和しつつ慎重に進めることが必要であった。具体的な諸政策については歴史家の研究にゆだねるが（たとえば直木孝次郎『壬申の乱』

一九六一年　塙書房）、当面の問題に即してのみ言えば、これら利害の異なる諸階層の意識を一本化する強力な精神的支柱として、皇室中心の民族の伝統文化を高める方針をうち出したのではなかったか。

壬申の乱を支持した階層は多様であるが、概して一括すれば大化前代の社会機構に郷愁を抱く旧守的な面をもつ。神代以来の皇室奉仕の伝承に誇りをもつ大伴氏を筆頭に、多くのいわゆる天皇近侍の氏族、三輪・鴨など大和土着の宗教的伝統の強い氏族も含まれる。そしてとりわけ、天皇の側近として乱の当初から手足のごとく活動したのは二〇有余人の舎人たちであった。舎人は令制に組み込まれてゆくと、警備係か宿直係程度のものとしか見られなくなるが、およそ大宝以前の舎人は天皇や皇子の侍従的役割を果し、相談役であるとともに主君の運命と浮沈を共にする精神を貫く、いわば身内的な股肱の臣であった。乱は彼らの手によって勝ちとられたのであった。従ってそれぞれ利害を異にしているとはいえ、自らの手で天武朝をうちたてたとする自負や新国家建設への意欲は共通であったろう。この共通の感情を伝統的・民族的な意識で一本化することは、地方豪族層や旧守的氏族層には大化以前の特権の復活を夢見させるがごとく、また令制によると地位の下落する舎人層にも従前の皇室に密着した立場を持続せしめるかのごとく働きかけたのであろう。五〇年ぶりの伊勢斎宮の復活、大祓や竜田風神祭・広瀬大忌祭などの神事を積極的に振興し、一貫して敬神の姿勢を崩していないこと、畿内及び周辺の諸国に勅して、土地の歌謡や芸能を宮中に吸収して保存をはかり、更に典礼化への道を講じていることなどがこれを物語るものであるが、わけても純漢文ならぬ和文脈を基調とする天皇家中心の歴史を記定しようとし、『古事記』編纂を企図していること、古い祝詞や寿詞《よごと》などがこの頃再編成されたと考えられていることなど、すべてこの政策にかかわるものであった。

如上の伝統的・民族的な面を重んじた政策が、その中核にあって古来の伝統を担う和歌に働きかけぬ筈はない。いやむしろ働きかけるという言い方は逆であって、和歌を中心とした国風の振興政策といった方がよく、この気運の下に和歌が強い自覚のもとに制作されてゆくのである。いわば唐風一辺倒であった近江朝文化の達成を、日本風に再構築する底流を天武朝は形造ったのであった。

この天武朝の政策の結実が持統朝であった。天武朝の諸施策の完成はおおむね治政一四年間を費やしており、いわば準備期間ともいうべく、機の成熟を待つ期間であった。天武朝の和歌が極端に乏しいのもこの理由によるところが大きい。持統天皇が皇后時代主宰した後宮社会とは、前述のように祭祀を中心とした、わが国古来の伝統的諸行事を掌るところであり、外来的要素に対する拒絶反応の一番強い部門であった。天武の政策は持統朝においてもっともよく結実する必然性があった。大化以来近江朝に及ぶ時期にあって、大陸の漢詩文に対する和歌の地位は、中国風に飾り立てられた政治的・公的な場においては、おそらく古臭く、低い存在となっていたであろう。祭祀関係の和歌や男女の恋の歌などは後宮社会に伝えられたり制作され続けていたと思われるが、讃歌も挽歌も後宮社会に密着した存在であったことはさきにもいささか触れたごとくであった。いわば和歌の主流をなす分野は後宮社会に息をひそめ、特殊な場合以外、政治的・公的な場への進出はほとんど閉されていたと考えられる。しかし、この和歌の甦る気運が天武朝に醸成され、持統朝の後宮的性格とも相俟って一気に開花し、人麻呂による美事な定着を見たのであった。人麻呂だけのことではない。同時代の高市黒人、長意吉麻呂も、そして若き日の憶良もまた、人麻呂を支え、頂点に押し上げるかのような姿勢で持統朝の和歌興隆の気運を助長している。また、持統天皇をはじめ諸皇子・皇女らの作が、この頃を境にして急速に質を高め、数を増してゆくのも、かかる背景によると考えられる。

しかしながら、和歌の復活といってもただ旧態依然たる再生産であったのではない。大陸の詩文を貪婪に摂取した近江朝の体験を経ていることを念頭に置くならば、それは当然のこととして理解できるであろう。人麻呂たちは、中国の詩文に学びつつも、それと対抗的に競いつつ、まさるとも劣らぬ和歌を構想したことであったろうし、事実人麻呂の諸作品はこれに充分応えるものであった。

9　人麻呂の終焉

主として壬申の功臣層の願いを反映した天武天皇の方針によって、旧守的な時代思潮を背景に盛り上がった人麻呂時代の国風、和歌興隆の気運は、しかしそう長くは続かなかった。すでに持統朝も末年ともなれば、この気運を支え推進した壬申の功臣たちも徐々に世を去り、時代の流れは着実に大前提たる律令制国家建設へと向かっていた。持統朝は旧守的政治思想を持つものと進歩的律令体制を目指す層との力が拮抗しつつも適度のバランスを保っていた時代であったと思われるが、前者の後退は時代の流れともいうべきものであろう。壬申の乱から三〇年の歳月が流れようとしていた、大宝元年（七〇一）、大宝律令制定。大宝二年持統上皇崩御。この頃を最後として人麻呂が万葉の舞台から消え去っていることは前述したが、黒人も意吉麻呂もまた同様であった。壬申の乱を契機として、天武・持統朝の幻想的国風顕揚の精神のもとに、時代の流れに逆行しつつ華麗な大輪の花を咲かせた人麻呂たちの活躍の場は二度とよみがえっては来なかったのだ。約二〇年を隔てて、山部赤人・笠金村らがまた人麻呂を継承し、宮廷歌人として登場するのは、天武の皇孫であり、持統朝の重鎮であった高市皇子の王子長屋王が政権を握り、天武・持統朝の皇親政治を回顧的に復活させようとした時期であった。その後に現れる田辺福麻呂の時代もこれに類似する。人麻呂をはじめとする宮廷歌人が万葉をにぎわすためには、常に天皇を頂点とする皇室中心の政治を願う、旧守的な政権の基盤が必要なのであった。

ここに人麻呂の思想を考えてみるならば、やはり壬申の功臣層の舎人たちと同じく、天皇を頂点としてその下に隷属し、世襲的特権を維持してゆこうとする、大化前代の氏姓制度に郷愁をもっていたと思われる。大和の豪族として、皇室にゆかり深い和珥氏の一族として、天武朝に自己形成していることを思えば、これは当然なことであっただろう。

その身分は五位にも至らぬ微賤な下級官人であったが、にもかかわらず、行幸に供奉して天皇を神として讃える歌を作り、皇子・皇女の薨去には紅涙を絞る強烈な皇室信奉者であった。作品の格調の高さ、情熱的、真率な響は、これが単なる職業的な域を越え、完全に自身の声として歌っていることが証する。いやむしろ、かかる栄ある場にほぼ定期的に召し出され、作歌に従事することができたがゆえに、たぐい稀な力の漲った作をなし得たのであろう。

かかる人麻呂の姿は、さきに述べた壬申の舎人たちと、身分的にも精神構造的にもきわめて類似する。人麻呂が舎人であったかどうかは確言できないばかりか、むしろ舎人でなかったと思うが、天武朝の官人登用のシステムからすれば舎人の経験はあったと思われ、少なくとも舎人的であったとは言い得る。さればこそ、皇子挽歌において、舎人たちの悲しみをそのまま代弁することもできたのであろう。

近江朝を経て、和歌が文学として明確な自覚をもって制作される時代に遭遇し、天武・持統朝の地盤の上に立って縦横に自らの才を発揮することのできた人麻呂こそ、一回的な文学的・歴史的季節にめぐり合った、幸福な歌人であったというべきであろう。

三　人麻呂歌集の問題二つ

1　はじめに

このたび私の定年退職を機に『作品論で読む柿本人麻呂』と題する本の出版を世話人の方々が企画して下さり、教場でともに勉強した人たちや縁の深かった後輩の方々にも執筆をお願いすることになった。そしてその巻頭に総論風の一文を寄せよとの要請があった。人麻呂を中心とする研究は私の最初の仕事であって、昭和四四年刊行の和歌文学講座5『万葉の歌人』（和歌文学会編　桜楓社）に「柿本人麻呂」を執筆している。それまでの人麻呂論は、人麻呂歌集の歌を参入させずに構築するのが一般的であった。が、この論文は、当時めざましく進みつつあった歌集の研究を踏まえ、今後の総合的な人麻呂研究にとって避けることのできない重要な鍵をにぎるものであることを指摘した、おそらくはそのもっとも古いものの一つであったと思う。その後この論を踏まえて発展させ、人麻呂論を中核に据えた『万葉宮廷歌人の研究』（笠間書院　昭和五〇年）をまとめた。その中には付録として「人麻呂への視点―研究の動向と展望―」（『国文学解釈と鑑賞』昭和四八年九月号）を収録し、そのころまでの問題点を採り上げている。そして翌年、故山路平四郎先生が早稲田大学を御退職なさるのを契機として企画された古代文学2『柿本人麻呂』(山路平四郎 窪田章一郎編 早大出版部 昭和五一年)において「柿本人麻呂の世界」と題し総論風の一文を執筆した(本書に収録)。その後しばらくは人麻呂から遠ざかっていたが、昭和五九年、日本の作家3『謎の歌聖 柿本人麻呂』(新典社 昭和五九年)を出版した。これは人麻呂歌集にも触れつつ作品論を主にし、総合的な観点から執筆したつもりであった。私の人麻呂についてまとめたものは以上の四点である。それから早くも一〇数年が流れている。その間の人麻呂研究の進展はめざましく、もし総論風に展望するとすれば莫大な労力と時間が必要であり、現在の私としてはそれに堪えうる力も時間もない。幸いにして私が人麻呂から遠ざかったころからの研究をも広く展望し問題点を要領よく整理して自説を述べた神野志隆光氏の「柿本人麻呂事典」(稲岡耕二編『万葉集必携Ⅱ』〈別冊国文学No.12〉学燈社 昭和五六年)があって、前掲の小論に対しても一〇数箇所の引用があり、あるいは好意的にあるいは批判的に言及されている。神野志氏の説すべてに賛同するものでないことはのちにも触れるが、今は総論風のものはこれに譲り、ここでは長い間気にかけてきた問題を二つ採り上げて述べることにしたい。一つは人麻呂歌集略体歌の表記に関することであり、一つは非略体歌の作歌年代についてである。その結論はおおむね旧著『万葉宮廷歌人の研究』で述べているが、それをもう少し深めてみたいと思うのである。

2 略体歌の性格

人麻呂歌集の略体歌の表記が表記史的観点から、天武朝以前の散文の一般的表記に近いものであったとする稲岡耕二氏の「人麻呂歌集歌の筆録とその意義」(注1)が発表されてからすでに三〇年を越えている。そしてこの見解は氏自身のその後の研究と相俟っていよいよ強固になり、今日この説を信奉する人々は多い。一方私の考えは稲岡説に対する批判として『万葉宮廷歌人の研究』(以下旧著と称する)において述べたところであり、稲岡説の発表後間もなく（昭和四六年ごろ）執筆したものであった。

稲岡氏が表記史上から略体歌を位置づけようとされたのは、推古朝遺文・天武朝の山名村碑文（天武一〇年〈六八一〉）などの金石文の表記と文武元年（六九七）の宣命に見られる宣命書の表記との間に助詞表記などの面で著しい隔たりのあるところから導かれており、その約二〇年間の空隙を埋める表記として略体歌があるとされたものであった。したがって、

人麻呂は古体（略体）の表記を出発点として、やまと歌のための書き方を工夫していったのである。(注2)

として、

そこから非略体表記への歩みは、新しい表記法開発の歩みであったと考えざるを得ない。安万侶が古事記の表記に苦労したのと同じく、人麻呂も和歌を訓字主体で正確に伝達する表記法を編み出すのに腐心したのである。私が略体・非略体という呼称を不適当だと思うのは、右のようにそれが表記者の意識とはかけ離れた名称であり、表記史の上から仮りに名付けるとすれば、古体と新体と言うべきものだと理解するからである。(注3)

と考えるところにあった。これらに対し旧著では、表記史上から、

天武朝以前における表記（稲岡氏によれば天武九年以前）が、音訓混用のスタイルに未習熟であったとする稲

岡説は、ほぼ正鵠を射ているものとして評価すべきであろう。だが、次の問題として――ここが大切な点でもあるが――これを直ちに人麻呂歌集略体歌の表記と結びつけ、その筆録の年代まで言及できるかどうかというと、直ちに従い得ない問題があるように思われる

と述べ、推古朝遺文その他天武朝以前と推定される文章から略体歌には全く現われない助詞やほとんど現われない助詞などがすでに表記されている例を挙げて、「略体歌が助詞などの表記をことさらに、極度に切りつめて書こうとしていた意図のあったことを思わせる」とし、略体歌中に同じ表記をしていながら別々の訓をとる例をいくつかあげ（たとえば「妹心」二四二七と二四七一、「立座」二三八八と二四五三、「妹為」一二五〇と二四〇三、「吾恋」（二三八五と二四〇二、「事繁」二三九七と二三九八と二四三九と二八四八）、「慣用句、定型の中における句の位置、前後とのつながりによってしか訓めぬ例」の多いことを述べ、結論的には、

人麻呂時代（それは天武朝の前半も含めてもよいが）において、略体歌のような表記が一般的であったのではなく、慣用句の多い、しかも五・七・五・七・七の韻律をもつ定型短歌の枠の中において、前後とのつながりに支えられてのみ可能な表記であったのではないかということである。最初に掲げたように、単に「妹心」と書いた場合、これを七音で訓むという第一条件も短歌なればこそのことであり、また七音で訓むにしても幾多の補読が考えられるのであって、散文であるならば到底かかる表記はできなかったはずである。

のようにいい、略体歌の表記が必ずしも表記史の空隙を埋める当時の一般的表記に基づくものでないこと、むしろ短歌という詩型や慣用句などを利用しつつ、活用語尾・助詞などの表記を切り捨てることによって達成される

ある表現を積極的に試みようとする意図を読みとることができる、としたのであった。

ここで、略体表記という特殊な表記を生んだ原因を推測したこれまでの説として稲岡氏があげているなかに私の説も含まれているので、そのことに触れておきたい。

斎藤茂吉の「手控」説、神田秀夫の「馬上体」説、橋本達雄の「慣用句」説などがあって人麻呂自身の記録を考えたのに対して、後藤利雄の「別人」説など、これを人麻呂から切り離し後人の記したものとする説も見られた事は触れておく必要があろう。(注4)

稲岡氏はこのように述べて斎藤茂吉以下の諸説を注において紹介しているが、私見については、「橋本達雄『万葉宮廷歌人の研究』二六九ページに、『個性的な創作歌は個に即するがゆえに、独特な表記もあり、一語一語の微妙な点まで大切に表記し伝達すべき必要性をもち、かかる表記で統一することは到底望めないことであるが、伝承的な歌は類歌・類句・慣用句などに支えられつつ、核心のみを提示すれば読者にそれとわかる性格を持っている』と言う。」とていねいに紹介されている。だが、この紹介部分は略体歌の表記を人麻呂はなぜ非略体歌や作歌にまで及ぼさなかったのかという点を問題にし、非略体歌・作歌との関連を述べた部分であり、既述のように慣用句・類句・類歌というのも、あくまで定型短歌の枠の中において考えるべきことを前提としている。しかるにこの紹介ではその大切な前提部分が欠落しているので誤解を招くおそれがある。重要なことであるので一言いい添えておきたい。

さて、さきに略体表記は「短歌という詩型や慣用句などを利用しつつ活用語尾・助詞などの表記を切り捨てることによって達成される、ある表記を積極的に試みようとする意図」のもとに書かれたと述べておいたが、その

「ある表現」についても旧著では、略体歌の表記が表意訓読をむねとしていること、反転して漢文式に訓む個所が多く、またテニヲハのごとき助詞の省略の多いことなどから、「これらの形態的特徴は換言すれば漢文・漢詩式の表記であってその表記意図を奈辺に求めようとも、漢詩文を強く意識した表記にほかならないということは言えるであろう」といい、その表記が漢詩ならぬ和歌に対してなされている意味を、天武・持統両朝の内在文化を重んずる国風顕揚の時代思潮のもとにとらえ、

わが国にも漢詩に匹敵する和歌なるすぐれた詩型があり、漢詩と同等な表記が可能であることを広く喧伝するとともに、和歌を漢詩と対等あるいはそれ以上に持してゆこうとする、またゆけるという意欲と自信とを力強く表明しているのだといえないであろうか。

と述べておいたのであった。要するに漢詩に対抗的姿勢にもとづく表記であったと捉えたのである。

3　「而」「之」の無表記

上述の論旨と関連することとして、さきにもいささか言及した、推古朝遺文や天武朝以前と推定される文章にしばしば見られるにもかかわらず略体歌にはまったく表記されないというか、むしろ表記を拒否している助詞として「而《て》」のあることについて述べておきたい。これに準ずる助詞に「之《の》」があるが、今は「而」についてまず触れ、「之」についてものちに触れることにする。

この「而」は非略体歌には一般的に広く見られるものなので、稲岡氏はこの「而」の表記のある天武九年（庚辰の年・六八〇）の作「天漢　安川原　定而神競者磨待無」（巻一〇・二〇三三）が、助詞表記などが略体的である

ところから、「略体から非略体へ移行する過渡的な時期のものと考えるべきであろう」（注5）といい、天武九年以前を略体表記の時代とし非略体歌をそれ以後に書かれたものと考えているほどの助詞である。念のため推古朝遺文その他の「而」の表記を左に掲げると、

(1)池辺大宮治天下天皇大御身労給時歳次丙午年召於大王天皇与太子而誓願賜……大命受賜而……（法隆寺金堂薬師仏光背銘　推古一五年〈六〇七〉）

(2)山口大口費上而次木閇二人作也（法隆寺木造広目天造像記　白雉元年〈六五〇〉）

(3)薬師徳保上而鉄師手古二人作也（法隆寺木造多聞天造像記　白雉元年〈六五〇〉）

(4)……脚日木　此傍山　牡鹿之角　挙而吾儛者……（顕宗即位前紀「室寿の詞」）

のようであり、ここまではすでに旧著で挙げたものである（(1)の光背銘は後刻とする説があり、(4)は推定による）。それ以後発見された木簡としては昭和六〇年（一九八五）、滋賀県野洲郡中主町西河原森ノ内遺跡から出土した天武朝の下級官人の書簡文と思われるものの中にも、

……自舟人率而可行也……

と出る。しかるにこの「而」がなぜ略体歌には表記されないのであろうか。このことについては長い間不思議に思いながら、その理由に思い及ぶことなく過ごしてきた。そしてこれについては従来誰一人として言及した人はなかった。

ところが近年、西條勉氏は古事記の文字法との関連から略体歌の表記にふれ、次のごとき瞠目すべき見解を述べた。

人麻呂歌集の略体歌については、この歌群が一貫して「而」と「之」の二字を用いないという顕著な事実からすれば、これらの助字を訓仮名的に過剰使用する古事記の文字法とは異質な面がある。「而」と「之」の使用を極力避けるのは、『文選』の〈詩〉と〈賦〉、あるいは『懐風藻』の〈詩〉と〈伝〉などを比べてみれば明らかなように、漢詩に際立って特徴的な手法である。略体歌が、付属語の類いに「矣」「哉」「乎」等の語気詞を多用したり、また「鶴」「鴨」「谷」「兼」「者」等の実字を宛てて、字音表記を避けるのも、たぶん詩体に倣った形跡かと思われる。これらの訓仮名は、あくまでも付属語を形態素として析出したうえで使用されるので、略体歌は分析的な文字法を前提にしていると考えられる。(注6)

そこで、西條氏の指摘をたしかめるために『文選』を索引によって調査してみると、「而」はおよそ三五〇〇例にものぼるが、そのうち「詩甲」から「詩庚」までを収めた巻一九(後半)から巻三一まで(篇題二五二、首数四三五)の間にはわずか一八例を数えるだけであった。(注7)しかもこのうち散文の「序」「書」「上表文」に用いたものが七例ある。残る詩の一一例は左の詩に出る。

1　古詩一九首ノ六(巻二九)
2　〃　　ノ八(〃)
3　陸士衡　擬古詩一二首中「擬西北有高楼」(巻三〇)

4　嵆叔夜　哀傷幽憤詩一首（巻二三）
5　束広微　補亡詩六首中ノ二（巻一九）
6　陸士衡　皇太子宴玄圃宣猷堂有令賦詩一首（巻二〇）
7　広吉甫　晋武帝華林園集詩一首（巻二〇）
8　潘安仁　為賈謐作贈陸機（巻二四）
9　盧子諒　贈劉琨一首并序―其ノ一三（巻二五）
10　江文通　雑体詩三〇首中の「李都尉〔陵〕従軍」（巻三一）
11　謝霊運　述祖徳詩二首中の一（巻一九）

この結果はおおむね西條氏の指摘を裏づけているといってよいが、問題はなぜ詩が使用を避け、散文がこれを多用するのかについては言及がないので明らかでない。詩においても少数ながら用例のあることは先掲のごとくで、略体歌で全く用いないのとは異なっている。その点について、中国文学研究者の松原朗氏の御教示を仰ぐとおよそ次のようなことであった。「而」「之」などの文字は散文系の文字であり、詩体と散文体とがまだ画然と区別されていなかった漢魏のころまでの詩には用いられることはあっても、文学の貴族化に伴い、詩型が洗練されて美文化するにしたがってこれら二つの文字は詩歌からしめだされていったもので、西晋以降の詩にはほとんど用いない文字であるといい、用いてあるとすれば、四言詩（詩経の模倣）、漢魏詩の模倣、あるいはあえて古風で重厚な詩風を作り出すためのものであろうということであった。

これをさきの一一例について見ると、1・2は漢代の古詩、3は擬古詩、4は魏時代の四言詩、10の当該部分「而我在万里」は古詩の模倣、5は詩経の模倣で四言詩、6・7・8・9も四言詩、11は祖父の徳を顕彰するために古風で重厚な詩風にするためのもので例外はない。

　また、『懐風藻』の場合も詩の中に「而」を用いたものは一例もなく、「伝」「序」には二九の用例を拾うことができる。

　念のため『玉台新詠』も索引によって見ると二七例の「而」を数えるが、[注8]そのうち序の八例を除くと、巻一の古詩八首中の其三、枚乗、李延年の詩に各一例、徐幹に二例、「古詩　為二焦仲卿妻一作」に一例、計六例が漢魏の詩に見出され、巻三には古詩を模した陸機の一例（これはさきに挙げた『文選』の3と同じ）があり、巻九には古い歌謡の体をとる「越人歌一首」に一例あるなど『文選』の場合と共通しており、『文選』に見られないものとして巻九の「盤中詩」（一例）、沈約の「雑詩四首」（八例）があるが、この九例はいずれも詩の句としては洗練されていない六言句の個所にあり、さきの松原氏によれば「之」「而」を多用する駢文の六言句を詩に流用したものという。このほか例外として斉・梁の江洪「詠歌姫」鮑子卿「詠画扇」（ともに巻五）に各一例ある。ここにはわずかな例外はあるが、詩に「而」を用いないという原則は保たれているというべきであろう。


　次に「之」について見ると、「而」の場合と異なり「ユク」「コレ」「コノ」などと訓読される個所に用いられる場合が多く、必ずしも「ノ」に当る用例のみではないので、『文選』の詩篇においても約一九〇例の多きを数えるが、索引によれば「之」の全用例は八〇〇〇を越えているので、やはりきわめて少ないといえるであろう。そしてその一九〇例ほどの内訳を見ると、序・表・書・詩の前書きなどに約七〇例、詩経の補亡詩や詩経風の四言詩に約七〇例、古詩や古詩に擬したもの、楚辞の形式にならったり、漢代の楽府やのちに楽府として作ったものに約二〇例ある。これらの文や詩の中の「之」の用い方も「ノ」と訓むべきものは必ずしも多くはなく「コレ」「ユク」が半ばを占めている。そして残る約三〇例の詩に出る「之」も、

劉公幹「公讌詩一首五言」（巻二〇　公讌）

　歌レ之安能詳（之《これ》を歌ふも安んぞ能く詳らかにせむ）

曹子建「送応氏詩二首五言」（巻二〇　祖餞）

　我友之二朔方一（我が友は朔方に之《ゆ》かんとす）

のような用例がほとんどで、「ノ」と訓みうるのはわずか一例、次の詩が見出されるのみであった。

張孟陽「擬四愁詩一首七言」（巻三〇　雑擬）

　我之懐矣心傷憂（我の懐へる心は傷み憂ふ）

訓読はいずれも全釈漢文大系『文選』（集英社）によったが、今「ノ」と訓みうるとした張孟陽の詩も新釈漢文大系『文選』（明治書院）では「我は懐ひて心は傷憂す」と訓んでおり、これによれば「之」は語勢を強めるための助辞となろう。要するに散文や古い詩や古い詩に習ったものなどでは「ノ」と訓みうる個所が多いが、他の詩の場合は皆無に近く、この点でも「而」と相通うものである。

次に『懐風藻』について見ると、「之」の用例は序・伝も含めて九四例、うち詩に用いられたのはわずかに三例であった。

藤原史「五言遊吉野二首」のあとの詩（三二）

　今之見吉賓（今之《いまし》見る吉賓を）

藤原宇合「七言在常陸贈倭判官留在京一首」（八九）

　琴瑟之交遠相阻（琴瑟の交遠く相阻り）

芝蘭之契接無由（芝蘭の契接《ちかづ》くに由《すべ》も無し）

訓読は日本古典文学大系本によったが、前者は語勢を強める助辞であり、小島憲之氏は頭注で「今之は今者（いま）に同じ」と述べている。後者については林古渓『懐風藻新註』が「これは集中最長の詩で、七言古詩である」と述べている。「古詩」は「古体詩」ともいうが、松原朗氏は「唐代に到るまでの『古い体《スタイル》』の作品』をいうとともに、その形式によって作られた唐代以後の作品をもいう」と述べており、さらに「『近体詩』成立後の『古体詩』には、なるべく『非近体』的形式で作ろうという傾向も生まれている。（注9）」という。してみれば宇合の詩の場合は、ことさらに古風（非近体的形式）に作ったものということができよう。

かくして、略体歌に「而」「之」などがないのは、旧著で「助詞を補って書けるにもかかわらず、それを故意に省いていると思われる」といい、「助詞などの表記をことさらに、極度に切りつめて書こうとしていた意図のあったことを思わせる」と述べたことを、やや修正・補足していうならば、ことさらに詩体にならって省いたというべきであろう。それは漢詩との対応上からいえば「而」「之」などを含む古風な詩体に習わずに、むしろ新体を強く意識したスタイルであったというべく、「漢詩に対抗的姿勢にもとづく表記であった」と述べた前言をここで再びくり返しておきたい。

平成一〇年（一九九八）一一月五日の読売新聞朝刊は「最古の〝和歌木簡〟」の見出しで、

古代阿波国の「国府」跡とされる徳島市国府町の観音寺遺跡から、和歌を記した最古（七世紀後半）の木簡が出土したと四日、徳島県埋蔵文化財センターが発表した。

と写真入りで報じた。木簡には「奈尓波ツ尓作久矢己乃波奈」と万葉仮名で表記されており、「国道建設に伴う発掘調査で、今年八月に地下約二メートルの川跡から飛鳥時代の土器などとともに木簡が見つかった。」という。

この歌は古今集仮名序に「安積山」の歌とともに「この二歌は、歌の父母のやうにてぞ、手習ふ人の始めにもしける」とあるように、手習いの最初に習うものとして広く流布していたものだったらしく、法隆寺五重塔の組木に書かれた落書「奈尓波都尓佐久夜己」がこれまでもっとも古いとされてきたものであった（和銅再建の七〇八年ごろ）。しかるにそれより少くとも二、三〇年は早いとしてよい時期に地方の国庁でも音仮名に訓仮名（矢）を交えて歌を表記することが行われていたことを物語る（法隆寺の落書は全部音仮名）。この時期は稲岡氏が音訓混用のスタイルに未習熟であったとするころであり、人麻呂が略体表記に腐心していたといわれる時期にまさにあたっている。たしかに推古朝遺文その他からして、当時音訓混用の表記には未習熟であったと考えることができるのであり、その点では稲岡説に同調してきたが、かかる木簡が出土したことは、すでに音訓混用の表記にも習熟していたことを思わせるに十分である。人麻呂ならばいっそうそれが可能であったと考えるべきである。してみれば略体表記が当時においていかに特異で意図的な表記であったかがわかるであろう。

4　非略体歌の作歌年代

紀伊の国にして作る歌四首

黄葉《もみちば》の過ぎにし子らとたづさはり遊びし磯を見れば悲しも（巻九・一七九六）

潮気《しほけ》立つ荒磯《ありそ》にはあれど行く水の過ぎにし妹が形見とぞ来し（巻九・一七九七）

いにしへに妹と我が見しぬばたまの黒牛潟を見ればさぶしも（巻九・一七九八）
玉津島磯の浦みの真砂《まなご》にもにほひて行かな妹も触れけむ（巻九・一七九九）

この四首は巻九の人麻呂歌集所出歌であり、非略体歌である。この歌の作歌時期に触れたものは近世以前の諸注には見られないようで、管見の限りでは、斎藤茂吉が『評釈篇下』（昭和一四年）において、歌調からして人麻呂の作と想像してもいい歌であるとし、

さうすればその妻といふのは人麿の長歌にある妻と想像すれば、依羅娘子の前の妻で、この歌も大宝元年の作ではあるまいかと想像したものであった。

と述べているのが最初ではないかと思われる。
次いで武田祐吉の『全註釈』（改造社　昭和二四年）では（増訂『全註釈』昭和三一年も仮名遣いを改めただけで文章は同じ）、

人麻呂集には、大宝元年十月、持統天皇、文武天皇の紀伊の国への行幸の時の作があるから、多分その時に、夫妻とも御供して旅行したのだろう。作者の妻は、持統天皇に仕えた女官であったと考えられる。そうして作者は、その後にひとりまたこの国に旅行する機会に接して、以下の歌を作ったのであろう。

とし、作歌時期は明確でないが、大宝以後の作であろうとしている。しかし、同じ武田氏が人麻呂に関して述べ

た最後の論考「柿本人麻呂評伝」(『万葉集大成9』昭和二八年)においては、

紀伊の国の南海岸は、むかし妻とともに旅行した地である。これはいつのことかわからない。夫婦携えて私的の旅行をしたとも思われないから、持統天皇四年九月の行幸の時のことであろうか。……(中略)……その後、人麻呂はまた紀伊の国に旅行して今は亡き妻を想って悲痛の情を歌っている。これも大宝元年十月(七〇一)の行幸の時のことであったろうか。文献に伝わらない皇子の御旅行のこともあろうから、確言はできない。(注10)

と述べて、控え目ながら大宝元年説を採っているようである。

これらに対し、私は武田氏「評伝」の説と同様、旧著において人麻呂が私的な用向きで紀州へ旅することは考えがたく、この歌によれば、かつて妹と呼ぶべき人とともにこの地を踏んでおり、それは持統四年の行幸の折と考えるのがもっとも穏当であり、その時のことを回想したのがこれらの歌で、大宝元年の行幸の折であったと考えたのであった。(注11)

だが、歌われている内容が事実そのままであったかどうかは問題もあり、たとえば第一首目の「黄葉の過ぎにし子らとたづさはり遊びし磯」の表現については、「行幸の供奉ということからすれば、この歌で歌われているように二人が実際に手を取り合って磯遊びをしたことはなかったかもしれない。が、都を遠く離れ、南国の明るい太陽のもと、白波うち寄せるすばらしい荒磯の光景を共有した経験は、その後の二人の心を強く結びつけるきずなとして働いたとしてよく、それをこのように歌ったのであろう。一首は共に見た磯をまのあたりにした人麻呂の胸に第一に突き上げてきた悲しみを直写したのである」(注12)と述べたように、虚構的要素も考慮に入れねばならぬが、表現の切実さなどからすべてを虚構とすることはできない。

坂本信幸氏はこの挽歌四首と「泣血哀慟歌」(巻二・二〇七〜二一六)との製作時点の前後を問題にしつつ、

全註釈や橋本達雄氏『万葉宮廷歌人の研究』第六章第一節に指摘のごとく、おそらく巻九挽歌四首は、巻四相聞四首と共に大宝元年(七〇一)の紀伊国行幸時に作られたものと思われるが、泣血哀慟歌は、……(以下略す)(注13)

と、私見に賛同している(ただし巻四相聞四首が同じ行幸時の作かどうかはただちに言えないと思う。また全註釈の見解が大宝元年作でないことは先述した)。

ちなみに、同じ巻九には「紀伊の国にして作る歌二首」のごとく同じ題詞をもつ非略体歌(一六九二、一六九三)があって、これも同じ行幸時の作と考えられる。別に述べたように、資料的にはこの六首はひと続きのものであったのを、この二首は雑歌、さきの四首は挽歌であるために編者が分散したもので、(注14)歌の性格も伊藤博氏『釈注五』が「宴席の慰みに提供された歌にちがいない」というように大きな相違がある。内容的には相聞であるが、雑歌に分類されているのも歌の性格によるのであろう。この挽歌四首にしても何らかの場で披露されたものと思われるが、雑歌の二首とは同じ場であったとは考えられない。

さて、では今引用した『釈注五』はこの四首をいかに見ているのかというと、「前にあった紀伊の国での人麻呂歌集歌(一六九二、三)と同じ折の歌で、大宝元年(七〇一)十月の行幸に供奉しての詠と見られる」といい、「歌の内容を人麻呂の身の上に結びつけてよいとすれば」と条件をつけながらも、人麻呂はかつて妻を伴ってこの地の行幸に供奉したのだが、その妻はのちに亡き人となり、このたびはただ一人で従い、往事を偲んでいることになる。２二〇七～二一六に亡き妻を悼んで血の涙を流す歌があり、その妻こそがここで思慕されている妻であると見ればつじつまが合う。

と述べ、その往事の行幸を持統四年と考えておられ、そのあとで「今の四首、人麻呂の体験に基づく詠と見てまず誤らないであろう」と述べている。

私もまた、これとは別途に、「泣血哀慟歌」もまた「この女官の妻の死を背後にひそめて歌っているのではないかと思われる」といい、「泣血哀慟歌」の制作時期とこの「紀伊の国にして作る」四首の歌のそれとがほぼ同時期であろうことを述べたことがある。(注15)

「紀伊の国にして作る歌四首」の作歌年代にこだわったのは、稲岡説によれば非略体歌は天武九年（六八〇）以降持統三年（六八九）までの間の歌の筆録としていることに対し、大宝元年（七〇一）の作もあることを言いたかったからである。稲岡説は人麻呂歌集の歌を略体短歌、略体旋頭歌・非略体旋頭歌・非略体短歌の四つに区分し、それに人麻呂作歌を加えて五群とし、助詞表記および他の語表記の状況を精細に調査して、この五群が相互に有機的に関連しあうものであることをたしかめ、個人による書き継ぎであるとし、(注16)その筆録時期は、略体歌は天武九年以前、非略体歌は持統三年以前、それ以後が作歌であることを論じたもので、その根拠は略体歌についてはさきに言及したが、非略体歌は人麻呂作歌のはじめが持統三年薨じた日並皇子挽歌（巻二・一六七～一六九）であるところから、それ以前の書記であるとするのである。(注17)

これによれば大宝元年の歌があるはずがないのである。ところが、万葉集には「大宝元年辛丑、紀伊の国に幸

す時に、結び松を見る歌一首柿本朝臣人麻呂が歌集の中に出づ」の題詞をもつ、

後見むと君が結べる岩代の小松がうれを又将見香聞《またみけむかも》（巻二・一四六）

の一首があって、これを信じると大宝元年の作があることになる。

だが、後藤利雄氏は人麻呂集の題詞としては例外的に長く詳しい。それに人麻呂集出の注記のない写本もある（じつは写本にはすべてある）。また注記ある本も他巻の場合のように左註ではなく、せせこましく題詞の下にあったり横にあったりしている。という理由から後人のさかしらによって補われた註であるとして人麻呂歌集の歌ではないとされた。（注18）

これを承けた稲岡氏は後藤氏の指摘に加えて、その歌の結句「又将見香聞《またみけむかも》」の表記に関し、「ケム」を「将」と書くのは非略体歌にも作歌にも例のないことを主な根拠とし、この歌は大宝元年の他の歌とともに巻九に載せられていたのを、巻二に手を加えた者がこれを移す際に巻九の人麻呂歌集の範囲を見誤って「人麻呂歌集の中に出づ」の注がつけられたものとして人麻呂歌集から除いたのであった。（注19）

これらに対し、渡瀬昌忠氏は、結句をマタモミムカモと改訓して稲岡説の主たる根拠を除き、内容・表現上からしても歌集の歌としていかにふさわしいかを周到に論じている。（注20）

私もまた旧著において、結句の改訓を除いて渡瀬説に同調し、さらに題詞そのものも歌集からそのまま移したものであろうと述べた。（注21）

しかし、稲岡説を継承する神野志隆光氏は、渡瀬氏の改訓にも問題のあること、および「将」のほか他の用字をも挙げ、題詞・下注の異例さをも併せて人麻呂歌集から採録されたのではないとする考えをおし進め、

一四六歌を拠りどころとして大宝元年にまでその範囲を広げたり、また、そこから歌集の紀伊国関係歌（一六九二〜三、一七九六〜九）を大宝元年行幸にかかわらせてとらえたり（沢瀉『注釈』など）、あるいは、巻一三・三二五三〜四歌を大宝元年に任命された遣唐使を送る歌としたり（『全註釈』、渡瀬前掲書など）することは、正しくないというべきであろう。作歌と年代的に並行するかたちで人麻呂歌集を把握すべきでないことは、右のように、歌集歌の範囲をめぐる認識を明確にするとともに、さらに、歌集歌の表記の把握を通じて正当に確証されよう。（注22）

しかし、前述のように紀伊の国で作った四首の挽歌は神野志氏がいうような「一四六歌を拠りどころとして」のように述べている（ただし、沢瀉『注釈』は大宝元年の作とはしていない。『注釈』巻第一・四七歌の項参照）。大宝元年の作と考えたのではない。

人麻呂が紀伊の国に旅する場合を考えてみるに、紀伊の国が人麻呂にとって、たとえば本貫があったとか国司として在任したとか（そのような痕跡はどこにもないが）というような特別のゆかりでもない限り、個人的に妻を同道して旅することは、当時の交通事情から考えてもまずありえないとするところから、もっとも蓋然性のあるのは行幸の供奉であり、それは人麻呂の時代、持統四年と大宝元年の二度に限定されること、この四首は二度目の旅であるので、おのずから大宝元年が導かれるとしたものであった。

それに、巻九にある大宝元年の行幸の折の歌の中には「黒牛潟潮干の浦を紅の玉裳裾引き行くは誰が妻」（一六七二）があり、人麻呂歌集の挽歌四首の三首目に、同じく「黒牛潟」が歌われていることも同じ旅の時とするのにふさわしい。（注23）「黒牛潟」「黒牛の海」はこの二首のほかでは神亀元年（七二四）一〇月の紀伊の国行幸の折の歌と思われる藤原卿の歌に、大宝元年の時の歌を意中において詠んだ「黒牛の海紅にほふももしきの大宮人しあさりすらしも」（巻七・一二一八）にしか出ない地名である。

かくして非略体歌の作歌年代は大宝元年にまで及ぶと考えられる。

また、大宝元年とは限定できないが、人麻呂歌集の歌が、そのころにまで及んでいたと思われる例を傍証としてあげておきたい。

これも旧著で述べたことと関係するのだが、私は巻二の人麻呂作「泣血哀慟歌二首」（二〇七～二一二）の第二長歌の「或本歌」（二一三～二一六）の表記・用字を検討して、この歌は人麻呂歌集を資料としているのではないかと推定したことがあった。(注24)その後、古屋彰氏は私見に加えて「人麻呂歌集寄りと思われる用字」として「眷《こふ》」「息《いき》」「恃《たのむ》」の三字を指摘し、

このように見てくると、妻死之後泣血哀慟の作品二の或本歌は、人麻呂歌集所出歌として不思議を感じさせない表記のありようを示すと言ってよい。(注25)

と述べておられる。

この歌の用字には略体歌にしか出ない「世中《よのなか》」「別《ごとに》」「眷《こふ》」や略体歌や非略体歌にあって他に用例の少ない「邇《に》」「息《いき》」「恃《たのむ》」などがあり、古屋氏によれば、「助詞『て』『は』『ば』における、無表記率は巻九人麻呂歌集非略体歌の数値に同じく、また助詞『の』『が』における助字表記率は人麻呂歌集略体歌のそれをさらに大きく上回っている」というので、略体的要素と非略体的要素の交錯する歌ととらえられ、非略体歌としてよいと思われる。だとすれば、この歌は人麻呂が宮廷のなんらかの場で披露した歌と考えられるので、人麻呂の宮廷歌人とし

ての在り方からして、とうてい持統三年以前の作歌とすることはできない。内容的に見ても、この長歌の末尾は、「うつそみと　思ひし妹《いも》が　灰《はひ》にていませば」と結んで、火葬のことが歌われており、火葬が文武四年（七〇〇）から始まったとする『続日本紀』（文武四年三月一〇日）の記事を基準に考えても、その前後に作られた歌ということになろう。

5　むすび

以上、略体歌の表記は中国の西晋以降の新しい詩体を強く意識し、漢詩に対抗的姿勢にもとづく表記であったこと、非略体歌の作歌年代は大宝元年にまで及ぶものであることの二点について述べた。大方の御批正を仰ぎたい。

（注1）稲岡耕二「人麻呂歌集歌の筆録とその意義」（『国語と国文学』昭和四四年〈一九六九〉一〇月号）のち同氏『万葉表記論』（塙書房　昭和五一年）に収録。
（注2）稲岡『人麻呂の表現世界―古体歌から新体歌へ―』（岩波書店　平成三年〈一九九一〉七月）
（注3）注1に同じ。引用は『国語と国文学』による。
（注4）注2に同じ。
（注5）注1に同じ。
（注6）西條勉『古事記の文字法』第一〇章（笠間書院　平成一〇年〈一九九八〉六月）
（注7）用例数は見落としのないようつとめたが、一、二の誤りはあるかもしれない。以下、『文選』『玉台新詠』『懐風藻』の用例数についても同じ。

(注8)『玉台新詠』の場合は「呉兆宜」本でのちに増補された部分を除く。

(注9)松浦友久編『漢詩の事典』Ⅳの4「漢詩の形式」(大修館書店　平成一一年〈一九九九〉一月)

(注10)引用は『武田祐吉著作集』第七巻による。

(注11)初出は「人麻呂周辺の歌人－黒人・奥麻呂の位置－」(『国文学研究』第三六集　昭和四二年〈一九六七〉一〇月)

(注12)拙著『謎の歌聖柿本人麻呂』第五章(新典社、昭和五九年〈一九八四〉)

(注13)坂本信幸「人麻呂の紀伊の歌」(上田正昭 南波浩編『日本古代論集』所収　笠間書院　昭和五五年〈一九八〇〉)

(注14)拙稿「万葉集巻九の私家集(二)」(『専修国文』第六一号　平成九年〈一九九七〉八月)

(注15)拙稿「柿本人麻呂の恋歌」(森淳司 林田正男編『万葉集相聞の世界　恋ひて死ぬとも』雄山閣　平成九年〈一九九七〉八月)

(注16)稲岡耕二「人麻呂歌集と人麻呂作歌」(五味智英先生還暦記念『上代文学論叢』桜楓社　昭和四三年〈一九六八〉一二月)

(注17)注1に同じ

(注18)後藤利雄『人麿の歌集とその成立』(至文堂　昭和三六年〈一九六一〉一〇月)

(注19)注1に同じ

(注20)渡瀬昌忠『柿本人麻呂研究歌集編上』(桜楓社　昭和四八年〈一九七三〉一一月)

(注21)武田祐吉は『国文学研究　柿本人麻呂攷』(大岡山書店　昭和一八年〈一九四三〉七月)において、巻一・五四、巻九・一六六七題詞に「大宝元年」とあることなどに触れ、「大宝元年に至って初めてその標記を為したのは、その資料にあったままを踏襲したものともいえる。そうとすれば人麻呂歌集所出の歌における『大宝元年云々』の題詞は、異例とはいえ、なお人麻呂歌集にすでにあったものと見るべきである」と述べている。あとで気付いたので、おくればせながら注記する。引用は『武田祐吉著作集　第七巻』による。

(注22)神野志隆光「柿本人麻呂事典」(稲岡耕二編『万葉集　必携Ⅱ』〈別冊国文学№12〉、学燈社　昭和五六年〈一九八一〉)

(注23)渡瀬昌忠『万葉集全注巻第七』(有斐閣　昭和六〇年〈一九八五〉八月)、村瀬憲夫「奈良朝貴族の憂愁－藤原卿の歌(『近代風土』第三一号　昭和六三年〈一九八八〉一月)のち同氏『紀州万葉の研究』(和泉書院　平成七年〈一九九五〉二月)に収録

(注24)初出「人麻呂作品の注記について」(『国文学研究』第二四集　昭和三六年〈一九六一〉九月)

(注25)古屋彰「人麻呂作歌の表記をめぐって其二」(『金沢大学文学部論集文学科編』一〇　平成二年〈一九九〇〉二月)のち同氏『万葉集の表記と文字』(和泉書院　平成一〇年〈一九九八〉一月)に収録。

四　田辺福麻呂論

1　はじめに

田辺福麻呂《たなべのさきまろ》は万葉末期を代表する歌人の一人であって、巻一八に短歌一三首（四〇六一、四〇六二を福麻呂とすれば一五首）、巻六に田辺福麻呂歌集（この歌集は福麻呂作品を収録したものであるとする通説に従う）から採録された長歌六首と反歌一五首、巻九に同じ歌集から採られた長歌四首と反歌六首、計長歌一〇首と短歌三四首、合計四四首もの作品を残しているにもかかわらず、いわゆる人口に膾炙《かいしや》する作品を残さなかったためか、従来評価も低く、研究も行き届いていないところの多い歌人であった。したがって『万葉集講座　第一巻　作者研究篇』（春陽堂　昭和八年）、『万葉集講座第四巻　作家篇』（創元社　昭和二七年）に福麻呂の項はなく、ようやく『万葉集大成　10』（昭和二九年）に至って岡部政裕の「高橋虫麻呂と田辺福麻呂」の一項が立てられ、虫麻呂《むしまろ》と抱き合わせで論じられる程度であった。以後、研究の細分化に伴い、次第に注目されるようになり、野上久人「田辺福麻呂の歌の発想」（『万葉集作家と抒情』桜楓社　昭和五五年　初出昭和三六年）、続いて佐野正巳による総合的研究「田辺福麻呂論」（『万葉集作家と風土』桜楓社　昭和三八年）が現れ、作品・閲歴・作風の面から掘り下げられるようになり、更に井村哲夫による福麻呂の出自をめぐる「福麻呂と田辺氏」（『赤ら小舟　万葉作家作品論』和泉書院　昭和六一年　初出昭和四〇年）なる論も公表された。そして昭和四一年、大久保正はこれまで脚光を浴びることの少なかった福麻呂に対して、巻六の福麻呂歌集所出の遷都の歌はかれの長歌歌人としての手腕を発揮した作品として検討に価すること、手腕を認めるべきとする論を発表している（『万葉集の諸相』明治書院　昭和五五年）。次いで橋本達雄の「宮廷歌人田辺福麻呂―橘諸兄との関連について―」（『万葉宮廷歌人の研究』笠間書院　昭和五〇年　初出昭和四二年）が発表された。この論文は福麻呂の歌人としての性格を明らかにすることを目的としたもので、人麻呂・赤人らを継承する万葉最後の宮廷歌人として位置づけることにより、作家としての基底を抑えるうえで意義のあったものと考えるが、とくに表現論・作品論などに深く及ぶものではなかった。だが、これを契機として福麻呂論は活発化してゆく傾向を見せる。川口常孝「田辺福麿論」（『万葉歌人の美学と構造』桜楓社　昭和四八年　初出昭和四六年一一月、四七年三月）、清水克彦「福麻呂の宮廷儀礼歌」（『万葉論集　第二』桜楓社　昭和五五年　初出昭和四九年）などがそれであり、『万葉集講座　第六巻』（有精堂　昭和四七年）が、森淳司「田辺福麻呂」の項を立てたのもその現れであった。また、橋本論とは関わりなく、山崎馨「福麻呂の長歌とその反歌」（『国語と国文学』昭和四四年一〇月）や久米常氏に福麻呂を「歌びと」とする「田辺福麿とその歌集」（『万葉集の文学論的研究』桜楓社　昭和四五年）の論などもあって、徐々に研究の深まりを感じさせるものであった。

それにしても福麻呂研究は人麻呂・赤人らのそれに比べてはるかに低調で、最近の『和歌文学講座3　万葉集II』（勉誠社　平成五年）においても、多くの作家が論じられているが福麻呂の項はない。

本稿では、かかる現状をふまえ、改めて福麻呂について考えてみたい。が、作品論は本書で各氏によって尽くされる予定であるので、必要と思われる以外は除き、基本的な事柄や福麻呂の本質にかかわる点について述べてゆくことにしたい。

2　家系

福麻呂を生んだ田辺氏は不明なところが多いが、百済《くだら》からの渡来系一族であったらしい（「弘仁私記序」〈甲本日本書記私記〉諸蕃雑姓記）。ところが、朝鮮経略に力のあった東国の雄族上毛野《かみつけの》氏と特殊な関係を結び（諸説あり）、同族の関係が生じたものらしい（林陸朗『完訳注釈続日本紀　第三分冊』現代思潮社　昭和六一年）。田辺氏は、『新撰姓氏録』左京皇別下に、次のようにある。

上毛野朝臣

下毛野朝臣同祖。豊城入彦命五世孫多奇波世君之後也。大泊瀬幼武天皇（諡雄略。）御世。努賀君男百尊。為二阿女産一向二聟家一犯レ夜而帰。於二応神天皇御陵辺一。逢二騎馬人一相共話語。換レ馬而別。明日看二所レ換馬一。是土馬也。因負二姓陵辺君一。百尊男徳尊。孫斯羅。諡皇極御世。賜二河内山下田一。以レ解二文書一。為二田辺史一。宝字称徳孝謙皇帝天平勝宝二年。改賜二上毛野公一。今上弘仁元年。改賜二朝臣姓一。続日本紀合。（佐伯有清『新撰姓氏録の研究　本文篇』吉川弘文館　昭和三七年による。以下同じ）

これによれば、上毛野朝臣は豊城入彦命《とよきいりひこのみこと》の五世の孫多奇波世《たけはせ》の後裔であり、雄略天皇の世に「陵辺君」の姓を賜い、皇極天皇時代に「以《チテ》レ解《スルヲ》二文書《ヲ》一」「田辺史《ふひと》」となり、孝謙女帝の天平勝宝二年（七五〇）に「上毛野公」の姓を賜い、更に弘仁元年（八一〇）に「朝臣」の姓を賜ったというのである。

この天平勝宝二年の賜姓については続紀三月一〇日の条に、

又賜二中衛員外少将従五位下田辺史難破等上毛野君姓一。

とあり、『新日本古典文学大系　続日本紀三』の補注は「本条の上毛野君の賜姓を契機として、本来渡来系と推定される田辺史がしだいに上毛野氏の主流となっていくと考えられる」と述べている。

ところで『新撰姓氏録』によれば田辺氏はこのほかに、右京皇別上に、

田辺史　豊城入彦命四世孫大荒田別命之後也。

とあり、また、右京諸蕃上には、

田辺史　出ㇾ自二漢王之後知惣一也。

とある。続紀によると、さきの天平勝宝二年三月の賜姓のほかに、宝亀八年（七七七）正月五日の条に、

左京人従七位上田辺史広本等五十四人賜二姓上毛野公一。

と見える。ということは、天平勝宝二年に上毛野君を賜った第一の一族のほかに、同じ左京にありながら、その折田辺史のままに置かれて上毛野君を賜らなかった第二の一族もあったことを物語り、それに宝亀八年に賜姓があったことになる。すると右京皇別上に出る田辺史は二度の賜姓にも洩れて残った第三の一族であったことになる。しかし、第一の一族の祖先は豊城入彦命五世の孫とあり、この第三の一族の祖も同じ豊城入彦命の四世の孫を称しており、これは同族としてよい。

右京諸蕃上の田辺史については「漢王之後」なる祖先伝承を持つにいたった理由を考えた井村哲夫の考察（前掲論文）がある。それによれば同じ渡来人である文氏との婚姻を通じて親密であった田辺史のある家筋が、本流を離れて、文氏の祖、百済の博士王仁《わに》、さらにさかのぼって漢王に至る系譜を称して独立していった家筋ではないかというのである。したがって井村も言うように、これらは皆同じ一族の分枝していったものと考えられる。

さて、田辺氏は関晃の渡来人の渡来時期を四つに分けた区分によれば（『帰化人』至文堂　昭和三一年）、その(b)大化以前の新しい帰化人、に該当するといい、「皇極朝以前に田辺史を名乗るものは管見に入らない」という井村前掲論文の指摘もあり、『新撰姓氏録』左京皇別下、上毛野朝臣の条にある雄略朝のこととする百尊《はくそん》の伝承は後世の付会として別にすれば、皇極朝に「以レ解二文書一為二田辺史一」とあるのがほぼ正しいとしてよい。姓の「史」は「史人《ふみひと》」の略といい、大和政権の文筆を掌る職業名が姓になったものと言われている。

その本貫は摂津国住吉郡田辺にあったとする佐伯有清の考察（『新撰姓氏録の研究　研究篇』吉川弘文館　昭和三八年）があり、田辺史は渡来以来この地あたりを本拠としていた中小豪族であった。

福麻呂が幾流にも分かれた田辺史のどの家筋に属するのかは不明だが、ともかくも文筆に関わり深い家柄であった。皇極朝以後、文筆をもって名を留める田辺史は、田辺史鳥《とり》（白雉五年二月、遣唐判官）、田辺史百枝《ももえ》（文武四年六月一七日、大宝律令撰定、懐風藻作者、大学博士）、田辺史首名《おびとな》（大宝律令撰定）などがおり、最近福麻呂の久邇《くに》京《きょう》讃歌《さんか》と懐風藻漢詩との交流を考える太田善之の説も見えている（「恭仁京讃歌―福麻呂歌集歌と懐風藻詩との交流―」『上代文学』81　平成一〇年一一月）。また、首名の位階は進大弐《しんだいに》で、のちの大初位下に当たる。福麻呂の位階は後述するが大初位上である。福麻呂もまたこれらからして懐風藻作者百枝や首名に近い存在であったことが推察できる。

3　橘家の少書吏福麻呂

福麻呂の経歴は万葉集によってしか知ることはできない。天平二〇年（七四八）、福麻呂は左大臣橘家の使者として、越中国守大伴《おおともの》家持《やかもち》の許を訪れていて、巻一八にはその折の宴歌が巻頭を飾っている。その題詞には、

天平廿年春三月廿三日、左大臣橘家之使者造酒司《さけのつかさの》令史《さくわん》田辺史福麻呂饗二于守大伴宿祢家持館一云々

とある。左大臣橘家とは橘諸兄《もろえ》であり、当時台閣の首班であった。造酒司令史とは養老職員令《しきいんりよう》によれば「造酒司」は、

正一人。掌二醸造、醴、酢事一。佑一人。令史一人。酒部六十人。掌レ供二行觴一使部十二人。直丁一人。酒戸。

とあって、令史《さかん》の位階相当は官位令によると大初位上である。かかる官職をもつ者が左大臣家の使者として越中国府に派遣されるということは、滝川政次郎によれば、「福麻呂が従一位左大臣家の家司《けいし》を兼帯していない限りは許されるべきことではない。故に私は、この時福麻呂は、左大臣家の少書吏が本官で、造酒司令史は兼官であったと思う」（「造酒司令史田辺史福麻呂」『万葉律令考』東京堂昭和四九年　初出昭和四四年）と述べている。また、同じく滝川は巻一八の題詞に「兼官である造酒司令史のみが顕わされていて、福麻呂の本官である職事一位家少書吏が顕わされていないかというに、家令は唐令にいう令外官であって、正規の官ではないからである」とも言及している。

家令《けりやう》職員令には、

職事一位。女亦准レ此。
家令一人。掌レ知二家事一。
扶一人。大従一人。少従一人。大書吏一人。少書吏一人。

とある。同じく官位令によれば「職事一位家少書吏」の位階は大初位上である。少書吏《すないさうくわん》とは家令職員令、親王・一品の条に「掌同二大書吏一」とあり、大書吏《おほいさうくわん》には「掌レ勘二署文案一。余書吏准レ此」とあるように文案を勘署するのが職掌であった。「勘」は考えしらべる。「署」はしるす意なので、文筆に関わり深い田辺史家にふさわしい職といえよう。

福麻呂を橘家の「少書吏」とする見解は早く佐野正巳（前掲書）に見えており、のちに木本好信も「少書吏か大書吏か」と言っており（『大伴旅人・家持とその時代』桜楓社　平成五年　初出昭和六二年）、梶川信行もまたこれを補強している（『万葉史の論　山部赤人』翰林書房　平成九年、初出昭和六三年）。

かつて私は福麻呂の身分や立場をうかがわせる資料としてこの題詞をあげたことがあり、続けて同じ巻一八に載る「太上皇御二在於難波宮一之時歌七首」（四〇五六～四〇六二）を福麻呂が伝誦していることに触れ、「その歌によれば元正太上皇、橘諸兄、河内女王《かわちのおおきみ》、粟田女王《あわたのおおきみ》が同席し、福麻呂もその席に侍していたらしいことがわかる」とし、そのような高貴な人達のみで構成される場に、普通では福麻呂はたちまじることのできない身分であること、「その席における福麻呂の役割は、その末端に侍して一座の興を添える程度のものであったのではなかろうか」といい、

福麻呂における如上の推定が許されるならば、その役割は、まさしく神田秀夫氏や伊藤博氏の説くところの

トネリ的存在であって、主君のためなら水火も辞せず殉忠をつくし、遣使その他に奉仕し、時には俳優的な性格をもそなえていたとするのに該当していよう。

と述べたことがあった（橋本前掲論文）。

当時は少書吏なる官職にまで思い及ばなかったのであったが、少書吏こそ、かかる席に侍するにもっともふさわしく、諸兄の傍に侍して高貴な人々の歌を筆録・伝誦する役割を担っていたのだろうと考えられる。また、少書吏は一位家の家令の中の三等官で最下位に位置するが、その下にはいわゆるトネリと称される資人《しじん》が位分資人一〇〇人、職分資人二〇〇人が仕えている（軍防令）。福麻呂にとって諸兄への親近感はまさに大宝令以前の舎人の心情に近かったことを思わせる。

4　作品とその周辺

前節で考察したように、福麻呂と橘諸兄との密接な関係は作品の上にもそのまま反映し、福麻呂の作品で年代の推定できるものは諸兄の政権の推移と対応しつつ展開する。それは巻六末尾に載る次の五歌群二一首の長反歌である。

(1) 奈良の故郷《ふるさと》を悲しびて作る歌一首　并せて短歌（一〇四七～一〇四九）
(2) 久邇《くに》の新京を讃《ほ》むる歌二首　并せて短歌（一〇五〇～一〇五八）
(3) 春の日に、三香原《みかのはら》の荒墟《くわうきよ》を悲しび傷《いた》みて作る歌一首　并せて短歌（一〇五九～一〇六一）
(4) 難波宮にして作る歌一首　并せて短歌（一〇六二～一〇六四）

(5)　敏馬《みぬめ》の浦を過ぐる時に作る歌一首　并せて短歌（一〇六五〜一〇六七）

(1)は天平一二年（七四〇）一二月、久邇京の造営が開始されて以後、奈良京が荒廃してゆくさまを悲しんだ歌で、橋本前掲論文では「天平一三・四年頃か」としておいたものだが、『釈注』が「天平一三年七月一〇日、太上天皇（元正天皇）が新都に移居する折の詠と見るべきかと思う」というように、その頃の作と考えられる。

天平一二年（七四〇）九月、さきに（天平一〇年一二月）、大養徳《やまと》守から大宰少弐《だざいのしように》に左降されていた藤原広嗣《ひろつぐ》が謀反の兵を起こしたとする報が九州から奈良の都へ届いた。大きな衝撃を受けた天皇は、一〇月末、関東への行幸を思い立ち、伊賀を経て伊勢に至り、乱の平定を知っても奈良へ帰らず、そのまま旅を続けて、さらに美濃に到り、一二月近江を経て、諸兄に山城国相楽《さがらか》郡恭仁《くに》郷を整備させて遷都することをきめ、一二月一五日には恭仁《くに》宮に入った。皇都と定めた久邇（以下引用以外は「久邇」に統一する）には甕原《みかのはら》離宮があって、天平一一年には二度も行幸しており、その近くには諸兄の別荘もあって天平一二年五月に行幸している。したがってこの遷都計画は行幸中に諸兄との間で練られていたのであった。この遷都は広嗣の乱を機に、かつて藤原氏が主導して遷都し、勢力基盤ともしていた奈良を去り、橘氏の優位を確立するためのものであったといわれている。

かくして奈良の故郷は荒廃にゆだねられ、(1)の歌が作られることになる。旧都をいたみ悲しむのは旧都に対する鎮魂であり、一種の挽歌である。一首は六三句も費やした大作であって、帝都として「八《や》百《ほ》万《よろづ》千《ち》年《とせ》を兼ねて」定めたという因縁を歴史的に丁重に叙し、次いで近郊の景観を春の桜と貌鳥《かおどり》、秋の萩と鹿に寄せて、八句もの長い対句を用い、委曲を尽くして讃美し、それゆえに廷臣たちも永遠の繁栄を期待していたことを述べる。こうした讃美は土地の霊を慰撫するために必要であったのである。この制作意図もおそらくその目的によるものであろう。しかし、その都も「新世《あらたよ》のことにしあれば　大君の引きのまにまに」荒廃してゆくのは仕方がないと、引導をわたすように言い、ひいては新京の前途の安泰を願う心をもって作られたのであろう。

(2)の二組の長反歌は、前掲論文では一括して「天平一三年か」としていたが、森淳司は「天平十四年八月より以前であることがふさわしい」といい、その理由を、

> この八月二十七日に天皇は紫香楽に行幸、その時以降しばしば紫香楽宮そのほかに車駕を進め、恭仁京に落着かれることなく、翌十五年の正月一日のごときは諸兄等を先に帰して二日はじめて恭仁京に還御されているし、この年には「車駕留二連紫楽一。凡四月」年末には「停二恭仁京造作一焉」とあり、翌正月には難波行宮《ママ》(「幸」の誤りか)を考え、「恭仁難波二京」のいずれを都とすべきかを下問されている。かかる状況下での新京讃歌はそれがたとえ儀礼的なものであってもふさわしくない。

と述べ、天平一四年正月一六日の大安殿《だいあんでん》での宴の時あたりが穏当かとしている(前掲論文)。

しかし、『釈注』は二組の讃歌を別々の時に作ったとし、第一群は、聖武天皇は天平一三年(七四一)一一月に新都を「大養徳《おほやまと》恭仁大宮《くにのおほみや》」(続紀)と称することをきめ、翌一四年正月一六日に大安殿において群臣に宴を賜うた、その折の讃歌であろうとする。この説は森説とも符号して蓋然性が高いので、これに従いたい。

第二群については『釈注』は聖武天皇が天平一四年四月二〇日の条に「天皇皇后宮に御して五位以上を宴す」とある記事が歌の内容に合うと述べているが、私は天平一三年五月六日の条に「天皇、河の南に幸《みゆき》したまひて校《けう》獦《れふ》を観《みそなは》す」とある、その日の宴の際のものと考える。理由は後述する。このことは清水克彦も二組の讃歌を分離せず、天平一三年五月六日の可能性のあることを推察している(前掲論文)。

さて、(2)の歌は諸兄直属の福麻呂にとって、もっとも面目を発揮した力作である。二首の長歌にそれぞれ反歌

二首と反歌五首をつらねてその新京を讃えたのも当然のことであった。第一群は次のように歌う。

現《あき》つ神　我が大君の　天の下　八島の中《うち》に　国はしも　多くあれども　里はしも　さはにあれども　山並《やまなみ》の
宜《よろ》しき国と　川次《かはなみ》の　立ち合ふ郷《さと》と　山背《やましろ》の　鹿背山《かせやま》のまに　宮柱　太敷き奉り　高知らす　布当《ふたぎ》の宮は
川近み　瀬の音《おと》ぞ清き　山近み　鳥が音響《ねとよ》む　秋されば　山もとどろに　さを鹿は　妻呼び響め　春されば
岡辺もしじに　巌《いはほ》には　花咲きをり　あなおもしろ　布当の原　いと貴《たふ》と　大宮所　うべしこそ　わが大
君は　君ながら　聞かし給ひて　さす竹の　大宮ことと　定めけらしも（巻六・一〇五〇）

反歌二首

三香の原　布当の野辺を　清みこそ　大宮所　定めけらしも（巻六・一〇五一）
山高く　川の瀬清し　百代まで　神しみ行かむ　大宮所（巻六・一〇五二）

冒頭の歌い出しは国見歌の型を踏み、国と里のすばらしい土地に宮を定めたことをいい、宮殿の四囲の景観を川と山、秋と春の光景を通して讃え、天皇が諸兄の提案を入れてこの地に都したことに全幅の共感を寄せて讃えた歌である。新宮殿の造営を通して天皇を寿《ことほ》いだ典型的な讃歌である。歌の型としては人麻呂を模しており新味に欠けるが、赤人によって進められた自然讃美を、時代の好尚であるとともに福麻呂の特色である聴覚を通し、二句対・四句対を用いて整然と細やかに徹底させている。そして、それを承けて「あなおもしろ　布当の原　いと貴と　大宮所」と総括してゆく技巧も、福麻呂の明るくはずむような気分をさながら表出していて見せ場を作っている。

ただしかし、遷都が天皇の主体的行為としてでなく、諸兄の提唱であるとする点が「宮柱太敷き奉り」「君ながら聞かし給ひて」などに現れており、宮廷歌人福麻呂が諸兄を通してのみ存在したことをうかがわせている。第一反歌は長歌末尾を承けてまとめ、第二反歌は山と川のすばらしさゆえに将来かけて栄えてゆくであろうと予祝して全体を結んでいる。

第二群は次のようである。

我が大君　神の命の　高知らす　布当の宮は　百木《ももき》もり　山は木高《こだか》し　落ちたぎつ　瀬の音も清し　うぐひすの　来鳴く春へは　巌には　山下光り　錦なす　花咲きをり　さを鹿の　妻呼ぶ秋は　天霧《あまぎ》らふ　しぐれをいたみ　さ丹《に》つらふ　黄葉《もみち》散りつつ　八千年《やちとせ》に　生《あ》れつかしつつ　天の下　知らしめさむと　百代《ももよ》にも　変はるましじき　大宮所（巻六・一〇五三）

反歌五首

泉川　行く瀬の水の　絶えばこそ　大宮所　うつろひゆかめ（巻六・一〇五四）

布当山　山並見れば　百代にも　変はるましじき　大宮所（巻六・一〇五五）

娘子《をとめ》らが　続麻《うみを》懸《か》くといふ　鹿背の山　時しゆければ　都となりぬ（巻六・一〇五六）

鹿背の山　木立を繁み　朝さらず　来鳴き響《とよ》もす　うぐひすの声（巻六・一〇五七）

狛山《こまやま》に　鳴くほととぎす　泉川　渡りを遠み　ここに通はず（巻六・一〇五八）

長歌はいきなり「我が大君　神の命の　高知らす　布当の宮は」と主題を提示し、山・川の景観を二句対で述べ、春秋の美景を六句対をもって、これも聴覚表現に重きを置きつつ丁寧に細叙して讃え、八千年・百代までにわたる天皇家の永遠を予祝して大宮所を讃えたものである。

芳賀紀雄のいうように「遷都の必然性を強調した第一群に対して」第二群は「天皇への讃美・予祝の念を著しく強めている」(『万葉の歌7　京都』保育社、昭和六一年)という違いは読みとれるが、『窪田評釈』が「その讃え方も山と川、さらに山の春と秋との景観を讃えることによって京を讃えている点は全く同一である」と述べているように、第一群長歌と重複する語句が多く、「我が大君」「高知らす布当の宮は」「瀬の音も清し」「巌には「花咲きををり」「さを鹿の妻呼ぶ」「天の下」「大宮所」などを指摘することができる。題詞には一、二群が一括されているが、おそらく時と場を異にして発表されているからであろう。

反歌一首目は川に寄せて、二首目は山に寄せて、それぞれ大宮所の永遠性を予祝し、長歌の末尾を強調して結んでいる。ここで長反歌は完結していると見られるもので、反歌三首目以下は本来反歌であったかどうか問題になるものである(山崎馨前掲論文)。

反歌三首目は鹿背山讃歌で、山間の僻地であった鹿背山も時勢の推移によって都となる驚きを素直に讃えた歌である。

四首目は鹿背山に鳴く鶯を「来鳴き響す」と歌って新京の繁栄をことほいでいる歌である。五首目は対岸の狛山に鳴くほととぎすは泉川の渡り場が遠いので、ここ(鹿背山)に通ってこないという歌で、讃歌性に欠けるといわれている歌であるが、芳賀紀雄が「泉川の川幅の広さを述べ、その大きな景をも都の中に取りこんだ天皇の偉大さに対する讃美の念を余情とするものであろう」(芳賀前掲書)と述べているのがよいと思われる。

反歌三首目以下では一貫して鹿背山に作者の位置がある。狛山は木津川の右岸(北)にあり、鹿背山は左岸(南)にあって、鹿背山の北端、すなわち川にもっとも近い京都府相楽郡加茂町法花寺野のあたりには甕原離宮があったと推定されている(『新日本古典文学大系　続日本紀一』)。そして第四反歌で「うぐひす」が、第五反歌では狛山に鳴くほととぎすの声をかすかに聞きながら姿の見えないことを「渡りを遠み」と擬人化して歌っていることから考えると、作歌時は晩春初夏の頃（『新考』）で、木津川にはまだ橋がかかっていなかったことを思わせる。橋がかかったのは続紀天平一三年一〇月一六日の条に「賀世山の東の河に橋を造る。七月より始めて今月に至りて乃ち成る」とある。かかる状況下で作られた歌であるとすれば、その時を続紀の中に探ると天平一三年五月六日の条に「天皇、河の南に幸《みゆき》したまひて校獦《けうれふ》を観《みそなは》す」とあるのが浮かび上がる。「校獦」とは「柵を作り禽獣の逃路を防いで行う狩猟」（『新日本古典文学大系　続日本紀二』）という。河の南とは木津川の南のことであろう。これよりさきの神亀四年（七二七）五月四日には「甕原離宮に幸したまふ」とあり、五日には「天皇、南野の榭《うてな》に御して餝馬・騎射を観たまふ」とあるように、この「南野」も同じ所に違いない。五月五日の端午の節会の行事で薬狩《くすりがり》が変化したものと考えられるが、天平一三年の記事は形式化しているが薬狩であろう。日が一日ずれているのは何らかの事情があったのであろう。五月五日の行事が、六日、四日にずれる例は少ないが例のないことではない（和田萃『日本古代の儀礼と祭祀・信仰・中』第三章第三、塙書房、平成七年）。

第三反歌以下の三首はこの校獦後の宴席で披露されたのではなかろうか。長歌と反歌二首は久邇宮（布当宮）を中心に歌われていたが、これはあらかじめ用意していた天皇讃歌であって、それが奏されたのち、場に即した歌が求められたのに応じた歌なのではないか、それが反歌五首という一括されたものになったのであろう。

吉井巖は『全注　巻六』において、この二群の長反歌は「讃美の方向を少しく異にしているが」といい、

その素材、表現に共通するところが多く、長対句や、特にこれを受けて結尾に至る表現には、前群の長反歌（一〇五〇～一〇五二）に洗練と巧妙さがうかがえる。或は一〇五三～一〇五五をさらに練り上げて一〇五〇～一〇五二の長反歌としたのかもしれない。

と述べているが、第二群が天平一三年五月、第一群が翌一四年正月の作とする私見によれば、さきに引用した『窪田評釈』の讃え方の同一性などからして、この説が妥当なのではないかと思われる。福麻呂の第二長歌の歌い出しの型は、『釈注』も指摘するように、赤人の讃歌の、

やすみしし　わご大君の　高知らす　吉野の宮は（巻六・九二三）

やすみしし　わが大君の　めし給ふ　吉野の宮は（巻六・一〇〇五）

に近く、その型を踏襲したと思われるのに対し、第一長歌は先述のごとく国見歌の型を踏まえ整然・周到に歌い出している。この国見歌をふまえるのは人麻呂の吉野讃歌に学んだらしく、金村《かなむら》・赤人の讃歌には見られないものであった（ただし赤人の伊予の温泉《ゆ》に至りて作る歌〈巻三・三二二〉に一例ある）。人麻呂の歌は、

やすみしし　我が大君の　きこしをす　天の下に　国はしも　さはにあれども　山川の　清き河内と　御心を　吉野の国の　花散らふ　秋津の野辺に　宮柱　太敷きませば……（巻一・三六）

の傍線の箇所のように、ほとんど福麻呂の歌に対応する。このことは、発表の場が第二長歌の場合は遊猟後の宴、第一長歌が内裏の正殿である大安殿における盛大な賜宴の席であったことによるのであろう。久邇京における大安殿はこれが初出である（『新日本古典文学大系　続日本紀二』）。宮廷歌人の祖ともいうべき人麻呂の讃歌に習い、格調高く歌う必要から、第二長歌をさらに練りあげたのではないかと思われる。当日の宴の模様は続紀に詳しいが、酒酣《さけたけなわ》にして五節《ごせちの》田舞《たまい》を奏上し、終って更に踏歌と続く大がかりなものであった。

このように力をこめて久邇新京を讃えた福麻呂であったが、日ならずして、またもや新京の荒墟に立って悲しまねばならないことになる。諸兄が政治生命をかけて築いた新京も藤原氏の巻き返しにあい、諸兄の権力の退勢を象徴するかのように、天平一六年（七四四）二月二六日に、難波宮を皇都と定めたことにより、荒れてゆく運命にあった。したがって(3)の作歌時は前掲論文において「天平十六年二月、難波宮を皇都と定めて以後、題詞に『春日』とあるのによれば、同年かあるいは翌十七年の春か」とし、『釈注』も天平一六年二月の作とした。だが、吉井巌は『全注　巻六』において、天平一七年五月の平城遷都後の作と見て、続紀五月一〇日の条に、「是の日、恭仁《くに》京の市人、平城に徙《うつ》る。暁《あかとき》夜《よ》も争ひ行き、相接《あひつ》ぎで絶ゆること无《な》し」とあることを理由に「春は天平一八年の春とすべきであろう」とした。難波遷都後も久邇京に留まる者は多かったのであり、実質的に久邇京が荒廃してゆくのは平城遷都以後であり、その方が歌の内容にも合うように思われるので、吉井説に従い、天平一八年春の作ということに改めたい。その歌は次のごとくである。

三香原《みかのはら》　久邇の都は　山高く　川の瀬清し　住みよしと　人は言へども　ありよしと　われは思へど　古りにし　里にしあれば　国見れど　人も通はず　里見れば　家も荒れたり　はしけやし　かくありけるか　三《み》諸《もろ》つく　鹿背山のまに　咲く花の　色めづらしき　百鳥の　声なつかしき　ありが欲し　住みよき里の　荒るらく惜しも（巻六・一〇五九）

反歌二首

三香原　久邇の都は　荒れにけり　大宮人の　うつろひぬれば（巻六・一〇六〇）

咲く花の　色は変らず　ももしきの　大宮人ぞ　立ちかはりける（巻六・一〇六一）

この歌についてはこれまで二度論評したことがある。一つは「田辺福麻呂と宮廷歌」（『万葉集を学ぶ　第四集』有斐閣　昭和五三年）。もう一つは井村哲夫・阪下圭八・橋本達雄・渡瀬昌忠共著『注釈万葉集〈選〉』（有斐閣　昭和五三年）である。ここでは前者を引用する。

⑶この歌は題材からすると⑴の歌に近いが、一読して趣の異なることに気付く。それは歌い出しの四句こそ宮廷歌の型によっているが、他は型によらず独自の手法で自己に即して歌っているからであろう。今までの歌が軽快で華麗であったのに比し、表現も「人は言へども」「われは思へど」と口ごもりつつ吶々《とつとつ》として続け、対句も短く、自然描写も地味に抑えて素直に心をこめて「在りよく住みよい里」の荒廃を悼んでいる。一連の歌中でこの歌にのみ「われは思へど」と自己を主張しているのも注意され、諸兄体制への個人的愛着がおのずから流露しているのであろう。（中略）真実味のあふれた佳作である。華麗な歌いぶりに特徴のある歌人だが、これは素朴な一面を見せているもので、多彩で広い芸域を思わせる。

反歌一首目は長歌の要約だが、上三句を直截に打ち出し、四・五句でその理由を大宮人の「うつろひ」によるとした明快な歌である。二首目は、不変な自然に移ろい易い人事を配して嘆いた型のある歌い方であるが、その普遍なものが移ろい易い春の花である点が特色となって、よりいっそうはかなさが強調されている。

⑷は前掲「宮廷歌人田辺福麻呂」の論文で「天平一六年一月か」としたのは「閏一月」の誤りで、閏一月一一日に難波宮に行幸してから天皇が難波を去って紫香楽宮《しがらき》へ行幸する同年二月二四日までの間の作であろう。古くは天平一六年二月二六日に難波を皇都と定めてからの新都讃美の歌と考えるむきもあったが、「あり通ふ難波宮は」とあるのは、しばしば通う意であり、結びの「御食向《みけむか》ふ味原《あぢふ》の宮は見れど飽かぬかも」が人麻呂の吉野離宮

讃歌を襲っていることからしても、皇都としての讃歌でなく離宮への行幸時の作と考えられる。歌は宮殿のある海浜の美景を聴覚を通して讃えた華麗なもので「安らかに暢びやかで、楽しい気分を漂わしている」（『窪田評釈』）と評される歌である。なお、この讃歌の表現を細かく分析・検討して、その特徴を明らかにしたものに塩沢一平「田辺福麻呂の難波宮讃歌の表現」（『美夫君志』54　平成九年三月）がある。

(5)は正確には制作年未詳であるが、敏馬の浦は難波津から一日行程の地であり、前掲「宮廷歌人田辺福麻呂」で「右(4)と同じか」としたのはそのためであった。歌は敏馬の浦の「清き白浜」を讃えた讃歌で雰囲気も(4)に通うところがある。

さて、以上で福麻呂の宮廷歌は終わる。制作年代は天平一三年から天平一八年に至るわずか六年ほどの間である。この期間は久邇京への遷都にはじまり、紫香楽宮や難波宮へと天皇が転々として皇居も定まらず混迷をきわめた時代であった。結局天平一七年五月、平城遷都をきめてからも、八月難波宮に行幸し、同年九月二六日に平城京に遷幸するのだが、この約六年間は、元正上皇の強い信頼をバックにした諸兄の権勢と、それを追い落とそうとして擡頭してきて、光明《こうみよう》皇后と結んだ藤原仲麻呂《なかまろ》の力とのはげしい綱引きの期間でもあった。天皇はその間にあって揺れ動いていたのである。諸兄の退勢が決定的になるのはまだもう少し先のことであるが、この天平一七年ごろを境に、前途の見通しはまったく暗くなっていくのである。それと符節を合わせたかのように、福麻呂は、諸兄の権力の象徴であった久邇京の廃墟を歌って以後、宮廷歌を歌わなくなる。この姿は福麻呂の宮廷歌人としての活躍の場が、諸兄の権勢とともに生じ、そして消滅していったことを有力に証するものである。

福麻呂歌集には今まで述べてきた作品のほかに、巻九相聞に、

(1) 娘子《をとめ》を思ひて作る歌一首　并せて短歌（一七九二〜一七九四）

があり、同じく巻九挽歌に、

(2) 足柄《あしがら》の坂を過ぐるに、死人を見て作る歌一首（一八〇〇）

(3) 葦屋《あしのや》の娘子が墓を過ぐる時に作る歌一首　并せて短歌（一八〇一〜一八〇三）

(4) 弟の死去を哀しびて作る歌一首　并せて短歌（一八〇四〜一八〇六）

と、計四歌群一〇首の長反歌がある。これらの作歌年時は明確にできないが、いずれも先輩の宮廷歌人の作品に類型がある。(1)とタイプを同じくする作品は、笠金村の「二年乙丑《いつちう》の春三月に、三香の原の離宮に幸す時に、娘子を得て作る歌」（巻四・五四六〜五四八）があり、(2)のいわゆる行路死人歌は人麻呂に「讃岐の狭岑《さみね》の島にして、石中の死人を見て作る歌」（巻二・二二〇〜二二二）や「香具山の屍《しかばね》を見て、悲慟《かなし》びて作る歌」（巻三・四二六）がある。(3)は山部赤人に「勝鹿《かつしか》の真間《ままの》娘子が墓を過ぐる時に作る歌」（巻三・四三一〜四三三）があるほか、高橋虫麻呂に福麻呂と同じ題材を歌った「菟原《うなゐ》娘子が墓を見る歌」（巻九・一八〇九〜一八一一）や「勝鹿の真間娘子を詠む歌」（巻九・一八〇七、一八〇八）があり、(4)については身内の者の死を悼む人麻呂の「妻死にし後に、泣血哀慟して作る歌」（巻二・二〇七〜二一二）があり、宮廷歌人ではないが、福麻呂と親しかった大伴家持に同じく弟の死を悼む「長逝せる弟を哀傷《かな》しぶる歌」（巻一七・三九五七〜三九五九）も存在する。

これらの歌が宮廷歌人にとっていかなる意味をもつものなのかは、伊藤博がいみじくも指摘しているように、宮廷歌人の裏芸なのであった。彼らは公的な宮廷讃歌などを作るのを表芸とし、一方では裏の芸として宮廷サロン向きにロマンの歌などを提供する属性をもっていたとするのである（「トネリ文学」『万葉集の歌人と作品　上』塙書房　昭和五〇年　初出昭和四一年一月）。

したがってその作歌年代も彼が宮廷歌人としてあった天平一三年ごろから天平一八年までに収まると考えられる。(1)の歌は『釈注』が「逢はぬ日の数多《まね》く過ぐれば　恋ふる日の重なり行けば」とあることなどから、天平一二年、久邇京に突然遷都してそこの住人になることを強いられた官人の奈良に置いたままの妻恋しさを代弁して詠んだ歌として味わうことができると述べているように、天平一三年頃の作と推定することもできる。

諸兄の勢力が仲麻呂の前に決定的に圧倒されるようになるほぼ一年前の天平二〇年（七四八）三月、先述もしたように福麻呂は、同じく諸兄の庇護のもとに官界に歩み出した越中国守大伴家持を橘家の使者としてはるばると訪問している。用向きは残念ながら分からない。現在もっとも有力視されている説は(1)橘家が越中に所有していた墾田の状況を視察する説（『全注釈』『私注』『全注　巻一八』『釈注』など）であるが、(2)万葉集編纂に関係を求める説（尾山篤二郎『大伴家持の研究』平凡社　昭和三一年。久松潜一「大伴家持」『上古の歌人』弘文堂、昭和三六年。伊丹末雄『万葉集成立考』国書刊行会　昭和四七年）、(3)政治的意味があろうとする説（坂本太郎「万葉集と上代文化」『日本古代史の基礎的研究　上』、東京大学出版会　昭和三九年、初出昭29。井村哲夫前掲論文。木本好信前掲書）もある。川口常孝は(1)説をとり、その上で測量師であろうとしている（前掲論文）。私としては、時が時であるだけに、背後に藤・橘をめぐる緊迫した政治的意味を感じ取りたい。ただ福麻呂が当代きっての高名な歌人で、家持もまたすでに歌人として名をなしていたことから考えると、政治的なものを歌でカムフラージュした行動ともとれるのである。

福麻呂歓迎の宴はそのまま送別の宴に続いてゆくが、三月二三日から二六日の四日にわたり、布勢《ふせ》の水海に遊んで美景を賞で、ほととぎすの鳴き声にあこがれる風流事に終始している。福麻呂の歌を三首挙げておこう。

神さぶる　垂姫《たるひめ》の崎　漕ぎ廻《めぐ》り　見れども飽かず　いかに我《わ》れせむ（巻一八・四〇四六）

おろかにぞ　我《わ》れは思ひし　乎布《をふ》の浦の　荒磯《ありそ》の廻り　見れど飽かずけり（巻一八・四〇四九）

ほととぎす　今鳴かずして　明日越えむ　山に鳴くとも　験《しるし》あらめやも（巻一八・四〇五二）

はじめの二首は二五日の水海遊覧の時、最後の一首は二六日の送別の宴に際してのものである。

わずかに政治的意味を感じさせるのは、福麻呂が天平一六年の夏の作と推定される（『新釈』）「太上皇《おおきすめらみこと》、難波の宮に御在《いま》す時の歌七首」（巻一八・四〇五六～四〇六二）をこの越中の宴で披露していることである。この年閏一月一一日、難波へ行幸した天皇は、二月二〇日に久邇宮の高御座《たかみくら》・大楯《おおたて》および兵器を難波へ移しておきながら二四日には元正上皇と左大臣諸兄とを難波宮に残して、紫香楽宮に行幸し、その年いっぱい滞在して難波へ帰らず、二六日には天皇不在のまま、左大臣諸兄は難波を皇都とする勅を宣するという不可解なことのあった年のことである。歌は諸兄を庇護する元正上皇と諸兄との呼吸の合った唱和にはじまり、諸兄邸に上皇をお招きして肆宴《しえん》を催した時の橘氏を讃えた御製など、うるわしい君臣和楽のさまをうかがうことができる。福麻呂や家持のたのむ諸兄の権勢はこの元正上皇が健在である限りは安泰であったのだが。上皇は天平一九年一二月に病臥、福麻呂が来越してから約一か月後の天平二〇年四月二一日に六九歳で崩御するのであった。

5　福麻呂歌集と特異な用字

福麻呂を考える上で、もう一つ触れておかねばならないことがある。それは巻六、巻九所収の福麻呂歌集の歌には、万葉二〇巻の中においてもきわめて特異な用字が多数使用されていて、それが福麻呂歌集所出と記されていないいくつかの歌群にも見られるのをどう考えたらよいかという問題である。この特異な用字については、早く横山英が気付いていたことだが（『万葉私考』さるびあ出版　昭和四一年、初出昭和八年）、これを全面的に明らかにしたのが古屋彰であり（『万葉集の表記と文字』和泉書院　平成一〇年、初出昭和三七年一〇月）、原田貞義であった（「万葉集の私家集㈠」『国語国文研究』41　昭和四三年九月）。古屋の指摘する特異な用字は一九字であり、原田の指摘するのは一七字であるが、両者に共通する用字は、矣・異・石・迹・宿・叙・杵・煎の八文字である。

　そしてそれらの文字が比較的集中する歌群とは、古屋によれば、

1　筑波の岳《たけ》に登りて、丹比真人国人《たぢひのまひとくにひと》が作る歌一首　并せて短歌（巻三・三八二、三八三）

2　死にし妻を悲傷《かな》しびて、高橋朝臣が作る歌一首　并せて短歌（巻三・四八一～四八三）
　右の三首は、七月二十日に高橋朝臣が作る歌なり。名字未だ審《つばひ》らかにあらず。ただし、奉膳《かしはで》の男子《をのこ》といふ。

3　石上乙麻呂《いそのかみのおとまろ》卿、土佐国に配《なが》さゆる時の歌三首　并せて短歌（巻六・一〇一九～一〇二三）

4　七夕歌（巻一〇・二〇八九～二〇九一）

5　或本の歌　備後国の神島《かみしま》の浜にして、調使首《つきのおみのおびと》、屍を見て作る歌一首　并せて短歌（巻一三・三三三九～三三四三）

の五歌群であり、原田はこのうち4を除く四歌群としている。

　まず、この五歌群の収められている巻における位置を考えるに、すべて追補歌であることが明らかである（橋

本「万葉集巻九の私家集(1)」『専修国文』60 平成九年一月)。したがってこれらは一応巻々が第一次に編纂されたあとに追補された歌であると考えられる。そしてこの点では既述した巻六、巻九の福麻呂歌集所出歌も追補歌なのであった。したがってこの五歌群の歌も(原田は四歌群)、古屋は「手控えとして福麻呂が記録しておいた他人の作」と考え、原田は「福麻呂歌集に拠った可能性が非常に大である」と述べている。私は他の私家集、人麻呂歌集・金村歌集・虫麻呂歌集がそうであったように、周辺の他人の歌も歌集には収録してあるとするのが自然であり、五歌群は歌集所出歌であったと考える。1の作者丹比国人は諸兄派の官人であって、のち橘奈良麻呂《ならまろ》の乱に連座して伊豆に流された人である。福麻呂とも交流のあったことが推察されよう。古屋のいう「手控え」も歌集と考えておかしくない。では、なぜ福麻呂歌集所出とする注記がないのかは、五歌群には4の七夕歌を除いて、作者名が記されているからである。以前私は、「歌集所出歌であっても作者が判明している場合は出典を注記する必要はない。出典を記すのは後藤利雄のいうように(『万葉集成立論』第五章、至文堂、昭和四二年)、あくまで『次善の策』であったのだからである」(前掲「万葉集巻九の私家集(一)」)と述べたとおりである。七夕歌の場合は説明がやや複雑だが、3の石上乙麻呂配流事件の歌とともに前掲論文で述べたので、紙数の都合もありここでは省略する。

では、福麻呂論にとってこれらの歌群はいかなる意味をもつものであろうか。これまで問題となってきたのは、3の歌のなり立ちをめぐる論であるが、福麻呂との関連で述べたものに、渡瀬昌忠「石上乙麻呂土佐国に配さるる時の歌」(『万葉集を学ぶ 第四集』有斐閣、昭和五三年)と村瀬憲夫「石上乙麻呂土佐配流歌群の成り立ち」(『紀伊万葉の研究』和泉書院 平成七年、初出昭和六三年)とがある。この歌群は、反歌も含めて(1)〜(4)の部分から成るが、渡瀬は「作者未詳の(1)をもとに、福麻呂が(2)(3)(4)を加えて四首による歌謡劇の台本に仕立てたものかもしれない」といい、村瀬は(1)(2)は笠金村に関わる人の手になり、それをうけて(3)(4)が福麻呂によって作られ、(1)〜

⑷は福麻呂歌集に収められていたとしている。また、古屋はこの反歌（一〇二三）と福麻呂歌集の「敏馬の浦を過ぐる時に作る歌」の反歌（巻六・一〇六六）の表現・発想の類似を指摘し、さらに5の長歌と福麻呂歌集の「足柄の坂を過ぐるに、死人を見て作る歌」（巻九・一八〇〇）とが用語・発想等において似通っているいくつかの点を指摘している（前掲論文）。

4については続く二首の長反歌とともに、福麻呂作であることを細かく表現に即して述べた塩沢一平の論（「万葉集巻十の七夕長歌は福麻呂の作か」専修大学『文研論集』19、平成四年二月）がある。

2は左注によれば七月二〇日の作で、一般に天平一六年と考えられており、「奉膳の男子」は「奉膳の官に在りし男子」（『講義』）とも「奉膳である人の子」（『古義ほか）ともとれるが、これは亡妻挽歌なので前者の可能性が高い。『金子元臣評釈』はこの高橋朝臣を国足かとし、「正倉院文書（造酒司解）に、天平十七年四月十七日、外従五位下行正兼内膳奉膳勲十二等高橋朝臣国足がある」と指摘している。国足《くにたり》は造酒司の正《かみ》（長官）と内膳司《ないぜんし》の奉膳《ぶうぜん》（長官）とを兼ねていたのである。ここに造酒司正とあるのは福麻呂とつながる。長歌は四七句の大作で、人麻呂の泣血哀慟歌（巻二・二一〇〜二一三）の影響があらわであり、述べ方は精細で表現も行き届いていて福麻呂の作風に通じるところがある。今後詳しく調査する必要はあるが、一例を挙げれば「新世《あらたよ》に共にあらむと」の「新世」の語は巻六の福麻呂歌「奈良の故郷を悲しびて作る歌」（巻六・一〇四七）のほかでは「藤原宮の役民《えきみん》の作る歌」（巻一・五〇）にしかない語で、「新世」の用字も共通している。役民の作る歌の用字は「新代」である。また反歌が二首であることやつけられ方が他の福麻呂歌と共通している（山崎前掲論文）ことなどから考えると、福麻呂が奉膳に代って作った可能性もたかい。「山背の相楽山」に葬ったとあるのも、また久邇京に生活基盤を置いていた時期のものとして理解できる。高橋国足は、天平一八年正月、諸兄が元正上皇の御在所の雪掃きに奉仕した時に行動を共にし、同年閏九月一〇日に越後守になっている。諸兄派の官人であった可能性が高い（直木孝次郎「天平十八年の任官記事をめぐって」『夜の船出』塙書房　昭和六〇年、初出昭和五三年)。

以上はほとんど紹介に過ぎないが、これを深めることは福麻呂を総合的に考えるうえで加えるところが多いはずである。今後の課題となろう。

6　むすび——福麻呂の評価をめぐって

福麻呂歌に対する評価は、平板、形式的、常識的であり、詠歎や感動がないとする見方がとくに『私注』などで強調されている。たとえば「平板ながらよくあらはして居る。(中略)ただ其の根柢となる詠歎には缺けて居るが」(一〇四七)、「実景によらない表現なので、かういふ弱い歌風では、感銘がうすくなるのは止むを得ない」(一〇四九)、「平板な記述的歌ひ方で感銘も弱い」(一〇五二)、「一通り整つた歌で、新味はないが破綻もない」(一〇五三)、「二首とも平凡な歌であるが」(一〇六〇、一〇六一)、「一通りの形式的なものとなつて居る」(一〇六二)、「或は他人の為の代作で、感動のないのに無理に作つたものであるかも知れぬ」(一八〇四)、「此の歌は枕詞ばかりが煩瑣で、ひどい作である。彼の作としてはどうにか見られるのは、久邇京の歌だけのやうである」(一七九二)などのようである。ほんの一部をあげたに過ぎないが、この傾向はこれほどひどくはないが、『全釈』『全注釈』『佐佐木評釈』などにも及ぶようである。川口常孝もまた、造型力の平板さをいい、現実をつきぬけて行く、ひたすらな求心がなく、本源への問いかけをいみきらっていることを指摘して「随順の美学」を読み取っている(前掲論文)。

一方、時代の風や欠点を指摘しつつも一貫して福麻呂の歌才を高く評価するのは、『窪田評釈』である。「感性の細かさと手腕を示している」(一〇四九)、「語句が絢爛なため、意図が蔽われようとする傾きがあるが、福麿とすると力作で、注意されるべきもの」(一〇五三)、「才分の豊かな、幅の広い福麿の、絢爛と同時に持ち得ていた素朴な面を見せた作」（一〇五九）、「深い悲哀を湛えながらも、同時に華麗な趣をもったもので、この時代には著しく少なくなっている挽歌の代表的なものである」（一八〇四）のようである。

また、近年では『釈注』がこれを高く評価している。「人麻呂長歌のような波濤の勢いはなく知に凝ったところがあり、結び『荒れにけるかも』はもう一つすわりが悪い気がするけれども、手腕を感じさせる歌といってよい」（一〇四七）、「調べも全体に通っていて、結びに至っての感動も高く、一〇四七よりさらにすぐれた作」「金村や赤人の長歌よりも興趣が深く、福麻呂は、もっと見直されるべき歌人のように思われる」（一〇五〇）、「しかし、叙述は依然として具体的で、金村や赤人の長歌より進んでいる面があることは認めないわけにはゆかない」（一〇五九）、「福麻呂短歌の傑作と評して大過なかろう」（一〇六二）、「金村・赤人に比べてずっと無名であり、評価は低い。しかし、金村などより歌はうまいというのが筆者の実感である」（一七九二）と述べている。もう一人、藤原芳男もまた、

しかしながら、儀礼歌の枠内にあっても先蹤歌の単なる踏襲に飽き足らず、凝り性の性格は、醒めた眼で現実をふまへ、揺ぎのない独自の歌境を確立するに至つてゐる。それは福麻呂の作品自体が、鮮やかにぢかに物語るのである。

といい、具体的な例を詳述している（「田辺福麻呂の儀礼歌の側面」『万葉集研究　第十集』塙書房、昭和五六年）。

一見対立する評価のようであるが、大雑把にいえば、一方は宮廷儀礼歌に代表される長歌という時、人麻呂の諸作が念頭にあり、それらと比較して、詠歎がない、感銘が薄い、感動がない、迫力に乏しい（『佐佐木評釈』一〇四七）などというのに対し、一方は、たとえば『窪田評釈』のいうように、和歌が散文化してゆき、しかも知

性的な醒めた態度で作歌するようになる時代の風を基底におきつつ、「感性の細かさ、才分の豊かさ、手腕を感じさせる、歌がうまい」という風な評価を下しているのであって、評価の基準が違っているのである。その意味ではどちらも当っているのであるが、時代の風を無視してする評価はやはり正しくないというべきであろう。

清水克彦が指摘しているように、人麻呂時代にはなかった永続性や不変性の表現が、奈良朝に入ると、起源を神代に発し、さらに百代まで変わらずといった形で対象を讃える歌い方がされるようになるのは、神代を過去として断絶の彼方に仰ぎ見た金村や赤人が創造したもので福麻呂もその点では同じであるがといい、しかしながら、金村や赤人時代の永続性や不変性の表現は、その基盤に、将来へ向かっての永続や不変に対する不安や不信の情を蔵していて、この情は万葉末期の「うつろひ」の認識に連なるものであるが、この時期にはまだ十分に「うつろひ」が事実として承認されておらず、むしろそれに背を向け、永続や不変を獲得しようとし、それが願われていたのであったとするのである。ところが福麻呂に至ると、その叙景表現には不変とはおよそうらはらな、きわめて流動的・不安定な印象を与える景が歌われるようになるという（清水前掲論文および、清水「不変への願い」『万葉論集』桜楓社、昭和四五年、初出昭和四四年）。

熊野直の主として荒都歌における対句の分析によれば、「人麻呂・赤人のそれと大きく異にする点は、叙景対句を述べて、それにとどまらず、都の推移に関する事を冷静な眼で客観的に叙述しようとする段が別に構成されている」という（「最後の宮廷歌」『美夫君志』24　昭和五五年三月）。こうした背景には、やはり天皇観の推移があろう。いったい人麻呂時代に見られた天皇と奉仕者との一体感は、金村・赤人から福麻呂へと時代が下るにつれてゆるみ、いわゆる天皇現神思想も人麻呂以後形骸化しきわめて形式的になっていくという（阿蘇瑞枝『柿本人麻呂論考』第二篇第二章、桜楓社、昭和四七年）。天皇が「三宝の奴」となる時代にあっては、天皇や宮殿を無条件では讃え得ない現実が眼前にくりひろげられていたのであった。ましてや遷都に次ぐ遷都とそれに伴う廃都という現実を前に、その現実に抗するかのように、天皇を神として歌い、華麗な対句を用いて永遠不変な自然を歌い美化するのであるが、その醒めた目は、知性的に現象をとらえ「新世のことにしあれば」（一〇四七）と割り切り「はしけやしかくありけるか」（一〇五九）と荒都に対する軽い詠歎を吐露するのも余儀ないことであった。そのことは熊野がいうように、おのずから人事的・現実的な永遠不変でないものへの描写にも冷静な目を向けてゆくのと軌を一にするものであり、清水のいう不安定な景というのも、そうしたものの反映であろう。熊野はさらに青木生子の「万葉集における『うつろひ』」（『日本抒情詩論』弘文堂、昭和三一年、初出昭和二四年）の考察をうけて進め、福麻呂に至って、はじめて遷都に関して「うつろひ」の語が用いられ始めることを指摘し、この天皇・永遠の思想が「うつろふ」時、宮廷歌は歌い得なくなると述べている。まことにそのごとく、万葉の宮廷歌は福麻呂をもって終わりを告げるのであった。

五

大伴坂上大嬢の歌

大伴坂上家《おほとものさかのうへのいへ》の大嬢《だいぢやう》が大伴宿禰家持《おほとものすくねやかもち》に報《こた》へ贈る歌四首

生きてあらば　見まくも知らず　なにしかも　死なむよ妹《いも》と　夢《いめ》に見えつる（巻四・五八一）

ますらをも　かく恋ひけるを　幼婦《たわやめ》の　恋ふる心に　たぐひあらめやも（巻四・五八二）

月草《つきくさ》の　うつろひ易《やす》く　思へかも　我《あ》が思ふ人の　言《こと》も告《つ》げ来《こ》ぬ（巻四・五八三）

春日山《かすがやま》　朝立つ雲の　居《ゐ》ぬ日なく　見まくの欲《ほ》しき　君にもあるかも（巻四・五八四）

坂上大嬢、秋の稲縵《いなかづら》を大伴宿禰家持に贈る歌一首

我《わ》が蒔《ま》ける　早稲田《わさだ》の穂立《ほたち》　作りたる　縵《かづら》そ見つつ　偲《しの》はせ我《わ》が背《せ》（巻八・一六二四）

大伴宿禰家持が報《こた》へ贈る歌一首

我妹子《わぎもこ》が　業《なり》と作れる　秋の田の　早稲穂《わさほ》の縵　見れど飽《あ》かぬかも（巻八・一六二五）

また、身に着《け》る衣《ころも》を脱《ぬ》きて家持に贈りしに報ふる歌一首

秋風の　寒きこのころ　下《した》に着《き》む　妹が形見《かたみ》と　かつも偲《しの》はむ（巻八・一六二六）

右の三首、天平《てんぴやう》十一年己卯《きばう》の秋九月に往来《わうらい》す。

大伴坂上大嬢が大伴宿禰家持に贈る歌三首

玉ならば　手にも巻かむを　うつせみの　世の人なれば　手に巻き難《かた》し（巻四・七二九）

逢《あ》はむ夜《よ》は　いつもあらむを　なにすとか　その夕《よひ》逢ひて　言の繁《しげ》きも（巻四・七三〇）

我《わ》が名《な》はも　千名《ちな》の五百名《いほな》に　立ちぬとも　君が名立たば　惜《を》しみこそ泣《な》け（巻四・七三一）

また大伴宿禰家持が和《こた》ふる歌三首

今しはし　名の惜《を》しけくも　我《あれ》はなし　妹によりては　千度《ちたび》立つとも（巻四・七三二）

うつせみの　世やも二行《ふたゆ》く　なにすとか　妹に逢はずて　我《あ》がひとり寝《ね》む（巻四・七三三）

我《あ》が思《おも》ひ　かくてあらずは　玉にもが　まことも妹が　手に巻かれむを（巻四・七三四）

同じき坂上大嬢が家持に贈る歌一首

春日山　霞《かすみ》たなびき　心ぐく　照れる月夜《つくよ》に　ひとりかも寝む（巻四・七三五）

また家持が坂上大嬢に和ふる歌一首

月夜には　門《かど》に出《い》で立ち　夕占《ゆふけ》問ひ　足占《あしうら》をぞせし　行《ゆ》かまくを欲《ほ》り（巻四・七三六）

同じき大嬢が家持に贈る歌二首

かにかくに　人は言ふとも　若狭道《わかさぢ》の　後瀬《のちせ》の山の　後《のち》も逢はむ君（巻四・七三七）

世間《よのなか》し　苦しきものに　ありけらし　恋《こひ》に堪《あ》へずて　死ぬべき思へば（巻四・七三八）

また家持が坂上大嬢に和ふる歌二首

後瀬山《のちせやま》　後《のち》も逢はむと　思へこそ　死ぬべきものを　今日《けふ》までも生《い》けれ（巻四・七三九）

言のみを　後も逢はむと　ねもころに　我《われ》を頼めて　逢はざらむかも（巻四・七四〇）

1　家系・年齢

大伴坂上大嬢（大娘とも書くが、意味は同じ）は、父が大伴旅人《たびと》の弟（同母か）である大伴宿奈麻呂《すくなまろ》、母は同じく旅人の異母妹である大伴坂上郎女《さかのうへのいらつめ》であり、のちに旅人の嫡男家持の正妻となった。したがって大嬢は家持の従妹に当たる。簡単に図示すると左上のようになる。

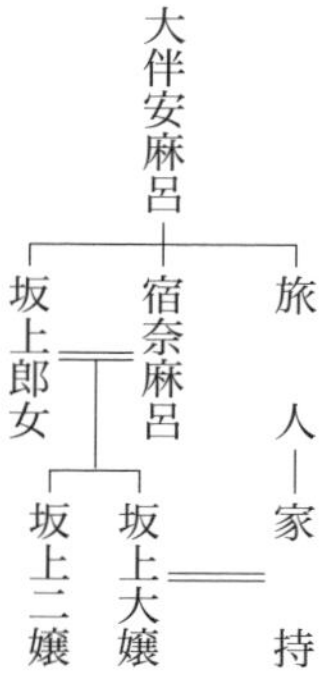

坂上大嬢と呼ぶのは、母坂上郎女と住んでいたのにより、大嬢は二嬢《おといらつめ》に対する呼称であろう。坂上郎女は巻四・五二八歌左注に「郎女、坂上里《さかのうへのさと》に家居《いへゐ》す。仍《よ》りて族氏号《やからなづ》けて坂上郎女といふ」とある。坂上の里の場所については諸説があるが、「平城坂《ならざか》の上の意味で、更にその西北と見るべきか。磐之媛命《いわのひめのみこと》陵が平城坂上陵と称せられてゐることも参照すべきである」とする石井庄司の見解（『古典考究　万葉篇』八雲書店、昭和一九年）や「今奈良市三条通油坂にある開化天皇陵は春日率川坂上《かすがいざがわのさかのうえ》陵と呼ばれる。よって坂上家も現在の油坂辺の春日野に近い所に存したものと推定すべきだ」とする土屋文明の説（『私注』）などがあり、川口常孝は土屋説を支持して、さらに細かく考証している（『大伴家持』桜楓社、昭和五一年）。そのどちらかであろうが、断定的にいえないところがあり、未定とすべきか。

さて、大嬢の作歌はすべて家持との間で交わされた相聞であって、歌数は一一首である。冒頭に掲げたのは家持の「和えた歌」八首を含めた一九首であるが、そのほかに家持が大嬢に贈った歌は三七首（うち長歌二首）の多きを数え、そのすべてが相聞（譬喩歌を含む）である。しかし、それらについては別項があるので、必要に応じて触れる程度にとどめ、ここでは当面の一一首に中心を置いて、述べてゆくことにしたい。

はじめに二人の恋愛関係の基底となる生年に触れておきたい。家持の生年には従来諸説があったが、結局古くから支持されてきた養老二年（七一八）

説が妥当と考えられる。近年では佐藤美知子「万葉集中の国守たち－家持の内舎人から越中守時代について－」（『万葉』112　昭和五八年一月）の論があり、また、佐藤の論を修正した町野修三『大伴家持論Ⅰ』（短歌新聞社、平成四年）があり、従うべきと思われる。

大嬢の生年については、はっきり断定する資料はないが、以前述べたように（「坂上郎女のこと一、二」『大伴家持作品論攷』塙書房昭和六〇年、初出昭和四九年）、養老四、五年（七二〇、七二一）生まれとするのがよいようである。近年では川口常孝（前掲書）、小野寺静子『大伴坂上郎女』（翰林書房　平成五年）がともに養老五年（七二一）説をとり、小野寛『大伴家持研究』（笠間書院　昭和五五年）、神堀忍「大伴家持と坂上大嬢－その年齢確定の試み－」（『万葉集研究　第二集』塙書房　昭和四八年）、伊藤博『釈注』は養老七年（七二三）説をとっている。家持が大嬢に贈った最初の作品（巻八・一四四八）は年代順配列からして天平四、五年（七三二、七三三）作と推定され、家持は一五、六歳、大嬢は養老五年生まれとすると一二、三歳、養老七年説をとると一〇、一一歳となる。

一方、戸令（二四）によれば、結婚の許される年齢は「凡男年一五。女年一三以上。聴二婚嫁一」とあり、さきの巻八・一四四八歌を天平五年作とすると家持は一六歳、大嬢は養老五年生まれとして一三歳となり、戸令にもかなうことになる。このへんがよさそうに思われるので、以下、大嬢の生年を養老五年に落ち付けておくことにしたい。二人の年齢差は三歳である。

2　母の代作歌とその後

はじめに掲げた四首の歌は、巻四の配列からすると天平四年（七三二）ごろの歌である。大嬢一二歳である。二人の仲は大嬢の母であり、家持の叔母に当たる大伴坂上郎女が積極的にとり持ったようであるが、題詞には家持に「報へ贈る」とあるように、家持からの贈歌があったらしいが、それは省かれている。その内容は家持が

「死ぬほどあなたに恋い焦がれている」と大げさに訴えたことが大嬢に感応して夢に見たのであろう。歌は「生きてさえいれば逢える日があろうとも知らずに、何だって『死にそうだ妹よ』などと夢に見えたのでしょうか」の意で、家持を慰めた形の歌である。二首目はこれを承けて進め、「堂々たる男子であるはずの大夫（家持をいう）でさえもこんなに恋するのですね」といっておきながら、それでも「幼婦《たわやめ》の私の恋い慕う心の深さにくらべることができましょうか」とやり返したものである。ここで家持に直接対応する歌は終わり、三首目は「月草（露草）のように移ろい易く思っているから、私の思っているあの人は便りさえも下さらない」と一人嘆くように歌い続けている。「月草の」は枕詞で、その華で染めるとあせ易い意から「移ろひ」にかかる。この上三句の「移ろひ易く思へかも」については、「あなたのお心もつゆ草の花のやうに、変りやすく思へばか」（『注釈』）のようにとるのが普通だが、「私のことを心のさめやすい女だとあなたが思っているからか」ととる説、（『全註釈』『古典集成』、『釈注』）もある。変りやすいのが家持の心か大嬢の心かで説が分かれ、どちらにもとりうる可能性はあるが、ここはまだ幼く純真な大嬢の心変りを家持が想像することを考えるよりは、大嬢が家持の心変わりをそんたくしたものと解したい。四首目はその続きで、二人がいつも目にしている春日山に毎朝かからぬ日とてない雲のようにと、属目の景をとらえて譬喩的な序詞にし、「いつもお逢いしていたいあなたなのですよ」と柔らかくひたすらな女心を訴えている。

同じ天平四、五年ごろ、家持は大嬢に、

　　我がやどに　蒔《ま》きしなでしこ　いつしかも　花に咲きなむ　なそへつつ見む（巻八・一四四八）

を贈っている。やどに蒔いたなでしこの花に幼く可憐な大嬢をなぞらえて見ようという歌で、その花がいつ咲くだろうかと待ち遠しく思っているのである。また、これも同じ頃の歌かと思われるが、大嬢を一日中でも見ていたいと玉にたとえて、

朝《あさ》に日《け》に　見まく欲《ほ》りする　その玉を　いかにせばかも　手ゆ離《か》れずあらむ（巻三・四〇三）

のように「どのようにしたら手から離れないものにできようか」と、いつも一緒にいたいという気持ちを歌い贈っている。しかし、これらの歌や家持の「今にも死にそうだ」と訴えるひたむきな思いも、幼い大嬢にはまだ十分に通じなかったのであろう。その不満が家持の心を次第に大嬢から引き離していったらしい。第三首、第四首がそのことを物語っているように思われる。してみると、この四首ははやく伊藤博が指摘するように「母郎女の代作であろう」（『万葉集相聞の世界』塙書房　昭和三四年）とするのが妥当であると考えられる。四首の歌い方が知性的で手なれたものである点も、まだ一二歳の大嬢には不自然の感がある。また、二首目に出る「幼婦」を「たわやめ」と訓ませるのは、このほかに二例あって、その一例は坂上郎女が用いている（巻四・六一九）。その例はやはり天平五年ごろの作で、大嬢の気持ちを家持に訴えるために代作したものだろうとは以前述べたところであった（「幼婦と言はくも著く―坂上郎女の怨恨歌考―」『大伴家持作品論攷』前掲、初出昭和四九年）。伊藤もいうように、大嬢の年齢に関係する用字と見るべきであろう。

　家持の関心はこのころから、より成熟した女性へと向かっていったらしく、笠女郎《かさのいらつめ》、山口女王《やまぐちのおおきみ》、大神女郎《おおみわのいらつめ》、中臣女郎《なかとみのいらつめ》など女王や女郎と呼ばれる名家の女性との交渉を経て、内舎人《うどねり》として宮廷へ出仕してからは、若い女官であったと想像される河内《かわち》の百枝娘子《ももえおとめ》、巫部麻蘇娘子《かんなぎべのまそおとめ》、日置長枝娘子《へきのながえおとめ》、粟田女娘子《あわためのおとめ》など娘子たちへと多彩な関係をくり拡げる。

その間、家持は名も知られぬ、「妾《おみなめ》」と結婚し、子までなしたが、その妾は天平一一年(七三九)六月以前に亡くなっている。「十一年己卯の夏六月に、大伴宿禰家持、亡《す》ぎにし妾《おみなめ》を悲傷して作る歌一首」(巻三・四六二)に続く、弟大伴書持《ふみもち》の「和ふる歌」(四六三)を交えた一連一三首の歌は、秋の深まりを感じさせる「佐保山にたなびく霞見るごとに」(四七三)の歌と続く一首(四七四)によって閉じられているが、折しもその頃から初恋の人大嬢との交際が復活している。亡妾へのねんごろな鎮魂の歌を手向けたのちに、新たな大嬢との出発を期したものと考えられる。

天平一一年といえば家持二二歳、かつて幼くあどけなかった大嬢も一九歳の妙齢に成長している。その八月に入って家持は姑《おば》坂上郎女の竹田《たけた》の庄《しょう》(橿原市耳成山東北の地、東竹田あたり)を訪ね、「玉桙《たまほこ》の道は遠けどはしきやし妹《いも》を相見《あひみ》に出《い》でてそ我《あ》が来《こ》し」(巻八・一六一九)と歌い、坂上郎女も「あらたまの月立つまでに来《き》まさねば夢《いめ》にし見つつ思ひそ我《あ》がせし」(巻八・一六二〇)と和えている。家持のいう「妹」は、井手至がいうように「姑の郎女を『妹』と呼んだもの。ただし、坂上大嬢に会いたいとの本心が含まれていたに違いない」(『全注　巻八』)と思われる。坂上郎女もまた大嬢の心になって和えていると考えられる。

はたして、これに続くように、同年九月に、はじめに掲げた坂上大嬢と家持との間に「秋の稲縵」をめぐる贈答が交わされる。「我が蒔ける早稲田の穂立」とは「竹田庄」での農作業をいうのであろう。家持は奈良にいたのである。その「稲穂で作った縵を御覧になりながら私を偲んで下さい、我が背よ」というのである。縵は本来呪的なもので、頭に巻いてその呪力を身に感染させるために用い、蔓性の植物や若々しいしなやかな枝の場合が多いが、ここは稲穂の生命力を付着させるのであろう。のちには髪飾りのように装飾に用いられた。ここもそれかと思われる。家持はこれに答えて「我妹子が業と作れる」すなわち大嬢が手ずから農作業をして作った、と丁寧に応じ、その早稲穂の縵を「見れど飽かぬかも」と最大級に讃えている。この句は言うまでもなく、人麻呂が吉野離宮を讃える長歌（巻一・三六）にはじめて用いたもので、公的な場に多く継承されつつも私的に転用されていったものであるが、この大げさなほめ詞に、家持の大嬢に寄せる愛情の深さを読みとることができる。大嬢はまた、この縵に添えて身につけていた下着を脱いで家持に贈っているのであろう。衣は大嬢の分身で、魂のこもるものであった。それを贈るということは家持と夫婦関係にあったことを物語る。家持はそれに報えて「秋風が寒く身にしみるこのごろ、下に着ることにしましょう。また一方ではあなたの形見としてあなたを偲びましょう」とこれまた丁重な御礼をのべているのであった。家持は同じころ、あとで触れる「大嬢に贈る歌十五首」（巻四・七四一〜七五五）のなかで「我妹子が形見《かたみ》の衣 下《ころもした》に着て直《ただ》に逢ふまでは我《われ》脱《ぬ》かめやも」（七四七）と詠んでいる。この「形見の衣」はおそらく今の歌の衣であろう。

3　琴瑟《きんしつ》を鼓《こ》するが如く

大嬢が家持に「秋の稲縵」や「形見の衣」を贈ったのと同じ頃、巻四には「大伴宿禰家持、坂上家の大嬢に贈る歌二首」（七二七、七二八）と題し、その下注に「離絶数年、また会ひて相聞往来す」と記しているのを見る。この「数年」とは、天平五、六年頃から天平一一年までの五、六年をさすと考えられる。家持はその間、他の女性に心を移していたのである。それが妾への挽歌を作ったのをきっかけとするかのように大嬢の許に戻ってくるのであった。その二首の歌は次のようである。

忘《わす》れ草《ぐさ》　我《あ》が下紐《したびも》に　付《つ》けたれど　醜《しこ》の醜草《しこぐさ》　言《こと》にしありけり（巻四・七二七）
人もなき　国もあらぬか　我妹子と　携《たづさ》ひ行きて　たぐひて居《を》らむ（巻四・七二八）

「忘れ草」はそれを下着の紐につけると憂いを忘れるという俗信によるが、歌はそれをつけたけれども、このろくでなしの草は言葉のうえだけのことだった、の意である。離絶の数年間もずうっとあなたを恋し続けていたといいたげな歌である。父旅人の望郷歌「忘れ草我が紐に付《つ》く香具山《かぐやま》の古りにし里を忘れむがため」（巻三・三三四）や「忘れ草垣《かき》もしみみに植《う》ゑたれど醜の醜草なほ恋ひにけり」（巻一二・三〇六二　作者未詳）などを意中においていて作っていることを思わせる。「人もなき」の歌（七二八）は、邪魔者のいない国があったらなあ、と二人だけで行って睦んでいたいと願う素直な気持ちを述べている。そしてこれを序曲のようにして大嬢との贈答が本格的に続いてゆく。

次に掲げた坂上大嬢が家持に贈る三首と家持が和えた三首は、この離絶数年の歌に続いている贈答で、家持の歌の題詞に「また」とあるのは離絶数年の歌である「七二七～八に対していう」（『釈注』）のである。

この六首は、大嬢の最初の七二九歌が家持の最後の七三四歌に対応して詠まれており、大嬢の七三〇歌が家持の七三三歌に、大嬢の最後の七三一歌が家持の最初の七三二歌に応ずる、いわゆる波紋型の対応をみせている。

大嬢の七二九の歌は「2　母の代作歌とその後」であげた家持が天平四、五年ごろ大嬢を玉にたとえて贈った「朝に日《あさけ》に見まく欲《ほ》りするその玉をいかにせばかも手ゆ離《か》れずあらむ」（巻三・四〇三）をふまえて贈ったものである。「あなたがもし玉であるならば手に巻けように、この世の人なのでそれもできません」と逢い難い嘆きをすなおに言い送っている。これに対し家持は七三四歌で、「我が思ひかくてあらずは」と逢い難い苦しい思いをせずに、いっそ玉でありたい。ならばおしゃるとおりにあなたの手に巻かれていように、と積極的、情熱的におし進めている。続く大嬢の七三〇歌は、不用意に逢って噂の種になったことを思い、「逢はむ夜はいつもあらむを」（お逢いする夜はほかにいくらでもあろうに）とくやむようにいい、「なんだってあの晩にお逢いして、うるさい噂の種になってしまったのでしょう」と訴えると、家持は七三三歌で、噂などはものともせず「うつせみの世やも二行《ふたゆ》く」（人生は一度きりのものではありませんか）と強く現実を直視しつつ、「どうしてあなたに逢う喜びを捨てて一人で寝ることなどできましょうか」と押し返すように大嬢の「なにすとか」を承けて、反語として用い、力強く答えている。家持の男性的な毅然とした一面をよくうかがわせている。

また大嬢は七三一歌で「自分の浮き名はどんなに立ってもかまわないが、あなたの浮き名が立ったならば、口惜しくて泣かずにいられません」と自己犠牲的な真情を吐露すれば、家持も七三二歌で、「今はもう名を惜しむ気持ちなどまったくありません、あなたのために浮き名が立つなら、いくら繁く立っても惜しいとは思いません」とこれまたきっぱりと熱意をもって答えているのであった。贈答の呼吸がぴったり合っていることは二人の絆の強いことをうかがわせ、離絶の数年を経て二人は堅く結ばれていったことを思わせる。

続く大嬢が「家持に贈る一首」（七三五）は、大嬢の坂上の家から間近に見える「春日山に霞がたなびき、おぼろに照っている月夜に、私はただ一人で寝ることでしょうか」と人恋しい夜を一人で寝る嘆きを訴えたものである。「心ぐく」は「心ぐし」の連用形で「照れる」に続く。心がふさいで晴れやらぬ意から、霞がたなびいておぼろな景の状態をいう。大嬢の周辺で好んで用いられた語で、「心ぐく思ほゆるかも春霞《はるかすみ》たなびく時に言の通《かよ》へば」（巻四・七八九　家持）、「心ぐきものにそありける春霞たなびく時に恋の繁《しげ》きは」（巻八・一四五〇　坂上郎女）などがある。この二首は「春霞たなびく時」とともに歌われており、おぼろな景とふさいだ心の状態とが一つに融け合って、やるせない気分をかもし出している。大嬢の場合もそうで、これらを摂取しているのであろう。それにしても微妙な雰囲気のある巧みな歌である。『窪田評釈』は「大嬢の歌としては優れたものである」と評し、「景情の融合が見事で、坂上大嬢の歌の中で最もすぐれている」と高く評価している。

家持の和えた歌は、これに対する言い訳のような歌で、「月夜には」と大嬢の歌を承け、自分もそうした晩にはあなたに逢いたいと思って、門に出て立って、夕占や足占をしたことです。といい、その占が凶と出て行けなかったと弁明しているのである。「夕占」は「夕に衢に出て、往来人の言を聴て、その言をもて神教として、占問ふ事に合せ判断《サダム》る術」。「足占」は、「まづ歩《アリ》きて踏止るべき標《シメ》を定めおきて、さて吉凶の辞をもて歩く足に合せつゝ踏わたり、標の処にて踏止りたる足に当りたる辞をもて、吉凶を定むるわざにもやあらむ」と言われている（「正卜考」三巻『伴信友全集　第二』国書刊行会　明治四〇年）。

最後に掲げた歌も、大嬢が贈り、家持が和えた二首ずつの贈答である。大嬢の一首目（七三七）は、「あれこれと周囲の人が噂を立てて、二人の仲を妨げようとしても、若狭へ行く道にある後瀬山の後ではないが、せめて後も逢いましょう。あなた」の意。「若狭道の後背の山の」は次の「後」を同音反復の関係で導き出すための序詞。後瀬山は福井県小浜市南部にあり、現在城山と呼ぶ山。大嬢はもちろん見たこともない山で、なぜ序詞として歌いこんだのかはよく分からないが、「後瀬という名には、後の時という意味もあるので、語の神秘力を信ずる心より、その力を頼もうとする心もあったためのものと思われる」（『窪田評釈』）とすれば、国府にも近い山なので、歌枕のようになって都にも知られていたのであろう。『釈注』は「『後も背』の意をこめた歌枕的地名であろう」という（『古典集成』も同じ）。

「後も逢はむ」と「後は」と言わずに「後も」という理由については『注釈』が、「この句が用ゐられるのは現在思ふにまかせぬ場合が多く」と述べ、「『後もあはむ』と願ふ場合は、現在逢ひ難き事をかこつてはゐるものの、『今は』と諦めてゐるのではない。逢ふべきよしさへあれば『今も』逢はうとしてゐるのである。さうした心からおのづから『後も』の言葉が生れるので……」といっている。『釈注』は「『も』は、できたら今も、の心を表わす」と述べ、端的に『注釈』説を要約している。

この歌には人麻呂歌集に「鴨川《かもがは》の後瀬静《しづ》けく後も逢はむ妹には我《われ》は今ならずとも」（巻一一・二四三一）の類歌がある。人麻呂歌集は大伴一族にとっても作歌の手本であったのである。

第二首目は、三句目までの原文が「世間之苦物尓有家良久」とあり、最後の「久」は元暦本にのみ「之」とあるので、元暦本を重んずるか否かで訓みも多様になる。主な諸注をあげると、

1　世間し苦しきものにありけらし（『全註釈』『私注』『講談社文庫』『古典集成』『角川文庫』『新古典大系』）

2　世間し苦しきものにありけらく（『窪田評釈』『佐佐木評釈』）

3　世間の苦しきものにありけらく（『代匠記』『新考』『全釈』『金子評釈』『古典大系『注釈』『旺文社文庫』）

4　世間の苦しきものにありけらし（『全注』『釈注』『和歌文学大系』）

のようである。しかし、木下正俊『全注　巻四』によれば「……ラシ……思ヘバの形の歌は幾つもあるが、ク語法……思ヘバという形式の歌はない」というので、2と3は一応除外して考えてよい。『全注』は4を採り、「世間の」と訓み、「この世の中で最高の、というような意味に使われる」例とし、「恋というものは格別に苦しいもののようですね」と口訳している。魅力ある説であるが、同じ文字である初句の「之《の》」と三句目の「之《し》」を別に訓まねばならず、そうした例もかなり見られるが、訓み誤るところに用いられる例は少なく、やや難があるように思われる。すると、『古典集成』が「世間」を「男女の仲という意識が含まれる」として「世間し」と訓んで「し」を強めと考え、「文末の『らし』に応ずる係助詞」と述べているのに従うべきかと考え、1の訓みによることにしたい。大意は「世間《よのなか》とは、こんなにも苦しいものだったのですね、恋しさに堪えかねて死んでしまいそうなことを思うと」となる。

これに対し家持はまず、大嬢の一首目（七三七）の「後瀬山」に応じ、それを同音反復の枕詞として用い、あなたのいうように「私も後にも逢おうと思っているからこそ」と和え、大嬢が二首目（七三八）で「恋に堪へず

て死ぬべき思へば」といったのを自分のことに転じて、「恋い死にするはずのところを今日まで生き長らえているのですよ」と大嬢の二首を一つにして巧みな和え方をしている。そして二首目（七四〇）では大嬢が一首目（七三七）で「後も逢はむ君」と言ったのをとらえ、「言葉だけで後も逢おうなどといって、ねんごろに私をたのませて、そのじつ逢わないつもりなのでしょうか」と気を廻すような答え方をしている。相手の言葉尻をとらえてしっぺ返しする歌い方で、「まともに答えたこれまでの歌々より、むしろ親愛の情が濃い」と『釈注』が言うとおりの歌である。

さて、以上で大嬢と家持との贈答歌は終わる。これらの歌は、はじめの坂上郎女の代作とした四首（巻四・五八一〜五八四）が特別に古く、ほかはすべて天平一一年ごろの歌である。その時期は、大嬢と家持との結婚が正式になってゆくころで、家持はその過程を二人の贈答をとおして一つの形にまとめておこうと考えたのではなかろうか。それをするに当たって、まず家持は、大嬢の「秋の稲縵《いなかづら》を大伴宿禰家持に贈る歌」（巻八・一六二四）以下三首の季節歌を巻八に移したうえで、「離絶数年、また会ひて相聞往来す」と自注するみずからの歌二首（七二七、七二八）を冒頭に掲げ、次いで大嬢が贈り、家持が和えるそれぞれ三首と三首（七二九〜七三四　堅く結ばれた愛の歌）、一首と一首（七三五、七三六　人恋しい月夜の贈答歌）、二首と二首（七三七〜七四〇　恋の苦しさに後も逢おうと約束する歌）の贈答を配し、最後をまた家持の一五首、（巻四・七四一〜七五五）で抑える形に構成したのであろう。

『釈注』はこのへんのことに触れて、

以上三群、家持が最初に贈った「人もなき国もあらぬか」（七二八）の範疇をめぐり歩いた歌で、「その宵」

（七三〇）逢ってからというもの、二人は人言ゆえに逢うこと難く、「後の逢ひ」を誓い合うという流れになる。これがどこまで事実に即しているか保証のかぎりではない。こういう風にうたうことで親愛の情を確かめあったのであり、ここにも恋歌を楽しむ風が歴然としている。このあと、家持がさらに贈った一五首があり、人目・人言を気にする歌を据えながら、全体に構成を意図しているらしく見える点も、この見方を助ける。

のように述べている。

4　その後の大嬢

天平一一年（七三九）以降、大嬢は家持の正室となり、当時の夫婦のありようからして別居であったが、ほぼ円満な関係を持続していったと考えられる。天平一二年の五月も近いころ、家持は大嬢に歌を贈り（巻八・一五〇七〜一五〇九）、六月にも贈り（巻八・一六二七、一六二八）、その左注には「六月に往来す」とあるので大嬢の歌もあったと思われるが採録していない。また、七、八月ごろにも別れて暮らすさびしさを訴えている（巻八・一六二九、一六三〇）。

また、天平一二年九月に起こった藤原広嗣《ふじわらのひろつぐ》の乱を契機とする聖武天皇の東国行幸に家持は供奉し、その旅先でもやはり妻恋しい歌を詠み（巻六・一〇二九、一〇三六）、恭仁《くに》京遷都に伴い奈良を離れてからは、折あるごとに離れて逢い難い嘆きを言い贈っている（巻四・七六五、七六七、七六八、七七〇〜七七四、巻八・一四六四、一六三二）。

天平一八年（七四六）六月に家持は越中国守に任じられ、長期にわたる単身赴任となるが、越中においても家持の心は常に都の大嬢に向けられていたことは数々の歌によって知ることができる。

赴任しておよそ四年後の天平勝宝元年（七四九）一〇、一一月ごろ、その大嬢は大帳使《だいちょうし》として上京した家持に伴われて来越する（大越寛文「坂上大嬢の越中下向」『万葉』75 昭和四六年一月）。

家持が巻一九巻頭の「越中秀吟」（巻一九・四一三九〜四一五〇）を生み出す「直接の契機」となったのは、この妻の来越による心身の充実にあったとする伊藤博のすぐれた考察があるように（『万葉集の歌人と作品 下』塙書房 昭和五〇年、初出昭和四三年）、大嬢は家持の作歌にも大きな影響を及ぼしているのであった。

だが、しかし、翌天平勝宝二年六月ころ、都の坂上郎女から「京師より来贈《おこ》せたる歌」（巻一九・四二二〇、四二二一）と題し、娘の大嬢に賜う歌が贈られてくるのを最後に、坂上郎女の歌も、大嬢の名も万葉から姿を消す。坂上郎女の年齢はわからないが、五〇歳とする説があり（大浜真幸「大伴家持作四一六九・七〇番歌の賀歌性」『万葉』127、昭和六二年九月）、大嬢は三〇歳である。以後の消息はまったくたどることができないが、天平勝宝三年（七五一）七月、家持が少納言に遷任された（巻一九・四二四八、四二四九題詞）ことにより、ともに上京したと想像できる。

5　坂上大嬢像

大嬢は家持によって「なでしこ」になぞらえられることが多く（巻八・一四四八、巻三・四〇八、巻一八・四一一三、四一一四）、それが初恋の頃から越中守時代にまで一貫していることからすると、楚々とした可憐な美女であったようである。そしてまた裁縫などにも長じた家庭向きの女らしい女性であったと思われる、若い時家持は大嬢からすてきな袋をもらって大げさな御礼を述べている（巻四・七四六）、そして同様な袋を越中に下向して間もなく、越前の大伴池主《いけぬし》にも家持をとおして贈っているらしく、その御礼として池主もおどけた歌を返している（巻一八・四一二九、四一三〇、四一三三）。袋の歌はこの四首のほか、巻二・一六〇歌があるだけである。

一方、大嬢は父の宿奈麻呂を神亀五年（七二八）ごろ八歳で失い（「坂上郎女のこと一、二」前掲）、母である気丈な才媛坂上郎女の愛を一身に受けて成長したらしい。天平一〇年ごろ（一八歳）、大嬢は跡見庄《とみのしょう》に行っている母に歌を贈ったのに対し（その歌は現存しない）、その返歌として、「常世《とこよ》にと　我が行《ゆ》かなくに　小金門《こかなと》に　もの悲《がな》しらに　思へりし我《あ》が子の刀自《とじ》を……」（巻四・七二三）と歌い、反歌で「朝髪《あさかみ》の思ひ乱れてかくばかりなねが恋ふれそ夢に見えける」（七二四）といっていることからすると、大嬢は「気の弱いいささかの甘えっ子である」（『釈注』）らしく想像されて興味深い。また越中へ下ってからは母に贈る歌（巻一九・四一六九、四一七〇）や京の留女《りゅうじょ》の女郎《いらつめ》に贈る歌（巻一九・四一九七、四一九八）も家持に作ってもらったりしている。だが、これらや作歌が少ないことをもって大嬢が「歌才には恵まれず」（『和歌大辞典』明治書院　昭和六一年）とか「歌をよくしなかったようだ」（桜井満『万葉集の民俗学的研究』おうふう　平成七年、初出昭和四七年）と考えるのはやや性急であろうと思われる。大嬢は在京中は名だたる才女坂上郎女の庇護のもとに、越中へ下ってからはこれまた高名な歌人家持とともにいたのであり、この二人に較べたら歌才が劣るのはいうまでもないが、彼らに依存するところからおのずからそうなったのであり、歌もまだ外《ほか》に作っていることは述べてきたいくつかの証例などによってもわかる。それが万葉にないのは一に編纂の方針にあって、なぜ採録しなかったのかについては別に考えてみるべきであるが、歌才に恵まれなかったためでないことは、本稿で見てきたわずかな歌からでもうかがい知ることができる。

六　記紀歌謡に現れた序詞の形態

1　はじめに

本稿は私の卒業論文「萬葉集の歌風と序歌の展開」の中の第一章「萬葉集に至る序詞の発達」に些か手を加えたに過ぎないものである。本来長篇の一部であり、又萬葉集に至るプロローグ的な意味で書いた関係上、要領を追うことに急で、随所に粗雑不備な点もあるが、大方のお許しをお願い致したい。

さて我々が現在序詞と言い慣わしている呼名は和歌の一群の歌に見られる大体共通の修辞について後世大まかにつけた名称であって、その限界は読者によって異り、従ってはっきり定義づけることも仲々困難な状態である。今迄境田四郎氏や市村平氏(注1)その他の先学によって序詞の定義づけが行われて来なかったわけではないが、それぞれに不備な点を持ち、総てを納得せしめる域には達していない。そしてそれらはごく大握みに云うならば、契沖が代匠記精撰本の惣釈枕詞の条に「序ト云モ枕詞ノ長キヲ云ヘリ」と述べているのを説明、敷衍するか、或は限定を加えている程度である。しかしここではその定義が必ずしも厳密を要するものではなく、序詞的な修辞を持った歌が記紀歌謡の中で如何に成長、展開し、それが後世大方の人達によって序詞と認められるものにまでなって行ったかを見ようというのであるから、差当り契沖の述べた程度の範囲で理解しておきたい。

順序として第一にその発生について考察を加えてゆかなくてはならないが、序詞の発生は文献の整備されていない時代のこととて非常に困難であり、もとより説きつくせるものでないことも承知しているけれども、今迄多少なりともこのことに触れておられる先学の意見を参考に供し以下に概観してゆくことにする。

2　序詞の発生

記紀の中に残されている歌謡は記載されて現存の姿となったのが奈良朝へ入ってからの事で、それ迄に種々に謡い換えられたりしながら成長し或は変化を伴っているであろうことは容易に推察され、制作の年代、動機、事情等についてもたやすく信ずることが出来ない。又歌の内容、形式の上からも奈良時代に入ってから作られた作品がかなり混在しているであろうと見ることも可能である。しかし一応その新旧に見当をつけるならば、音数の一定しない、短歌形式に形の定まらない作品を他のものより古いのではないかと考えることはできるであろう。こう考えて記紀の中から古いと思われる作品を拾い出してくると、我々は次のような歌謡が相当にあることを発見する。

A群

(1)隠國の　泊瀬の川の
上つ瀬に　齋杙《いくひ》を打ち
下つ瀬に　眞杙をうち
齋杙には　鏡をかけ

眞栲には　眞玉を掛け
眞玉なす　吾《わ》が思《も》ふ妹
鏡なす　吾が思ふ妻
在りと　いはばこそよ
家にも行かめ　國をも偲ばめ

（記九一　木梨の軽太子の御歌）

(2) 御諸《みもろ》の　その高城《たかき》なる
大家子《おほゐこ》が腹
大家子が　腹にある
肝向ふ　心をだにか
相思はずあらむ

（記六一　仁徳天皇の御製）

(3) いざ子ども　野蒜《ぬびる》摘みに
蒜摘みに　わが行く道の
香ぐはし　花橘は
上《ほ》つ枝《え》は　鳥居枯らし
下枝《しづえ》は　人取り枯らし
三栗の　中つ枝の
ほつもり　赤ら嬢子を

いざささば　好《よ》らしな

（記四四　応神天皇の御製）

便宜上古事記から三首抜いてみたが、古事記伝によれば⑴麻多麻袁加気《マタマヲカケ》の条に「さて初めより此までは、次の眞玉と鏡とを云む料の序のみなり」と云い、⑵は「初めより此まで五句は次の句の肝を詔はむためなり」として序とはことわっていないがその趣に見える。⑶は「初三句此はたゞ橘を詔はむためのみの序なれば云々」又本都《ホツ》毛理《モリ》の条で「初めより是までは次の句の阿迦良《アカラ》の序なり」と述べている。

又稜威言別も⑴の場合、麻多麻袁加気の所で「以上十句は、次の眞玉と、鏡とを云《ハ》む料の序にあれど云々」と述べ⑵については古事記伝に反論を加えた上で一首の意を「先《ヅ》三諸の、高城の下に大井子《ガ》原あり。其《ノ》原の内に心と云地あり。」のように契沖の説に従っている。⑶は布本碁毛理《フホゴモリ》（記ノ今本に、本都毛理とあるは、本《ホ》の上に布《フ》を落し、許《コ》を都《ツ》に寫しあやまりたるなり、として）の条で「黄ばみ赤ばめる色に就て、阿迦良の序とはし給へるなり」と云っている外、序詞については触れていない。最初に述べたように序詞についての見解は多様であり、誰もが一致して序詞と認めるものは或る限られた範囲についてであるが、これらの歌に至ってはなおのこと序詞とも譬喩ともつかない判断に苦しむものであると云う外はない。

⑴について見ると「眞玉なす　吾が思ふ妹」以下の云わんとしている部分を述べる為にそれ以前の一〇句は何の必然性があって置かれているのか、関連の緊密性という意味で非常に欠けていると云わなくてはならない。稜威言別は「傳（古事記傳をさす）に『師眞淵云《ク》これは神祭の時、常に有し事《ワザ》なるべし、といはれたり』巳上と云《ヘ》れども、其を何の用とことわらず。終に一首の意も不《ズ》レ解とて止《ミ》たれば、云るかひもなし。其外心々に云ることとなきにもあらざれど、凡て上の御歌に似つかしからず、常の歌ならんには二首各かけ離れたる事をも、思ひよせて

よむ事も有べけれども、かゝるをりから、又《マタ》歌曰とて、歌ひ出給へるには、必ず上の歌に由なくては有べからず。故按レに、此は太子の、島へ遷され給ふ時彼ノ伊還來《イカヘリコ》んとの、御契も有つれば、往反《イクサクサ》、事無くませとて、泊瀬川にて、御祷《イノリ》わざのありけるを、此時、衣通王の、語り給ふまゝを、序に取てよみませるにぞあらむ。中昔の頃ほひ、河社とて、川ノ瀬に、神を祭りて、祈り事などせりしも、上ッ代に、如此《カカ》るわざの有つる遺《ナゴリ》なりけらし。」の如く述べ、更に「此《ココ》は殊に、我が爲に玉鏡を祭りて、祈り給ひしまめなる心ざしを、歡び賞《メデ》ての御續け也。時に取ての序辭の續け、妙と申すべし」と記している。上一〇句が神祭りの行事に関係あるだろうというのは真淵、宣長、守部共に認めるところであり、誰しも異論のないところであろうが、この歌は萬葉集巻一三・三二六三に結句だけ異にする殆ど同じ歌があることなどから、何も守部の如く木梨軽太子と衣通王の恋物語に関係させなくとも通用するものである。そこに種々の解釈が成立するであろうが、祭の行事と妹又は妻の関連という上からは甚だ緊密性に欠けているという事は免れない。(2)にしても「大豕子ガ原」を「原」として地名に解しても「腹」に解しても「心をだにか相思はずあらむ」が作者の思いの重要な箇所であって、それ以前との繋がりは(1)と同様不明である。(3)に至っては「赤ら嬢子を　いざささば　好らしな」を云う為に野蒜摘みに誘う詞、その道の景等と一三句もの詞を費さなければならない理由は解し難く(1)(2)と共に関連の緊密性が非常に稀薄であると云えよう。

　では一体何でこんなことになったのか、如何なる理由で例歌に見られるような表現を一首の構成の上でとらなくてはならなかったのであろうか、しばらく先学の意見に耳を傾けて見よう。

　岡崎義恵氏は「上古歌謡の表現法に現はれた最も著しい特色は奔放な聯想である。これを裏返せば思考作用の未熟といふことである。この心理状態は枕詞・序詞・譬喩・形容等に亘って其成因をなすものと思はれる。或内部状態を發表し、或は外部事象を叙述しようとするのに、これを論理的に、秩序正しく言語化する事が出來ぬ。

群り集る様々の聯想的観念を撰擇して、その中の適當なもののみを發表するといふ力がない。最初に現はれた最も明瞭な觀念を何でも構はず言語化するので、論理上、發表しようとする内容とは甚しくかけ離れたものが多い」とされ、

物部の　わがせこが　取佩ける　太刀の手上に　丹かきつけ　その緒には、赤はたを裁ち　赤幡立てて見れば　い隱る　山の御尾の　竹を　かき苅り　末押靡かすなす　八紘の琴を　調べたるごと　天の下治めたまひし　伊邪本和氣の　天皇の御子　市の邊の　押齒の王の　奴み末（記　淸寧巻）

の例歌をあげて考説された上で「これを出來上つた上から見れば初めの方は序であつて、形容になつてゐるとか、修飾になつてゐるとか云はれるけれども、實際は作者にせよ讀者にせよ、たゞ聯想にまかせて、無目的に觀念を結合してゆく部分が多いので、突如として『天の下　云々』といふ語に行き當つたといふのが正當である。序とか譬喩とかいふ目的の下に喚起せられた觀念とは思はれぬのである」(注2)と述べておられる。

折口信夫氏は序歌の発生を古詞章又はその精粋部が別の詞章にとり入れられて出来たと見ておられるようであるが、それが圧縮され枕詞が成立し、その枕詞が亦伸びて来て新しい序歌が生れるのであり、萬葉集の序歌は勿論後の場合であると云っておられる。そして発生時代の序歌を継体天皇紀の「……やすみししわが大王の佩ばせるさゝらの御佩のむすび垂れ　誰やし人も表に出でてなげく」の例をあげられ「三句は、たれ又はたれやしを引き出すと共に、表現力は化石化するのである。唯、序歌なる三句の中に合理化がはたらいて『大君の』が、此語の此場合の位置以外に、連想から『我にもの言ひたまふ大君よ。その大君の……』と言うほどの関係を作って来ているのである。だから、継体紀の例では、幾分関連する所が緩くなっている。こうした古序歌は、元来完全な

短詞章が、別の詞章にとり入れられる時に、句の形をとり、断篇化して行ったことを示しているので其と共に、其最近い句との間に、必然の関連を見出そうとする言語の性能がよく見えている。だから、言うまでもなく、序歌は従来、根幹部として扱われる語句を予め考えて、其に適宜の修飾風な技術語を作った訳ではないのだ。自由に、恣に発想している間に述べようとする本来の目的なる思想に逢著するのであった。其に行き逢うと共に、俄然として、其までの部分は、単なる技術式な修辞の様に価値を変えるのである。而も、其すら、ある時代までは、根幹部が主でなく、修辞部——後の序歌——が多少とも独自の意義を持っていた。[注3]」と説かれている。

更にもう一人近藤忠義氏によると、

つぎねふや　山代河を
川のぼり　吾が上れば
河の邊に　生ひ立てる
烏草樹《さしぶ》を　烏草樹の樹
其が下に　生ひ立てる
葉廣　齋《ゆ》つ眞椿《まつばき》
其《し》が花の　照り坐《いま》し
其《し》が葉の　廣り坐すは
大君ろかも
（記五八　石之日賣命の御歌）

つぎねふや　山代河を

宮上り　吾が上れば
あをによし　那良を過ぎ
小楯《をだて》　倭《やまと》を過ぎ
吾が　見が欲し國は
葛城　高宮《たかみや》　吾家《わぎへ》のあたり
（記五九　石之日賣命の御歌）

の例歌を挙げ「第一の御歌にあつては、眞椿の花の如く照り坐しその葉の如く廣り坐すところの『大君』を歌ひ奉ろうが爲に、最初からそのやうな腹案のもとに、山代河の岸邊の鳥草樹や椿が詠まれたではなかつた。第二の御歌に於ても同樣である。特に第二の例は、あたかも『道行』の形を示しており、詩想の發動という點から考へて見れば、山代河を遡航する舟の上に在しつゝ、眼界に展けて来る那良・倭が順次詩眼に映じたのに他ならぬであらう。こゝでも亦、主想へ導く爲の技巧として、そのやうな用意のもとにそれらが取り上げられたのではなくして、むしろ逆に、眼前の風物がおのづから主想を導き出して行つたものと見なければならぬ。」と記された上でその理由を「口誦である以上、後の紙上藝術としての和歌に比して、遙かに所謂推敲の餘地に乏しい。從つてそれが長歌の形式を採る場合、豫め大きな構想を準備しつゝ各々の局部がことごとく一つの主想に向つて集中し發展して行くが如き構成を採らしめることは、實際上困難である。さきに引用した『道行』的な叙事法が、最も端的にその間の事情を物語つて居るのであつて、眼に觸れるもの心に映るものを其の儘氣輕に、極言すれば無計畫に詠じ出すといふ、上代歌謡の特性に他ならぬものである。これは單なる譬へに過ぎぬが、謂はゞ、幼兒がこゝろに浮ぶことを浮ぶがまゝにつぎつぎに歌つて行く、あの態度に似たものであつて、これらの上代歌謡の制作年代が、そのやうに遠い時代に屬すると言ふのでは決してなく、さうした遠い古代人の發想態度を彼等の詠歌態度の上に遺存したものであった、と考へたいのである。」のように求めておられる。(注4)

長々と引用したが、岡崎・近藤両氏の説は多少の違いはあるが略〻似た見解であり、折口氏の説にかなり異った意見を窺うことができる。が三氏共口を揃えて一致している点は、これらの歌の主想、或は根幹部が予め用意されていて、その部分を述べる為に最初から構えて修飾風の言葉、又は序詞的な言葉をつけたのではなく、述べんとする中心思想は後でまとまったと見ておられることである。私も亦、これらの例歌の範囲に於ける限り、妥当であると思う。だが注意しておかなくてはならないことは、記紀歌謡の序詞的な部分を持つ歌の全部にこの見解があてはまるわけでなく、多分に構成的序詞部分を持った歌もあり、数の上ではむしろ後者の場合が多いのではないかと思われる。この理由については後述するが、記紀の歌謡が相応の幅を持った時代の所産であると解するとき、序詞的な用法について云っても幾多の消長があって然るべきであろう。

さて、そこで主想部分と序詞的部分のかけはなれている理由となると、岡崎氏によれば原始人特有の「思考作用の未熟」であり近藤氏も推敲の余地に乏しい口誦歌であるという理由と岡崎氏的に「思考作用の未熟」な古代人の発想態度の遺存ということである。だから「聯想にまかせて、無目的に觀念を結合してゆく部分が多」く「気輕に、無計畫に詠じ出す」のだという説明のようである。

折口氏の場合はこれと違って意味のある詞章が別の詞章に取入れられ、その際「其最近い句との間に、必然の関連を見出そうとする言語の性能」が出てくるのであり、「ある時代までは修辞部が多少とも独自の意義を持っていた」のである。との意味に受取れる。

先ず岡崎・近藤両氏の「思考作用の未熟」乃至「その遺存」という説は如何であろうか、例歌(1)に見られる「上つ瀬」と「下つ瀬」のような、或は「斉杙」と「真杙」それに対応させて「鏡」「真玉」と持ってくる如き鮮やかな対比、又は(3)の「上つ枝」「下つ枝」「中つ枝」のような均整を持たせた把握など、たとえそれが古代修辞の慣用であるにしても、単に「思考作用が未熟」であるとのみには解されないのではあるまいか、それに長い歌の部分部分の叙述は、例えば応神天皇の御製と伝えられる「この蟹や　何処の蟹　百傳《ももづた》ふ　角鹿《つぬが》の蟹　横去《よこさ》らふ　何処に到る……」(記四三)にしても、三重の婇の歌とされている「纏向《まきむく》の　日代《ひしろ》の宮は　朝日の　日照る宮　夕日の　日陰《かげ》る宮　竹の根の　根足る宮　木の根の　根蔓ふ宮……」(記一〇一)であっても実に整然としているのが多く、岡崎氏の如く「論理的に、秩序正しく言語化することが出来ぬ」と簡単には言い切れまい。従って記紀時代の人々が続く萬葉時代の人々より、その思考作用や表現能力に於て劣っていることは否めないとしても、既に一部階級では外来の仏教・儒教・それらに伴う文字の輸入を将に仰がんとしていたか、又は受容しつゝあった当時に於て相応に高度な思考作用及び表現能力の存在を一般社会にもおしあててよいのではないかと考えられる。であるとすればこの理由は他に求めなくてはならない。次に近藤氏がこれらの歌を口誦であるから所謂推敲の余地に乏しいとされているが、その口誦の意味が明確にされていない。むかえて解釈するならば、即興的に謡いながら作られた歌と解することもできるが、単に口誦と云う場合はその他に作られている歌を謡う場合もあり得る。一体歌謡は或る場の成員によって支持される事柄や意義ある事柄を即興的に或る特定の才能ある個人(この場合の個人は共同体的性格によって裏付けられた個人であって、集団の中に自我を没しているため、一般に云う自我に目覚めた個人とは異る。)によって作られるのであろうが、その際は確かに近藤氏の述べられる如く口誦であるから推敲の余地はなかろう。しかし口誦歌は謡い継がれてゆく中に何程でも推敲の余地を存していると見なくてはならないから近藤氏の説は口誦歌の中でも限られた一部にしかあてはまらない。又この事に関連して言うならばその歌の謡われた場もいろいろにあるであろう。即ち例歌(1)は神事の場、(2)は狩猟の場、(3)は農事、採集の場に、それぞれ関係があるように考えられる。これらの歌がどのような経路を辿って現存の形になって記載されているのか、現在迄に種々の論があるが、当時の地方文化の指導的地位にあった族長らの手によってまとめられ国府の官人を経て宮中に紹介されたり、各国の采女が中央でその国振りの歌を謡ったのが貴族に記し留められたりして残されたものらしい。しかもそれらが記載されて現存しているからには、それがたとえ謡われたものであったとしても、後には一応文字を通して読む歌の性格もつけ加えられて行ったと見ることもできるであろう。それに作られてある歌を謡う場合を考慮すると、最初あった歌より順次謡い易く且つ意味や音などで繋いでゆく傾向もでてくると考えられる。

口誦歌ということから余計な事まで述べたが、要は近藤氏の推敲の余地に乏しいと云われるのが一面的に過ぎない捉え方であることを強調したものである。

では次に折口氏の説はどうであるかと見るに、これらの歌が全部氏の云われる霊力ある詞章が他の詞章に取入れられた際の所産であると見るのは、困難なのではなかろうか、先に引用した氏の例歌が氏も指摘しておられるように、

大君の御帯の倭文繒結び垂れ誰やし人も相思はなくに（紀九三）
いにしへの倭文機帯を結び垂れ誰とふ人も君には益さじ（萬葉集　巻一一・二六二八）
　一書の歌に曰ふ
古の狭織の帯を結び垂れ誰しの人も君には益さじ

の如き類例歌を持ち、序部分が断片化して行ったと見る説明も出来ようが、近藤氏の挙げられた「道行」風の歌の序部分、或は触目の風物と思われる鳥草樹や真椿の詠み込んである歌の序部分の発想、成立を解き明かすこと

は困難と思われる。故に序歌の発生を氏の如く解さなくてはならぬ場合もあろうが、これだけでは矢張り一面的で無理があるのを否定できない。

以上のように三氏の述べる理由がそれぞれ欠点を持っているとすれば、一体どのように理解したらよいのであろうか。

私はこれを歌謡の形成過程から考えて見たい。現存している歌謡からその生れて来た過程を考えると、最初は即興的にその場でそれが一人によって作られたものであろうと多数によってであろうと、彼らが詠出する場合、ともかく一同の目に映る物、耳に聞こえるもの、又は一同が周知の意味ある言葉――それは呪言とかめでたい言葉などがあろう――を取上げて口にするのであろうがその時念頭には一つの物とか言葉を謡うことより外になんの意図もないのではなかったかと思われる。そして一つの対象を一節に謡い終ると次に現れた事物をすぐ取上げ、又は同様に意味ある言葉を拾い上げて一節にしてゆくという方法であって一つ一つを謡い上げてゆくことそれ自身に興味を繋ぎ或は意義を認めていたのであって、それらが緊密に関わり合いを持っているかどうか等ということは問題でなかったと思われる。次々に題材を取上げて謡ってもそこにはしめくゝりがなく、それが労働の場であったとすれば、ひと仕事終ったところで謡い収めたのではなかったか。眼前に去来する人間、動物、或は雲・風等を即座に歌とし、というよりは一定のリズムに乗せて謡い、結末を持たぬという歌は現在でも鉄道の線路工夫やヨイトマケなど作業に一定の調子を必要とする労働に際して謡われるのを見るのである。目的はその際、作業の能率をあげるだけのためのもので、内容もくだらなく、謡うと同時に消えてゆき書きとゞめる人も居ない。第一、一首にまとめようという意図とか要求が伴っていなかったのであろう。

めでたそうな言葉がいくつか、それ自身相互には深いつながりがなく並んでいるという例を前に一寸触れた三重の婇の歌に見ることが出来るように思う。

纒向《まきひく》の　日代《ひしろ》の宮は
朝日の　日照る宮
夕日の　日陰《かげ》る宮
竹の根の　根足《ねた》る宮
木の根の　根蔓《ねは》ふ宮
八百土《やほに》よし　い杵築《ぎづき》の宮
眞木《まきさ》折く　檜の御門
新嘗屋《にひなへや》に　生ひ立てる
百足《だ》る　槻が枝は
上《ほ》つ枝《え》は　天を覆《お》へり
中つ枝は　東を覆《お》へり
下枝《しづえ》は　鄙《ひな》を覆へり（以下略）

（記一〇一）

この歌の最初「眞木折く檜の御門」迄一四句はこの宮が如何に立派な宮であるかということを言葉をかえてくり返しているのであり、所謂宮讃めに終始している。そして次は槻の木が如何に大きく堂々としているかの叙述に移っている。以下数行槻の木の叙述があるが長いので省略した。この二つの讃め言葉は本来的に有機的構成を持っていたかどうかは疑わしい。出来上っている今から見れば説明はつくが、元は別々な二つの讃め言葉が竝列されていたに過ぎなかったのではなかろうか。

又こう解釈すれば、この歌が雄略記にあり、雄略天皇の皇居が長谷朝倉宮にあること及びこの豊楽《とよのあかり》の場所も長谷であると文中にあるにも拘らず、如何に地理的に近いとはいえ、全く関係のないしかも八代も前の景行天皇の皇居であった纏向の日代宮を称えている矛盾も肯けるのであって、従来の諸注釈のように持ってまわった無理な付会をしなくとも済むであろう。

このように元来横のつながりも、しめくゝりもなかった歌も、しかし、その成員の中で一人でも詩的才能のある者が居たり、機智に富む者が居たとしたら（大抵の場合歌を即興的に作る人はこの種の人であろう）、或はもう一度謡ってみたいという欲望に駆られて思い返すようなことがあったとしたならばどうであろう。謡い続けて行った果に、いわば落ちをつけたり、結びを設けたりすることを、又は関連のなかった各々の部分を、音とか意味でつないでゆき、みんなで謡い易くしてゆくというような事を発案するのは容易に想像できる事柄である。更に憶測すれば本来異った結びであったものを宮廷に入った後、貴族達に改変せられて天皇に結びついたりした歌もあったのではなかろうか。季節の祭等に謡われたものにあっては、何年も謡い返されている中に本来関係の稀薄であった部分部分が何時の間にかもっともらしく結びついていたような場合もあったであろう。しかも恐らく緩やかなリズムに乗せて所作を伴いながら謡われたであろうこれらの歌は単に文字上からは無関係であるような箇所も、所作を通しながら聞く場合には十分に繋り得る関係にあったものかも知れない。或は又当時では説明を要さぬ周知の事物も生活様式の変遷につれて現在からはその脈絡も辿り得ないという様な歌もあるであろう。このように想像できる多くの事から判断してみると、岡崎・近藤両氏の云われる一見「無計畫」「無目的」と見える歌も、実はそうではなく、少くとも部分部分を謡う（或は叙述する）時には、それはそれではっきりした計画と目的があったに相違なく、結末と繋りが薄いという理由で「無計畫」「無目的」と断ずることは恰かも連歌や俳諧の冒頭と結末が内容的に無関係なことを述べているという理由で「無計画」「無目的」と云うに似ている。本来結末のなかった歌が結末を備えてくる過程は前に述べておいた。従って考え方は異るが、折口氏の「ある時代迄は修辞部が多少とも独自の意義を持っていた」と云われるのには同意させられるものがある。

記紀歌謡の主想と修飾部分のかけはなれている、所謂無計画、無目的と思われるすべての歌がこれであるとは云わないが、本来は修飾でも譬喩でもなく、主想部分或は結末とは心理的な繋りもなく、全く別個のものが一首の中に並存していたのを音とか観念の類似とか、何らかの契機で結びつけ、つないで行ったり、落ちや結末としたものが多かったのではなかろうか、この事は三重の婇の歌の説明の際に些か述べておいたが、特に歌謡の場合のみでなく散文に於てもその例を見ることができる。古事記垂仁天皇、玉垣宮の段の構成、そしてそこに展開するいくつかの説話がそれである。最初に登場する説話は天皇の后である沙本毘賣《さほびめ》の兄、沙本毘古王が妹と謀って天皇を殺し、皇位を奪おうとたくらむ叛乱の説話である。謀略は天皇の夢によって事前に発覚し、沙本毘古王、沙本毘賣の死によって平定されるが、物語的色彩が濃厚で悲劇的なものとなっている。この様に皇位を狙って叛乱を企て、事前に発覚して失敗するという形式はこの説話の如く形が整ってはいない迄も、既に神武記で神武天皇の庶兄当芸志美美《たぎしみみ》命が天皇の死後、皇子達を殺そうと計るのを后であった伊須気余理比売の暗示の歌によって事前に防ぐ話を見ているし、又応神記に応神天皇の死後、天皇の命に背いて皇位につこうとして失敗する大山守命の話もある如く、一連の叛乱の説話として類例が多くあるものである。次の話も天皇の皇子が「八拳鬚《やつかひげ》心前《むな》に至るまで、眞事《まごと》とはず」というのであり、これと同じ様な話が出雲風土記、仁多郡の条に「大神大穴持の命の御子、阿遲須枳高日子《あぢすきたかびこ》の命、御須髪《みひげ》八握《やつか》生ふるまで、晝夜哭《な》き坐《ま》して、辭《みこと》通はざりき云々」とあり、又尾張国風土記逸文にも「品津別《ほむつわけ》の皇子、七歳になるまで語《ことど》ひ給はざりき。云々」の如くあり類例のある説話である。そして出雲風土記の場合を除いて、他の二つのどちらも神を丁重にいつき奉ることによって口がきける様になるというのである。又この皇子が鵠の音を聞いて初めてあぎとひしたことから、この鳥を追って諸国を廻るということも、直ちに倭建命の魂が白鳥となって天を翔《かけ》り后や御子等がそれを追う話や、風土記にいくつかある白鳥伝説などを思わせる拡がりを持つものである。次の説話は皇子が一宿《ひとよ》肥長比賣に婚い、その美人《をとめ》を竊伺《かきまみ》したところが蛇であったというのであって、一般に知られているような典型的三輪山伝説ではないが、そのいくらか変ったものであることは明らかであり、古事記の中にも数多くある神人結婚の物語の系列に属することから、当時広く流布していた伝説であったことが肯けるであろう。次に出てくる説話も天皇が「后の白したまひの隨《まにまに》、美知能宇斯王《みちのうしのみこ》の女《みむすめたち》等」比婆須比売命《ひばすひめのみこと》、弟比売命《をとひめのみこと》、歌凝比売命《うたこりひめのみこと》、円野比売命《まとぬひめのみこと》の四人を召上げたが比婆須比売命と弟比売命の二人だけを留めて外の二人を醜きによりと還したとの話で、我々は直ちに神代の邇邇芸能命《ににぎのみこと》が木花之佐久夜毘売と姉の石長比売を召上げておいて姉の方だけ返してしまった話を想い浮かべることができるように、これ亦例のある説話であると云うことができる。最後は多遅麻毛理《たぢまもり》の説話であるが、これも津田左右吉氏が「初めて知られた外國に對する使人などの往來に関する説話に一つの型があるように見えることをも考へねばならぬ」(注5)と述べておられる。応神記に「阿知吉師《あちきし》」「和邇吉師《わにきし》」などの来貢の記事があり、三韓との交渉の繁くなって来た歴史事情を反映しているようにこれもそれらに類する一つであろうと思われることから何等特殊性をもつものではない。

以上のように見てくるとこの玉垣宮の段の説話はそれぞれに出所とも云うべきものを持ち、類例が多く、いずれの段にあっても通用する説話ばかりであるということができるであろう。だとするならばこの玉垣宮の段の構成は首尾一貫したものではなく、各々独立した説話が寄り合って出来上っているのである。それが如何なる契機で結合したものかは不明であるにしても、一つ一つの説話を地名や部の起源伝説に結びつけてまとめながら、最後に多遅麻毛理の悲劇をもって結び或は落ちとして全段を構成したところは私が歌謡の形成過程を全く異った事柄の叙述が竝存していたのを、音とか意味で繋いで行って結び又は落ちとしたのではなかろうかと推察したことに対して一つの有力な暗示を与えるものではなかろうか。
こゝで論を歌謡の上に戻し、もしもこの様な推察が許されるならば、これらの歌謡は最初から一首の歌として詠み出す、或はまとめ上げる意図のなかったもので、それがまとまったのは謡い継がれゆく中であるか、記載された際ではなかろうか。勿論同時代に、事柄の羅列のみに終始し、前に述べたヨイトマケの歌のように風と共に消えて行った幾多の歌謡が存在したであろうことはたやすく考えられる。記紀に残された落《お》ち又は結《むす》びのある歌謡は神前で謡われるものであったり、村々の年中行事の際のものであったりして人々の記憶にあった歌が偶々貴族の手に入って写し留められたごく一部の歌であったのであろう。それが記紀の編まれた頃には、もはや生み出された経緯は不明となり、別個の意味が附加され、修正を伴いながら記紀の中に定着したのだと思われる。だから以上述べたような種類の歌謡は記紀歌謡の中でも比較的長い歌に多く発見される。今迄私があげて来た例歌は勿論のこと、近藤氏、岡崎氏の例歌も同様であり、その他、倭建命の「ひさかたの　天の香山《かぐやま》　利鎌《とがま》に　眞《さ》渡る　鵠《くひ》　弱細《ひはぼそ》　手弱腕《たわやかひな》を……」（記二八）等もこれに属している。

和歌は以上見たような長い歌や、かけ合い、問答に用いられたと思われる片歌、旋頭歌の類から順次短歌形式に統一されてくる傾向にあった。片歌、旋頭歌はどちらかと言えば突嗟に口をついて出たものであって、序詞のようなものを前につけて余裕を持った表現をする詩型としては適していなかった。長歌が歌体上の単調さや時代の影響等で次第に衰え、一般性のある短歌に席を奪われてくるきざしの見え初めたのは萬葉集時代を遡ること幾ばくも久しくない時代であつたのではないかと想定されているが、かの序詞とも譬喩ともつかない修辞部分を持った歌謡も詩型が短かくなるにつれて、明白に主想部分を補い、強調する為に用いられてくる。一首に詠みこむ目的と範囲がはっきり把握されるようになって来て、はじめて構成的に主想を導き出す役割を負わせるための序詞が生まれてくる。後の時代の短歌のようにしっかりとした定型におちつく以前、その赴きゆく過程に於て我々は、既に述べた比較的長い歌の序部分（假に序と呼んでおく）よりも更に有機的に主想と関係している序部分のある歌を発見するのである。（注6）

3　序詞の形成

B群

(1) あしひきの　山田をつくり
山高み　下樋《したび》をわしせ
下娉《ど》ひに　吾が娉《と》ふ妹を
下泣きに　吾が泣く妻を
今夜《こぞ》こそは　安く肌觸れ
（記七九　木梨の輕太子の御歌）

(2) つぎねふ　山代女の
木钁《ぐは》持ち　打ちし大根
根白の　白腕《しろたゞむき》
纏かず來《け》ばこそ　知らずとも言はめ
（記六二　仁徳天皇の御製）

(3) 神風《かむかぜ》の　伊勢の海の
大石《おひし》に　はひもとほろふ

細螺《しただみ》の　いはひもとほり

撃ちてしやまむ

（記一四　神武天皇の御製）

(4)みつみつし　久米の子等が

垣下《もと》に　植ゑし　薑《はじかみ》

口疼《ひび》く　吾は忘れじ

撃ちてしやまむ

（記一三　同　前　）

Ｂ群の諸歌が是に該当する。これらの序詞は今日から見れば取材の選択上から突飛にきこえるかも知れないが、そのことはともかく主想部分に対しては彼等の情意に最も適切な状景や労働そのものを実生活の中から見出すことにより対比させ、印象をより鮮明に強調する為に置かれているものであって、長い長歌の序部分とは性質的にかなりの進展を遂げていると云わなくてはならないであろう。

Ａ群との差異は一口に云って一首の効果の上で主想部分と序部分の緊密度が強くなっているということに帰せしめられる。何故このようになって来たかというと、今迄は耳ばかりに便って謡われる傾向の方が遙かに大きかったのが、一方に於て記載が行われてくる時代社会を背後にしての制作であったか、又は古く長かった歌が部分的に省略されて記載されたのではないかと思われるのである。引用した(3)の歌を見ると、もとは同じだったと思われる歌が日本書紀には、

神風《かむかぜ》の　伊勢の海の
大石《おほいし》にや　い延《は》ひもとほる
細螺《しただみ》の　細螺の
吾子《あご》よ　吾子よ
細螺の　い延ひもとほり
撃ちてし止《や》まむ　撃ちて止まむ
（紀八　神武天皇の御製）

の如く記載されている。この方が恐らく古事記所載の歌より謡われた形をよく伝えているのであろう。同一の語句又は類似の語句を繰返す方法は上代では歌謡のみならず散文に於ても好んで用いられた手法であるが、これも目で読む場合より口で語り或は謡い伝えた場合の方が大きかったからと思われる。この紀の歌謡も目で読むには一見して煩瑣とわかる程「細螺の」を三度も繰返している。最後の「撃ちてし止まむ」の繰返しも同様である。それに「吾子よ　吾子よ」のような囃子詞が入っているのもその証拠となるであろう。この歌が冒頭から「細螺の」までを謡って来て、「細螺の　吾子よ　吾子よ」と云っているのは謡いながら以下の主想を纏める為にか、又は聞き手に以下の予想と期待を抱かせる為にか必要な間合いであったように思われる。しかし紀の歌が謡われたもので記の歌が読む歌であったというわけではなく、少くとも紀の歌が記のそれよりも謡われた要素が大きく、記の歌も謡われたとしても目で読む要素が加わっていることは否定出来なく、記載を通してから再び人々の口或は宮中で謡われたものであろう。

金田一京助氏はアイヌの歌謡に触れられた上で「文字をもって書かれる詩歌と、文字以前の、書かれざる詩歌との間の大きな相違の一つは、後者には、簡潔の美などということが殆ど問題にされないことである。思うに、書くことは言うより骨が折れるし、読むことは、目の労が大きくて、聞く方は、目をつぶっていてもわかるのと比較にならない。それで書く文学には簡潔美が貴くなるが、口から耳への文学では、長いことは何の苦労にもならないから、自然口で歌うだけの歌は、とかく長くなる。(注7)」と述べておられるが、今の記の歌と紀のそれとを比較すれば、その簡潔さの点で記の歌がはるかに立勝っていると云わなくてはならない。

記載の進行に附随して簡潔美が貴ばれてくるものとすれば、最早、A群の諸歌のように修飾とも譬喩ともつかぬ序部分も亦、当然に省略されたり脱落しつつ、主想と密接に繋るもののみ生き残り或は制作される運命にあると言えよう。偶々(3)の歌が紀との関連に於て、その省略化されて来た過程を我々に示してくれているけれども、(1)に於ても原形は「下樋をわしせ」と「下娉ひに」の間に(2)では「打ちし大根」と「根白の」の間に(4)も亦「植ゑし薑」と「口疼く」の間あたりに囃子詞とか同句の繰返しのような何らかの夾雑物があったのではないかとも想像される。

このようにして詩型は簡潔化されて行った。B群の歌は単に耳から聞くのみの歌ではなく、一応文字を通して読まれるものとして成立したか、文字を通して整理されたかした上で再び謡われたものも多いのであろう。数多くの音の組合せと句の組合せの長い試行期間を経て生き残った短歌形式は目で読む歌として、長歌形式の冗漫な部分を脱落させ、エッセンスが圧縮され、記載文学としての簡潔美を十分に満足させているものと云える。だから短歌は、たとえ謡われたものであったとしても、記載を離れては存在し得ない詩型であって、少くとも記載時代を背景としてその確立を考えなくてはならないであろう。

萬葉集の東歌が短歌形式であることについて、益田勝実氏は、「今日の萬葉東歌は、それが中央に吸い上げられたのがちょうど貴族文学側の短歌形式確立期にぶつかったため、すべて三十一文字の形に整えられています。

云々」と述べられ「東遊び」に例を取って説明を加えられた上で、「當時の東國の民謠は短い歌であつたため、短歌趣味の貴族によつて、短歌形式にまとめれば、たやすくまとめ得る可能性をもつていたので、萬葉集にあのような形で固定しましたものの、本來歌謠としての獨自の世界に息づいていたものだと考えます」(注8)と云っておられるのも短歌形式が貴族の記載文学として広く行われていたことを前提としているのであろう。この説の当否はしばらくおくとしても、B群のような歌を短歌形式に統一しようと思えばそれ程むつかしい事ではなかろう。その際、ここで考察している序詞もB群の歌よりも一層緊密に主想部分に繋りながら短歌形式の中に受継がれて行くと見られる。序部分と主想部分の緊密度に於てはB群の歌と記紀の中の短歌形式の歌と比較して、A群とB群の間にあった隔り程大きなものではなく、極言すれば質的には殆ど相違がないと云っても差支えないのではなかろうか。

4　序詞の発達

C群

(1)日下《くさか》江の　入江の蓮《はちす》
花蓮《はなはちす》　身の盛人
羡《とも》しきろかも
(記九六　引田の赤猪子の歌)

(2)おしてる　難波の埼の
竝び濱　竝べむとこそ
その子はありけめ

（紀四八　仁徳天皇の御製）

(3)彼方《をちかた》の　淺野《あさぬ》の雉《きぎし》

響《とよ》さず　我《われ》は寢しかど

人ぞ響す

（紀一一〇　謠歌）

(4)倭《やまと》方《べ》に　西風《にし》吹き上げて

雲離《ばな》れ　そき居りとも

吾《われ》忘れめや

（記五六　黒日賣の歌）

例を記紀の短歌に取って見たが、この関係は萬葉集時代の序歌に例をとっても同様なものが多くある。巻一四に於ける益田氏の考え方からゆけば、萬葉集中の謡われた歌が多いと見られている、巻一一、一二中の多くの短歌もB群のような歌であったのを貴族が直したと想像することも可能になる。しかし益田氏のように考えるより、記載時代に入ってから中央の貴族間に流行していた短歌形式が謡い物の世界に迄影響を及ぼし、徐々に短歌形式の謡い物に整理されて行ったか、或はその頃作られたのではないかと考える方が自然に思われる。B群のような歌がともかく短歌形式の方向へ向っていたのは認めていいのであるから、当分この様に考えておくことにする。それには短歌形式が簡潔を貴ぶ記載文学としての要求をみたすのみにとどまらず、謡い物としても、さして短くも長くもなく、曲節や所作を伴いながら、結句を謡い返したりすれば、ゆっくり謡うにも適していたのではなかったであろうか。

さて我々はA群からB・C群の歌へと次第に記載の要素が加わってゆくのを見て来たわけであるが、何と云っても文字は一部貴族階級の専有に属し、一般大衆は勿論、貴族であっても恐らくは目で読むより耳を通して歌を聞き味わうことの方が多くあったに違いない。B・C群の歌が目で読む条件を備えつつあったとしても、反面・未だ耳を主としていたと思われるところも多分に認められるのである。前にA群からB・C群の歌へと次第に取材を選択して構成的に主想を導く役割を序部分に負わせてゆく方法をとっているのを見て来たが、A群からB・C群を一貫して変らない点は、いずれも序部分が主想部分に対して文法的に修飾限定を加えていないこと、即ち論理的な接続関係を断った上で、音とか意味の関係で竝列されているということである。A群の歌については述べたところもあるが、(1)の鏡をかけたり、真玉を掛けたりすることと「吾が思ふ妹」の間に、(2)は「大豕子が腹」と「想思はずあらむ」の間に、(3)の「中つ枝のほつもり」とそれ以下の間にいずれも論理関係は認め難く、文法的に脈絡はたどれない。B群にしても(1)「下樋をわしせ」と「下娉ひに」以下、(2)「打ちし大根」迄と「根白の　白腕」以下、(3)「細螺のいはひもとほ」ること迄と「撃ちてしやまむ」、(4)「口疼く　吾は忘れじ」迄と「撃ちてしやまむ」等の関係はA群と同じく、C群も亦(1)「花蓮」と「身の盛人」以下、(2)「竝び濱」と「竝べむとこそ」以下、(3)「淺野の雉」が「響さ」ぬことと「我は寝しかど」以下、(4)「雲離れ」ることと自分が「そき居」ること以下、いずれもA・B群と同様である。

この文法的接続関係をひとまず断ち切って音、或は意味の繋りを求めて飛躍、展開させながら主想部分に移ってゆく手法は内容的には対照の妙味を味わい、機智の面白さを喜び或は気分のつながりや寓意を求める所に主なる目的があり、外形的には音の反復や共同の音を契機として音調をなだらかにし、同音反復の快感などからリズムを調える作用を目的としているものである。歌が謡われていた頃には聞き手は専ら耳に便って歌を味わうわけであるから、一、二句と謡われてくる際、その謡われている事柄にまつわる連想と次に何が来るであろうという期待を各自に抱いていることになる。それが途中で今迄言ってきた事と全くとんでもない方向へ転換されるものだから、思わずどっと笑いがおこる。一杯くわされたという軽いいたずらだからである。この興味は耳を通してでなければ味わえないものであり且つ非常に効果的であるから、文字に親しみのうすい大方の民衆に喜ばれたものであったと思われ、記載文学としての短歌時代を背景としながら、未だ耳を通して聞く要素を濃厚に持っているものと言えよう。

5 むすび

今迄の説明でほぼ明らかであるように、A群の序歌（それが序歌と呼んでいいならば）はその成立に至る経緯は殆ど偶然的であって、一首として纏め上げる要求の出て来た背後の歴史事情や文化の発展に伴う必然的な現われの謂わば副次的な所産であったと見ることができる。しかしこれが一旦、一首のまとまった歌謡として人々の口に上り、謡ったり聞いたりしてゆく中に、その接続の工夫を経て全く別な効果を発見したのであった。序詞の効用がそれである。一首の中で俄かに語義が転じて、聞く側の予想を裏切ることにより、笑を誘い、興味を唆るという謡い物特有の修辞の発生がこのようにして促された。そしてひと度この手法を修得した民衆は、B群の歌に至って更にこの要素を強調し、C群、萬葉集と進むにしたがって、人麻呂等の高度な詩才に導かれながら単に謡い物としての素朴な修辞の域を遥かにこえて文学的にも実に高い表現方法として華やかな一時期を画するに至ったのであった。

以上私は記紀の歌謡に例をとって萬葉集時代に至る序歌形成の経路を主として形式の面から考察して来た。しかしA群からB・C群、萬葉集へと向うにつれて、それは単に形の変化ばかりではなく、謡われている内容の面、即ち彼等の取上げている環境とか物の上にも、感じ方、捉え方の変化は当然見てとれるのであろうが、それはただに序歌のみにとどまらない問題でもあるので此の度は割愛した。

（注1）境田四郎「萬葉集の序詞について」（『国語国文の研究』第二二号　昭和三年〈一九二六〉）
市村平「短歌に見えたる枕詞と序詞との研究」（『国語と国文学』昭和五年〈一九三〇〉六・七月号）
（注2）岡崎義恵『日本詩歌の象徴精神』（羽田書店　昭和二五年〈一九五〇〉）
（注3）折口信夫『日本文学の発生序説』（斎藤書店　昭和二二年〈一九四七〉）
（注4）近藤忠義『日本文学原論』（河出書房　昭和二六年〈一九五一〉）
（注5）津田左右吉『日本古典の研究　下』（岩波書店　昭和二五年〈一九五〇〉）
（注6）私は長歌の栄えた時代から短歌全盛への推移を、徐々に形が短くなって成立したと一面的に考えているわけではない。長歌の結末が分離して短歌が独立したとか、二・三句から三・四句の歌が成長して短歌になったとか長歌になったとか種々の論はあろうが、ここでは短歌形式が絶対的に近く優位を示すに至る以前に長歌が栄え、又短歌より幾分か長い七・八句なり八・九句なりの歌がよく行われていたということが想像できればよいのである。そして序詞を主として考察すれば、長い長歌→短い長歌→短歌へとその発達の道筋がたどれるのではないかと考えている。
（注7）金田一京助「萬葉集の歌とアイヌの歌謡」（『国文学解釈と鑑賞』昭和三一年〈一九五六〉一〇月号）
（注8）益田勝実「一九五四年度日本文学協会大会、古代部会報告」

付録1　無名歌人たちの珠玉の小品——男性編——

1　はじめに

与えられた題目の「無名歌人」とは、作者未詳の歌人をいうのではなく、あまり一般には知られていない、いわゆる有名歌人でない歌人をいうのであるらしい。そこで有名歌人とはいかなる歌人をいうのかを考えてみた。手がかりを、これまで刊行された講座類の項目に求めて調査すると、『万葉集講座』が三種、春陽堂（昭和八）、創元社（昭和二七年）、有精堂（昭和四七、四八年）、『万葉集大成』平凡社（昭和二八、二九年）、さらに『和歌文学講座』が二種、桜楓社（昭和四四年）、勉誠社（平成五年）、それに最近の『セミナー万葉の歌人と作品』和泉書院（平成一一年～）の七種に作家論として項目のある歌人の数を集計すると、二回以下の歌人を省いて次のようになる（カッコ内は回数）。順に、

柿本人麻呂《かきのもとのひとまろ》（12）　大伴家持《おおとものやかもち》（10）　山上憶良《やまのうえのおくら》（9）　山部赤人《やまべのあかひと》（9）　額田王《ぬかたのおおきみ》（8）　大伴旅人《おおとものたびと》（8）
高橋虫麻呂《たかはしのむしまろ》（8）　大伴坂上郎女《おおとものさかのうえのいらつめ》（8）　高市黒人《たけちのくろひと》（6）　狭野弟上娘子《さののおとがみのおとめ》（6）　笠金村《かさのかなむら》（4）　田辺福麻《たなべのさきま》

呂《ろ》（3）の一二名である。うち男性は九名である。まずは穏当なところであろう。するとこれらの人を除いた男性歌人が本稿で扱う無名歌人となる。しかし、そうはいっても、万葉集巻一巻頭の雄略《ゆうりやく》天皇御製、続く舒明《じよめい》天皇の国見歌はあまりにも有名でこれを無名扱いするのはためらわれるので、これは除くことにしたい。また、巻一五後半に出る狭野弟上娘子（6回）と贈答した中臣宅守《なかとみのやかもり》は娘子との関係で論じられることが多いのでこれも省略する。そのほか、本書で別項のある巻々の歌人については触れない。以下巻順に見てゆくことにする。

なお、文末には本項で取上げた皇室関係歌人の系譜を知るために天皇家の系図を付した。

2　巻一、二の秀歌

巻一は「雑歌《ぞうか》」の巻で、主として公の場で発表されたさまざまの歌を収録する。

たまきはる宇智《うち》の大野《おほの》に馬並《うまな》めて朝踏《あさふ》ますらむその草深野《くさふかの》（巻一・四　中皇命《なかつすめらみこと》）

題詞は舒明天皇（六二九〜六四一）が宇智野《うちの》で遊猟《みかり》する時、中皇命が間人老《はしひとのおゆ》に献らしめた歌だとある長歌の反歌である。中皇命は舒明の皇女間人皇女《はしひとのひめみこ》をいうらしいが、舒明朝の末年でも、まだ一三、四歳と推定されるので、乳母《うば》方の間人老が皇女になり代り、一体となって献上した歌と思われる。したがって反歌も同様であろう。長歌はここに掲げないが、古歌謡の発想・リズムを踏襲して古風であるのに対し、これは長歌を離れて独立した歌の趣をもち颯爽と朝猟に馬を並べて進める様子を想像した歌である。「たまきはる」は「内《うち》・命《いのち》」などにかかる枕詞で原義未詳だが、その音調から宇智の大野の明るく広々とした空間を喚起する働きをしており、「朝踏む」「草深野」（草の深い野）など簡潔に圧縮した造語が全体を力強くひきしめ、躍動感にあふれる歌になっている。万葉のもっとも早い時代に、すでに歌謡から訣別した高らかな響を伝える歌が誕生していることは注目に価する。

わたつみの豊旗雲《とよはたくも》に入日《いりひ》射《さ》し今夜《こよひ》の月夜《つくよ》さやけくありこそ　（巻一・一五　中大兄《なかのおほえ》）

中大兄はのちの天智天皇。この歌は大和の三山（畝傍《うねび》・耳梨《みみなし》・香具山《かぐやま》）の妻争い伝説を印南野《いなみの》（兵庫県明石市から高砂市にかけての野）を見つつ詠んだ長歌の反歌となっているが、反歌らしくないので、長歌を詠んだ同じ場所で作った歌が並んで記録されていたのを反歌と誤認したものか。

「わたつみ」は海神。「豊旗雲」の「豊」は呪的讃め詞。「旗雲」は瑞雲でめでたいしるし。海神が霊威によってたなびかす瑞雲に入日が赤々と射す荘厳・華麗な光景をまのあたりにしつつ、「今夜の月夜」（今晩の月あかり）は間違いなくさやかであろうぞ、と確信した歌であり、「こそ」は断定に近い希求の終助詞といえる。景と情とが渾然と調和し、雄渾でひきしまった調べである。おそらく印南の海上で、夜の航海の安全を呪的に願って詠んだのであろう。前の宇智野の歌も猟の安全と豊猟とを呪的に願う歌であった。この二首には言語の呪力（言霊《ことだま》）が生きていて、初期万葉時代特有の張りのある、すぐれた歌調を生み出している。こうした歌は次代では影をひそめるものとなる。

み吉野《よしの》の　耳我《みみが》の嶺《みね》に　時なくぞ　雪は降りける　間《ま》なくぞ　雨は降りける　その雪の　時なきがごと　そ

の雨の　間なきがごとく　隈《くま》も落ちず　思ひつつぞ来《こ》し　その山道《やまみち》を（巻一・二五　天武天皇）

天智一〇年（六七一）、近江大津宮で病に倒れた天智天皇は、冬一〇月一七日、枕頭に皇太子大海人皇子《おおあまのみこ》（のちの天武天皇）を呼び、後事を託そうとした。が、そのまま受けると裏に陰謀のある事を悟った皇子は、皇位は皇后に、政治は大友皇子に委ねることを進言し、自らは天皇のために出家して仏道修行したいと申し出て、許されるやただちに出家し、一九日には大津宮を出発、翌二〇日には吉野に去った。この長歌は明日香から吉野へ越える山道を強行軍した時の皇子の心境をのちに回想したものと思われる。

折しも初冬、み吉野の耳我の嶺（どの山か不明）には時を定めず間断なく雪や雨が冷たく降りしきっていた。その雪や雨のように時を定めず間断なく、山道の曲り角ごとに、ずうっと物思いに沈みながらやってきたことだ、その山道を。というのが大意である。これからの政治の行方や骨肉の争いのことなど、いろいろ思いをめぐらしつつ、一歩一歩山道を進んでゆく皇子の様子を想像させる沈鬱な歌である。

この歌には巻一三に句数も同じ恋歌の類歌がある（三二六〇、三二九三）。その旋律を摂取して某歌人が作り、天皇の歌として流布させたものであろう。

よき人のよしとよく見てよしと言ひし吉野よく見よよき人よく見《み》（巻一・二七　天武天皇）

吉野に入った大海人皇子は、翌年六月、古代最大の内乱壬申《じんしん》の乱を起こし（六七二）、近江朝廷を激戦の末にうち破り、即位して天武天皇となり、都を再び明日香に戻した。天武八年（六七九）五月五日、天皇・皇后（のちの持統天皇）は有力な六皇子（草壁《くさかべ》・大津・高市《たけち》・川島・忍壁《おさかべ》・志貴《しき》）をひきつれて、天武朝の原点ともいうべき吉野に行幸し、「おのおの異腹」の子であるけれども「相扶《あひたす》けて忤《さか》ふること」がないようにとの誓いを立てさせた。いわゆる六皇子の盟約である。この歌はその行幸の際の歌である。

「よき人」とは昔の君子。「よき人がよい所だといってよく見て、よしと言った、この吉野を、今のよき人は（六皇子をいう）よく見なさい」の意。「よし」を八度、「見」を三度も反復し、軽快で明るい歌である。盟約の儀式がとどこおりなく終ったあとの宴席で、ごきげんな天皇が重大なことを戯れの形で説いた姿が髣髴《ほうふつ》とするような歌である。

前掲の長歌もこの行幸の際に歌われたものであろう。天皇の吉野行幸はこの一回だけであった。

采女《うねめ》の袖《そで》吹《ふ》き返《かへ》す明日香《あすか》風《かぜ》都《みやこ》を遠《とほ》みいたづらに吹く（巻一・五一　志貴皇子《しきのみこ》）

明日香の宮から藤原宮に都が移った（持統八年〈六九四〉）あとの歌と題詞に記された歌である。志貴皇子は天智天皇の皇子。吉野での盟約に天武の皇子とともに加わった（前の歌参照）。「采女」は諸国の郡の少領以上の姉妹や子女のうち、容姿端麗な者が選ばれて天皇に奉仕するために貢上された女性で、天皇の専有であった。都が移ったあとに、さびれた古都におもむいた皇子が、かつては都大路を行くあでやかな采女たちの袖をひるがえしつつ吹いた明日香風が、今は都が遠いので、そのかいもなく吹いている空しさを歌ったものである。華やかな幻想がいっそう寂莫の感を深めている。

巨勢山《こせやま》のつらつら椿《つばき》つらつらに見つつ偲《しの》はな巨勢の春野を（巻一・五四　坂門人足《さかとのひとたり》）

大宝元年（七〇一）秋九月に持統天皇が紀伊国《きのくに》へ行幸になった時の歌である。坂門人足は伝未詳。歌もこの一首だけである。巨勢山は奈良県御所市古瀬《こせ》、ＪＲ和歌山線と近鉄線の交わる吉野口駅付近。紀伊への交通路にあたる。

この歌より前に作られたと思われる、春日老《かすがのおゆ》の、

河《かは》の上《うへ》のつらつら椿《つばき》つらつらに見れども飽かず巨勢の春野は（巻一・五六）

をふまえて、巨勢の春野に連なり咲くみごとな椿の花（つらつら椿）を秋九月に想像して偲んだものである。「つらつらに」はつくづくとの意。交通の要地巨勢の風光をたたえることは旅の安全を祈ることにつながる。「つらつら」の反復は調子がよく、明るく楽しい旅の雰囲気をかもし出している。

葦辺《あしへ》行《ゆ》く鴨《かも》の羽《は》がひに霜降《しもふ》りて寒き夕《ゆふへ》は大和《やまと》し思《おも》ほゆ（巻一・六四　志貴皇子）

志貴皇子は五一番歌に既出。歌は慶雲《きよううん》三年（七〇六）九月二五日、文武天皇の難波宮行幸に従駕した時の歌である。太陽暦で一一月九日から一か月近く滞在していた。

葦の茂っている大阪湾の岸辺を泳いでゆく鴨の羽がい（翼の交わるところで、背中）に霜が光っている。そのようにしんしんと身に沁む寒さに、大和にいる妻のことがひとしお恋しく思われるというのである。旅にあって家郷を恋しく思う旅愁表現の型の歌は、柿本人麻呂に始まるらしい（巻三・二五一）。これもその型によっているが、「鴨の羽がひに霜降りて」と誇張して寒さを強調しているところが斬新で印象的である。あるいは月光で鴨

の背中が寒々と光って見えたのでもあろうか。

うらさぶる情《こころ》さまねしひさかたの天《あめ》のしぐれの流《なが》れあふ見れば　（巻一・八二　長田王《ながたのおほきみ》）

長田王は系統未詳。天平年間の風流侍従の一人（『家伝』）。題詞には和銅五年（七一二）夏四月に伊勢に遣わされた時の歌とあるが、「しぐれ」は季節が合わないので、左注では、多分その時誦詠した古歌かといっている。その可能性は高いが、あるいは別時の作とも考えられる。

「うらさぶ」は心の楽しまぬさま。「さまねし」は隅々までゆきわたる意。「ひさかたの」は天《あめ》の枕詞、原義未詳。「ものさびしい思いが胸いっぱいにひろがる。大空からしぐれの雨が流れるように乱れ降るのを見ると」の意である。稲岡耕二は「しぐれの降る寂しさを詠んだ最古の作」（和歌文学大系『万葉集㈠』）と指摘し、伊藤博は「雨の降るのを『流る』といった唯一の例」（『釈注一』）といっている。

満目蕭条《まんもくしょうじょう》たる景の中で覚える旅愁の表現である。言葉続きも素直でわかり易く、一読心に沁み通る歌である。

巻二は「相聞《さうもん》」と「挽歌《ばんか》」の巻である。相聞は私情を伝えあう歌、主として恋愛の歌。挽歌は死を悲しむ歌。原義は柩《ひつぎ》を挽《ひ》く時に唱《うた》う歌の意である。

我《われ》はもや安見児《やすみこ》得たり皆人《みなひと》の得《え》かてにすといふ安見児得たり　（巻二・九五　藤原鎌足《ふぢはらのかまたり》）

鎌足が采女《うねめ》安見児を娶《めと》る時に作った歌である。

采女については五一番歌で触れた。天皇の専有であったので、臣下との結婚は堅く禁じられていた。その美しい采女安見児を鎌足だけが妻とすることのできた喜びを手放しで歌ってみせた歌である。大化改新の功臣鎌足に特別に下賜された女性であったのだろう。「も」「や」は詠嘆の助詞で「私はまあ」の意。「皆人」はここにいる皆さん方の意。おそらく宴席で披露された歌であろう。形式は二句目と五句目でくり返す古歌謡の型によっていて、単純・素朴であり、歓喜の情が力強く表現されている。策謀家鎌足の一面を見せている。

相聞はこの一首のみ。以下は挽歌である。


磐代《いはしろ》の浜松《はままつ》が枝《え》を引き結びま幸《さき》くあらばまたかへり見む（巻二・一四一　有間皇子《ありまのみこ》）

挽歌冒頭の歌で題詞に「有間皇子自ら松が枝《え》を結ぶ歌二首」とある一首目の歌である。有間皇子は孝徳天皇の皇子。父孝徳は皇太子中大兄との確執の末に憤死した人で、父の恨みを胸に秘めて育った。斉明天皇四年（六五八）一〇月、天皇は中大兄ら多くの廷臣を従えて紀湯泉《きのゆ》（和歌山県白浜湯崎温泉）に行幸した。その留守を狙って留守官の蘇我赤兄《そがのあかえ》は天皇の失政を挙げて、皇子に謀反をそそのかした。皇子は時に一九歳。謀略とも知らず、喜んで挙兵の謀議をめぐらすが、ことはその夜のうちに破れ、捕えられて紀温泉に送られた。歌は途中の岩代（和歌山県日高郡南部《みなべ》町）で詠まれたものである。岩代は旅の安全を祈って草や木の枝を結ぶ呪術を行《おこな》う所で、皇子は土地の習俗に従い松の枝を結んで無事を祈ったのである。謀反は国家の大罪、運命はきまっているが、もしやと思う心が、「ま幸くあらば」の仮定で、「また立ち帰ってこの松を見よう」と思うのであった。紀温泉での中大兄の訊問に対して「天《あめ》と赤兄と知らむ。吾《おのれ》全《もはら》ら解《し》らず」と毅然として答えたという。その翌日、帰路の藤代坂《ふじしろのさか》

（海南市）で殺害されて終る。

悲劇的事件とともに味わうと悲しみ深い歌であるが、歌そのものは切迫した悲哀感に欠けている。そのことがかえって悲しみを誘うのであろうが、まだ自哀の表現が造型できなかった時代であったのではなかろうか。したがって後世の仮託説は採らない。

山吹《やまぶき》の立ちよそひたる山清水《やましみづ》汲《く》みに行《ゆ》かめど道の知らなく（巻二・一五八　高市皇子《たけちのみこ》）

天武七年（六七八）四月、十市皇女《とおちのひめみこ》が病気で急逝した時、異母弟高市皇子の作った挽歌三首のうちの一首である。十市皇女は天武天皇と額田王《ぬかたのおおきみ》との間に生まれた天皇の長女であり、壬申の乱で父天武によって滅ぼされた大友皇子の妃であった。

この歌を作った時高市は二五歳、天武の長男で、壬申の乱の折には軍事の全権を委《ゆだ》ねられて近江朝廷を攻撃した指揮官であった。悲しい運命を負った皇女は乱の後に父にひきとられ高市皇子の妻となっていたのでもあろうか。没年は二七、八歳と推定される。一代の有名歌人で母の額田王はまだ生存していたが歌を残していない。高市皇子の歌もこの挽歌三首があるだけである。

一首は山吹の花のように清らかで美しかった生前の皇女の容姿を連想させる。「よそふ」は飾る意で、ここでは山清水のまわりを山吹が飾っているさまをいう。皇女の住む黄泉国《よみのくに》を山吹の黄と山清水の泉によって暗示し、下二句でその山清水を汲みに、すなわち尋ねて行きたいと思うけれども道がわからないことだ、と嘆いているのである。この象徴的・暗示的な姿や光景は一首にすぐれて文芸的香気を与えており、高度な技巧によって支えられた歌である。

天地《あめつち》と共《とも》に終《を》へむと思ひつつ仕《つか》へ奉《まつ》りし心違《たが》ひぬ　（巻二・一七六　日並皇子《ひなみしのみこ》の舎人《とねり》）

持統三年（六八九）四月、皇太子草壁《くさかべ》（日並）皇子が二八歳で薨《こう》じた。その殯宮《あらきのみや》（本葬までの間遺体を安置する宮殿）の時に柿本人麻呂は長大な挽歌を作ってその死を悼むが、続いて生前舎人として身近に仕えた人々の歌が二三首並んでいる。それぞれに真情あふれる悲しみが素直に歌われていて心打つ作品が多いが、掲出歌はその一首である。大意は「変るはずもない天地の終るまで永遠にと思いつつお仕え申してきた私の志も、すっかり予期に反してしまった」と嘆いたもので、深い悲しみを一息に歌い下ろしている。歌柄が大きく、力のこもった作である。

降《ふ》る雪はあはにな降りそ吉隠《よなばり》の猪養《ゐかひ》の岡《をか》の寒《さむ》からまくに　（巻二・二〇三　穂積皇子《ほづみのみこ》）

題詞に「但馬皇女《たぢまのひめみこ》の薨《こう》ぜし後に、穂積皇子冬の日雪の降るに遥《はる》かに御墓《みはか》を望み悲傷流涕《ひしやうりうてい》して作らす歌」とある。皇女は天武天皇の皇女で穂積皇子の異母妹。皇女はかつて同じく異母兄の高市皇子の愛を受けていながら穂積皇子に心を寄せて問題となった女性であった。その情熱的な歌が巻二・一一四〜一一六にある。皇女は和銅元年（七〇八）六月に薨じた。その冬のことであろう。藤原京から遠く吉隠の猪養の岡（桜井市吉隠）を望み見て、眼前に降りしきる雪にむかって、「たくさん降らないでおくれ」と呼びかけ、皇女の眠るお墓が寒いであろうから、と悲しみ傷《いた》み涙を流しながら歌ったというのである。その後の二人の仲はどうだったのかは分らないが、高市皇子は持統一〇年（六九六）、四三歳で薨じている。それからでも一二年後の歌である。穂積皇子の貫き通した純愛の歴史が思いやられて感動的である。

ささなみの志賀さざれ波《なみ》しくしくに常《つね》にと君が思《おも》ほせりける（巻二・二〇六　置始東人《おきそめのあづまひと》）

この一首は弓削皇子《ゆげのみこ》に対する挽歌であり、巻三・二四二の歌（弓削皇子歌）の条で述べる。

3　巻三、四、六の秀歌

巻三は雑歌と譬喩歌（相聞の一類）と挽歌、巻四は相聞、巻六は雑歌の巻である。

滝《たき》の上《うへ》の三船《みふね》の山に居《ゐ》る雲の常《つね》にあらむと我《わ》が思はなくに（巻三・二四二　弓削皇子《ゆげのみこ》）

弓削皇子は天武天皇の皇子。吉野に遊んだ時の歌である。「滝の上」は激流のほとり。「三船の山」（四八七メートル）は吉野離宮から川を隔てて左上方に望まれ、いつも雲のかかっている山。上三句は実景をとらえた序詞で「常にあらむ」を引き起こす。その雲のように、いつまでも生きていられようとは、私は思わないことだ、の意。仏教的無常の観念をもってしみじみと嘆いた歌である。皇子は病弱であったらしく、文武三年（六九九）七月に薨じた。三〇歳未満と推定される。皇子が亡くなった時、置始東人《おきそめのあづまひと》（伝未詳）は、挽歌（巻二・二〇四、二〇五）を献じ、また、

ささなみの志賀《しが》さざれ波しくしくに常にと君が思ほせりける（巻二・二〇六）

の一首を詠んでいる。「ささなみ」は琵琶湖西南方一帯の地の古名。「志賀」は大津市北部。「さざれ波」は細か

い波。上二句は「しくしくに」(しきりにの意)を引き起こす序詞。サ音の反復や志賀のシとシクシクの音調はなだらかですぐれた技巧である。細かい波がしきりに寄せてくるように、しきりにいつまでも生きていたいとお思いになっておられたのだったのに、と東人は生前の皇子を思い出して、しんみりと悲しんでいるのである。湖畔の好景を目にしつつ人生のはかなさを痛感しているのであろうが、皇子の三船山の歌を知っていて湖水を配して詠んだようでもある。

苦しくも降りくる雨か三輪《みわ》の埼狭野《さきさの》の渡《わた》りに家《いへ》もあらなくに (巻三・二六五　長奥麻呂《ながのおきまろ》)

長奥麻呂は人麻呂とほぼ同時代の歌人であるが、伝未詳。「三輪の埼狭野の渡り」は和歌山県新宮市三輪崎町・佐野町、木ノ川の河口かというが、諸説がある。歌はまず「なんと苦しくも降ってくる雨であるよ」と旅先でいきなり雨にあったわびしさを実際に即して直截《ちよくせつ》に述べる。新宮市付近は全国有数の多雨地帯で、さえぎる物とてない熊野灘の雨は強烈であったのだろう。「家もあらなくに」の感慨には、濡れた衣を干してくれる妻のいる「家もないことなのに」の余意がある。これを本歌とする藤原定家の「駒とめて袖うち払ふかげもなし佐野のわたりの雪の夕暮」(『新古今集』6・六七一)は有名であるが、本歌のわびしい旅愁はかげをひそめ、いかにも優雅である。

廬原《いほはら》の清見《きよみ》の崎の三保《みほ》の浦のゆたけき見つつ物思《ものも》ひもなし (巻三・二九六　田口益人《たぐちのますひと》)

益人が和銅元年(七〇八)上野《かみつけの》の国司《くにのつかさ》に任じられ、東海道を通って任地に赴く際に、駿河国の清見の崎で作った歌である。静岡県廬原郡《いはら》清見崎《きよみさき》で、今の清水市興津清見寺町《おきつせいけんじ》にある崎。三保は羽衣伝説で名高い三保の松原の地。上三句は清見《きよみ》の埼より湾を隔てて三保を望む海原の意である。歌意は、広く穏やかで、ゆったりとした海原を見ていると、なんの物思いもない。と、名にし負う佳景を眼前にしつつ満足感に浸っている歌である。地名を三つも連ねているのは、その土地をほめ、重んじる心である。単純で素朴な歌であるが、感動がじかに伝わってくる。益人の歌はこの歌の次に田子の浦を詠んだ一首があるのみである。

あをによし奈良《なら》の都《みやこ》は咲《さ》く花のにほふがごとく今盛《いまさか》りなり（巻三・三二八　小野老《をののおゆ》）

奈良の都の繁栄ぶりを讃美した歌としてきわめて有名で、広く知れわたっている歌である。「あをによし」は奈良の枕詞。原義は不明で、都のなかった時代から奈良を讃える枕詞として用いられているが、「青丹吉」の用字の多いことからすると、遷都後には青と丹《に》の色で彩られた美しい奈良の意に解されていたらしい。「咲く花」は何の花か不明だが、「にほふ」は色美しく照り映える意で、絢爛《けんらん》とした花を連想させる。小野老は当時大宰少弐《だざいのしように》（次官）で、万葉集巻三は以下に大宰府の歌群が並ぶ。何らかの用務で上京した老が帰ってきて開かれた宴で、都の有様の報告をも兼ねて披露した歌と思われ、一同の郷愁をそそったことであろう。

世間《よのなか》を何に譬《たと》へむ朝開《あさびら》き漕《こ》ぎ去《い》にし船の跡《あと》なきごとし（巻三・三五一　沙弥満誓《さみまんぜい》）

世間無常《せけんむじよう》を詠んだ歌として、これも有名な歌である。上二句は我と我に自問して、世間の無常をいかなるものに譬えたらよいだろうかといい、下三句で朝船出していった船の航跡が忽ち消えてしまうようなものだと、そのはかなさを自答した形の歌である。「朝開き」は早朝港を押し開いて漕ぎ出す意。『古典集成一』は初唐の宋之《そうし》問《もん》の詩に「帆《ふね》過ギテ浪ニ痕《あと》無シ」(「江亭晩望」)とあると指摘している。

沙弥は出家して十戒を受けた男子。満誓は俗名を笠麻呂《かさのまろ》といい、当時は造筑紫観世音寺《ぞうつくしのかんぜおんじ》の別当として大宰府にいた。巻三雑歌の大宰府歌群はさきの小野老にはじまり、この満誓の歌で閉じられ、その直前には大宰帥《だざいのそつ》(長官)大伴旅人の讃酒歌一三首が並んでいる。讃酒歌に底流する人生無常のさびしさに共鳴して詠んだ歌とも見ることができる。平明な歌でありながら深い哀感のこもる歌である。

吉野にある菜摘《なつみ》の川の川淀《かはよど》に鴨《かも》ぞ鳴くなる山蔭《やまかげ》にして(巻三・三七五　湯原王《ゆはらのおほきみ》)

湯原王は志貴皇子の子。父の歌才を受継いで秀歌を多く詠んでいる。これもその一首である。吉野は山川の景が奥深く静寂な地で、古くから離宮が営まれていた。「菜摘」の地は離宮のあった宮滝よりやや上流で、川の流れが大きく湾曲して淀をなしている。当時も静かに水をたたえていたことであろう。歌は「吉野にある」と大きく歌い起こし、「菜摘の川」からその「川淀」へと次第に焦点を絞ってきて、姿は見えぬものの、そこで鳴く鴨の声が晩秋の澄んだ空気をひときわ高く響かせて鳴き、また静寂にかえるのに感動して詠んだものであろう。「鳴くなる」は鳴く声が聞こえてくるの意。「山蔭にして」と言いさして止めているのも余韻がある。音調もなだらかでわかり易く、落ちついた美しい歌である。カ音の反復もさわやかで快い。

百伝《ももづた》ふ磐余《いはれ》の池に鳴く鴨を今日のみ見てや雲隠《くもがく》りなむ(巻三・四一六　大津皇子《おおつのみこ》)

大津皇子は天武天皇の皇子。天皇の崩後、次期皇位争奪の犠牲となり、「死を被《たまは》りし時に、磐余《いはれ》の池の堤《つつみ》にして涙を流して」作ったと題された歌である。時に二四歳であった。「百伝ふ」は「磐余」の枕詞。教えて百《もも》に伝いゆく五十《い》と続いてかかる。磐余は香具山《かぐやま》の東北、桜井市池之内《いけのうち》あたり。皇子の邸《やしき》は磐余の訳語田《おさだ》にあった。処刑されたのは一〇月三日、太陽暦の一一月に近く、鴨が渡ってきていたのである。一語も悲しみや嘆きの語を用いず、無心に鳴く鴨をていねいに叙し、「今日のみ見てや」(今日を限りとして)雲に隠れてゆくのであろうか。という感慨である。鴨が雲の彼方に隠れゆくように、自分の命もと感じさせるところに無限の哀感がこもる。「雲隠る」は貴人の死をいう敬避表現で、自己の死をいうのはふさわしくないので、後人が仮託した歌であろうと言われているが、それにしてもあわれ深い歌である。

かくのみにありけるものを萩の花咲きてありやと問ひし君はも(巻三・四五五　余明軍《よのみやうぐん》)

余明軍は百済《くだら》の王族系の渡来人。大伴旅人に親しく仕えていた資人《しじん》(貴族に支給された従者)の一人。この歌は天平三年(七三一)七月二五日(太陽暦の九月五日)に六七歳で旅人が亡くなった時に、思慕の情を抑えかねて作ったとある五首のうちの一首である。「かくのみにありけるものを」は死者を悼み嘆く常套句。一首の大意は「こんなにもはかなく亡くなられるお命であったのに、『萩の花は咲いているか』とお尋ねになった君よ、ああ」で、「はも」は眼前にない人や物を愛惜する詠嘆の終助詞。

重病の床に臥しつつも清楚で美しい萩の花に関心を寄せて尋ねた旅人の言葉が明軍には印象的で感銘深く忘れ難かったのである。明軍の悲しみの深さがよく表現されているとともに、風流を愛した旅人の人柄をも髣髴とさせるひろがりのある歌である。

大和《やまと》へに君が立つ日の近づけば野に立つ鹿もとよめてぞ鳴く（巻四・五七〇　麻田陽春《あさだのやす》）

麻田陽春は渡来系の人で、初め答本陽春《とうほんようしゅん》といった。この歌を作った時は大宰府の大典《だいてん》（四等官）であった。歌は天平二年（七三〇）、帥《そつ》（長官）の大伴旅人が大納言となって上京する際の送別の宴のものである。大和へ向かって君が出発する日が近づいてくると、別れを悲しんで我々人間ばかりでなく野に立つ動物の鹿までも声を響かせて鳴いております、というのである。宴は陰暦一一月の末ごろで鹿の鳴く時期ではないので、為政者が仁政をほどこすと禽獣までがそれを感ずるという中国の故事を心に置いて旅人をたたえた譬喩とする説や、賓客をもてなす宴の詩である『詩経』小雅「鹿鳴」によっているとする説などがある。わかり易く単純であるが、タツを反復してリズムをつくる配慮がうかがわれる。中国文化の教養をもとにして別れを悲しむところ、心がこもって厚味があり、味わいが深い。

松《まつ》の葉《は》に月は移《ゆつ》りぬ黄葉《もみちば》の過《す》ぐれや君が逢《あ》はぬ夜《よ》の多き（巻四・六二三　池辺《いけへの》王《おほきみ》）

池辺王は額田王の曽孫で淡海《おおみの》三船《みふね》の父。歌は王が宴席で誦詠したものである。「松の葉」に「待つの端」（待ったあげく）をかけ、「月」に天体の月と暦日の月をかけている。「松の葉に月影が移り（夫の来訪の時が過ぎたことをいう）、待ったあげくに月も変ってしまった。」の意で二句切れ。「黄葉の」は普通は死を意味する「過ぐ」にかかる枕詞だが、ここは恋が過ぎる意で「心が離れていったからか、あなたに逢わぬ夜が重なるのは」という意であろうが、「死んだわけでもあるまいに」の意ともとれる。内容は明らかに夫の来訪の途絶えた女性の心境である。古歌か王の創作かは明らかでないが、宴席の座興として王がいつも歌っていたのであろう。きわめて複雑・

技巧的で知性的な歌であるのに魅力がある。初二句の光景や黄葉のイメージにあわれがあり、歌調もなだらかだからであろうか。

沖辺《おきへ》行《ゆ》き辺《へ》を行き今《いま》や妹《いも》が為わが漁《すなど》れる藻臥束鮒《もふしつかふな》（巻四・六二五　高安王《たかやすのおほきみ》）

高安王は天武天皇の曽孫。長皇子の孫。高安王が包んだ鮒をある娘子《おとめ》に贈る時に添えた歌である。物を人に贈る時には、いかに心のこもったものであるかを言い添えるのがならわしであるが、それを言うのに沖の方へ漕いで行ったり岸辺を行ったりして、やっと今あなたのためにとってきた、ときわめて大げさにその苦労をいいながら、その鮒は「藻臥束鮒」（藻の中に臥しているほんの一握りほどの小さな鮒）であるよ、とまことに巧みに言い贈ったのである。思わず笑いを誘う、明るく楽しい歌である。「藻臥束鮒」の造語も簡潔でおもしろく才気を感じさせる。

御民《みたみ》我《われ》生《い》ける験《しるし》あり天地《あめつち》の栄ゆる時にあへらく思へば（巻六・九九六　海犬養岡麻呂《あまのいぬかひのをかまろ》）

巻六雑歌、天平六年（七三四）の歌の冒頭を飾り、聖武天皇の詔《みことのり》を受けて作った、いわゆる「応詔歌《おうしょうか》」である。海犬養岡麻呂は伝未詳の下級官人で作品はこの一首があるのみの人である。

大意は「天皇の御民である私は、生きている甲斐がございます。このように天地の栄える大御代に生まれ合わせたことを思いますと」である。常日ごろ天皇の側に仕えて心に抱いていた気持を一気に形にしたような強い調子と緊張感のある歌である。当時の官人に共通した感情を代弁しているように思われ、荘重・雄渾で歌柄の大きい賀歌である。

奈良の盛時を讃えた歌として、すでに読んだ小野老《をののおゆ》の歌（巻三・三二八）とともに有名であるが、政情は必ずしも安定していたとはいえない時代であった。

妹《いも》に恋《こ》ひ吾《あが》の松原見渡《みわた》せば潮干《しほひ》の潟《かた》に鶴《たづ》鳴きわたる（巻六・一〇三〇　聖武天皇）

聖武天皇は天武天皇の曽孫。天平一二年（七四〇）九月、大宰少弐藤原広嗣《ふじわらのひろつぐ》が反乱を起こした際、一〇月末に伊勢方面に行幸した時の歌で、「吾の松原」は三重県四日市市付近らしい。「妹に恋ひ」は「吾が待つ」と続く即興的枕詞。事柄としては松原越しに伊勢の海を見渡し、潮干の潟に餌を求めて鶴が鳴きわたってゆく光景を素直におおらかに詠んだものであるが、枕詞が添うことによって妻を恋い慕って鳴くというような微妙な味わいを伴う。時は一一月下旬、天皇は皇后を奈良の都に置いたままの行幸であった。

一《ひと》つ松幾代《まついくよ》か経《へ》ぬる吹く風の声《おと》の清《きよ》きは年深《としふか》みかも（巻六・一〇四二　市原王）

市原王は志貴皇子の曽孫。安貴王の子。すぐれた歌人の家系の人である。歌は天平一六年（七四四）一月一一日、題詞には「活道岡《いくぢのをか》に登り、一株《ひともと》の松の下《もと》に集《つど》ひて飲む歌二首」とある。もう一首は大伴家持の歌である。活道岡は久迩京《くにきょう》（京都府の最南部。相楽郡加茂・木津・山城の諸町にわたる地）の近くにあり、安積皇子《あさかのみこ》（聖武天皇の皇子）と深いつながりがある。おそらく皇子の別邸があって皇子を中心とする正月の賀宴が催された時の歌かと思われる。
亭々《ていてい》と聳《そび》える一本の老松が枝を広げる下で、颯々《さつさつ》と鳴る松風を讃えた歌である。長い星霜をしのいで立つ常緑の孤松をとらえ、その清らかな松風を讃えているところに、一同に対する賀の心と皇子の寿《いのち》の長久を祈る歌であったと思われる。松風を愛でる趣味また松柏《しょうはく》に長久の栄を喩える例は漢詩文に多く、これも漢詩的風韻を帯びている。一首は問いかけるように二句目で切って詠嘆をこめ、下三句おおらかにゆったりと詠み据えており、すがすがしく気品のある作である。皇子は天皇の唯一の男子であったが、この宴の一か月のちに急死する。一七歳であった。

4　巻八、九、一五、一六、一九の秀歌

巻八は四季の歌を雑歌と相聞に分けた巻である。まず春雑歌から三首。

石走《いはばし》る垂水《たるみ》の上《うへ》のさわらびの萌《も》え出《い》づる春になりにけるかも（巻八・一四一八　志貴皇子）

志貴皇子は巻一・五一、六四に出た。「石走る」は岩にぶつかって飛び散るようにしぶきをあげる意で「垂水」（滝）を修飾する枕詞。「上」はほとりの意。その滝のほとりにむっくりと首をもたげるように芽を出す蕨《わらび》。上三句「ノ」の三つの反復はリズミカルではずむような調子を形成し、それを承けて「萌え出づる春になりにけるかも」と大きく詠嘆したもので、明るく力強く躍動的で気品ある歌である。巻八の巻頭歌で、題詞には「懽《よろこび》の御歌」とある。何の「懽」かは不明だが、そのまま読めば春立ち返るよろこびととれる。「なりにけるかも」で結ぶ歌は集内にほかに六首あるが、この歌がもっとも古く（窪田『評釈』）、『釈注四』（伊藤博）は「一様に一気呵成

の流れるような調べが感動を誘う」といっている。

娘子《おとめ》らが　かざしのために　風流士《みやびを》が　縵《かづら》のためと　敷《し》きませる　国のはたてに　咲きにける　桜の花の
にほひはもあなに（巻八・一四二九　若宮年魚麻呂《わかみやのあゆまろ》）

題詞には「桜花の歌」とある。若宮年魚麻呂は伝未詳。桜の花のすばらしさを絶讃した歌である。「かざし」は髪刺《かみさし》の約、花などを髪に刺し飾りとしたもの。かんざし。「かづら」は木の枝を輪にして頭にまく髪飾り。大意は「娘子らのかんざしになるために、また風流な男子のかずらになるために、大君の治めたまう国の果てまでも、咲き満ちている桜の花のあかるく照り映える色のなんとすばらしいことよ」である。「あなに」は強い感動を表わす。簡にして要を得た桜讃歌といえよう。『釈注四』は「集中の桜の美を詠んだ歌の中で、群を抜いてすぐれている」と評している。桜井満は、当時はまだ「花見」という名詞はないがといいつつも「これは天皇が催された『花見の宴』で謡われた歌であろう」といい、「桜の美しさを讃えることによって、国土を讃美し、天皇讃歌を形成している」と述べている。[注1] かざしや縵は宴の飾りのためのもので、この歌が宴で誦詠されたことは明らかであり、桜井の推察は当っていると思われる。左注には「若宮年魚麻呂誦《よ》む」とある。実作かどうかは明らかでない。なお、当時は桜はほとんど山桜であった。

かはづ鳴く神奈備川《かむなびがは》に影《かげ》見えて今か咲くらむ山吹《やまぶき》の花（巻八・一四三五　厚見王《あつみのおほきみ》）

厚見王は系統未詳。「かはづ」は今のかじか蛙で夏、清流に美しい声で鳴く。「神奈備川」は神奈備山（神の降臨する山）のほとりを流れる川で、飛鳥《あすか》・竜田《たつた》に神奈備はあるが、どこか不明。歌は、山吹の花の盛りのころ、かつて見た清流に影を映《うつ》して咲く山吹の光景を思い出してなつかしんでいるのである。山吹ははなの黄と葉の緑とがあざやかな彩《いろど》りで咲きしだれる。「かはづ」と「山吹」とは季節が同じでないので、初句「かはづ鳴く」は清流を印象づけるための修飾句で枕詞的に用いられている。その水に影を映して咲く山吹の映像と一体化して、鮮やかで清らかな光景を浮かびあがらせている。三句目の小休止、四句目の小きざみな柔かい韻律など、優美でなだらかな調子も内容にふさわしく、平明で美しい。この点が平安朝に入ってもてはやされ、これを本歌とする歌が多く見られるようになる。

我がやどに月おし照れりほととぎす心あれ今夜来鳴《こぞきな》き響《とよも》せ（巻八・一四八〇　大伴書持《おおとものふみもち》）

大伴書持は家持の弟で天平一八年（七四六）に夭折《ようせつ》した。二六、七歳。「月おし照れり」は一面に隈なく照っている意。「ほととぎす」は呼びかけ。「ほととぎすよ思いやりがあってほしい。こうした晩にこそ来て、盛んに鳴けよ」と命令したものである。続く歌（一四八一）によると、やど（庭園）には花橘が香《かお》っていて、友人を客に迎えての歌とわかる。主人として客をもてなす心で、月夜にほととぎすの鳴く風流を楽しもうという歌である。月夜に鳴くほととぎすには風情がある。万葉にはほととぎすの歌が一五〇余首あるが、月とのとり合わせで歌っているのは、のちの家持の歌に三首（三九八八、四一六六、四一七七）と巻一〇に一首（一九四三）見出される程度である。その意味でも先駆的な新しい美意識の歌といえよう。

次は秋雑歌から五首である。

夕《ゆふ》されば小倉《をぐら》の山に鳴く鹿《しか》は今夜《こよひ》は鳴かずいねにけらしも（巻八・一五一一　舒明天皇）

舒明天皇については「1　はじめに」「2　巻一、二の秀歌」で触れた。この歌は巻八秋雑歌の冒頭に「岡本《をかもとの》天皇御製歌」としてあり、舒明のこととされるが、巻九の巻頭には雄略天皇の歌として、三句目が「臥す鹿し」と小異があるだけで採録されている（一六六四）。大意は「夕方になるといつも小倉の山で妻を求めて悲しげに鳴く鹿が、今夜は鳴かない。（妻を得て）安らかに寝たらしい」である。

動物世界への暖かい思いやりが、安らかにおっとりと静かに歌われていて奥行きが深い。古くから名歌として尊重されてきた歌であるらしく、それが万葉現代の祖である舒明天皇と結びつき、さらに万葉古代の英主雄略の御製としても伝承されたのであろう。なお「小倉山」は諸説あるが未詳。

味酒《うまさけ》三輪《みわ》の社《やしろ》の山照《やまて》らす秋の黄葉《もみち》の散《ち》らまく惜《を》しも（巻八・一五一七　長屋王）

長屋王は天武天皇の孫。高市皇子の子で、左大臣にまでなったが、神亀六年（七二九）、密告により自尽した。この歌が明日香・藤原に都のあった若い頃の歌であろう。「味酒」は三輪の枕詞。「三輪」は大和の国魂の鎮まる秀麗な山容を誇る三輪山（山そのものが神である）。「山照らす」はスケールの大きい表現。全山を照らして秋の黄葉が輝やいているさまは印象的で美しく、その光景をおおらかに讃え、散るのを惜しんでいるのである。「散らまく惜しも」は散ってしまうのが惜しいことだの意である。万葉では類型的な句であるが（ほかに一〇例）、この歌以前と思われるのは人麻呂歌集（巻一〇・二一七八）の一例があるのみで、当時は新鮮な表現であったと思われる。

今朝《けさ》の朝明雁《あさけかり》が音寒《ねさむ》く聞きしなへ野辺《のへ》の浅茅《あさぢ》ぞ色付《いろづ》きにける（巻八・一五四〇　聖武天皇）

聖武天皇は巻六・一〇三〇に既出。この歌はいつの作とも分らないが、夜の闇が白みそめるころ、雁が鳴きわたるあわれを歌った聖武天皇の歌（一五三九）の次に並んでいる。「朝明」は明け方。内容は雁の鳴き声が寒々と聞こえてくるとともに、あたり一帯の浅茅（丈の低い茅萱《ちがや》）がにわかに色づいたのに気付いたというのである。秋の情趣がさわやかに伝わってくる詩情豊かな歌である。前の歌の未明からこの歌の夜明けへ、聴覚から視覚へと時間も推移している。連作として詠んだのであろう。なお、「なへ」は、「〜すると同時に」の意。

秋萩《あきはぎ》の散りのまがひに呼び立てて鳴くなる鹿の声《こゑ》の遥《はる》けさ（巻八・一五五〇　湯原王《ゆはらのおほきみ》）
夕月夜《ゆふづくよ》心《こころ》もしのに白露《しらつゆ》の置くこの庭《には》にこほろぎ鳴くも（巻八・一五五二　湯原王）

湯原王は巻三・三七五に既出。前の歌は「鳴鹿《なくしか》の歌」、あとの歌は「蟋蟀《こほろぎ》の歌」と題されている。前者は「秋萩がしきりに散り乱れている時に、妻を求め、呼び立てて鳴く鹿の声がはるかに聞こえてくることだ」の意である。眼前に散り乱れる広々とした萩原と、かなたからはるかに聞こえてくる鹿の鳴き声とのとり合わせが、しみじみとした秋の情趣をかもし出していて、繊細な美しい歌である。

後者は「夕月がほのかに照る夜、心もぐったりとうちしおれるまでに、白露の置いているこの庭に、こおろぎが鳴いている」の意。「心もしのに」は心が萎《な》える意で、夕月が照り、白露が冷たく置きわたっている庭の中でしきりに鳴くこおろぎの声を聞くことによって催した感傷である。秋のあわれがしみ入るように歌われていて、これまた繊細で美しい。「こほろぎ」（蟋蟀）は平安時代ではキリギリスをいうが、これは今のこおろぎであろう。その方が一首の雰囲気に合うと思われる。

巻九は諸私歌集の歌を中心に編んだ巻で、それを雑歌・相聞・挽歌に分類した巻である。ここには雑歌から二首選んだ。

白崎《しらさき》は幸《さき》くあり待て大船《おほぶね》にま梶《かぢ》しじ貫《ぬ》きまたかへり見む（巻九・一六六八　作者未詳の官人）

文武天皇の大宝元年（七〇一）冬一〇月、持統上皇と天皇が同道して紀伊国へ行幸した時の歌中に出る。白崎は和歌山県日高郡由良《ゆら》町大引《おおびき》の西北に突出した、まっ白な石灰岩の大きな岬で、紺碧の海に映える姿は神秘的で美しい。岬は長い間セメントの原料として採掘され、大きさも半分ほどになっているらしいというので、(注2) 万葉時代の姿は想像するしかないが、今でも一種荘厳の感に打たれる偉観である。しかし、その内部は採掘によってがらんどうになっている。一首はその白崎を海上から望見しての感である。「ま梶しじ貫き」は船の両舷に梶を隙間なくつけての意で大船の航海をいう慣用句。そのすばらしい白崎は「どうか今のままで変らず待ち続けていよ」と呼びかけ、「大船に梶（櫂《かい》）をいっぱいつけて、またやってきて見よう」と礼讃しているのである。シ、サ、キ、サキク、ラサキサキクの音の反復は人麻呂の「ささなみの志賀《しが》の唐崎幸《からさきさき》くあれど」（巻一・三〇）を連想させる。白崎を人格化し親しみをこめて明るくさわやかに歌っている。

楽浪《ささなみ》の比良山風《ひらやまかぜ》の海吹けば釣《つり》する海人《あま》の袖反《そでかへ》る見ゆ（巻九・一七一五　槐本）

「楽浪」は琵琶湖西南岸一帯の地の古名。「比良山風」は西岸の比良山系から吹き下ろす強風。その強風が広い湖面を吹きわたる大景の中に、釣する海人の袖がひるがえる小景を点景として配した構成は絵画的であり、印象鮮明な叙景歌である。作者「槐本」はエニスノモト、ツキノモトなどいろいろに読まれているが不明。ただこの歌のあとには「山上《やまのうへ》」「高市《たけち》」「春日蔵《かすがのくら》」など姓だけの題詞が続き、その資料は『柿本人麻呂歌集』である。この三人はそれぞれ憶良《おくら》、黒人《くろひと》、老《おゆ》にあたる。「槐本」も人麻呂周辺の官人であったことは間違いない。

巻一五は部立《ぶだて》（分類）がなく、物語的歌群を二つ収録した巻である。前半には天平八年（七三六）新羅へ遣わされた使人一行の歌や誦詠した古歌が収録されている。後半は初めに述べたように狭野弟上娘子と中臣宅守との贈答歌群である。

秋さらば相見《あひみ》むものをなにしかも霧《きり》に立つべく嘆《なげ》きしまさむ（巻一五・三五八一　遣新羅使人）

この一首は出発前に妻が、

君が行く海辺《うみへ》の宿《やど》に霧《きり》立たば我が立ち嘆く息《いき》と知りませ（巻一五・三五八〇）

と歌い贈ったのに対して夫の答えた歌である。妻の歌の霧は、嘆きの息が霧となって立つという古代的観想による。山上憶良の歌（七九九）には嘆きの嘯《うそぶき》が霧となって立ち渡ると詠んだ例もある。夫の歌は、「秋になったら逢えるだろうに、どうして霧に立つほどの嘆きをなさるのか」とやさしく慰めて安心させようと答えているのである。「嘆きしまさむ」と妻に対して敬語を用いているのも珍しく、いたわりの気持がこもっている。

また、妻の歌と呼応するように、風早《かざはや》の浦（広島県豊田《とよた》郡安芸津《あきつ》町）に碇泊した夜に、

わが故《ゆゑ》に妹《いも》嘆くらし風早《かざはや》の浦《うら》の沖辺《おきへ》に霧たなびけり（巻一五・三六一五）

の作がある。これらはいずれも遣新羅使人歌中の傑作と思われるが、呼応の巧みさなどから、実録をもとにしてこの歌群を構成した大伴家持が添加したものとする説もある（『釈注八』、吉井巖『全注』巻一五）。

我のみや夜船《よふね》は漕ぐと思へれば沖辺《おきへ》の方《かた》に楫《かぢ》の音すなり（巻一五・三六二四　遣新羅使人）

題詞に「長門《ながと》の浦より船出《ふなで》する夜《よ》に、月の光を仰《あふ》ぎ観《み》て作る歌三首」とある最後の歌である。ただし月光を詠んでいるのは前二首で、これは月が没してからのものである。長門の浦は広島県呉市南の倉橋島本浦という。さきの風早の浦の西方。

闇夜の航海は不安で心細い。自分だけが漕いでいるのかと思っていると、遠い沖の方から、同じく櫓《ろ》を漕ぐ音が聞こえてくるというのである。「なり」は伝聞、推定の助動詞。ほっとした安堵感を覚えるとともになつかしさを感じているであろう。単純な歌であるが、夜船を漕ぐ人の心理をよく表現しえている。

巻一六は「由縁有る雑歌《ゆゑよしあるざふか》」と題され、いわれのある雑歌を収めた巻である。古写本によっては「由縁有ると并《あは》せて雑歌《ざふか》」とあるので、これによっていわれある歌と雑歌とを収めた巻と解する説もある。

家《いへ》にある櫃《ひつ》に鏁《かぎ》さし収《をさ》めてし恋《こひ》の奴《やつこ》がつかみかかりて（巻一六・三八一六　穂積親王）

穂積親王（皇子）は巻二・二〇三に既出。但馬皇女との恋愛で問題となった人である。この歌は親王が酒宴たけなわの時に好んで誦し、いつもきまって賞でられていたという左注がついている。歌は思いを断《た》ったはずの恋心が、どうにも制御できない嘆きを自嘲的に滑稽化して歌ったものである。大意は「家にある櫃《ひつ》（ふたのついた大型の木箱、長方形。）に鏁をかけて、ちゃんとしまっておいたはずなのに、あの恋の奴《やつこ》めが、まただしぬけにつかみかかってきて」と恋を分別のない奴（下僕）に擬人化しているところにおかしみとともに真実味がこもっている。みずからの体験を背後においているようであわれが深い。

さし鍋《なべ》に湯沸《ゆわ》かせ子ども櫟津《いちひつ》の檜橋《ひばし》より来《こ》む狐《きつね》に浴《あ》むさむ（巻一六・三八二四　長意吉麻呂「奥麻呂」とも）

長意吉麻呂は巻三・二六五に既出。旅や行幸などに従ってすぐれた歌を残した歌人であるが、それとともに当意即妙の機智を働かせた座興の歌にも長じていた、専門歌人のいわゆる裏芸である。

大意は「さし鍋にお湯を沸かせ皆の者よ。櫟津の檜橋を渡ってくる狐めに浴びせてやるのだ」である。左注によれば、ある時宴会の夜が更けて狐の声が聞こえてきた。そこで人々は意吉麻呂に向かって「この席にある饌具、雑器、狐の声、河の橋などの物に関連づけて歌を作れ」と言ったところ、即座に注文に答えてこの歌を作ったというのである。饌具（飲食に用いる器物）はこの歌でいう「さし鍋」（注ぎ口のある鍋）に、雑器（種々の器物）は櫟津《いちひつ》の「櫃《ひつ》」、さらに檜橋の「火箸《ひばし》」に、狐の声は「檜橋より来《こ》む」の「こむ」に、河の橋は「檜橋」（檜材の橋）に、という工合で、歌材になりにくい物をまことに巧みにまとめて見せている。まさに名人芸である。こうした座興を楽しむ場がすでに人麻呂時代にあったことも興味ぶかい。意吉麻呂にはこの種の歌が、ほかに七首も巻一六に見られる。

巻一七以降の四巻は、いわゆる大伴家持の歌巻であるので、本稿では対象からはずした巻々であるが、例外的に巻一九の一首を採録する。

大君《おほきみ》は神にしませば赤駒《あかごま》の腹這《はらば》ふ田居《たゐ》を都《みやこ》と成《な》しつ（巻一九・四二六〇　大伴御行《おおとものみゆき》）

「壬申《じんしん》の年の乱の平定《しづ》まりし以後《のち》の歌二首」と題されて載る一首で、作者は「大将軍贈右大臣」の大伴御行であって大伴家持の祖父安麻呂の兄である。次の歌の左注によれば、家持はこれらの歌を天平勝宝四年（七五二）二月二日に聞いて採録したとある。壬申の乱から八〇年後である。これは壬申の乱に勝った天武天皇によって、再び皇都としてよみ返った飛鳥浄御原宮《あすかきよみはらのみや》造営のさまを驚異のまなざしをもって讃えた歌である。「赤駒の腹這ふ田居」とは、飛鳥は湿地や沼沢が多く、それゆえ農耕馬の足が田んぼにずぶずぶと没し、腹が地につくようなところであって、宮殿造営には必ずしも適地とはいいがたい地であった。しかし、そうした悪条件ものともせず、大君の限りない威力によって大規模な土木工事が着々と進んでゆく。そのさまはまさに神の振舞いとして臣下の目に映ったことであろう。天皇を神と讃える「大君は神にしませば」（大君は神でいらっしゃるので）の成句は、この歌にはじまり、のちの柿本人麻呂などに継承されてゆくが、儀式的讃辞とはいえ、壬申の乱を圧倒的に勝利して帝位についた天武天皇の皇権とともに生まれている意味は大きい。

井村哲夫によればもう一首の作者未詳の歌、「大君は神にしませば水鳥《みづとり》のすだく水沼《みぬま》を都と成しつ」（四二六一）とともに新宮殿完成を祝う儀式で唱詠されたものであろうという。（注3）「すだく」は鳥などが多く集まることをいう。「内容が充実しており、調べも張って、さわやかな賀歌である」（窪田評釈）とする評がふさわしい歌である。

5　むすび

本稿は与えられた紙数が四〇〇字詰め原稿用紙で五〇枚程度という制約があったので、一首一枚とざっと計算して五〇首ほどを選べばよかろうと考えてこの仕事にかかった。が結果として四四首を選ぶことになった。捨てがたいと思う歌もあったが、大体は選ぶことができたと思っている。長歌は大幅に紙数を費やすことになるので、できるだけ短いものを二首選ぶにとどめた。

作者について、二首以上選んだ人は、

天武天皇（二首）　聖武天皇（二首）　志貴皇子（三首）　穂積皇子（二首）　湯原王（三首）　長奥麻呂（二首）

の六名一四首である。

ほかでは天皇作（二首）　皇子作（四首）　王作（六首）　臣下作（一八首）で小計して三〇首、合計四四首である。巻一・四の中皇命作は間人老の代作とみて臣下作に入れた。

種々の条件や制約があっての選歌なので、一首一首については述べ足りないところが多いが、その点はお許しを願いたい。以上をもって「無名歌人たちの珠玉の小品――男性編――」の稿を閉じる。

（注1） 桜井満『万葉の花』（雄山閣　昭和五九年〈一九八四〉）

（注2） 犬養孝『万葉の旅』中（社会思想社　昭和三九年〈一九六四〉）。のち、平凡社ライブラリーより刊（平成一六年〈二〇〇四〉）

（注3） 井村哲夫・阪下圭八・橋本達雄・渡瀬昌忠『注釈万葉集〈選〉』（有斐閣　昭和五三年〈一九七八〉）

＊使用万葉集は『萬葉集』本文篇（塙書房）を主として用い、諸説を参照して適宜改めた。

天皇家系図

○算用数字は天皇の即位順
○□の人物は本稿で取上げた歌人

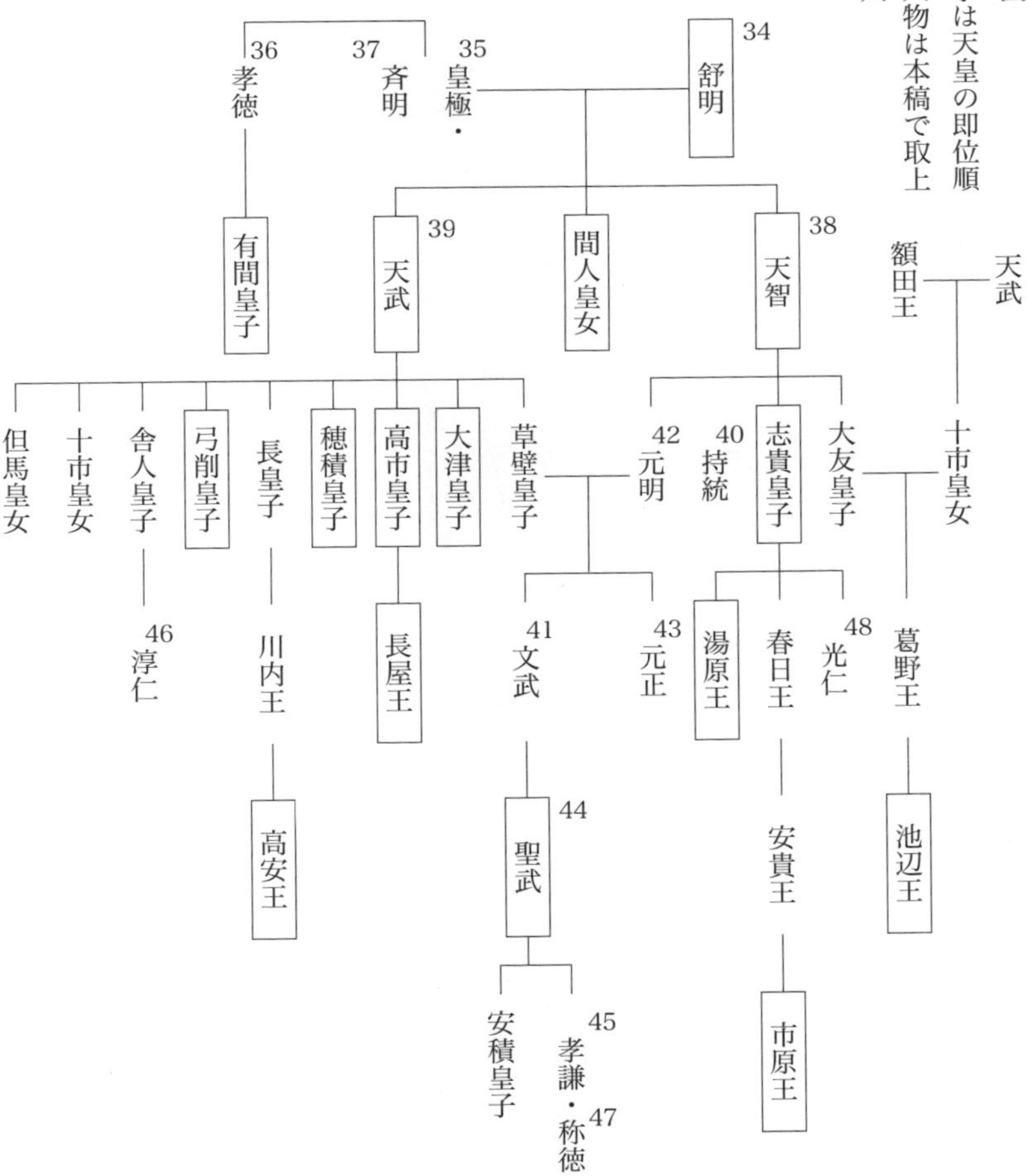

付録2

一句の出典をめぐって

万葉集巻一七には、天平一八年（七四六）に大伴家持と下僚の大伴池主との間で交わされた詩歌の贈答が幾組かある。その一つに大伴池主が「七言晩春遊覧一首并序」と題し、序文と七言絶句と、そしてさらに野遊びへのいざないの歌を贈ったのに対し、家持がお礼として答えた序と漢詩とがあり、その序文で家持は次のように答えている。

昨暮の来使は、幸《さきはひ》に晩春遊覧の詩を垂れ、今朝の累信《るいしん》は、辱《かたじけな》くも相招望野《そうせうぼうや》の歌を貺《たま》ふ。一たび玉藻《ぎよくさう》を看《み》て、稍《やくや》く鬱結《うつけつ》を写《のぞ》き、二たび秀句《しうく》を吟じて、已《すで》に愁緒《しうしよ》を蠲《のぞ》く。此の眺翫《てうぐわん》に非《あら》ずは、孰《たれ》か能《よ》く心を暢《の》べむ。但惟《ただし》下僕《われ》、稟性《ひんせい》彫《ゐ》り難く、闇神《あんしん》瑩《みが》くこと靡《な》し。翰《かん》を握《と》りて毫《がう》を腐《くた》し、研《げん》に対《むか》ひて渇《かわ》くことを忘る。……（以下略す）

（昨夕〈三月四日〉のお使いでは、幸いにも晩春遊覧の詩を下さり、今朝〈三月五日〉の重ねてのお便りでは、ありがたくも相招望野の歌を頂きました。ひとたび立派な詞章を拝見するや、次第にふさいだ気持が晴れ、続けて優れた歌を口ずさみますと、すっかり憂愁も消え去りました。この風光を眺めて賞でる詩歌でなくては、誰がよく心を晴れやかにさせることができましょうか。ただし私は、生まれつき素質がなく、愚かな心は磨いてもかいがありません。筆をとっても文章が書けずに、穂先をかんで毛をだめにし、硯に向かっても書きあぐんで墨の水のかわくのも忘れるほどであります。……(以下略す)『万葉集全注　巻第十七』による)

私がここで問題にしようと思うのは、この引用の終り近くに出るわずか一句「翰を握りて毫を腐し」とある意味および出典についてである。

従来この句については、中国文学の出典に詳しい契沖の『万葉代匠記』も触れることなく、橘千蔭の『万葉集略解』に至って、

腐レ毫とは時移るの久しき事にて、才乏くて文作り出る事得かたきをいふ也

と述べ、鹿持雅澄の『万葉集古義』が、

腐レ毫とは、歌文作らむとして考る間に、久しく時を移して、筆毫を腐らする意なり

と述べているのを見るばかりである。「翰」は筆、「毫」は毛の意であり、この句と対句になっている「研に対ひて渇くことを忘る」の意は、硯の水がかわくのも忘れる意で、長時間詩文を作りあぐねることをいうので、『略

解』や『古義』のいう意味であろうことは容易に想像できるのであるが、それにしてもその後の近代の諸注もほとんど大同少異である。その主なものを挙げると、

筆を持つと筆の毛の腐るまで考へてゐる（鴻巣盛広『万葉集全釈』）

筆を手にしても、文を書くことができないで、筆の毛を腐らせる（武田祐吉『万葉集全註釈』）

墨を附け放しで用ゐないところから腐らせることで、文を綴らうとして綴れない意（窪田空穂『万葉集評釈』）

文才乏しいために筆を握って考へ込んで居り、遂に穂先を腐らせる（佐佐木信綱『評釈万葉集』）

筆を手にしても、毛の腐るまで文章がかけない（土屋文明『万葉集私注』）

筆を手にしても、文章は書けず、筆の毛を腐らせるほどである（日本古典文学大系『万葉集四』）

筆を執つても文章は書けず筆の毛を腐らせ（沢瀉久孝『万葉集注釈』）

「毫」は筆の先。筆を腐らすとは文章がうまく書けないことをいう（日本古典文学全集『万葉集(4)』）

のようである。これらの注に疑問をもったのは、拙著『万葉集全注　巻第十七』（有斐閣　昭和六〇年六月）の執筆中であった。その疑問はなぜ筆の毛が腐るのかということであった。そして次に思ったのは、どこかに出典があるのではないかということであった。しかし、漢詩文についてはまったく知識に乏しく、『全注』の〝はしがき〟でも「本書でとくに意を注いだのは、作歌事情、作品の構造、作品間の対応、文芸性など」と述べ、「しかし、それを支える語学的説明や本巻に多い漢詩文に関する読解、出典および詩語の歌語への影響などについては、その都度触れたようにほとんど先学の労に負うもので、加え得たと思われるものはまことに僅少である」と記したように、出典の指摘は学士院恩賜賞に輝いた小島憲之先生の大著『上代日本文学と中国文学（中）』に負

うところがほとんどなのであった。しかし、その小島先生に指摘がなく、先生が校注・訳に携わった『日本古典文学全集『万葉集(4)』もさきに掲げた程度なので、まったくお手挙げといったところであった。が、せめて家持が読んだ初唐の詩文（これも小島先生がはじめて指摘されたもの）とか六朝時代の詩論くらいは見ておこうと読みはじめたのであった。目を通したのは『初唐四傑集』（四部備要）、『詩品《しひん》』（鍾嶸《しょうこう》）、『文心雕龍《ぶんしんちょうりゅう》』（劉勰《りゅうきょう》）である。文字通り目を通しただけで、とても読んだとはいえないのであるが、それでも何日かかけて見ていったが、なかなかそれらしい文章は見当らなく、そろそろ諦めねばならぬかと思って読み続けていたのであった。

『文心雕龍』は五〇章から成り、総合的文学論の書であって、かなり大部の本である。この本を読み進めてゆくと、第二六「神思」（文学の創作における想像力の霊妙な働き）まできた時、突然、次の文章、

人之稟《う》クルニレ才ヲ、遅速ハ異ニシレ文ヲ　文之制スルニレ体ヲ、大小ハ殊ニスレ功ヲ、相如ハ含ンデレ筆ヲ而腐ラセレ毫ヲ、揚雄ハ輟《や》メテレ翰ヲ而驚クレ夢ニ……（以下略す）

（人の天分はさまざまで、頭の回転の速い人もあれば遅い人もある。文章もまた様式に応じて大小さまざまに役割を異にする。司馬相如《しばしょうじょ》は筆をかみながら想いを練っているうちに、とうとう穂をだめにしてしまい、揚雄は作品を完成した後、疲労困憊《こんぱい》のあまり悪夢にうなされ……〈以下略す〉）

（『陶淵明　文心雕龍』世界古典文学全集25　筑摩書房　昭和四三年　興膳宏訳による）

が目に飛びこんできたのであった。司馬相如の筆の遅かったことを述べたくだりである。これによって毫を腐らせる意味が、「含レ筆」とあることではじめて氷解したのである。そこで冒頭に掲げた『全注』の訳文ができあがったのであった。なお、同じく筆の穂先を口に含むことは陸機の「文賦」にも「或含レ毫邈然」（筆を口に含み

つつぼんやり考えているときもある）とある。

『全注巻第十七』は、やはりその〝はしがき〟で書いているが、「昭和五十四年八月十四日に起稿し、昭和五十六年八月十八日に脱稿した」もので、これを発見したのはその期間内のことであった。いつのこととてはっきりしないが、そのころ、万葉学会大会で小島先生にお目にかかった時に、直接このことを申し上げたことがあった。

『全注巻第十七』の刊行は他の巻とのかねあいもあって大分おくれて昭和六〇年六月三〇日であったので、しばらく忘れ去っていたのであったが、『全注』が刊行されて一年四か月後、小島先生から『完訳日本の古典6　万葉集五』（小学館　昭和六一年一〇月）の贈呈を受けた。そこでそのくだりを見ると、「毫」の脚注として、

筆の穂先。筆を腐らすとは、文章が書けないもどかしさに筆の先を噛んでいるうちに筆が傷んでしまうことをいう。

とあった。『全注』を御覧になってから書かれたにしては日時が短かすぎるようにも思うが、その本の月報には「越中の家持―雉を鷙る鷹」と題する小島先生の文章が載っていて、文中で『全注巻第十七』に触れた個所がある。以前申したことを覚えておられたのか、『全注』に拠ったのかは分らないが、いずれにせよ先生は私の言を容れて下さったと嬉しく思ったことであった。が、とくにそのことをおうかがいすることはしなかった。

そしてその完訳の脚注はそのまま『新編日本古典文学全集　万葉集④』（小学館　平成八年八月）の頭注に引き継がれることになった。ただし、どちらにも『文心雕龍』「神思」の出典は挙げていない。

小島先生は平成一〇年二月一一日、突然のようにみまかられた。八五歳であられた。御生前、中途半端な知識

で書いた私の文章の誤りなどをていねいに指摘して下さったり、また、感想なども述べていただき、学恩をお受けしたことははかり知れない。

まことにささやかな、とるにも足りないことであろうが、私にとっては出典を指摘したほとんど唯一の例なので、忘れがたく、そのてんまつを書き記したのである。

（付記）『文心雕龍』の一字索引は、昭和二五年（一九五〇）秋、岡村繁氏により、ガリ版謄写で百部刊行されていたというが、『全注』執筆当時は恥ずかしいことにまったく知らなかった。その後、昭和五七年（一九八二）九月三〇日、改訂版が名古屋の采華書林から刊行されたが、それは『全注』脱稿後のことであった。

Ⅲ

書評・新著紹介——万葉研究へのいざない

1　書評／新著紹介

尾崎暢殃著　『柿本人麿の研究』

柿本人麻呂についての研究は古来枚挙にいとまなく、おびただしい数に上っているが、その全貌はまだきわめつくされていない。人麻呂は単に万葉和歌史のみならず、全和歌史を解明してゆくためのキーポイントを握っている重要な作家であるとともに、作品のつきせぬ魅力をもって研究者を引きつけてやまぬ存在でもある。尾崎氏が『山部赤人の研究』『万葉集の発想』の二著の成果をふまえて人麻呂の研究に立向かわれ、ここに大著『柿本人麿の研究』を公刊されたことは、氏のあゆみの当然の帰結といってよいと思うが、その研究方法において、従来のそれと類を異にする面も多く、人麻呂が一つの新しい視点から見直されるようになった点で、まことに喜ばしいことである。

最初に本書の構成について紹介すると

第一部　語意・句意の考察（七章）
第二部　歌意の考察（五章）
第三部　物語的世界（四章）
第四部　序詞的契機（一章）
第五部　景と情と（二章）
附載　（二章）

の如く、第一部から第五部よりなり、附載を含めて、全二一篇の論文によって構成されている。これらは二篇の未発表論文を含むが、他は「上代文学」「国学院雑誌」「日本文学論究」「和洋国文研究」「万葉集研究」などの諸雑誌に既発表のものである。また、著者自身「あとがき」で述べているように、前二著の論文数篇を「本書の記事の体裁をととのえる必要上」収録している。前著との関連上、それを明らかにしておくことも必要と思うので、概言すると、第一部では、一「天つ水」、四「吾屋」、六「み熊野の浦の浜木綿」の三章が『万葉集の発想』(以下『発想』という)から、七「いかさまに念ほしめせか」の一章が『山部赤人の研究』(以下『赤人』という)から再録されており、第二部では、一「『もののふの八十氏河の』の歌」、三「『東の野にかぎろひの』の歌」の二章が『赤人』から、第四部一「鳴く鳥の音も聞えず」、第五部一「由槻か嶽の雲」、二「人麿における叙景的なるもの」の三章も『赤人』からそれぞれ再録している。要するに本書は『発想』から三章、『赤人』から六章再録しているのである。

したがって本書はおおむね前二著と方法を一にし、その線上で新たな面に開拓を試みたものといってよい。前二著については、すでに『赤人』は犬養孝氏によって(『国語と国文学』昭和三六年四月号)、『発想』は伊藤博氏によって(『万葉』第五八号昭和四一年一月)、懇切な書評が寄せられており、二氏の見解は大体本書においても適用できるもののようで、御参照を願いたい。

これまでの尾崎氏の論について一般的に認識されていた特長は、最近では大久保正氏が本書の帯で「文献の精確な読解に加えるに、民俗学的な方法と成果から、その背後に隠見する民俗の世界を照らし出し、作家の発想の根源に迫ろうとする意欲的で、しかも着実な方法」と評され、伊藤氏が「折口博士的なものと武田博士的なものとを融化させたところに、自己の独自の学風を樹立しようと企画されているかに見受けられる」(前記『発想』の書評)としているような点にあったと思われる。これらはおそらくそのまま著者の意図するところであったと考えられるのであるが、本書を卒読して得た私見を端的に述べるならば、両面のどちらかといえば、民俗学的な面に、より多く比重がかかっているという印象をおおえないと思う。

そこでこの方面の学に全く疎遠な筆者ごときが、本書を評するのは、まことに的はずれなことが多くなると思うが、失礼も顧みず、以下いささか所感をのべて、尾崎氏はじめ大方の御教示を仰ぎたい。

本書の論考はそのどれをとってみても、人麻呂作品の底にひそむ発想論理あるいは発想心理への深い洞察が基底となっているのであるが、それはいずれも文学以前の古代祭祀または信仰を背景としているというのである。その叙述の方法は諸説の綿密な紹介と検討の上で、問題を提示し、その根源を遠く民俗の世界に探りつつ結論に導いている。たとえば第一部の「天つ水」では、人麻呂の日並皇子に対する挽歌(一六七)中の「天つ水」は通説の如く単なる雨のことではなく、中臣寿詞などにいう天つ水で、即位の際に新帝がみそぎに用いる水の意であって、人麻呂も単に雨の意に限って用いていなかった筈だとする。周到な傍証によって大嘗祭と水との関係などが述べられているが、それによって人麻呂の深層意識に、かかる古儀がこめられていたことを読みとっている。また第一部吉野歌(三六)中の「花ちらふ」では、花も水も復活の表徴であり、顕栄の象徴であったとして、吉野川の「清き河内」を歌う天皇讃歌の中に定位されるまでの推移をあとずけようとしている。総じて人麻呂の歌を解明するに当っては、近代的な一方的合理観によって律しえぬとする細やかな配慮が全篇にはりめぐらされているのであって、ただに民俗からのみでなく、歴史社会的な関連も考慮しつつ慎重に説き進める態度はきわめて高く評価すべきものと思われる。その典型的な一篇を私は、第二部の「『茜さす日は照らせれど』の歌」に見る。従来この「茜さす日」は天皇をなぞらえたとする説、叙景とする説などがあった。尾崎氏は「夜渡る月」との関連から、その詩的創造の核心にあるものが何であるかを追求しようとしているのであるが、㈠従来の諸説、㈡「東の野に」の歌、㈢持統文武朝、㈣人麿舎人説、㈤「日」「月」の寓するもの、㈥序詞、㈦寄物歌と譬喩歌、㈧技法の自覚、㈨漢詩文との交渉、㈩神話的心性の十節から、寓意を説き、結論としてこの歌は「その内部に神話的心性・祭式的思考とでもいうべきものをとどめていると共に新しい造型を孕む『混沌』を蔵していることが感ぜられる。」といい、「人麿は、新時代の文運を推進すべく積極的な意欲を示した。実作に当つては従来不統一であつた内容と形式との関係を調和させたばかりでなく、その関係を内面化させ、古代的なものを完成していつた。彼に至つて、伝統の懸案はほぼ解決されたといつてよいほどである。けれども彼には、宮廷の信仰を維持しようとする反面があつた。その作品に見られる悲劇的色調は、そのような内面の矛盾と苦悩に由来すると見られるが、以上のように見てくれば、この歌などその間の事情を語るもののようである。」と結ぶのである。一首の解明のために人麻呂歌のもつあらゆる要素を動員し、筆者の人麻呂観のすべてを投入していることは前掲一〇節の題目を一見しただけでもわかるであろう。まことに周到な論述である。

しかし同時に性急な読者はこれを迂遠な論述と読み誤らないとも限らない。また各節の考察が必ずしも結論に直結していないようにも思うであろう。ここに本書の長所とともに短所が示されているようである。第三部は旧著から再録した論考はなく、本書の中心をなす部分であろうが、ここに収められた、三「少彦名の神の一面」、四「三輪の神」の二篇の長篇は、その短所を示していると考えられる。という理由は二篇とも、あまりにも人麻呂との直接のつながりが薄いという点においてである。それぞれ独立の論文として読むべきとすればそれでよいが、読者は人麻呂との深い切り結びを期待しているからである。

民俗学的な考察の面に疎く、わたくしはあるいは本書を性急に読み誤っているのかもしれない。しかし、それにしても結論的には人麻呂の無意識的な深層心理の発端と意識的な文芸への発足の接点を見事に解明している点に、高い評価を惜しまぬ。その示唆するところ、旧来の切り込み方への反省を促すところ、本書のはたす役割の大きいことを思わざるを得ない。

北沢図書出版刊　昭和四四年（一九六九）二月一一日　A5判　五三六頁　四五〇〇円

（『国語と国文学』昭和四四年〈一九六九〉八月号　東京大学）

阿蘇瑞枝著　『柿本人麻呂論考』

阿蘇瑞枝氏が長年の研究成果を『柿本人麻呂論考』としてまとめられた。氏は人麻呂なかんずく人麻呂歌集研究の現代の草分け的位置にあり、その第一人者であって、早く昭和三一年「人麻呂集の書式をめぐって」と題する画期的論文を発表し不動の評価をかち得ている。したがってこの度の上梓は遅きに失する感さえあるのであるが、慎重な著者はその域に甘んぜず、総合的な人麻呂論の構築をめざしてその後営々と積上げてきたのであって、この度それが大成し、自信をもつて世に問われたものである。私共後学のためにまことに喜ぶべきことである。

本書はじめ、斎藤茂吉のいわゆる「人麻呂百貨店」のミニ現代版を意図したと氏も言われるごとく、人麻呂に関するあらゆることを網羅しているといってもよく、総頁一二〇〇頁になんなんとする文字通りの大著である。その目次を並べただけでも与えられた書評の紙数を越えると思われるが、ここでは手短かにその構成の概要を紹介し、卒読の感をつらねてみたい。

本書は四篇から成り、第一篇「人麻呂の歌とその資料」は三章、九節、第二篇「人麻呂論」は二章、一四節、第三篇「人麻呂歌集論」は三章、八節、第四篇「人麻呂研究史」は六章、一九節に分けられ、ほかに「超大極秘人丸伝」「人丸秘密抄」二書の写真版を収録している。仮りに一節を一論文に換算すれば五〇篇に当る堂々たる構成である。

第一篇は本書の出発点として、まず人麻呂作品がどの巻にどの程度あり、部立上で占める割合、作歌と非略体歌の傾向、特色の異同などを調査、資料の出所などを探求、次いで人麻呂作との伝えや説のある歌どもを一つ一つ洗い上げている。その調査、論述の方法は詳密をきわめ、従来の諸説を丁寧に紹介しつつ自らの結論を導き出している。各結論はおおむね従来の諸説の取捨あるいは確認の形をとり、妥当な線に落付いていると思うが、細かいこと一つをもゆるがにせず追究する態度に著者の徹底した姿を見る思いがする。ここではまた人麻呂歌集の範囲にも触れ、特に従来説の分かれている巻九の二箇所の範囲に慎重、丹念に多角的検討を加え、その一箇所（一七二五左注の及ぶ範囲）については著者みずから多年拠っていた範囲を放棄し、新たなる検討のもとに一七二〇までとする見解をとっている。その当否は別として、日々新たな研究を目指して精進するひたむきな態度には敬服せざるを得ない。

第一篇が基礎的・資料的検討に終始する地味な面であるとすれば、第二篇・第三篇こそもっとも著者の面目を発揮したところといえる。第二篇第一章は「人麻呂の出自と経歴」についての考察で、①本貫②巡遊伶人説③舎人説などを細かく検討する。①を大和添上郡に求める説はもちろん目新しくはないが、それを自身で納得ゆくまで考えようとするのである。②③もその成り立ちがたいことを詳細に述べ、ここに本章の眼目ともいうべき忍壁皇子家の書吏あるいは家従・家扶かとする新説を展開する。その着眼は人麻呂作歌と非略体歌とに共通して出る皇子が忍壁に限られること、皇子が高市皇子に次ぐ年長者であること、作歌の記紀神話的発想が天武一〇年、帝紀などの記定に参与した忍壁の許にいて養われたと見ること、人麻呂とかかわる皇子・皇女たちは忍壁を通している場合が多いと考えられることなどからなされており、かつての卑見後宮官人説に対する批判として提出されている。だが忍壁家に直属していたと考えるには、その縁に直接つながらぬ皇子達への献歌などについて「忍壁皇子の宮に奉仕し、そこで認められた歌才の故に行幸従駕歌や殯宮儀礼歌を創作する機会を得、また多くの皇子達の許にも出仕するようになったのであろう」とする氏自身の説明が矛盾するものとなりはしないであろうか。この説明こそ特定の皇子に直属していなかったことを物語るものといえるからである。人麻呂が忍壁の許に親しく出入りしていたと思われることはかつて述べたこともあり、もとより異論もないが、忍壁が持統朝に重用されていないことは周知のことで、むしろ天皇に疎外されていたと考えられるふしもある。もしかかる皇子の許に直属していたとするならば、何ゆえに吉野従駕歌や日並・高市皇子などの殯宮儀礼歌の制作に携わり得たのか、百歩譲って、仮りに天武朝において忍壁の許にあったことを認めるとしても、持統朝では忍壁のみに限定して考えるのは無理であろう。

第二章「人麻呂の文学」は一〇節、三五〇頁の分量をさき本篇のもっとも主要な部分を構成している。①宮廷讃歌の系譜をたどり②古代宮廷寿歌と人麻呂の讃歌との関係を論じ、③人麻呂の現神思想にふれ、④相聞の歴史⑤挽歌の歴史を克明に跡づけながら⑥ますらをの相聞について語る。また⑦人麻呂の挽歌⑧誄と人麻呂殯宮歌の問題を解明し、⑨人麻呂文学における景物表現⑩人麻呂における長歌の完成に説き及んでいる。万葉の三部立を網羅して欠けるところなく、いずれも力作と称するに足りる。方法は一貫して丹念に細かく資料を集め、総合整理しながら広い立場から各主題に取組んでいるもので、たとえば①では「高照らす日の皇子」「高光る日の皇子」なる詞句が記紀にもありながら万葉では持統・文武期に現われる理由について、天武の歌謡への関心に発し、持統・文武朝に整備された背景や、日の皇子の思想の天武朝における形成を考えながら説き及ぶ。そして第三期以降、漢詩世界との対応によって讃歌が漢詩風に変化してゆく様をたどっている。②もそのテーマを継承と独創に主眼をおいてたどり、③も人麻呂が他の時期の作家に比していかに多く天皇を神と讃える歌を残しているかの調査を基底にし、宮廷の秩序と繁栄という外面的要因と同時に人麻呂に記紀系神話伝承が深く染みこんでいたことをその理由としている。以下の論述の基調も大体これらに準じられるものであって、膨大な資料を列挙駆使し、あるいは分類を施し、あるいは時代的推移を跡づけながら坦々と叙述しつつ穏当な結論を導き出しているものが多い。したがってやや欲を言えば起伏に乏しく、印象が強烈でないともいえる。また、⑦に至るまで②③を除き人麻呂がほとんど正面に出ていないという物足りなさも感じる。しかしこれらの中にあって、叙述の方法は同一ながら、⑤のごとく従来有力な、女の挽歌に挽歌の源流を見ようとする説に対し、中国における挽歌の歴史、それと対応する日本の場合を考慮しつつ否定する意欲的なものや、⑧これまた従来人麻呂の殯宮挽歌に影響を与えたとされていた誄《しのひごと》を精査し、それよりもむしろ弔詔と中国の誄《るい》の影響により、前代の挽歌を一新したとする積極的論考も見られる。決定的なことのいえぬ上代の研究にあっては、ともに問題は残るであろうが、説得力の強い、本章中の傑作といってよいであろう。

第三篇第一章は「略体歌と非略体歌」で四節に分けて論じている。その前半の二節ははじめにも述べたように、氏の人麻呂研究の出発点となった「人麻呂集の書式をめぐって」を増補改訂したものである。書式の面から人麻呂歌集の歌を二分し、略体・非略体歌なる名称で呼び、その題材の分類によって略体歌が人麻呂作に遠く、非略体歌が近いとした画期的な提言は以後の人麻呂歌集研究に大きな方向づけを与えたものとして研究史的意義のきわめて高いものである。本書ではそこにのみ止まらず、この二節にはその後の研究成果を投入し、用字の面からの追究も詳細にして補強している。前記の論考は雑誌論文で僅か七頁のものであった。それにその後執筆の論を増補したにしても大した分量にはならぬが、本書はこの二節に七〇頁を費やしている。そして更にこの結論を徹底させるため、地理・修辞の二節を加え、これまた綿密な調査に基づき略体・非略体を対比させつつえんえん九〇頁にも及んでいる。著者のこの章に投入した意気込みを感じさせるものである。第二章「非略体歌私論」は非略体歌の世界を作品の傾向、背景、時代の雰囲気などから広く位置づけ、あくまで人麻呂のノートであり、宮廷儀礼の世界から遠く、より文芸的なものとして捉える見方を示す。非略体歌の原体裁については、季節分類・題詞の有無による区分、雑歌相聞の分類などいずれもなかったとする結論に到達している。しかしこの三つのうちの前二者についてはすでに批判のあるところでもあり、課題として残された問題となろう。第三章「略体歌私論」は民謡の定義をめぐって疑義の生ずるところから、略体歌を新たに民間歌謡なる術語で説明することを提唱、その成立の時点、原体裁などに言及している。すなわち略体歌は人麻呂が自己の為に集めた民間歌謡集であり、巻一一を根幹としつつも、巻七・一〇へは原資料から早く採録され、巻一二は一一の拾遺とする見方を示している。集録目的、編纂順序などについては別に考える余地もあり、民間歌謡なる語も、民謡との関係、あるいはその差異は何かという点であいまいさを残すといえるであろう。

第四篇もまた著者が早くから手がけていた研究の集成であり、中古・中世・近代前期・近代後期・現代へと縦に貫いた鳥瞰であるが、特に近代以降の諸説についての功罪・批判を自己の立場から下していて明快である。本篇の最後は近年の人麻呂歌集研究についてさかれ、著者の功績を控え目ながら定立して結んでいる。自己の研究の出発点を位置づけ、以前の三篇の論考がその後の発展たることを物語らせているかの如く、心にくい配慮というべきである。

すでに紙数もこえているが述べ足りぬことが多く、また筆者の不明もあって、この大著の真価を正確に伝え得たかもおぼつかない。だが、本書が近年の人麻呂研究を網羅的に大成している点、ここに起点を据えて今後の研究の進展がはかられねばなるまいという点において、実に時宜を得た貴重な収穫であったことは確かである。著者は更に大きな人麻呂研究を意図し、すでにその歩を踏み出しているかに聞いている。その意味で最後に二、三の注文をすればさきにも触れた批判についての回答、あるいは本書では不問に付しているが、稲岡氏によって提起された旋頭歌の略体・非略体の問題、略体・非略体歌筆録時期の問題などについての見解を示されることなどが焦眉の問題となろう。なお気付いたことを言えば、自他の説の区別の明瞭でない個所がまま見受けられるように思った。総合的集大成型の著書ゆえのこともあろうが、それなればこそ一層慎重な配慮が望まれるのではなかろうか。

日頃の御好誼に甘え、思うままの妄言を連ねたが、これによって本書の価値がいささかも減ずるものではあるまいという安心感によりかかってのものである。御諒恕を乞い拙い筆を擱く。

桜楓社刊　昭和四七年（一九七二）一一月二五日　A５判一一九七頁　一〇〇〇〇円）

（『国語と国文学』昭和四八年〈一九七三〉一一月号　東京大学）

高木市之助著『貧窮問答歌の論』

文学とは何か、文学の研究とは何か。このような問題をつねに正面に据え、広く西欧の芸術・哲学・社会科学等の理論を柔軟に摂取・消化して国文学研究の上にいかし、独創的、清新な学風をもってたえず国文学界に大きな刺激と影響を与えつづけてきた魅力的な学者。高木市之助氏のイメージを私なりに要約するとおよそこんなことになろうか。いやまだ言い尽くせぬ多くの面がこの学者にはあるような気がする。が、ともかくも近代国文学研究の歴史を先頭に立ってリードしつつ歩み通してきた斯界最長老の氏が、長年情熱を傾けて論じ来たった憶良について、いささかの衰えも見せず、新たな憶良論を「貧窮問答歌」一本に絞って書き下ろし世に問われた。まさに自称「文学の鬼」の所業として、慄然身のひきしまる思いである。

本書はB6判二〇〇ページにも至らず、近年の大著ブームの中に置けば小さな本であるが、氏の憶良論は遠く『吉野の鮎』所収「二つの生」(昭一四)にはじまり、多くの論考を経て最近の『大伴旅人・山上憶良』(昭四七刊)に至っている。本書はそれらの総決算の意味ももち、三五年間の重みをずっしりと感じさせるものである。その内容を目次によって示すと、

Iプロローグ　II私なりの方法　III本文　IV文字の論　V語彙の論　VI問答の論　VII短歌の論　VIII出自の論　IXリアリティの論　Xエピローグの一〇章から成り、ほかに附1、貧窮問答歌校本、附2、万葉集の本質、附3、憶良なりの自然、の三編を付載している。

まずIは、私(著者)を含めた三人の鼎談というか

たちで本書の意図を語っている。ルノワールとクールべのリアリティをめぐる絵画論だが、憶良にはクールべ的なリアリティ、すなわち「物体（material things）の触《さわ》れる（palpable）存在（existence）を信ずることと、物体（人間や自然をふくめて）のパルパブルな存在の意味と価値を捉える（grasping）ことの可能性」を一貫して否定しない文学的リアリティがあるが、「それを思索的な思考というよりはむしろ文学論的な体験によって」追求してみようというのである。絵画にも造詣深い氏の、ハイカラな導入であるが、同時に国文学研究が他の学問との連帯性に欠けるとする苦言（Ⅱで述べている）の背景ともなっていて、その学問態度をうかがわせている。

Ⅱは貧窮問答歌を文学論的あるいは芸術論的存在として捉えることを最勝義にすると表明、その方法を、1しらべる、2本書の作品論的方法について、3個と遍、4不安二つ、で述べるが、その基調は三木清の「構想力の論理」に支えられつつ、文学論的に「しらべる」ということを「単に主知的合理的客観的な一側面に偏在せず、同時に、常に主情的不合理的主観的なものと統合された何者かでなくてはならぬ」とするところにあろう。本書の支点はここにあり、Ⅳ以下の各章はこの実践ということができる。2・3は具体的方法について述べたもの、4は国文学界に対する忠告ともいうべく、これについては後に触れる。

Ⅲは細かい配慮をもった本文の提示で、以下の論述の資としている。

さてⅣ以下が本論ともいうべく、著者の面目をいかんなく発揮した部分である。Ⅳは、万葉の文字表記がたんに言語を表出する一手段であるにとどまらず、歌そのものの本質を規定するとして、その意義を積極的に文学論に参画させた論である。この視点は以前氏が人麻呂歌集にも活用しており、従来なかった斬新な文学論的アプローチとして評価されるものである。Ⅴの「孤語」なる新語もかつての氏の創出にかかり、その論は憶良文学の特異性・本質解明に多く寄与したものであったが、この度はその極を示す本歌に論を絞り、かつまた意識的に頻用する語を新たに「愛語」と名づけ、両者の関係から、孤語的構成によって民衆的現実の世界を造型しえていること、それ以上に民衆的語彙たる愛語の導入によって、それをいっそう人間的にパトス化しえていることを述べている。文字といい語彙といい、従来の語学的、主知的な考察から文学論の場に解放し、いやむしろもぎとっているもので、文学研究におけるかかる方面の可能性を豊かに示唆した好論というべきであろう。

Ⅵは他に類を見ない本歌独自の問答関係の文学論的意味を追究したものである。氏は問者の一人称的貧しさと答者の二人称的貧しさとが対立的であると同時に交感的であるという独自な詩的関係を捉え、末尾の「かくばかり」以下によって、両者の対立・相互矛盾を統合・克服しえて、真に人間的な人間性をその深部においてかみしめているとする。すぐれた理解の方向ではあろうが、忌憚なく言えば、末尾の統合云々の導き方は必ずしも説得的でないように思われた（たとえば七七ページ）。これが私の不明によるとすれば御教示を仰がねばならぬが、なにか正反合の論理の先行が感じられるのである。この統合云々はむしろ、著者も引き続いてⅦで言われるごとく、短歌において果たされていると見るべきではなかろうか。短歌における古今東西に例を見ない飛翔の願望の強い否定は、長歌答者の現実に目ざめすぎた人生観的態度を受けつぎ、問者と答者の対立を真向から統合しえているとし、それらからの憶良の「非民謡的非古代性的即詩人的役割を確認」する氏の見解が魅力的であるだけに、気になる点をいささか述べてみたのである。

Ⅷは最近の憶良帰化人論を文学論的に説明できる可能性を述べたものであるが、歴史学者の、作品分析などによって作者の氏素姓まで決定できぬとする立場に対し、正しい文学論的操作さえあれば可能であるとする文学研究者の立場を鮮明に打ち出したものである。私もまたその可能性を信じようとする者で、氏の唱える国文学研究の自律性への警告にも多く教えられるところを痛感しているが、ただ本論に限っていえば、寒さの強調や「伏せ庵の曲げ庵」のリアリティがそのまま帰化人的とまではいえぬのではなかろうか。まして帰化人説に従ったとしても、彼の渡来はわずか四歳の時なのである。

Ⅸは枕詞の欠如を取り上げ、憶良の本歌におけるリアリティが他の誰にもまさって顕著であることを明らかにし、「われわれが詩を持つためには、まさにロゴスとパトスとの統合によって、リアリティを発見しなければならないのではないか」と結ぶ。氏の文学論的研究とは、この関係においてするリアリティの発見にあるといいたげである。

Ⅹは全体のまとめで、Ⅰに照応して再び鼎談に戻るが、文学の学問の自律性、それは必然にパトスという情動的な要素を含み、他の学問と一線を画すことを述べ、けっきょく、文学研究にはロゴスとパトスの統合関係が必須条件であるとしている。

一知半解の知識をもって粗雑な紹介と感想を連ねてきたが、煎じつめるところ氏が本書を通して述べたかったことは、かつて『国文学五十年』で語り、本書IIにおいても国文学の明日への「不安二つ」として述べておられる、国文学が他の学問から孤立してはならぬとすること、それとともに他の学問から執拗にその自律性を護らねばならぬとする、この二つの主張に帰着するのではないかと思う。氏は明日の国文学界を憂え、ただたんに苦言を呈するのみではなく、身をもって最新の答案を書き、後学に示しているのである。将来に持ち越す問題があるのは当然であろう。しかし、もしそうだとすれば、ここに私が述べてきた個々の挙げ足とりのような詮議はさほど重大なことではなかろう。本書の意義は、我々国文学者が、氏の愛してやまぬ国文学界のために、この貴重な箴言の意を体し、研究を前進させることによってのみ生ずるといってよい。それのみが本書に報い、本書を生かす唯一最大の道であろうと信ずるのである。最後に数々の非礼をお詫びするとともに高木氏の御健康を心からお祈り申し上げたい。

岩波書店刊　昭和四九年（一九七四）三月一五日発行　B6判　一九八頁　一一〇〇円

（『国文学解釈と鑑賞』昭和四九年〈一九七四〉六月号　至文堂）

渡瀬昌忠著　『柿本人麻呂研究　歌集篇上』

渡瀬昌忠氏の鬱然たる人麻呂研究の一角がようやく『柿本人麻呂研究歌集篇上』に結集されて世に送り出された。待望の書である。本書は「非略体歌論」と副題され、著者が「あとがき」に於て、続篇として『歌集篇下』と『作歌篇』を予定しているといわれるように、人麻呂論三部作の構想のもとに、総合的な人麻呂論の展望をもってまず上梓された部分である。従って本書の評価は三部作完結後に全体との関係の上で下されねばならぬという性格をもつが、本書の範囲内をもってしても、総合的人麻呂論への道程のうかがわれる部分は多く、貴重な業績たることに変りはない。

本書が主題としている「非略体歌」とは、その序説に詳しいが、簡単に解説すると、万葉集に散在して集録されている人麻呂歌集の歌は、大別して簡略な書式をとる一群の歌と万葉一般の表記に近い書式をもつ一群の歌とがあって、単に書式上のみでなく、さまざまな対立点のあることがこれまでの研究によって明らかにされている。この後者が一応非略体歌と呼ばれているのであって、歌集歌を書式上二分したその一方の歌群についての考察が本書の中心となっているのである。

はじめにその構成を目次によって示すと左のようである。

第四節　人麻呂作歌の題詞
第二章　季節分類の論
第一節　非略体歌と季節分類
第二節　原本非略体歌部の季節分類
第三節　万葉集巻八への投影
第四節　季節歌の分類者は誰か
第五節　季節感の成立と持統朝
第六節　人麻呂の季節感
第七節　万葉歌人の季節感
第三章　歌と場の論
第一節　季節歌群と皇子への献歌
第二節　戯笑歌とその場
第三節　皇子追悼挽歌
第四節　島の宮
人麻呂歌集作歌全句集

すなわち、序説として研究史を巻頭に、以下三章の柱のもとに全一五節を立て、周到に非略体歌の世界を描き上げようという意図をもち、巻末に研究者にとって有難い、便利な全句集を配してサービスするという形である。

序説は自己の研究の出発点を明確にするため、氏が人麻呂歌集の研究に踏み出すに至るまでの経過を、研究史上欠くことのできぬ契沖以下六氏の説を軸とし、これとからむ諸学者の説を含みつつ、その功罪を整理している。書式の問題を中心に、説の提起あるいは示唆、その継承・分化・展開の跡が的確・明快に整理されていて、先説をいささかもゆるがせにしない厳正な態度に終始している。見習うべき姿勢である。この態度は全篇を貫通している。この研究史を通して、氏は非略体歌を人麻呂の文学に直接深くかかわるとする視点を据え、非略体歌の厳密な概念規定を下す。それによれば、略体歌・非略体歌とはあくまで人麻呂歌集所出歌内部の問題として限定し、その書式の二種類に名づけられたものであり、「略」「非略」の意味も相対的・便宜的なものだということである。略体・非略体歌なる呼称は阿蘇氏以来学界にほぼ定着しているが、その命名の段階では比較的単純な理由に基づくものであったので、以後の研究によってこの呼称は不適当だとする説も出てきている。しかしここで各自理由をつけて別々の呼称で呼ぶとすれば、いたずらに混乱を招くことにもなりかねない。その意味でも、また先人の業績を重んずる上からも、渡瀬氏の態度は穏当というべきであろう。要は概念規定の問題だからである。また氏は続く三章において、人麻呂歌集非略体歌部の復元を大きな課題としているのだが、その作業を遂行する上に生ずる混乱を避けるため、書式の上から略体歌と区別される個々の「非略体歌」と、その万葉集内における存在形態の一つを示す「非略体歌群」と、復元されるべき「原本非略体歌部」との三つの段階を明瞭に区別して論ずべきだとしている。初めて接すると少しわずらわしいが、言われてみれば当然なことで、従来ややもすればあいまいに過ごしがちであったことに対し、氏の立場を明確に示している。さて、以上の出発点の上に本論が展開されるのである。

第一章の中心とするところは、原本非略体歌部にはすべて題詞があったとすることを、あらゆる角度から検証したものである。第一節は巻七・九・一〇・一一の非略体歌は、収録の巻によって題詞のあるなしに分れているが、題詞のない巻一〇とそれのある巻九の考察から、巻一〇は類聚のため題詞がふり落され、巻九は原資料のまま保存されたと考証し、原本非略体歌部ではすべて題詞を有していたとする。そしてそれらは季節歌群と季節不明歌群とに分けられ、前者は季節順に配列されていたと考え、更に季節歌群が巻九と一〇に分けられた理由に及んでいる。考証は更に展開し、季節歌群と不明歌群とは原筆録資料では一体化していたことを説き、以上の結論を他の私家集の題詞の考察などから強固にしている。第二節も同様の結論を観点を変え、左注・地名・題詞の考察を踏まえつつ、巻七・一〇・一一の非略体歌も、ほとんど例外なく題詞を有していたとし、前節を一層綿密に確実なものにしようとしている。第三節は前二節の自説に対して否定的な吉田義孝・阿蘇瑞枝両氏の説を反論して自説を補強し、進んでその題詞の積極的な文芸意識に言及している。

論述の態度・方法は厳密をきわめ、あくまで自説を徹底させてゆこうとする情熱にあふれた論である。杜撰な評者のごときは、水も洩らさぬ綿密さをもって、執拗に追究する迫力に圧倒され反論の余地を見出しがたい。まことに見上げた考証態度である。かかる点に本章の真価があり、本書全体を支える大きな特長がある。しかも私的な好みをもってしていえば、原本非略体歌部の題詞の有無の考証もさることながら、この飽くなき追究の過程あるいはその結果想到したと思われる皇子関係歌の題詞の文芸的意義を文選・玉台新詠の世界に共通するものとし、単に備忘などの注記にとどまらぬ文芸意識に基づくとする見方などは（第三節）、復元のための考証の域を越え、広い分野に題詞の論を展開させたものとして、より高く評価できるのではないかと思う。

第四節も同様である。ここでは人麻呂作歌の題詞を二つに分類し、A形式は宮廷的公的の記録を資料とし、B形式は半公半私的な資料に拠ったとし、B形式はA形式と人麻呂歌集題詞との中間的位置を占めるとする考察をする。題詞形式が歌の性格の分類にまで結びつくということは、人麻呂歌集の性格や人麻呂の本質究明にとってきわめて示唆的な重要な指摘とすべきであろう。

第二章の中核をなすのは、原本非略体歌部の季節歌はすでに季節分類されていたとする証明とその分類は人麻呂自身によってなされたとするところにある。考証の方法・態度は前章と全く同一といってよいが、七節を費やして多面的なアプローチが繰り返し試みられる。

人麻呂歌集に季節分類が施されていたらしいという提言は、早く石井庄司・武田祐吉両氏の所説に見えていたのだが、これに疑問を持つ人々もあった。第一節ではこの提言の正当性を新たに検討し証明して見せている。巻一〇の季節分類と非略体歌のそれとの差異、霞と霧の季節などをめぐって、原本非略体歌部に季節分類のあったことを手堅く抑えているといってよい。第二節もその結論を再び仮説の形で提出し、分類の基準を通して多方面から検証してゆく。この辺の筆法は第一章の第一節と第二節とにも見られたごとく、一つの結論のために次々と畳みかけるように視角を変え、果敢に肉迫しているのであって、渡瀬氏の徹底ぶりが彷彿としている。

第三節は原本非略体歌部と巻八の分類（家持）との密接な関連を述べる。巻八のもととなった「宿禰家持歌集」と想定される歌集が、非略体歌部季節歌群にならった集であることの詳細な検証を経て、逆に非略体歌部季節歌群の存在を証明するという、本章の一貫した主題に添うものだが、単にその証明にとどまらず、巻八の形成過程にも鋭い洞察が行きわたり、おのずから拡がりをもった、暗示豊かな好論となっている。前章第三節・第四節の場合もそうだが一貫した主題追求の副産物の如き部分に心惹かれる見解の窺われることは、氏の学問の広さと厚さを物語るもので、結論の確かさを一層強める働きを果たしていると言えそうである。

第四節以下は如上の季節分類者が誰であったかをいよいよ明らかにしようとし、人麻呂による可能性を、規模雄大に大きく包みこむように浮き彫りにしてゆこうとしている。すなわち、記紀・万葉・風土記などの国見詞章の素材としての自然現象と人麻呂歌集の素材とを結びつけ、季節感の成立は皇子を中心とする国見行事などにおいてであろうとしつつ、更に決定的な出来事として持統四年の暦法の正式施行をここに重ね合わせて据えてみようという論である。そして人麻呂作歌と非略体歌の季節感が同一なところから、非略体歌の中心作者人麻呂による分類とする結論を導き出す。第五節はこの結論を側面から支援すべく、季節感の成立と持統朝との深い関係を、国見歌の季節、正月と二月の国ほめ歌の探究を通して述べたものであり、第六節は第四節の強調、まとめのごとく、人麻呂時代、人麻呂における季節感の存在を克明に跡づけ、暦法の施行、漢籍の影響などを考慮におきつつ、非略体歌の分類者と人麻呂とを完全に合致させ得ることを述べている。第七節は総括的なもので、万葉歌人の季節感を、巻八・一〇の分類者の意識に探り、再び非略体歌と人麻呂との季節感の共通性に及び、進んで万葉諸歌人の季節感をたどることから、いずれも非略体歌の分類者として該当しないこと、結局分類者は人麻呂に帰着することなど、以前の結論を補強する。而して人麻呂の日本文学史上における創造性を位置づけて終るのである。

このように、本章の探究も精緻・詳細をきわめ、ほとんど間然するところがない。渡瀬氏の論証の卓絶さは、第五節で本人も「トレンチ（試掘溝）を掘る作業をしてみよう」と述べているように、考古学でいうトレンチの掘り方にある。長年の研鑽で得た蓄積と勘をもって表土上に散在する破片から当りをつけて丹念に掘る幾条かのトレンチは、的確に地下の遺物・遺構を探りあて、白日のもとにさらけ出して見せているのである。しかもそれらはあたかもシュリーマンのごとく驚くべき執念と情熱をもって達成されているのである。第一章もまた本章も、そのような、一つの主題に対する多面的なトレンチの探りあてた遺構の復元といってよかろう。ただしかし、これらの論は、「あとがき」で明らかにしているように一時に執筆されたものではない。その点で後節の結論が前節において前提となっていたり、前節の結論を再び後節で証明するというような場合、あるいは同様の論述が前節と後節で繰返されるというようなことも時に見受けられるように思う。結論の説得力が強いものであるだけに、もう一つすっきりした形にまとめられなかったかという望蜀の感を抱くのである。また敢て瑕瑾を求めるならば、第四節における国見の素材たる自然現象と多くの略体・非略体歌にばらばらに詠みこまれている素材とを、共通性があるからといって直ちに歌集のそれぞれの歌も国見行事にかかわるとする結びつけ方、巻一三の藤原宮時代の皇子の挽歌に歌われているいくつかの素材が、これまた個々の略体非略体歌に断片的に歌われているからといって、それらを一括して、人麻呂歌集の歌の場を皇子中心の行事の場へと一直線につなげてゆくような論法には、やや性急・強引なところがあるようにも思われる。第七節の諸歌人の季節感を述べるくだりも、金村や虫麻呂に春の霞・秋の霧がなく、福麻呂にはそれらや冬の雪すらもない。だから彼らには明確な季節感がなかった、従って非略体歌の分類者としての資格がない。赤人も春の霞を歌わぬから失格である。とするような裁断の仕方にも同様な傾向がうかがわれるように思う。歌がないからといって直ちに季節感もなかったという証明にはならぬであろうし、まして赤人の場合に欠落しているのは春の霞のみである。もし赤人に春の霞があったとしても、氏ははたして非略体歌の分類者として赤人を名指すであろうか。人麻呂を分類者とする氏の結論にもとより私も異論はないのであるが、論の運び方にやや難点があろうという意味においてである。私の読み誤りであれば幸いである。

第三章はさきに言及した国文学における考古学的発掘の巧みさ、周到なトレンチ作業の成果が遺憾なく発揮された部分で、特に第一節と第四節に顕著である。第一節は非略体歌季節歌群は皇子を中心とした国見・七夕の文雅・冬の遊猟行事などにおける宴席の歌で、皇子の令に応じて献られたものであろうとし、夏歌のないのは皇子中心の歌の場の欠如に起因するものであろうこと、それらの制作年代は文武四年以前と推定されることを明らかにしている。中でも季節分類上疑点のあった「植ゑし木の実に成る時」(巻九・一七〇五)の歌の木を梅とする推定、この歌が七夕の宴におけるものだろうとする考証、非略体歌の制作時を文武四年以前とする説明などは目を見張るものがある。梅は奈良時代以降のもとするのが通説だが、人麻呂にまでさかのぼるとすれば、実に画期的発見ということになる。それにしても人麻呂作歌や歌集に梅花そのものの歌われていないことをどう理解したらよいか、新たな御教示を仰ぎたい思いに駆られる。非略体歌の制作年代を文武四年以前とする推定は当然、持統三年以前とする稲岡耕二氏の所説とかかわりを持つだろう。氏はそれに触れておられないが、本節の考察がそのまま稲岡氏への回答となっているとしてよい。ついでながら私もこの点については渡瀬氏とほぼ同様に考えていることを付記しておきたい。

第二節・第三節は徹底した訓詁を表に立てて、いずれも皇子を中心とする歌の場の意味を明らかにしたもので、人麻呂の把握にとって従来の領域を拡大して見せたものである。第二節の「松反　四臂而有八羽」（巻九・一七八三）を「松柏し　廃ひてあれやは」と訓むことはもちろん新説で、その蓋然性は高いが、これを梃子として人麻呂における戯笑的役割を皇子との関連で抑えている。第三節は従来非略体歌として疑義のあった大宝元年の結び松の歌（巻二・一四六）に対し、用語・表記・表現・内容の吟味を通して、いかに非略体歌としてふさわしいかを述べたもので、結句の「又将ㇾ見香聞」をマタモミムカモと訓む古写本の訓の妥当性を詳細に説きつつ、人麻呂の皇子追悼挽歌として位置づけている。通説マタミケムカモに対する改訓の問題は、同一主題の意吉麻呂の歌が少し前にあって、そこに「復将ㇾ見鴨」（マタミケムカモ）とあることなどから賛否の結論は保留したいが、魅力的な改訓であるとはいえるだろう。

第四節は本章の結びともいうべく、前三節を通して、早くから人麻呂のかかわった文学創造の場として皇子中心の場ということを主張し続けてきた氏が、そのもっとも要となったのは草壁皇子であるとし、その宮殿島の宮の歴史的意義・来歴・位置・文学の場としての意義などを説いている。島の宮の位置は未だ明確ではないが、石舞台古墳西北方とする通説に対し、渡瀬氏は文学的発掘ともいうべき手法をもって、草壁皇子の宮の舎人たちの挽歌に照明をあて、その味読を通して、橘寺に隣接する飛鳥川西岸の地を比定している。説得力の強いもので、私はこの地が発掘されて渡瀬氏の説の証明される日を待ち望んでいるものである。また島の宮を伊勢大神を斎く皇祖母の園として、推古朝以来五〇年の伊勢斎宮派遣の欠史時代に照明をあてるなど、宗教的発掘の意義もまた大きい。天武朝の原点、皇極女帝が夫舒明を偲ぶ万葉叙情文学の母胎、草壁皇子の宮殿の活況とともに人麻呂文学の出発を捉えるなど、島の宮の意義をこれほど詳細に活写した論はかつて見ない。本書の抑えとして末尾に配するにふさわしい、著者の面目の集約された好論である。

飛鳥はまだ静かに眠っていた。早春の未明、雨のしき降る薄明りの中を石舞台を訪れた時のことである。黒々と濡れて光るあの怪物めいた巨大な古墳、誰もいる筈のないその羨道の陰からふいと躍り出た顔があった。渡瀬氏である。二人は思わず「おう！」と意味のわからぬ驚きの声をあげ合った。それから田の畦に添って流れるとるにも足りぬ溝の源流をたどって、私はしばらく氏のうしろについて歩いた。島の宮の位置、池水の取り込み口を求めて、びしょぬれになりながら黙々と探索する真摯な姿はいたく感動的であった。私はこのようなところに渡瀬氏の論の原点があるように思われてならない。「島の宮」が書かれたのはその年の秋であった。

筆者の不明から書評にもならぬ駄文を綴ってきたが、舌足らずな紹介は本書の真価を誤り伝えることになる恐れもある。そろそろ筆を擱かねばなるまい。しかし、実をいうとこの書評をお受けした時から思っていたことは、到底私の任ではないということであった。本書には教えられることばかりで、特に対立的な意見を私は述べたことがない。いわば一方的で相撲にならぬのである。それにもかかわらず執筆したのは、日頃尊敬している斯道の先輩の努力の結晶を評するという光栄を思うとともに、手堅さの上に手堅さをもって対象をがっちり抑え込むひたむきな論に挑むことはできないかというひそかな望みもあった。しかし、その結果は以上のごとき始末であった。著者ならびに読者に対し深くお詫びを申し述べておきたい。

だが、渡瀬氏の人麻呂論はこれで終ったわけではない。問題はまだこの先に山積しているだろう。続く二篇に展開されるであろう略体歌論、作歌論を私なりに思い描いてみる時、たとえば略体歌と非略体歌とは書式上も内容上も截然と分離できるのか、氏は恐らくその如く原本の復元を目指すであろうし、それが学界の大勢でもあるようだが、私は大方の分離を認めつつも、両者には重なり合う部分の少なくないことを考えているものであり、完全な分離を不可能とする見解に立つ。この辺をいかにさばいて下さるか。あるいは人麻呂の出発を島の宮、草壁皇子の許に求めた場合、他の諸皇子と草壁との関係はいかにあったのか、天武系の諸皇子のほとんどとつながりをもつ人麻呂の立場は、具体的にどのようなものであったのか、その中心に持統後宮を設定したかつての私見といかにかかわり合うか、これらの御意見を聞いた上で、今度は同じ土俵の上で論じ合って見たいと思う。私は多大な興味と関心をもって続篇を期待しているのである。

桜楓社刊　昭和四八年（一九七三）一一月　四三〇頁　八〇〇円

（『萬葉』第八五号　萬葉学会　昭和四九年〈一九七四〉九月）

川口常孝著　『万葉歌人の美学と構造』

本書は、冒頭に〝記紀歌謡から万葉へ〟と題し、花の流れを歴史的に追う論文を据え、終りに〝万葉から古今へ〟の論を配してしめくくる形でまとめられており、その中間に人麻呂・憶良・赤人・虫麻呂・家持・福麻呂など万葉代表作家の論を一六篇、ほぼ時代順に織り込んで、計一八篇で構成されている。おのおのの論は独立しており、いわゆる論文集だが、この構造は著者の一貫した問題意識と方法とが招来した必然の結果とも見られ、通覧して統一的な著作と異ならぬ迫力と充実感に富むものである。

川口氏の研究に立ち向う姿勢は、後記で「わたしは平素から、文学なる生きものを研究の対象とする限り、論文自体が一個の文学作品でなければならないと思っている。それが事実の解析・究明という基本の姿勢を失ってしまっては元も子もなくなるが、研究主体の投影が学問研究にも必須だという意味でこのことをみずからに課している」と述べられているとおり、この意図は全篇を覆っておおむね遂げられているといってよい。川口氏は人も知る有数の歌人であるが、歌人の研究はとかく基礎研究をゆるがせにした恣意な主観に傾きやすい弊が指摘されていた。が、氏の場合は自戒しておられるように、事実の解析と究明に驚くべき情熱を傾け、その資料を通して自らを語る（研究主体の投影）のである。たとえば冒頭の「花の流れ」は、時代別、作者別、また作者未詳数巻を対象とする詳密な調査をふまえ、花に対する意識の変遷、花の捉え方、作歌の特質などを慎重に追って、主要諸歌人の本質に迫る力作であって、この方法は以下の論文の基調ともなっている。今の場合は「花」であったが、〝不安語の行方〟における「不安語」、〝相聞と「我」〟の「我」、〝人麿の方法〟の「動植物語」、〝憶良の世間〟の「世間」、〝家持覚書二〟の「独」、〝田辺福麻呂論〟の「見る」などは、いずれも各語を歴史の流れの上に浮かべて追い、各作家の個性を広く抑えようという手法である。だが、調査は誰にでも出来る。問題は調査する各語をいかにして選択し、また分離、分析するかにある。氏の場合はそれを作家的なすぐれた詩眼によって捉えて中核を抉り、各作家の詩人的価値の定立に全力を注ぐのである。ここに本書の他に類のない、もっとも大きな特色がある。いちいちについては述べる余裕もないが、福麻呂歌に随順の美学を読み取り、憶良の特異性、人生への姿勢を他歌人と比較して浮かび上がらせ、〝「古日」の論〟では内証から作品に肉迫して、すぐれた文芸に対する理解を示し、合わせて人間憶良の全貌を彷彿させていること、表現を通してする人麻呂歌集への迫り方を示唆するなど強い説得力に富むものが多い。時には文芸的な技法の説明などに筆者の理解の届かぬ場合もありはするが、これは常凡な詩眼の至らなさによることであろう。また、持統女帝の吉野行幸の中核に浄土信仰を据えて見ようとする新見、虫麻呂を明るく楽しくこだわりのない人柄とする見方、福麻呂を測量師とする説なども面白い。

総じて近時の万葉研究が微視的・末梢的に傾くものの多い中で、表現を通して正面から作品と切結ぶという第一義の道を実践する本書の持つ価値はきわめて大きいというべきである。

桜楓社刊　昭和四八年（一九七三）五月　A五判　四三九頁　六八〇〇円

（短歌雑誌『まひる野』昭和五〇年〈一九七五〉六月号）

久松潜一著　『万葉秀歌』㈠㈡㈢㈣㈤

　久松博士が世を去られて、すでに一年有余の歳月が流れた。まことに「日数のはやく過ぐるほどぞものにも似ぬ」の思いが深い。本書は、その博士の広大な研究領域の中でも、終生、主なテーマとして情熱を傾け続けてこられた万葉集研究の最後を飾る遺著ともなったものである。が、すでに御生前、刊行の運びが整い、校正刷も出はじめていたということで、㈠の「はじめに」に、昭和五一年新春に記した著者の言が載っている。それによれば、万葉集中から千首を選び解釈と鑑賞を行ったということ、すでに発表した評釈に数百首を書き加え、稿はほぼ完成していることや、万葉集との出会いから現在に至るまでの経過などが記されており、終りに近く、この千首解は『校本万葉集』の編纂にはじまった万葉集研究の終りであるともいえる、と述べている。著者の万葉に対する並々ならぬ愛着のほどを物語っている。残念ながら、同じ年の三月逝去されたことにより、完成せず終ったのであるが、伊原昭氏の御尽力により、膨大な遺稿が整然とした形で刊行を見たことは、学界にとってこの上なく有難いことであった。

　本書は最初に万葉集についての解説をし、以下、巻一から巻一六までと巻一八・一九の一八巻が選釈されている。各巻には簡単な解説があり、次いで、歌は書き下し文と原文を掲げ、歌意、解説、訓、語釈、鑑賞の順で周到に書き進められているが、「訓」の項のない場合も多い。全体を覆う筆致は、お人柄そのままに穏やかな口調でわかりやすく、特に一つの説にこだわるような態度はないが、いくつかの説をあげつつ、

「……と解しておきたい」「……の意にとりたい」のように去就を明確にしている。その意味で、片寄らない円満な注釈書として大きな意義を持つものであろう。これは、「はじめに」にも述べているように、選歌の基準が、「秀れてわかりやすい歌」にあり、「強いて新説を出すのが目的でない」としつつも、「しかし私なりに新しい見解を出したところもいくらかある」と控え目に結んでいるのと符合するものであろう。

本書は前述の如く未完の書である。従って巻一五・一八・一九の三巻には解説がなく、この三巻は目立って採録歌が少ない。また巻一七・二〇からは選ばれた歌のないのも同様な理由によるのであろう。採録歌はすべてで八二五首、はじめの意図に一七五首足りないのは惜しみても余りあることであった。謹んで博士の御冥福をお祈り申し上げたい。

講談社刊（学術文庫）㈠昭和五一年（一九七六）六月三〇日四四〇円、㈡同年七月一〇日　四八〇円、㈢同年八月一〇日四二〇円、㈣同年九月一〇日　四八〇円、㈤同年一〇月一〇日　四八〇円

（『和歌文学研究』第三七号　和歌文学会　昭和五二年〈一九七七〉九月）

伊藤博著　『古代和歌史研究』全六巻

伊藤博氏の〝古代和歌史研究〟六冊は第Ⅰ部『万葉集の構造と成立』上下、第Ⅱ部『万葉集の歌人と作品』上下、第Ⅲ部『万葉集の表現と方法』上下からなる壮麗な三部作である。氏の万葉研究への出発は昭和二〇年頃にさかのぼると述懐しておられるが、以来三〇年間、あかあかとして通る一本の道をひたすらに歩み続けた巨大な成果がここに全貌を現わしたことになる。所収の論考は一節を一篇と見て九四篇、整然たる体系のもとに配列されているさまは、まばゆいばかりである。それは一〇〇〇年の研究史を総合的批判的に受けとめ、大戦後三〇年の万葉研究の進歩を一身に体現しつつ、常に先端に立って来た著者の輝かしい記念碑であるが、同時に万葉学界全体にとっての大きな金字塔でもある。

伊藤氏の研究態度は、その「はじめに」で明らかにされているように、「見る態度」「切る態度」を前提として「入る態度」を理想とするといい、その態度を「作品の言語的文脈や非言語的文脈などの〝場〟に研究主体も、作り手・受け手として仲間入りすることによって、古い作り手・受け手と悲喜や哀楽を共にしようとする姿勢」であると説明している。

本書は、どの章節をとってみても、この態度が一貫しており、それをきわめて精密かつ大胆にうち出しているもので、著者はさながらタイムマシンに乗って万葉の世界に旅行し、編者の机上に藤原宮本万葉集や一五巻本万葉集を見たり、うず高い歌稿の整理や配列に編者と一緒になって心を砕いたり、あるいは人麻呂や赤人、また憶良や家持らを次々と訪ねて、作歌の苦心談や制作の意図、更には裏話まで聞き、時には本人が無自覚でやったことまで指摘し、びっくりさせるようなことさえやっている。このように言うと、さも小説めいて聞こえるかもしれないが、実はその正反対で、それぞれの結論は、もつれた糸をあくまでも断ち切らずにほぐし、周到に張りめぐらされた論証の網によって掬い上げられているのであって、執拗に手堅く、またあざやかに説得してゆく論の展開は驚くべきものがある。読者はこの堅実無比な説得力に身をゆだね、安心して万葉の世界に導かれるのである。ここに本書のもっとも大きな魅力と特長がある。

第Ⅰ部はこれまで一貫した組織のない雑然たる集成と考えられていた万葉集を一個の有機的構造体として解明し、その生い立ちから現在の二〇巻にまでふくれ上がって完成する過程を綿密に跡づけたところに画期的な意義がある。それは各巻の歌の配列の構造、巻の位置の必然性、構成の道筋など多面的な考察を基礎に、一貫した万葉和歌史観をうち出し、歴代の編者の意図まで浮き彫りにしているのである。本書の万葉成立論史上に占める位置の高さ、および各巻論の卓越性については、以前「万葉集の成立論」(『文学・語学』第七六号　昭和五一年四月)(注)において一部述べたところなので御参照いただきたいが、将来、構造や成立を考える者にとって最大の指標となるものである。

第Ⅱ部はまた絢爛豪華な目次がまず目を奪う。万葉歌の始原から終焉、そして平安朝文学への流れまで、作品論と歌人論とが交響しながら、息もつかせぬ和歌史が構築されている。そのほとんどの論はすでに学界に大きな影響を与え、評価の高いものだが、特に言えば代作・虚構・推敲などの視点を導入した額田王・人麻呂・憶良・旅人の論等、従来の万葉歌に対する理解態度を根本的に転換させた意義は大きい。これまで万葉の和歌は、大体において近代短歌制作の態度方法と同様に体験的・実感的に作られ享受されてきたとしか捉えられていなかった。これはアララギ流万葉観の根強い影響によるが、戦後三〇年の研究はそれを科学的な方法で着実に突き崩してきたといってよい。このことは伊藤氏一人の功績とは限らないが、少なくともかかる気運・研究態度を育成した旗手の一人として先頭に立ち、具体的な作品論を通して実践した意義は特筆されるべきであろう。この問題と深く関連するのが、第Ⅲ部の「歌語り」についての一連の論である。

第Ⅲ部は万葉びとの文芸意識を表現形式や作歌方法の面から広く明らかにしようとしたものだが、主要歌人の方法や創作意識を通して、それぞれの和歌観を追究している点が斬新である。人麻呂や憶良の書き残した歌論はない。が著者は作品の表現の内奥からそれぞれの歌学・歌論を導き出している。またさきに触れたが、平安時代の文献に見える「歌語り」の存在をさかのぼらせて応用し、万葉歌の創作・享受の場や意識を考えたことも従来にない万葉理解の局面を切り拓いたものであった。「歌語り」と「歌物語」あるいは「物語的構成」との関連や差異については、虚構との問題ともかかわりつつ、やや截然としない面を残しているが、かかる照明のあて方がまた、新しい万葉の姿を照らし出したことは間違いない。今後に深められてゆくべき問題であろう。

本書所収の論考は、昭和二七年発表の「相聞の意義」に始まり、五一年の「万葉歌釈義」で終っている。著者はこの二〇数年間に成った公表。未公表の論を三部に組織したのだが、それに当って、旧稿のほとんどに手を入れて補正し、新たに書き下ろしている点も敬服させられることである。それは莫大なエネルギーを要することで、著者の完璧を期する情熱をよく現わしているが、同時にその中には新説を摂取しつつ、旧稿の面目を一新しているものもある。引用に当って注意を要するところである。氏の学問はこのことにも示されているように、きわめて総合的・巨視的である。が同時に微視的な読みの深さも格別のものがある。しかし、学問に完璧・終着というものはありえない。本書が今後、後学の最大の標的となって果敢な挑戦を受けるのは必至であり、筆者の批判もまたこれからの論で尽くしてゆきたいと願っているが、仮りにそのような時代が到来しても、氏がうちたてた業績の偉大さはいささかも揺らぐことなく、かえって輝きを増してゆくであろう。安んじてこの書評を、伊藤万葉への讃歌に終始させたゆえんである。

（注）拙著『万葉集の編纂と形成』（笠間書院　平成一八年〈二〇〇六〉一〇月）の「序章」に再録。

塙書房刊　昭和四九年（一九七四）九月三〇日第一冊〜昭和五一年（一九七六）一〇月三〇日第六冊発行　A5判　総頁二六六九頁、別冊参考年表・事項索引一三一頁　定価㈠六〇〇〇円、㈡六五〇〇円、㈢六〇〇〇円、㈣六五〇〇円、㈤六七〇〇円、㈥八七〇〇円

（『国文学解釈と鑑賞』昭和五二年〈一九七七〉一一月号　至文堂）

都筑省吾著『石見の人麻呂』

万葉集の研究は近年とみに多角的になり、さまざまな視点や方法が導入されて精細化しつつ進展しているが、なかんずく人麻呂の研究に著しい。しかし、この『石見の人麻呂』はかかる動向や学界の時流の中から安易に生み出されたものではない。著者は人も知る高名な歌人であり、作歌一筋の道を数十年、ひたすらに歩み続けている人である。そして和歌の本質を究めつくそうとする情熱から、鋭い眼力と味読を通して研究に打ち込んでおられるのである。著者はすでに、この立場からの研究『万葉集十三人』があるのはその一つの達成であった。

本書はそれらの総合の上に、偉大な歌人人麻呂の、中でも石見における作品こそ、彼の最高傑作とする強い信念を持ち、きわめて精力的に実地を踏査し、作品を正しく読み据えようとしつつ人麻呂の本質に迫ろうとしたものである。

対象とする作品は、したがって一般に「石見相聞歌」と呼ばれる長歌二首と反歌より成る歌群と「臨死自傷歌」関係の歌群にほぼ限定されている。これらの作品は著者によれば、人麻呂が宮仕え生活の後の晩年、旅行や地方官となることを通して、本来の自分を取戻し、天地自然と一つになって、天地と共に喜び、天地と共に悲しむ、人間人麻呂の真実の姿を歌ったものなのであり、それゆえに人麻呂の最高峰を極めた作品として評価するのである。

これを裏づけるために、人麻呂の歌がいかに自然と一体化して歌われているか、いかに現実と結びついているかを、実地に即して丹念に実証しようとするのである。本書が一読地名の考証と自然の復元にすべてを傾注しているかに見えるのはそのためであって、けっして単なる地名考証の興味からではないのである。

「石見相聞歌」では、人麻呂が妻の里を後にして上京する道程を二首の長歌に分け、時間を追って歌ったとする通説をとるが、「辛の崎」は道筋から外れる唐鐘説を退け、国府が邇摩にあったとする細かい考証をめぐらして韓島とした上で、人麻呂は上京に当って西方の妻の里を訪い、別れてまた国府へ帰る道筋を歌ったとする説を提出する。その道はほとんど今にたどることができるのであって、袖を振った地点、屋上山に昼の月の見える地点や時刻までも明らかにしつつ、昼の月は序詞中にありながら、実景を歌っているために歌調は弛まず、更に盛り上がるのだと説く。

「臨死関係歌」も同一の手法で、歌を正しく読むことによって鴨山と石川とは一つの所とする見方をとり、地形の限定される点から従来五か所の説のあった鴨山に検討を加えて、結局古くからの伝説のある高津川の川口、高津港内にあって、万寿の大海嘯で崩壊した鴨島を探り当て、いくつかの傍証を加え、この地を確信するに至っている。

まことに徹底した態度と微細にわたる考証は驚嘆すべきであり、狭い紙面では述べつくせぬ迫力のある著作である。行間にあふれる人麻呂の人生観・死生観などにも教示されるところが多い。

だが、評者はふと思う。これはあくまでも都筑氏の描く現代の人麻呂であって、古代の人麻呂と同一ではないのではないかと。文学の研究とは所詮かかる一面を持つのは宿命であろうが、近時の研究成果がほとんど顧みられていないこと、或本歌とか異伝を恣意に切り捨てたり無配慮である点などが、とくにその危惧を抱かせるのである。

河出書房新社刊　昭和五六年（一九八一）二月　A5判　三三〇頁　八〇〇〇円

（『国文学』昭和五六年〈一九八一〉八月号　学燈社）

中西進著『古典鑑賞　万葉の長歌』上・下

『万葉の長歌』上下は、著者が昭和五四年（一九七九）四月から七月まで、NHKラジオ古典講読の時間に放送した話を、テープをもとにして成った本である。

ここでとくに長歌を対象としたのは、「この万葉独特の詩形は、短歌より以上に、積極的に『万葉集』の特色を物語るだろうと考え」（はしがき）、より純粋な『万葉集』を大勢の前に提示できるという抱負に基づく。かかる本は以前、『日本秀歌』の一冊として、窪田空穂の『万葉秀歌　長歌』があるが、それは『万葉秀歌』上下が短歌のみであったのを補う形であったのに対し、本書は、より積極的な抱負のもとに企図されている点に、まず大きな意義が認められる。

構成は一八の章に分かれ、放送時の回数によっているが、初期万葉・額田王に各一章、人麻呂に三章、赤人・憶良に各二章、金村に一章、虫麻呂に三章、遣唐使の母・福麻呂に各一章、家持に二章、集団の無名者に一章をあて、おのずから長歌史と長歌作家の系譜とが整然とたどれるようになっている。叙述は平易かつ親しみやすく、語義も単なる語釈に止めず、語や表現の背後の意識、実態などに深く立ち入りつつ、作品の性格および作者像を丹念に引き出してくる手法を駆使し、全円的に作品と作家とを理解できるように配慮しているので、帰納された人物像は生き生きと躍動し、人麻呂の積極性、赤人のやさしさ、憶良の哲学性、虫麻呂の寂寥などを説得力強く描き上げることに成功している。ここに本書の最大の特色があり、一般読者を対象とする意図を十分に満たす以上の魅力がある。

内容的には著者長年の蓄積が凝集し、それが鋭い感性と豊かな詩心によって披瀝されているのはもとよりであるが、語り口の平明さと相俟って、既知の所説もいっそう鮮明に訴えてくるばかりか、随所に新たな知見が加えられているので、研究者を裨益する点も少なくない。人麻呂の新田部皇子に献る賀歌における、大殿・常世・雪などの意味の掘り下げを通してする新しい評価、石見相聞歌の「入日さしぬれ」と已然形で言い放つ法のもたらす効果、金村の志貴皇子挽歌における試みを文学史の流れの上で評価する態度などがそれであり、なかんずく虫麻呂の幻想的、非現実の世界に魂の救済を求めてゆこうとする人間像の捉え方は、本書の圧巻であるともいえる。

福麻呂の短く切れる気息に長歌の終焉を見通し、家持の類型表現の中から独自な詩的特色を引き出し、自然と生命とが一体化した境地に発想の根源があるとする視点なども貴重である。また立山の賦に山とともに歌われた片貝川の位置は、立山から遠く、それ故に剣岳を中心に歌ったとする見解もあるが、著者は、やや無理をしてまで片貝川を歌いこんだのは、立山を神奈備山とする発想で歌っているからにほかならぬとする的確な読みの深さをさりげなく示す。これはほんの一端に過ぎぬが、かかる面を豊富に併せ持つところに、本書の卓越性がある。

評者ははじめ、入門書程度のものと思い、軽い気持でひもといたのだが、その巧みな話術と質の高さに引きこまれ、一気に読了した。読後感は同じ著者がかつて才筆をふるった『天智伝』にも通じるさわやかなものであった。もちろん時間の制限や対象への配慮のある放送というものの性格上、著者自身述べ足りぬ点や明確な根拠を提示し得ぬうらみも残っていようが、それはまた別の機会に尽くしていただきたいものである。

教育出版株式会社刊　昭和五六年（一九八一）一二月　四六判　上巻二三二頁、下巻二二四頁　各巻一七〇〇円

（『国文学』昭和五七年〈一九八二〉四月号　学燈社）

伊藤博著　『萬葉のあゆみ』

『萬葉のあゆみ』は著者がさきに公刊した『萬葉のいのち』の姉妹篇として編まれたものである。『いのち』の方が萬葉歌をやさしく読み解きながら、美しさや特長を説く点に力を注いでいるのに対し、これは歌の流れを中心に簡潔かつ的確に問題点を整理しつつ、これまた平易に最新の学説を抑えて述べており、初心者にも手軽に親しめる本となっている。ここに本書の卓越した大きな特色がある。

構成は二部から成り、一部は「萬葉の抒情」と題して、Ⅰ額田王の時代、Ⅱ人麻呂の時代、Ⅲ赤人憶良の時代、Ⅳ家持の時代、の四章を立て、二部は「萬葉の渓流」として、Ⅰ萬葉巻頭の歌、Ⅱ初期萬葉の才媛―額田王―、Ⅲ神々から人間へ―柿本人麻呂―、Ⅳ天平の憂愁―大伴家持―、Ⅴ萬葉のゆくえ、Ⅵ萬葉和歌の下限、Ⅶ萬葉のなかの文学史、の七章を立てている。

一部はかつて『図説日本の古典　萬葉集』において豊富な美しい写真とともに楽しく読了した記憶があるが、装いも新たに文字だけで読むとまた趣も別で、思考が拡散せず、以前にもまして氏のすぐれた文学史観に身近に接することができるように思われた。

壬申の乱後に生まれた「大君は神にしませば」の表現に、人間存在の悲しみの認識を見、それがやがて人麻呂による重厚かつ豊醇な風を導くとする捉え方、旅人における倭歌に漢文序を併せる新形式の発明や内容の深さに感動した憶良が、以後詩精神をかき立てられて萬葉に新天地を開いてゆくとする見据え方、また、伝説歌が旅の信仰を源流としつつも奈良朝に生まれくる必然性を、人間の意識や自覚の深まりとともに説き、虚構歌の流行を導いた坂上郎女を和歌史上に大きく位置づけるなどはほんの一部の例で、いちいち述べたら優に書評の紙数を越えるであろう。取上げた歌は約二〇〇首、秀歌を織りなしてみごとな萬葉和歌史を構築している。

二部は一部の主要な課題を個別にいっそう掘り下げていて、併せ読むことによって一部で述べた意図や内容がより深く理解できるように組織されている。これらも諸所に公表したものだが、とくに人物に焦点を絞った三篇は歌人の特質を浮きぼりにしていて読みごたえがあり、人麻呂の革新的偉業を闡明することに主眼を置いたⅢはひとしお感銘深い。

また、一部で触れていない萬葉の成立に関するⅤ・Ⅵなども含まれており、氏の持論を簡明に知ることができて便利である。

著者は人も知る萬葉研究の第一人者として、すでに『古代和歌史研究』全六巻を完成しており、その偉業は喋々するまでもないが、本書はその浩瀚な余材をもって組み立てている面があるので、伊藤萬葉学の格好の入門書として貴重なものとなろう。だが著者は絶えず前進をはかっていることも忘れてはならず、二部においては旧稿を考え直したり新説を考慮して書き改めている個所が随所に見られる。

Ⅳで家持の没所を多賀城から都へと変えている点、Ⅴで巻一七巻頭部分の歌稿の記述は天平勝宝元年五月頃になされたと書き加えている点などがその例として指摘できる。こうした真摯な学問的態度や情熱のうかがわれるところにも本書のすぐれた一端を見ることができる。

高い学問的水準を保ち、江湖に広く推すに足る著作はそうざらにはない。信頼できる著者によるかかる書物の出現を学界のためにも大きな喜びとしたい。

塙書房刊　昭和五八年（一九八三）九月　新書判　二三八頁　六五〇円

（『国文学』昭和五九年〈一九八四〉二月号　学燈社）

青木生子　井手至　伊藤博　清水克彦　橋本四郎　校注　『萬葉集』全五巻

　萬葉集全二〇巻、四五〇〇余首に注解を施した、新潮日本古典集成『萬葉集』五冊が本年（一九八四）九月をもって完結した。第一冊目の㈠が昭和五一年（一九七六）に刊行を見てから二年間に一冊の割で発行され八年間にわたるが、準備期間を加えれば、じつに一〇年以上を費やした貴重な労作である。

　校注者は青木生子、井手至、伊藤博、清水克彦、橋本四郎氏の五氏、いずれも名だたる第一線の研究者で、とりわけ文芸的に語学的に最新の研究を推進してきた人たちである。近年飛躍的に進展をとげつつある複雑多岐な萬葉学の全貌を集約して一般に伝えるには最適な顔触れといえよう。

　執筆は大体各巻ごとに分担し、それを全員で討論し、推敲を重ねて決定稿としたことが凡例に記されているように、深い信頼関係に支えられ、緊密なチーム・ワークのもとに成ったものである。

　本書のすぐれた特色は数々あるが、一言で尽くすならば、高い研究水準を保ちながら、平易で親しみやすい点にあろう。四六判の手軽さや口語訳の色刷りなどは出版社の方針であろうが、原文をも省き堅さをやわらげている。内容もそれにふさわしく口語訳はよくこなれていて、それだけで一首の世界がさながら浮かび上がってくるように苦心されている。見本として巻十四東歌《あずまうた》の一首を紹介しておこう。

　くへ越しに麦食《むぎは》む小馬《こうま》のはつはつに相見《あひみ》し子らし
　あやに愛《かな》しも（三五三七）

　注者はこの歌を、「柵越《さくご》しに首をうーんと伸《の》ばして、やっとこさ麦を食《は》む小馬のように、ほんの、ちょっとだけ逢えたこの娘《こ》、この娘がむしょうに愛《いと》しい」と訳している。便宜上傍線を付したが、この部分のような口訳は従来見られなかったもので、そこを省き、「柵越しに麦を食む小馬のように」と訳すのが普通であった。比較していかに情景がよく伝わってくるかが知られよう。こうした口語訳は読むだけで楽しい。しかも、その上本書は語釈を簡潔に付し、必要に応じて、作歌事情、作品構成、時代背景、編者の意図などの釈注を添えて理解を深める助けとしている。

たとえば今の歌では「なかなか逢えなかった女をいとおしむ男の歌」と作歌事情に触れる。行き届いた説明で、これまた従来の頭注本の範囲ではほとんど見られなかった試みである。その釈注は時には鑑賞にまで及ぶ。

あしひきの山さへ光り咲く花の散りぬるごとき我が大君かも（巻三・四七七）

歌は若き皇子の死を悼む大伴家持の挽歌の一首である。注者は言う、「華麗にしてはかない花の描出は、徳高い皇子の早逝《そうせい》を悼むにふさわしい。皇子の死によって山（皇子の周囲）は一挙に暗黒と化したのである」と。作品の味読に加えるところが大きい。そのほか、連作における展開の構造、贈答歌における受け答えの機微、作品配列に払った編者の狙いなど、一般読者はもとより、専門家も裨益し誘掖する指摘は枚挙にいとまなく、ここで述べ尽くせないのが惜しまれる。

また、本書には解説として、㈠に「萬葉の魅力」、㈡㈢に「萬葉歌の流れ」、㈣に「萬葉集の歌の場」、㈤に「萬葉びとの『ことば』とこころ」、㈠から㈤までを通して「萬葉集の生い立ち」と題する懇切な文章が付載され、校注者各人のうんちくが傾けられている。

これらの文章も概してやさしく、本文の訳註と併せて愛好家を広く深い萬葉の世界へと誘《いざな》うであろうと思われるとともに、専門の研究者にとっても読み逃せぬ十分な魅力を兼ね備えたものとなっている。

民族の貴重な遺産である萬葉集を一部研究者の手から解放し、注釈の世界に新たな展望を開いた点で、本書は一つの画期をなすといってよい。その完成を喜び、末長く愛読されてゆくことを願いたい。

新潮社刊（新潮日本古典集成）、全五巻　昭和五一年（一九七六）～昭和五九年（一九八四）四六判　㈠四三一頁・一八〇〇円、㈡五二六頁・二二〇〇円、㈢四九〇頁・二二〇〇円、㈣三八七頁・一九〇〇円、㈤四七〇頁・二二〇〇円

（『週刊読書人』昭和五九年〈一九八四〉一二月一七日）

金井清一著『万葉詩史の論』

金井清一氏は常に確乎とした文学史観に立ち、まっこうから作品・作家と切り結ぶ意欲的な研究家である。研究領域は広く記紀・神話にもわたり多彩であるが、本書は万葉関係の論をまとめたものである。題して『万葉詩史の論』という。この書名は万葉集を一歌集にとどまらぬ大きな文学史的存在として、古代抒情詩の興亡盛衰の舞台そのものとして抑え、その中で作家の作品へのかかわり方や資質の類型などを追究する氏の関心にいかにもふさわしいといえよう。

収録した論考は二四編、序論に「抒情詩の発生と発展」を据え、前編「柿本人麻呂詩論」、後編「万葉後期詩論」、別編「藤原不比等と万葉集周辺」の三部構成である。

序論は、日本古代の抒情詩が専制王権と対応しつつ、いかに発生し成長・展開・衰退してゆくかを太い線で簡潔に述べたもので、総論であるとともに全体を縮約している。

前編は九編の人麻呂論から成る。冒頭の「柿本人麻呂論　序説㈠」以下四編は、人麻呂にとって歌とは何かの命題に正面から挑んだものである。その骨子は、芸術とは〝秩序に抵抗する生命の働き〟を表現したものとする文学論に立ち、人麻呂の場合の秩序とは、古い呪術信仰的なもので、それに対立する新しい人間的感性、生命的なものとの緊張関係とが作品に形象化されていると見、その対立緊張関係の図式の中でもっとも感動的な作品を生み出すとする。そして〝泣血哀慟歌〟〝石見相聞歌〟の分析を通し、さらに「すべなし」と歌う場合の表現に即して確認し、人麻呂にとって歌とは、魂の最後の拠り所であり、生きるすべにほかならぬものであったというきわめて本質的な解答を引き出してくる。

およそ作家（歌人）にとって作品（歌）を作るということがいかなる意味を持つのかという根源的な問いかけをまともに発する人は少ない。氏の論は文学研究に携わる者に対する警鐘としても貴重な意味を持つといえる。

一方、人麻呂作品には調和安定型ともいうべき〝吉野讃歌〟などがあり、さきの対立緊張の図式からだけでは包括できぬ側面もある。それに対しても氏は、人麻呂がすぐれた芸術家に共通する、対象と渾融できる豊かな感性と想像力とを併せ持つ資質に恵まれていた点から解決を試み、時代とのかかわりの上で感動を再現し、正しい評価につなげるべきことをいう。「人麻呂の渾沌」以下三編は、この関心から広く人麻呂を捉えようとしたものである。しかし、人麻呂の本質はやはり対立緊張型にあるとするのが氏の結論である。

明晰な論理をもって通したみごとな人麻呂論である。ただ敢えていえば、氏が将来さらに総合的に緻密な作品論を展開した場合、この両面性のみでは律しえぬ面も生ずるのではないか、また別な視点を加えて見る余地も出てくるのではないかというような感想も抱くのである。人麻呂のはかり知れぬ懐の深さを思うゆえにほかならない。

広い文学史的展望を踏まえ、作家の本質に鋭く迫る論法は後編でも変らない。論考は九編、取上げた主な歌人は憶良・虫麻呂・家持で、折々に赤人にも言及する。冒頭の「律令制と抒情詩」は序説ともいうべく、律令制という本質的に抒情詩になじまぬ社会の中で、抒情詩という形式しか持ち合わせなかった第三期の歌人たちが、いかに体制と対応しつつ苦闘し、個性を開花させたかを問題とする。抒情詩展開の相を根底から抑えた好論というべく、共感できる見解である。

各論はまず人麻呂論で試みた「すべなし」と歌う場合を憶良・家持に拡げ、同様な分析を加え、憶良には人麻呂を継承した同一の認識を、家持には現実を肯定する諦観の声を読み取っている。部分的考察から全体像に迫る、あざやかな切れ味を見せた論といえよう。

続く虫麻呂論四編は、彼の歌人的本質を一元的に規定する従来の虫麻呂観への疑問に発し、あくまで貴顕のサロンに奉仕する立場の歌人として捉えて作品の性格を考える態度を採り、その上で虫麻呂が「身をたな知る」歌人であり、願望の実現に固執せず、対立せず、調和を願いつつ疎外されてゆく人間像を描き上げる。それゆえ虫麻呂は己が生命の充実感に喜び、生命の実存に感動する芸術家の魂にもう一つ不足しており、抒情的達成も低く、ここに資質と文学ジャンルとのからみ合いの観点からする文学史的問題が蔵されていると見るのである。これまた魅力に富む一つの捉え方を提示したものである。

家持論は、彼が長歌なる詩型式を選択、多作した意味、機能、有用性などを表現に即して考察し、感情を自由に表現できる空間と時間とをそこに求めようとしていることをまず確かめる。そして文学史的に長歌が私的詠懐の形式へと機能を拡散していった趨勢、および短歌の公的機能の拡大に伴い、阻害された抒情表現を長歌によって果たしつつ、短歌では私的感情を交えない独自の映発的技巧を確立したとする。そしてさらにその後に、独詠的長歌と映発技法の短歌とを止揚した形式・内容として春愁三首を位置づけ、同時に古代抒情詩衰退の必然を見通そうとするのである。

まことに整然とした図式で、それゆえにむしろやや気になる面が残らないではないが、こうしたスケールの大きい家持論は従来ほとんどなかったもので、示唆に富み、啓発されるところ多大である。特筆してよい力のこもった卓論といえよう。

すでに触れ残してきた論も多く、別編についてはほとんど言及する余裕がなくなった。不手際をお詫びするしかないが、なお一言だけ添えておきたい。別編四編の論文は、近年注目を集めた、草壁皇子から藤原不比等に賜った黒作懸佩刀の伝世の論に対する批判に発し、不比等を中心に持統天皇、長屋王などの政治理念をめぐり、虚々実々の政治の綱引きのさまを克明にえぐり出しつつ、従来の説を批判するとともに当時の文学のあり方に大きく関与した不比等の姿を浮きぼりにしている。私はかねて、不比等は日本書紀的世界に深くかかわる必然性があっても、古事記・万葉的世界とは別次元の人と思っていたが、氏の論によりいっそうその念を深くした。

述べてきたように、本書は近来稀に見る格調高い論文集である。背骨がすっきり通っていて快い。この線上に将来いっそう綿密な架橋や論理化の求められる面もあろうと思われるが、今はひさびさに本質を問題とした好著を読んだ喜びを中心に述べるにとどめたい。

笠間書院刊　昭和五九年（一九八四）一一月三〇日発行　A5判　三七六頁　九〇〇〇円

（『日本文学』昭和六〇〈一九八五〉年六月号　日本文学協会）

中西進編 『万葉集事典』

このたび中西進編『万葉集事典』が講談社文庫の一冊として刊行を見た。本書は同氏の同じ講談社文庫『万葉集　全訳注原文付』四冊の別巻として、その説明を補う目的で企画され、高野正美・近藤信義・三浦佑之・保坂達雄・辰巳正明氏ほか多くの門下を中心とした人々の協力により、長年の歳月を費して完成したものである。

同種の刊行物は今迄にも数冊あり、同じ書名の本も二つまであるが、本書は多くの点で独自性をもち、新機軸をうち出している。もちろん事典という性格上、従来の書の項目と重なる部分のあるのは当然だが、それらを越えて、なお本書の卓越した特色をあげるならば、およそ次の三点に要約できよう。

第一に情報量の多様さをあげることができる。項目として、たとえば古代皇居・皇陵、遣外使、官吏任用試験制度、古代寺院、東西の市、主要食料（野菜・山菜、藻、果実、肉類、魚介類、酒、調味料）、貢上食品、議政官一覧、官人給与及び帳内（親王・内親王に与えられる従者）・資人（五位以上の者および大臣・大・中納言に与える従者）・事力表（職分田の耕作のために与えられる正丁）などは研究・読解上の重要事項であるにもかかわらず、これまでは調べるのに多大な労力と手続きとが必要であった。それをいとも簡単に知ることができる。その上、貢上食品には最新の平城京出土木簡まで資料として用いている。また、従来の事典にはなかった万葉歌の初句索引を付したのも便利である。

第二に上述の項目も含みつつ、多くの項目を表覧によって「一目でわかる」ように工夫していることである。諸本巻別存在一覧、万葉仮名一覧などは顕著な例で、前者は諸本の完存や欠落の状態が煩瑣な調査を経ずにわかり、後者も巻別に使用文字の分布などが簡便に一望できる。

第三に本書は手軽で廉価な文庫版であるということである。このことは上の二点とともに時代の要求にも十分応えており、研究者はもとより学生や一般愛好者にも親しみやすいものとしている。質量ともに安んじて江湖に推奨できる好著といえよう。

講談社刊　昭和六〇年（一九八五）一二月　五八五頁・九八〇円

（『週刊読書人』昭和六一〈一九八六〉年二月二四日）

稲岡耕二著　『万葉集の作品と方法』

わが国の文学の歴史にとって、長い間文字もなく口誦されていたものが、中国の文字を移入して自国語に馴育しつつ、記載へと進んでゆく場合、いかなる変化が生じるものなのか。この問題は文学史的に見て、重大な関心事であるにもかかわらず、まともに論じられることはほとんどなく今日に至っていた。

稲岡耕二氏の『万葉集の作品と方法』は、「口誦から記載へ」と副題があるように、如上の大問題を主題の中心に据え、主としてその過渡的転換点に立つ柿本人麻呂の文学を多面的に考察しつつ、文学史的位相を明確にするとともに、人麻呂の本質に鋭く迫ろうとした意欲的な大著である。著者はさきに『万葉表記論』を世に問い、人麻呂歌集と人麻呂作歌の表記史上の位置づけに論及しているが、本書はそれを表現方法の研究を通しても確認し、相俟って作品論・作家論の充実をはかり、人麻呂の活動を動的、立体的に描き上げようと意図したものである。

本書の構成を、目次により副題を省いて紹介すると次のようである。

序　章　口誦から記載へ
第一章　万葉集の抒情の方法
　1　連作の嚆矢
　2　前擬人法的表現
　3　推敲
　4　方法としての序詞
　5　反歌史溯源
　6　枕詞の変質
第二章　万葉集の歌人と作品

1　軍王作歌の論
2　石見相聞歌と人麻呂伝
3　「動乱調」の形成
4　「志賀白水郎歌十首」と「讃酒歌十三首」
5　家持の「立ちくく」「飛びくく」の周辺

まず序章は、第一章の総論で、はじめに触れた問題を提起して導入としている。表記史・枕詞・序詞・対句などの考察から、人麻呂以前と以後との決定的差異を具体的に明らかにし、口誦文学から記載文学へ移りゆく時代の方法の変化について述べる。このうち枕詞・序詞については第一章で、より精細に論を展開することになる。

第一章の1では、複数の短歌を並べて時間の経過をあらわし、空間的な移動を構成的に表現した連作が、人麻呂作、持統六年（六九二）の伊勢行幸の際の作にはじめて見られることをいい、その基礎的条件として文字すなわち記載の介入と時間意識の変化とを指摘しつつ、和歌史上の大きな業績の一つとして評価したものである。

2は、人麻呂歌集の動植物の表現には、奈良時代以降の観賞的・美的なそれと異なり、自然と人間とが渾然と一体化した趣をもつ融即的心情表現が顕著に認められることに着目し、これを「前擬人法的表現」と称し、そこに歌集歌の文学史的位相を見ようとする。そして、そうした自然との共感的呪法的な感情と、一方で新しい思想の洗礼を受けつつ自然からの乖離を意識せざるを得なかった人麻呂が、両者の混在とせめぎ合いの中から、独得の混沌とした歌調（動乱調）を生み出してくることを述べている。

3は、人麻呂の代表的二作品、泣血哀慟歌と明日香皇女挽歌の異伝と本文との綿密な比較対照を通して、異伝より本文へと推敲されたさまを明らかにし、人麻呂が口誦から記載への過渡期を典型的に横切ったことを裏付け、表現意識の確認、作歌活動の秘密、作品発表の場や成立時期など、多様な問題を解く手がかりとなしうることを浮き彫りにしている。

4は、序詞に関する従来の研究や定義が、共時論的視点からなされる傾向にあったのを、著者は通時論的観点を導入し、人麻呂以前と以後との質の相違をふまえ、枕詞とともに序詞における譬喩性の増加を、人麻呂以後の記載次元のこととする見通しをたてる。そして、序詞と本義との意味的統合が初期万葉ではゆるく、第二期以降に緊密になってゆくさまや、音による序詞および譬喩的序詞の多寡などを考慮しつつ、口誦のうたから記載文学としての短歌への変質を示唆するものとし、さらに人麻呂作歌、人麻呂歌集略体歌、非略体歌、巻一一出典不明歌などの序詞に丁寧な分析を加える。それによれば、人麻呂作歌・非略体歌の序歌は天武・持統朝の序歌に近く、譬喩性への傾斜の点で初期万葉序歌と区別されるが、非略体序歌はなお初期万葉的要素を残すのに対し、略体序歌は巻一一出典不明歌のそれと比較しても、はるかに初期万葉序歌に近く、形態的にも近いとするのである。こうした分析をもとに、略体序歌について著者は次のように述べる。

略体序歌は、その形の上からも、作歌や非略体歌より口誦のうたに近い位相のものと見るのが妥当と思われる。『万葉表記論』における表記史的な推定と併せて言うならば、人麻呂は、略体序歌の制作を通じて非略体歌や作歌につながる方法を身につけて行ったはずなのである。

と。その上でさらに記紀歌謡の序歌を取り上げて補説しつつ、人麻呂が個の抒情歌の歴史にとって、新たな道を切り開いてゆくさまを克明に跡づけている。

5は、初期反歌の文献学的資料の整理、反歌意識、反歌の意味などを考えるところから出発し、初期万葉長歌の緻密な検討を通して、反歌が天智朝ごろに生まれ、確例は額田王の歌に指摘できるとする。そしてその性格を抒情内容の反復・要約であると抑え、人麻呂によって同種の反歌から次第に独立性を増し、「短歌」となって連作的に添える方向へと展開するという捉え方を示しつつ、この方向も記載文学的性格を強めてゆく現象に伴うものとするのである。

6は、枕詞・被枕詞の性格もまた記紀歌謡・初期万葉と人麻呂以後との間には地殻変動ともいうべき変化が見られるということを、記紀歌謡・初期万葉・人麻呂歌集・人麻呂作歌の綿密な考察を通し、主に用言にかかる枕詞の変質を手がかりとして、表現主体の意識とのかかわり方を問題とする。そしてここにおいても、序詞や対句、および反歌の変化などと歩調を合わせた、口誦文学から記載文学への転換に関わる歴史的な変移があるとするのである。

狭い紙面の中での紹介は危険であり、誤読があればお詫びするしかないが、第一章の六節を評者なりにまとめると以上のようである。それぞれ異なる方法の歴史を持つ対象を、一つの主題「口誦から記載へ」に向け、強力なレンズによって焦点を絞るかのごとく収斂させてゆく論の運びはまことにあざやかであり、わかり易く迫力に富む。

そして、1の連作史上の位置づけ、2の歌集歌の位相などの論は首肯できる面が多く、3も従来の推蔵説を一段と推し進めて、問題を大きく拡げて成果をあげた論として貴重である。4・5・6も大綱としては是認してよく、その点で、第一章の提起した問題の大きさによく応えた粒よりの好論で、著者の自信のほども想像できる。

ただ、少し気になることを言えば、これらの論の背景には、著者もいうごとく人麻呂関係歌が略体・非略体・作歌の順に時間を追って制作され、書き継がれたとする表記史上の研究があり、これを「口誦から記載へ」の観点から細かく裏付けようとしているのであれば、やや説明不足の面もあるかに思われる。たとえば4の序詞については略体と非略体の位相の相違を細かく問題としているが、2の前擬人法的表現や6の枕詞の節では、それを一括して論じているごとき、おそらく分離するだけの位相の差が見出しにくいのであろうが、徹底を欠くのではあるまいか。なお、2では作歌もほぼ同じ位相のもとに説明されている。また、4の略体序歌に関し、さきに引用した著者の言について言えば、略体歌がすべて作歌や非略体歌と同じ次元に立つ人麻呂の創作歌であるならば、表記史的観点と作歌時期とを関連させることも是認できよう。だが、しかし、略体歌はまだその性格を一元的に説明できる段階にないので、その序詞使用の位相がいかに古く口誦的であろうとも、人麻呂個人の自己発展的様態として捉えるのは行き過ぎではなかろうか。人麻呂が古い口誦歌を筆録した部分、あるいは口誦的方法によって作ったものも略体歌には多いと思われるからである。評者は人麻呂関係歌三種の書き継ぎ説、詠み継ぎ説にはかねてから賛成できないでいるので、こうした点が気にかかるのである。

しかし、そこにこだわることをやめ、人麻呂関係歌を一丸とした上で（略体歌は多少問題だが）、記紀歌謡・初期万葉から人麻呂以後の和歌史上に載せてその位相を見るならば、本書の論述や分析の成果は、ほぼ同意できるもので、きわめて大きな意味をもつ画期的な業績として研究史上に輝くと思われる。さきに大綱において是認できるといったのはその意味であって、著者の究極の目的もおそらくこの点にあろうと推測するのである。

第二章に移ろう。ここには作品と作家の論が収録されているが、第一章と密接な関連のある1と2がまずその冒頭を飾っている。

1は、巻一の配列により舒明朝の作品とされる軍王の歌を、「遠つ神」「大夫」などの使用語句の歴史的検証を踏まえ、さらに枕詞の連合表現などの検討を経て、人麻呂以後の作と見ることの妥当性を説き、なぜ舒明朝の作とされたのかの理由に言及する。

2は、これまで人麻呂晩年の作とされることの多かった石見相聞歌を、持統朝前半の作として位置づけ得ることを、反歌史上から、また時間意識、枕詞、対句の用法などを手がかりに述べたものである。そして臨死歌も石見での作でないことを論証して、晩年制作説の根拠を取り除くなど、周到である。これには本書に収録していないが、人麻呂は持統六年以後、反歌の頭書に「短歌」を用いるようになり、両者の間には質的にも大きな差があるとする。「人麻呂『反歌』『短歌』の論」(『万葉集研究』第二集)が踏まえられている。

3は、五味智英氏の名づけた、人麻呂の「動乱調」が、いかに形成されてゆくかについて、人麻呂の歌人的閲歴の中での位置づけを問題としたものである。動乱調とは、沈痛・重厚な、しかも渦巻くような調べをもつ歌を称し、人麻呂独特の歌調といえるものである。まず前提として人麻呂歌集の歌を作歌以前の習作期の作品と見、歌集の巻向歌群に着目する。そしてこれが非略体歌のみで、表記論的に同一水準の歌群と見なされるのに、その中には人麻呂調の歌が多く、また逆に略体歌的な民謡風の軽易な作品も含まれているので、歌集と作歌との関係をコンパクトな形で示し、人麻呂調の形成について手掛りとなしうるとする。次いで個々の作品の考察を経て、まず巻向歌群は作風・表記から見ても作歌以前の人麻呂作と考えうるが、同時に併せ持つ軽易の風に象徴的意義を認め、そこに集団の歌謡から表現の形式とエネルギーを承けつつ、個の抒情を盛り込もうとした人麻呂の習作期の姿を読みとろうというのである。

そして巻向歌群中の妻の死を歌った何首かに重厚な作品のあることから、彼はその衝撃により軽易の風に沈痛な響を加えたのであろうとし、さらに若くして体験した壬申の乱などによる人世無常の自覚、および第一章2で触れた自然からの乖離など、さまざまにせめぎ合う内面の矛盾をそのまま掬い上げて歌ったところに動乱調成立の秘密があろうという。その時期は天武朝末から持統朝初めにかけてのことで、かかる飛躍・変化を示すものとして巻向歌群を位置づけるのである。

4は、作者・構造などに多くの問題を抱えた「志賀白水郎歌」と大伴旅人作の「讃酒歌」との二つの連作について論じたものである。まず前者は、尼崎本朱頭書の配列（通行本の第三首が第六首のあとにある）の信憑性を検討して正しいと認定し、その構造を考え、一〇首のうちの六首目までは時の経過に従って配列され、三首ずつ一群を成し、しかもそれぞれの歌が他の群の一首と対応する特殊な構造をもつとする。続く四首は二首ずつ組を成し、それぞれ八歳の後までも帰らぬ白水郎荒雄に対する期待と絶望とを対照的に表現した特殊な構造をもつとするのである。そしてかかる構成は中国詩の影響を受けつつ、短歌型式の長所を活かした憶良の特別な意図によるものとして評価している。

後者も一三首の構造について、従来、全体の統一や組織はないとされていたのに対し、冒頭から二首おきに五首の主題を掲げた歌を配し、その間に二首ずつ組歌を挿入して構成した巧緻な連作であることを明らかにし、時間の進行につれ酩酊の度を増し、笑いと涙とをまじえる飲酒の状況を髣髴させるのだとしている。そしてかかる連作創造の背景には人麻呂があり、同時に憶良の志賀白水郎歌の形式や技法に共通の性格を読み取りつつ、両者間に影響や刺激があったであろうことを述べている。

5は、万葉集の自然描写を考える上で、とりわけ重要な位置を占める家持を明らかにするために、広く万葉全体の鳥や動物の描写を精査し、家持の「立ちくく」「飛びくく」など精細な印象的描写に至る軌跡をたどる。その上でさらにこの視覚的精細な描写から絶唱三首の心情の細かさへと向う変化・飛躍の上に、何らかの意識上の変革があったことを推察しながら、散文的平叙的で感動に乏しい微細な描写を感動的な絶唱三首へと飛躍させた契機は、家持の政治生活上の苦悩に基づくものであったというのである。

大体以上のようで、第二章は主題に前章ほどの統一はないものの、それぞれ研究史上に大きな意義をもつ力作が並んでいる。まず1の軍王作歌は、これまでにも幾多の論を集めた問題多い作品であるが、氏の手堅い考証と洞察は説得力の点で他を圧している。評者もこれに加担して久しく、旧知に会ったようななつかしさを覚える。また、4の白水郎の連作も、じつに多様な説が積み重ねられている中で、尼崎本の朱注を重んじた論はほとんどなく、その点で貴重であるとともに、将来に資する大切な論となるはずである。続く讃酒歌の論は、これによって構造が初めて説き明かされたという由緒を持つ特筆すべきもので、その後の論を活性化し多様化した端緒を作った点でも大きく評価できよう。ただ加筆により、その先駆性がやや薄れた印象を与えるのが惜しい気もする。

前後したが、2の論は、通説の晩年作を否定した点は評者も同意見で異論はない。ただしこれを持統朝前半と限定してゆく論法には必ずしも同調できない。もちろん氏の導き方は第一章の方法のごとく、作品中のあらゆる要素を収斂して結論に結びつけてゆくのであって、論の整合性はみごとというほかないが、その根底には反歌・短歌の論による時代の限定があり、それに他の要素の分析を動員して補強しているかに思われるからである。人麻呂は果して持統六年以後、反歌の称は絶対に用いなかったといえるのだろうか。また、枕詞も氏の言う持統朝前半的な傾向が指摘できるにしても、持統朝の後半にはそうした枕詞を用いなかったと言い切ることができるのだろうか。対句にしても同様な疑問がある。時々の作歌意識とも関連しつつ、措辞もまたもう少し柔軟で弾力的なものではないのかと思うのは評者だけの感想であろうか。

これと同一の論法を示すと思われるのが、3および5の後半であろう。3の人麻呂独特の動乱調形成の背景には、壬申の乱ほかさきに挙げたもろもろの要因が働きかけているという指摘はよく首肯できるところで、この点では異をさし挟む余地はなく、すぐれた着目と評すべきであろう。だが、人麻呂が軽易の風から動乱調へと発展的に自己を改革していったとする図式でこれを抑えようとしている思考方式が疑問なのである。私見ではこの巻向歌群（非略体）は作歌と時代が重なると見るのに対し、氏は非略体から作歌へと発展的に捉えるところに意見の相違が生じているのであるが、ひとたび動乱調を体得した人麻呂は、そのあと軽易の風の作をなさなかったなどとはおそらく言えないのではなかろうか。作品の性格・内容・発表の場などの変化に応じ、人麻呂は重厚な動乱調も軽易な作品も並行して作ったと考えるのが自然だと思うのである。

5は、家持の自然描写の精細さを史的展望のもとに的確に描き上げた有益な論で、評者もしばしば恩恵を受けて引用した卓論である。その意味でこれも全く問題はない。しかし、その精細な自然描写から絶唱三首の細かい心情表現へと、これまた発展的に意識上の変化・飛躍を想定しようというところに抵抗を覚える。

家持には若くして繊細な心情を表現に託した歌も見出されると思う（たとえば天平八年作の「秋歌四首」など）。ここでもむしろ、家持は時と場合により、どちらの傾向の歌も詠んだとする方が実情に合うのではないかと考えるのである。

本書は最初にも述べたように、文学史上の重大事に正面から堂々と挑んだ画期的な大著であり、学界に大きく寄与するものである。この評価はおそらく動くまい。そして評者もほとんどの論に対し、大綱として賛同できることを述べ、かつ多大な教示を得た。しかるに批判的言辞も費したのは、著者と評者との間に横たわる、主として人麻呂関係歌三種の捉え方の問題、反歌・短歌の時代的区分の問題、およびそれと関連しつつ、一作家が作品を形成する場合に見られる進歩・発展に関する見解の相違に起因する。しかし、前者については著者の説に多くの賛同者のあることを知らぬわけではない。その限りでいえば、批判めいた部分の大半は雲散霧消するであろう。直ちに決着のつく問題とは思わないが、私見も処々で述べてきているので、大げさな言い方だが、後世の審判を待ちたい。

後者については、評者もまた一作家の作品の進歩・発展を認めまいとするのではなく、長い間に徐々に変貌することは認めつつも、新旧とりどりの要素が錯綜し混在しながら発展するのが普通で、作歌条件にもよるので、ある時期をもって急に変貌するようなことはなかろうとするのである。一つの高みに立った作品のあとに、はるかに劣る作品を作ることも作家には常にあることであろう。ましてそれが詩歌の場合はいっそうだと思う。誤解のないように言い添えておきたい。

著者には本書に収録しなかった関係論文がまだ多数残っている。総合的な批評はそれらを含めつつなされねばならぬことであり、評者の読み誤りや足りぬ点のないことをひたすら願うものであるが、今は感想の一端を述べて、この大著の刊行を祝福したい。

岩波書店刊　昭和六〇年（一九八五）二月二七日発行　A5判　三九五頁　五六〇〇円

（『国語と国文学』昭和六一年〈一九八六〉七月号　東京大学）

15　書評／新著紹介

梶川信行著　『万葉史の論　笠金村』

　笠金村は前代の人麻呂や同時代の赤人などと比べて注目を浴びることの少ない歌人であった。たとえば人麻呂の作品はほとんど一作も余すことなく精細な論考がくり返し重ねられているのに対し、金村のそれはせいぜい志貴皇子挽歌が問題となる程度であった。近年、ようやく取上げられる作品も目に入るようになったが、それでも数は少なく、講座類の項目として立てられることはあっても、一冊の本として総合的に扱われたものは、昭和一九年、犬養孝氏『笠金村』(田辺幸雄氏『高市黒人』と共著)があるのみであった。そうした趨勢の中にあって、梶川氏はここ一〇年ほど、ほぼ一貫して金村を俎上に載せ、あらゆる角度からこの作家を見つめ続けてきたが、その成果をみごとに実らせたのが本書である。

目次によって内容をうかがうと、

のごとく、六章一四節から成る。序章については後に触れるとして、第一章以下、直接金村を対象として展開した諸論を通して、第一に推賞すべき点は、律令官人として官僚機構の中で生きた金村の姿を追求し、生涯を三期にはっきり区分し、それぞれの時期における官人としての立場や環境に応じて作品の特質を描き分けて見せた点にある。従来、金村は大まかに宮廷歌人と把握されており、その範疇内で人麻呂や赤人と比較・評価されるのが普通であったが、氏は宮廷歌人と称すべきは第二期に限定すべきであるとし、これを基盤として作品を読み直して位置づけ、本質を闡明してゆくのである。

第二に作品の読み直しや位置づけをするに当り、外側から観念的に抑えるのではなく、すべて正面から作品と対決し、丁寧かつ精緻な読みを通して制作の場や立場を明らかにし、いかなるものを先人から継承し、いかなる世界を構築しようとしているのかを克明に追究している点にある。金村作品全体の読みこみをここまで徹底させた人はこれまでになかったところである。

では、如上の二点から著者は金村論にいかなる新見を加えたのか。すべてにわたり言及する余裕はないので、とくに注目すべきいくつかについて触れておきたい。

まず金村を晴の歌人としてでなく、宴席における芸を披露する褻の歌人として位置づけ、通説を逆転させていることである。その色彩ははじめの志貴親王挽歌にすでに端を発し、第二期の軽の道の悲恋物語においてもっとも本領を発揮し、艶情歌人としての名声を不動にしたことをいう。従って人麻呂的讃歌は彼の本質からそれる特殊なもので、それが吉野讃歌以外例のないことによってうかがわれるという。対して宴席における遊び、および艶情詩への志向は行幸従駕の中においても（第三章第三節・第四節）、またその後の地方官時代および以後にも（第四章）、一貫していると跡づけるのである。そしてかかる視点や作品分析から、神亀二年の難波行幸時に、金村・千年・赤人の三人が連作ないし競作したと考える人の多い巻六の歌（九二八～九三四）に対し、金村の作は公的天皇讃歌などではなく、行幸先の旅情を歌ったもので、赤人の作とは場も時も異っていただろうという見解を導く（第三章第三節）。また同様な手法で讃歌性を否定した論（同章第四節）、さらには金村と赤人の同時の行幸供奉歌を分析して、二人の立場の相違を明確にし、従来の評価の仕方に誤りのあることを強調している（同章第五節）。これらは本書が初めて明らかにした顕著な例であって、いずれも高く評価できるものといえよう。また、論の中心からはそれるが、持統朝の吉野行幸の目的を日蝕と関係づけている着目もおもしろい（第三章第一節）。

　だが、通読した上でいささか気になった点を述べるとすれば、たとえば人麻呂歌集歌を作者未詳歌と同様に扱っている点（序章第二節）、それが著者の見解であるとしても、何らかのコメントがほしいところである。また入唐使関係の歌と解されることの多い同じ歌集歌（巻一三・三二五三、五四）についても同じことが言えよう（第四章第二節）。そのほか「大君の命かしこみ」の句といえば、ただちに川崎庸之氏の『記紀万葉の世界』が想起され（同章同節）、「うつせみ」の自覚（序章）については伊藤博（『万葉集の歌人と作品上』）・青木生子（『万葉挽歌論』）両氏に論がある。また用字上、金村歌集歌と思われる巻六の歌（九四八・九四九）についても何らかの言及が欲しかったように思う（第五章）。さらに言えば、石上乙麻呂の年齢は（第一章第二節）評者によるともう五歳ほど若く見ることができそうであり（自進出身の年齢および子の宅嗣は二三歳で従五位以下となっていることなどから）、金村が守乙麻呂の下僚（目）となって越前に同行したというが、守と目とが同時に任命されるような人事がありうるのかというような問題もあろう。いわばダメを押すようにこれらのことも配慮して論じたならばいっそうの論の厚みが増したのではないかと思うのである。もちろんこれらはあくまでも望蜀の感であり、本書の価値を大きく左右するものではないことはいうまでもない。

　本書は『万葉史の論』と題する壮大な書名を冠し、『笠金村』はその第一部として上梓されたものである。書名は恩師森淳司氏の勧めによるという。すなわち書名には恩師の愛弟子に対する深い愛情と将来を嘱望する並々ならぬ期待とがこめられており、同時にそれに応えようとする著者の大きな抱負がこめられている。抱負は大きいほどよく、すでにその片鱗は序章の二節によってうかがうことができるが、今後この線をさらに広く深めて発展させ大成されんことを、評者もまたこの真摯な若き学徒の前途に期待し、本書の出版を祝福したい。

桜楓社刊　昭和六二年（一九八七）一〇月二四日　A5判　三五六頁　一二〇〇〇円

（『語文』第七一輯　日本大学　昭和六三年〈一九八八〉六月）

阿蘇瑞枝著『万葉和歌史論考』

阿蘇瑞枝氏がさきの大著『柿本人麻呂論考』（一九七二）刊行以来、孜孜として研鑽を積まれてきた論考を二〇年ぶりに『万葉和歌史論考』と題してまとめられた。本書は前著のように統一的に一つの主題を追究したものでなく、きわめて多方面にわたる論を六章にわけてまとめた論文集である。その六章を目次によって見ると次のようである。

第一章　季節歌の論（四篇）
第二章　羈旅歌の論（四篇）
第三章　相聞歌の論（四篇）
第四章　人麻呂の歌とその伝承（九篇）
第五章　万葉の時代と歌（六篇）
第六章　女流の世界（八篇）

すなわち、計三五篇の論文から成っているが、うち第五章の一篇「万葉集巻十三の世界」を除くと、すべて前著以後の執筆にかかる。

本書は「あとがき」に「当初は、万葉集の和歌史的研究に関心があって、季節歌・羈旅歌・相聞などそれぞれについて、その展開の相を明らかにしたいと思い、幾つかの論を公にしたが」、その後、「対句・枕詞・序詞などの修辞技巧の方面に関心が移ってしまった」ことを述べている。修辞関係の論は将来まとめる構想のようでここには収録していないので、本書にとってもっとも中核をなす部分はやはりはじめの三章にあるということができるようである。もちろん他章においても注目すべき論は多くあり。のちに一部言及するつもりであるが、狭い紙面でもあり、ここではじめの三章に中心を置き、卒読の感を述べることにする。

第一章の冒頭は「万葉集の四季分類――季節歌の誕生から巻八の形成まで――」である。著者はまず季節を主題とする季節歌の誕生を第三期、旅人邸における梅花の宴のころに求め、季題を題詞に記す歌の時代を丹念に調査し、養老・神亀年間から天平二年ころまで、ややまとまって現われ、天平三年以降もっとも盛んであることを帰納し、四季分類はこのころをくぐり抜けてはじめて念頭にのぼるものであったとし、巻八の分類・編集はとくに多彩な季題の歌を詠んだ坂上郎女・大伴家持以外は考えられぬとする。そして巻八の編纂過程については、坂上郎女によって四季分類されたものに家持が自己の歌を追加したとする中西進説、および人麻呂歌集の季節分類を範として家持によって夏を欠く三季分類された歌集のうえに坂上郎女が四季歌集を作り、のちさらに家持が追加したとする渡瀬昌忠説とを検討し、渡瀬説の成り立ちがたいことを述べるとともに、中西・渡瀬両氏が、題詞に「宿祢家持」と、ただ「家持」とある場合の資料を別のものとし、「家持」のみのものは家持がのちに追加したものと見ていたのに対し、両者のちがいは巻全体の流れのなかで自然に変化したものと捉えうることを詳細に考察して両氏の説を否定している。結局巻八の原形は坂上郎女が雑・相聞の別なく四節分類しておいたものに、のちに家持が追加して、むしろ純粋な四季歌集の姿を歪めたとするのである。①人麻呂集における季節分類の有無、②宿祢家持資料の存否、③家持に先立つ坂上郎女編纂の有無など、ここには重大なそして難解な問題が論じられていて今後の研究に資する点が大きい。このうち②は評者も著者の意見に同意できるが、①には未だ多少の問題が残ると思われ、③については坂上郎女は資料を提供しただけで編纂は家持であろうとするのが評者の見解である。

次の「万葉集季節歌の歴史」は季節歌を四期区分に従って通覧し、これを手がかりとして巻一〇季節歌の位置を探り、巻一〇編纂の時期を第四期以降とする考察である。続く「万葉集巻十の世界」は洗練された美意識や趣味的文芸的な季節歌の多いところから第四期的であるとして前節を補足し、さらに類歌などの考察を通して巻一〇の原資料時代の俤をさぐり、編纂様式などとともに巻七と深いかかわりのあることを指摘する。巻一〇の編纂時期については諸説があるが、少くともその上限を抑えた意義は大きく、巻七との関連深さも貴重な指摘といえよう。この章の最後は「万葉集後期季節歌の考察——その表現と場を通して——」で、人麻呂時代からの沿革をたどり、季節の景物への好尚が深まり、それを主題として歌を詠むようになるのは平城遷都以後であるとし、家持の季節歌に重点を置いて、表現や場について概観したもので、穏当な考察といえる。

第二章のはじめ「万葉羈旅歌の世界㈠」は、羈旅歌の誕生と巻七羈旅歌について論ずる。まず雑歌中に占める羈旅歌の重さをいい、和歌史の問題としてその代表たる巻七を取上げる。方法は羈旅歌九〇首の表現内容から細かく一六に分け、さらにそれを三つにまとめて比率を出し、さらに旅中歌三一首も含めた比率から、その性格を旅中の景・風物にかかわるものが半ば以上を占めることを帰納する。そして羈旅歌は気分的ゆとり、勝景へのあこがれなど、旅の風物を賞で楽しむ心があってはじめて成立すること、それは斉明朝ごろからはじまり、巻七的羈旅歌が多くなるのは持統朝以降であるとする認定を導く。そしてこれをさらに具体的に中皇命や大宝元年の紀伊国行幸時の歌などの分析を経て、初期万葉から奈良遷都ごろまでの概観を述べたのが「万葉羈旅歌の世界㈡」の論である。ここにおいてもまた細かい分類・分析の上に結論を導く手法を駆使し、説得力あるものとしている。

続く「万葉後期の羈旅歌」は「遺新羅使人歌を中心に」と副題されているごとく、後期の一般的状況としてあまり重視されていない羈旅歌の中で、当該歌群は代表的資料であるとして、その歌のタイプを一三に分けて分析してその特色について述べたもの。そして無記名歌の作者については、中心者を大伴三中とし複数の作者を考える旧説の一つを支持している。

この章の末尾は「遺新羅使人誦詠『古挽歌』考」である。この古挽歌については編者によるのちの補入あるいは虚構とする説などあるが、著者は当らずとして、旅情表現の一つの形として捉えるべきだという。そしてその作者丹比大夫について、従来第二期の笠麻呂説が有力であったのを、挽歌表現史上から第三期以降の作であるとして屋主がもっともふさわしいことを述べている。妥当な考察というべきであろう。

第三章はまず「相聞歌の様式——贈答歌を中心に——」について述べる。この「様式」とは表現の様式をいうのであるが、相聞の中心は贈答歌にあって、表現様式も贈答歌の中から発展・展開していったとする見込みから、巻二、その他の巻の資料を検討する。その結果、第一期相聞の贈答歌は言葉を共有するかけ合い的な傾向が顕著でありながら、早くも鏡王女・額田王らによって「思ふ歌」が誕生しており、第二期には言葉を共有する歌や贈答歌の割合が減少し、「思ふ歌」をはじめ、特殊な状況の中で詠まれた歌がふえ、抒情歌としての恋歌をもつようになり、後期になると文芸詩としての恋歌の詠作が多くなることを坂上郎女・大伴家持らの歌を分析しつつ述べている。叙述方法は以前と同じく、総合的に広い視野から様式の推移や展開のあとを作品に即して述べており説得力に富む。

続く「初期相聞の世界」は、人麻呂歌集略体歌の背景や性格を探るために初期万葉の相聞の相を問題としたものである。個人的抒情表現をする相聞歌は天智朝ごろから見えるが、なおその周辺には謡い物として歌垣の場などで詠まれたと思われるかけ合い的相聞歌が多くあり、略体歌にもそのような集団的な場で謡われたと認められるものが多く、没個性的であることからして、略体歌は著者のいわゆる「民間歌謡」の収集記録であるとする年来の持論を補強している。民間歌謡という術語がややあいまいであることは、以前前著を評した際にも触れたが、依然としてすっきりと胸に落ちない。しかし、それは措くとして、略体歌を相聞の歴史上で考え、その位置をたしかめた点で意義ある論である。

次の「万葉集巻七の世界――譬喩歌を中心に――」は副題のように、相聞の一体である譬喩歌を問題とする。譬喩歌の部立をもつ巻は巻三と巻七にしかないが、譬喩歌の雑歌・挽歌に対する比重は巻七がきわめて重く、存在の重さを示すといい、その配列および編纂態度が同じ巻の人麻呂歌集の譬喩歌と同じことから、同時同一人の手になり、他と類を異にすることを述べ、ついで完全な譬喩歌と不完全なそれとを考察し、譬喩歌の定義に幅のあることなどを述べ、関連して雑歌部の編纂についても言及している。とくに目新しい指摘はないが、よく巻七譬喩歌の諸相を概説した一篇である。

続く「譬喩歌の流れ」は人麻呂にすでに完成度の高い譬喩歌のあることに触れたのち、万葉集の譬喩歌一六三首の実態を表現形式から序歌・その他・諷喩の三類に分類した中島光風氏に従って比率を出し、譬喩歌の本道ともいうべき諷喩形式の割合が八二パーセントしかないことをいい、分類基準の不明確なことを述べる。そして作者明記のそれは巻三の二五首のみであるので、他の部立や部立のない作者判明歌群から諷喩歌を取出して加え、各期別に見ると、第三期からやや多くなり、第四期にとくに多くなる傾向を指摘する。そしてそのうえで譬喩歌のあり方を、求婚歌・贈答歌・即興歌などの項に分けて、その種々相を観察している。

第三章までの概要と感想とはおよそ述べてきたごとくである。これらの論のおおかたは前引した「あとがき」でも述べていたように、それぞれの主題の「展開の相」をていねいにたどったものである。論のタイトルを「世界」とするものが第一章に一つ、第二章に二つ、第三章にも二つあり、さらにそれに準ずる「歴史」(第一章)、「流れ」(第三章)もあることは、本書の書名の由来がこの三章を中心としていることを端的に物語っている。しかし、こうした主題を総合的・概観的に叙述することは、とかく論が単調に流れやすく、起伏に乏しく迫力を欠くことにつながるのではなかろうか。本書に敢て瑕瑾を求めるとすれば、このような面が問題になるように思われる。

第四章に移ると、まず注目されるのは挽歌史上に人麻呂を位置づけた「人麻呂と挽歌」、人麻呂の反歌の新しさを音律的効果の面から考察評価した「反歌私考」、人麻呂歌集の寄物陳思歌が詠物歌の盛行と深くかかわって編集されたとする「人麻呂歌集寄物陳思の歌」などである。著者の長年の人麻呂研究の成果が投影され、いずれも傾聴に価する新しい面を模索したものとして評価できよう。

第五章は、熟田津の歌、壬申の乱、役民の歌、長屋王の変など、多方面の主題を綿密に考察してそれぞれに啓発されるところが多いが、一つを挙げるとすれば「万葉集巻十三の世界」であろう。ここにも「世界」とあるが、原題は「万葉集巻十三の編纂私論」であって、内容的にも第三章までの「世界」と類を異にする。この巻が編纂上巻一四と共通するいくつかの点のあること、歌の内容・或本歌・一本などから歌謡的性格の強いことなどを指摘し、さらに注記文の特徴から編者を家持と推定するなど、力のこもった論となっている。

第六章は標題どおり「女流の世界」を皇極女帝・額田王・石川郎女・大伴坂上郎女・遊行女婦などについて論じている。そのなかでは、「石川郎女」を坂上郎女の母と考察し、歌才と性情の継承とを考えるきわめて示唆的なもの、「大伴坂上郎女」では、従来多く見られた大伴氏の氏上的存在として祭祀の管掌者とする説を詳細に否定し、氏上的性格を彼女に求めるよりも、私的な場で新しい文芸を開花させ、ひいては万葉後期の新しい歌の流れを家持とともに作った歌人として積極的に認めようとする論などが光っていると思われる。とくに坂上郎女の論は本書中の圧巻と称してもよかろう。また、これまであまり深く考えられることのなかった遊行女婦の歌の性格を丹念に考察し、その多くは芸謡ではなかったかと推定した「遊行女婦と芸謡」もまた興味深い。

まことに多彩で幅の広い論考の集積である。だが、方法は述べてきたように、可能な限り資料を博捜し、それを細かく調査・分類しつつ仔細に検討して帰納し、結論を導くという一貫した態度に徹している。それゆえ多くの論が穏当で説得力のあるものとなっているのである。この態度・方法は前著以来変らず、まさに研究の本道を行くものと評することができよう。

前著人麻呂研究の大樹は二〇年を経て、さらに深く広く根を張り、幹を太らせ、たくましく豊かに柯葉を茂らせたように思う。しかし、阿蘇氏の研究はこれが終着ではなく、すでに次の課題に対する研究もまとまりつつあるように見受けられる。さらなる御発展と御活躍を祈り、かつ期待しつつ蕪雑な評を終えることにする。

笠間書院刊　平成四年（一九九二）三月二〇日　A5判　七八二頁　二四〇〇〇円

（『国語と国文学』平成五年〈一九九三〉四月号　東京大学）

村瀬憲夫著『萬葉集編纂の研究――作者未詳歌巻の論――』

本書は村瀬憲夫氏が長年にわたる万葉集作者未詳歌巻の編纂についての研究をまとめ、博士論文とした書である。所収論文で最も早いものは昭和四七年（一九七二）に始まり、平成一二年（二〇〇〇）に及ぶ。ほぼ三〇年間、一貫してたゆみなく、営々としてつとめた成果である。もちろんその間、『紀州万葉の研究』（一九九五年）をはじめ二、三の著書も公刊されていて、広く万葉の諸問題を追究して今日に至っているのであるが、なんといっても主力を注いだのが本書であるといってよい。

著者がとくに対象とした作者未詳歌巻とは、巻七、巻一〇、巻一一、巻一二、巻一三、巻一四の六巻である。この六巻は作者未詳なるがゆえに題詞もなく、その作者層や作歌時代も明確でなく、性格を明らかにしがたい、もっとも困難な課題を多くかかえこんだ巻である。本書はその困難な課題に真正面から取りくんだ稀有な書である。

本書の構成は次のようである。

序　章　万葉集作者未詳歌巻の編纂
第一章　各歌巻所収歌の実態（第一節から第八節に及ぶ）
第二章　各歌巻編纂の論（第一節から第一四節に及ぶ）
第三章　各歌巻相互の関連（第一節から第四節に及ぶ）
終　章　万葉集作者未詳歌巻の編纂と成立

まず、序章では本書の研究対象と目標について述べ、編纂上の諸問題について、それぞれの問題の個所に執して具体的に出来る限り客観的に見てゆこうとすることを明言しつつ、全体の概要を要約している。

第一章は、作者未詳歌巻の編纂を考えるに当り、まずその所収歌の実態を把握することが肝要であるとして、第一節「巻七の場合」では、作者、作者層、作歌年代などを考察する。作者は藤原卿、人麻呂歌集、大伴家の人々、作者層は「雑歌」部は主として官人層、「譬喩歌」「挽歌」の両部はより広範な、庶民に近い階層の人々の歌が収められていたとする。作歌年代は「雑歌」「挽歌」両部には平城遷都以後の新しい歌が多いことを確認し、「譬喩歌」部はそれらに比して内容・表現から、やや古いものが多いと指摘している。妥当な考察であろう。

第二節は「巻七羈旅歌の場合」を採りあげ、高市黒人の歌と類歌関係にある歌がかなりあることに着目し、黒人の歌が広く伝誦されていたことに起因すると考え、黒人の歌が伝誦・流布・模倣改作されながら作者未詳歌として定着していったという一面を指摘し、万葉第二期より以後の歌の多いことを推定している。具体例として黒人歌の異伝作者として、小弁なる人物のいることに注目し、小弁は春日老の異伝作者としても登場し、黒人の歌に似た歌の作者でもあることなどから、小弁の詳細な検討、伝誦歌の特徴、また作者異伝の綿密な考察を経て、前記の結論を導くという、じつに行き届いた一節といいうる。

この論文は著者がはじめて書いた一九七二年の論文である。この綿密・丁寧な手続きと考察とを経て、推理できることがらを順次手堅く解き進めてゆくのは、以後の著者の論文すべてに通底するすぐれた基調であるが、それが典型的な形で最初の論文に見られることは驚嘆に価する。ただ、あえていえば、黒人の歌だけがなぜ広く伝誦されていったのか、この問題は論の趣旨に直接かかわるものではないが、知りたいところでもある。

第三節「巻十の場合」は同形歌・小異歌をめぐっての論である。巻一〇所収歌の実態を知る手がかりとして他巻の歌と比較してみる方法で、具体例を一一例あげて細かく比較検討したもので、他巻の歌は巻四、巻八（三例）、巻一〇（人麻呂歌集）、巻一一（人麻呂歌集）、巻一六と巻一八（二例）の同型歌、巻一七の類歌、巻二〇の類歌にわたっていて、巻一〇所収歌の実態は万葉第三期から第四期初期に収斂され、その作歌時期もその時期にエポックを設定できるとする論であって、手堅い論である。

第四節「巻十一・巻十二の場合」は、類歌をめぐって所収歌の実態を探った論である。この両巻は、ともに人麻呂歌集歌（主として略体歌）と出典不明歌とから成っているが、両巻における類歌の生じる原因のひとつを、これらの歌々が多くの人々に愛唱されていたことに求め、それを人麻呂歌集歌と出典不明歌、さらには天平期の大伴旅人や家持などの歌との比較を通して、類歌は人麻呂歌集歌から出典不明歌へという単純な継承関係において形成されたものでなく、両者がそれぞれ柔軟に流動しつつ形成されてゆくことを述べている。また、巻一一と巻一二とは別々に編纂されたとする通説を細かく検討して賛成しつつ、巻一一と巻一二に収録された人麻呂歌集歌の量および配列を通して、巻一二の人麻呂歌集の歌は巻一一の人麻呂歌集歌の中から、巻一二の出典不明歌に合わせて抽出したものであろうとする注目すべき見解を導き出している。このことは第二章第七節においてより具体的に考察されている。

第五節「巻十二羈旅歌の場合」は「羈旅発思」「悲別歌」を対象として、その実態を考えた節である。まずその特徴として、㈠類歌性、㈡謡い物性、㈢一回性・個別性、㈣序詞に分け、㈠は四組を例示して、ほかにも多く指摘できるという。㈡は催馬楽と表現形式を等しくするもの、また同音反復歌の多いこと、謡い物的口調の歌のあることを指摘し、㈢では、如上の謡い物的な歌とは異なる歌もあることに言及する。㈣の序詞をもつ歌は二一首を数え、類型的表現形式にのって、実際に現地で歌われた場合と現地を離れて単に序詞として歌われた場合の双方があっただろうとする。次いでそうした特徴をもつ歌の作歌の場や年代を推定しようとする。すなわち旅中の宴席などの場で誦詠・享受された歌が多いと考えられること、また誦詠歌とは別に机上詠らしい歌のあることを指摘し、神亀から天平にかけての時代思潮が旅における男女の恋情を詠んだ羈旅歌が広く集められていった背景であったことを述べている。周到で妥当な論と思われる。

第六節「巻十三と巻十一・巻十二の場合」は両者間の類歌をめぐって、所収歌の実態を探ることによって、巻一三、巻一一、巻一二の編纂論への基礎作業とする意図の論である。方法は前三巻の所収歌中に互いに類歌関係にある歌を一つ一つ挙げて丁寧に考察する、いかにも著者らしい手法をとる。対象とする作品群は一〇項目にわたるが、対象Ⅰから対象Ⅳまでは巻一三長歌に対する巻一一・一二の類歌、対象Ⅴから対象Xまでは主として巻一三長歌の反歌に対する類歌を問題にしている。結論としては、この対象とする巻一一と一二の類歌関係にある歌に限っていえば、比較的新しい歌が多く、巻一一・一二と基盤を共有して成った歌の多いこと、相互に広く流用し享受して表現・内容をふくらませていった歌であろうこと、とりわけ対象V以下の反歌にいっそうその傾向が顕著であることを確かめつつ明らかにした論である。きわめて控え目に確かめうる範囲に限ってとしているが、この考察は、従来漠然と考えられてきた巻一三の長反歌の古さに対する反省をうながす貴重な成果であるといえよう。

第七節「巻十三長歌の場合」は「相聞」部最終歌群の原初形態を推察した論で、第一節から第六節までの考察とは傾向をやや異にしている。相聞末尾に配された三三〇二と三三〇三・三三〇四とは、それぞれ「右一首」「右二首」としてくくられていて、現在では別の歌とされているが、内容的に物語風の滑らかなつながりのみられることなどを根拠として、その原初形態（たとえば「古本」の段階）では、密接な一組をなしていたのではないかと推察したものである。もしそうだとすれば、巻一三の編者はどうして切り離したのかなどいささか疑問も残るが、伊藤博『釈注七』が「すこぶる魅力に富む」と評しているように、丁寧・綿密な読みに支えられた有力な新説といってもよかろう。

第八節「巻十四の場合」は著者もいうように、巻一四の実態といってもさまざまな側面があるが、ここでは巻一四編纂の資料として編者の目前にどのような姿をした資料があったのかという側面を考察した論である。その手がかりとして東歌中には、いわゆる「東歌らしくない東歌」のあることに着目し、その判断基準を四つあげて、それらの歌が東歌中に収められているのは、その資料が「東国に関わる相聞歌を中心とした一大歌群」の中にあったからであるとし、主として国土不明歌、それに国土判明歌のいちいちについて詳細に考察したものである。まことにその通りであろうと思われる単純・明快な説であるが、着眼がおもしろく光彩を放つ論である。

以上で第一章は終る。それぞれの歌巻についての実態を考察したものである。そしてこれをふまえて第二章の「各歌巻編纂の論」が展開される。

第二章は第一節から第三節までは巻七に関する論である。第一節「巻七雑歌部羈旅歌群の配列」は、羈旅歌群がいかなる基準のもとに配列・編纂されているかを明らかにすることによって巻七編纂の一端を明らかにしようとした論である。まず「羇旅作」(一一六一～一二五〇)の配列は大きくA・B・C・Dの四群に分れるが、それぞれの群の配列がいかなる基準によっているかを細かく検討考察し、A群の前に並ぶ「芳野作」以下B群までは五畿七道順という有機的なつながりがあるが、C群(一一九六～一二四六＝三六首)は別であることから、このC群が「古集」であろうと述べ、おそらく追補の歌群であろうこと、それにB群との関連で紀伊の歌を含む人麻呂歌集の歌(D群)を付加して羇旅歌群が出来上ったと考えたものである。評者はかつてこの論文(一九八〇)の寄贈を受けた際、その末尾に「巻七羇旅歌群の配列を綿密な考察を通して『古集』の範囲に説き及んだもの、巻七編纂論を考える上でも貴重な成果」と書き記したことがあった。その後、伊藤博が「『つなぎ』ということ」(『万葉集の歌群と配列』上　塙書房　平成二年〈一九九〇〉　初出昭和五九年)を書き、この考えに疑問を呈し、『古集』の範囲も一一三〇以下の一一七首とする見解を出し、評者もこれに同意したことがある。論議の余地を残す力論といえよう。

第二節「巻七雑歌部の編纂」は「雑歌」部を前半(詠物の部)と後半(羇旅と雑の部)とに分け、両者の異質性を指摘しつつ、前半部は巻一〇との関連で、後半部が巻九との関連の深さに言及して、巻一〇と対比させながら編まれてきた巻七は、巻七～一〇の四巻を対立・対応させようという編者の構想で、編纂方針を変えたと見た論である。一つの見方と思うが、巻九の編纂は独自なものと考えることもできるので、必ずしも編纂方針を変更したといえるかどうか。

第三節「巻七に見る万葉集編纂の痕跡」は「詠月」の項の結びの歌「靫懸くる伴の緒広き大伴に国栄えむと月は照るらし」(一〇八六)を詳しく読んで家持作の可能性と後の編纂の際に添加されたものと見た論である。注目すべきは歌の後半は『芸文類聚』巻一、天部上「月」に「礼斗威儀曰、政太平則月円而多輝。政升平則月清而明」(評者注、「升平」は太平の世)によったものとしている点である。この指摘はこれまでの諸注になかったものである。家持作ときめるには不安が残るが、可能性もある論といえようか。

第四節と第五節とは巻一〇についての論である。第四節「万葉歌の分類」は巻八と巻一〇における「雑歌」と「相聞」の分類が必ずしも厳密ではないのはいかなる理由によるものかを詳細に考察した論で、巻八と巻一〇とはそれぞれ特徴をもちつつ、それなりの根拠をもって適切に、かなり厳密に行われていることを説いた論である。妥当な結論といえよう。

第五節「梅の歌、露の歌の振り分け」は、まず巻一〇の冬と春に出る「梅」の歌が、いかなる基準によって振り分けられているのかを、「基準Ⅰ」から、「基準Ⅴ」までの条件によって振り分けられたことをいい、一方巻八にはこの基準が適用できぬ歌が多くあるが、今からは知りがたい作歌事情を編者の家持が知っていたからであろうという。ありうることである。「露」の振り分けは、季語のある歌は巻一〇へ、ないものが巻一一、一二に配されたと見ることができるとする点は納得のゆくものであるが、続けて、これを一面的とし、巻一〇と巻一一、一二とは本来詠歌とその享受の世界を異にすると述べているところは、よくわからない。

第六節から第八節までは巻一一・巻一二の論である。第六節「人麻呂歌集問答歌三首の成り立ち」は、巻一一問答部三首一組の問答歌（二五一〇～二五一二）は形式的に、また三首の配列順序が時間的に前後するという二つの問題点があるが、それは本来四首一連の問答歌（一二七一男、二五一二女、二五一〇男、二五一一女）であったのを、一首を巻七の一二七一に抜いたので、二五一二に対応する男歌を失い、不安定なものとなり、だが捨てきれず、二五一〇、二五一一のあとに置いたのだろうと推理したのである。みごとな推理というべく敬服のほかはない。だが、評者はこの推理を高く評価しつつも、一二七一の位置には巻九・一七七五があったとする方がよいのではないかと思っている。

第七節「巻十二人麻呂歌集歌の採録」は、巻一一の人麻呂歌集歌一三二首に比して巻一二はわずか二七首の人麻呂歌集略体歌しかなく、占める位置は低いが、その特色および人麻呂歌集略体歌原本の中から巻一二にどのようにして採録されていったのかを考察した論である。その特色としては巻一一に微弱な、たとえば「夢」の歌が巻一二出典不明歌と略体歌に共通して多いことなどを根拠に、巻一二略体歌群は出典不明歌群の編纂に従属して配されたもので、すでに成っていた巻一一略体歌群の中から、巻一二の編纂方針に合った歌を切り出すことによって成立していったものとするのである。多くの先説を批判しつつ慎重に導いた結論で妥当性がきわめて高いと評することができる。が、ただ一点不審なのは、第一章第四節の項では言及しなかったが、巻一二は「寄物陳思」部において略体歌群と出典不明歌群との配列の基準が異なる点をどう考えるかの問題が残る。

第八節「巻十二羇旅歌部の編纂」は「羇旅発思」と「悲別歌」の二部立を直接の対象として編纂の過程を明らかにした節である。両部立は編纂上密接不可分の関係にあることを分類配列のうえから確かめ、羇旅発思部の各細分類項目内に悲別歌的な歌のある場合は、それらを冒頭部に置き、続いて旅中の歌を配するという旅の時間的経過に従う配列方法をとることを明らかにし、結局純粋性を保つ「悲別歌」の方が先に編まれていて、続いて「羇旅歌」部をさらに充実させるべく、悲別歌的な歌をも含む「羇旅発思」部が編まれたと考えたのである。そしてその編纂に用いた原資料は、細かく巻一一と巻一二とを対比・比較しながら、巻一二の原資料から旅に関わる歌を抜き出すことによって成ったと考えたものである。微に入り細をうがち、畳みかけるように考証を進めてゆくさまは紹介しきれないが、まさに著者の真骨頂を発揮した論として高く評価できる。

第九節から第一一節までは巻一三について述べた論である。第九節「巻十三の編纂資料」は、編纂に用いられた資料はどのような状態で編者の前にあったのかを考える一環として、左注・題詞等に見える「或本」「或書」「古本」等がどのような状態にあり、どのような採録のされ方をしたのかを考えた節である。まず二つの場合を検討し、編者が「或本」を重要な第一級の資料として用いつつ編纂を行なったことを明らかにし、次いで「或本」等の編纂資料としての状態、採録のされ方を検討している。結局「或書」「或本」等は、単に編纂後に後人が書き加えたものでなく、編纂の際の重要な資料として用いられたこと、また、「或本」「或書」の採択以前に編者の手許には編纂の基本資料がすでに存在したこと（古本の可能性が強い）などを説いている。周到で妥当な考察であろう。

第一〇節「巻十三の編纂」は左注を検討して編纂の諸側面を考えた節である。まず、左注、別伝歌の並置に伴う題詞二一例を一覧し、編纂の際参照された資料は古本・或書など六つの文字化された資料のあったこと、それらは成書化されたものと推察できることを述べ、長歌と反歌とは編纂段階以前に番えられていたものが多かったとし、「右☆首」という左注形式を編者が用いた意図にふれている。結局、編者の前には限られた資料しかなく、同一根源歌、類歌などを「右☆首」と丹念に一括することができたのであろうとするのである。丹念で緻密な論である。

第一一節「田辺福麻呂歌集歌と巻十三」は、巻一三には田辺福麻呂歌集歌と用字の類似する歌のあることから、その採録の経路を考えた節である。まず用字類似歌の細かい検討を経て、巻一三の歌は福麻呂の収集した資料であるが、福麻呂歌集歌そのものでないこと、そしてその歌稿は橘諸兄を介して家持に渡ったものと考え、歌集は天平二〇年に福麻呂が越中を訪れた際に家持に手渡し、後に追補したものであろうことを述べた論である。二段階に分れて家持に渡ったとする点、巻一三の歌が福麻呂歌集歌でないとする点に疑問が残る。著者は後藤利雄の「歌集出の採歌方式は、作者判明巻にあっては次善の策で、歌集出の歌でも自作歌と判明せる場合は歌集出の註記を省略してしまうのが常道である」(『万葉集成立論』至文堂　一九六七)とあるのを引き、作者判明巻と自作歌にこだわるが、伊藤博は「万葉集が私家集の歌を採録するばあい、作者が明記された歌についてはことさらその名を記さなかったこと、逆にいえば、万葉集においては、作者の確認されない歌についてのみ『次善の策』として歌集名を記すという方針が採られたことを暗示するだろう。」(『万葉集の歌人と作品』第二章第一節　塙書房　一九七五)と述べていて、この方が全体を覆っているように思う。巻一三に「柿本朝臣人麻呂歌集」の歌とあるのはその「次善の策」なのであり、用字類似歌には作者名「調使首」が付されている。この場合「福麻呂歌集」と記すのは作者名の二重表示に等しいので、「或本歌」と記したと見てよいと思うが、いかがであろうか。

第一二節から第一四節までの三節は巻一四についての論である。第一二節「巻十四雑歌部の編纂」は、あくまでも現万葉集巻一四の現況を分析し、編纂過程を「雑歌」部を中心に考察した節である。すでに第一章第八節で明らかにした「東国に関わる相聞歌を中心とした一大歌群」の中にわずかにあった「雑歌」「譬喩歌」「防人歌」「挽歌」の各部立に収めうる歌を取り出して、各部立に配したとする編纂課程の推定をたしかにしたものである。

第一三節「巻十四譬喩歌部の編纂」は国土不明歌五首と国土判明歌九首を比較して、譬喩歌としては前者が純度が高いが、両者ともすでに形を成していたと思われる「相聞」部から抽出して成った部立で、少しあとで同時に置かれた部立であったとする。前節とともにその編纂過程をうかがわせる好論である。

第一四節「巻十四防人歌部の編纂」は五首の防人歌の特徴をいい、大伴家持との関連の深さを探り、防人歌の部立は第二次以降の編纂・追補とする先説を肯定し、家持による編纂であることを推定したものである。

第三章は作者未詳歌巻相互の関連を述べた章である。第一節「巻七譬喩歌と巻十一・巻十二」は、巻七譬喩歌と巻一一・一二の、とくに寄物陳思部との間には共通性のあること、およびその譬喩「物」と寄「物」との間に多くの共通性のあることを精細な対照表により三者の関連深さを強調し、原資料を等しくしていたことを述べ、その原資料の中から譬喩歌を集めようという巻七編者の高度な文芸意識から選ばれたものであることを明らかにし、譬喩歌部の成立は現巻一一、一二の成立に先立つものであること、主導権は巻七にあったことを強調している。そして同様なことが巻一〇と巻一一、一二との間にも言えるとする。すなわち、原資料の相聞歌群の中から季節歌を選び出した残りが現巻一一、一二であり、巻一一の譬喩の部は巻七に取り残したのを集めたのであろうという。じつに行き届いた間然するところのない好論といえよう。

第二節「巻七と巻十一の旋頭歌の編纂」は両巻の旋頭歌は本来ひと続きのものを両巻に分けたとする先説をふまえ、その振り分けの基準を考え、独自な方法で多面的に考察したものである。穏当な結論と思われる。

第三節「巻七と巻十の編纂」は、現巻七と巻一〇とは多くの共通性のあることが従来も言われてきた。著者はそれにつけ加えるべきことをあげて、それをもとに、巻七雑歌部の前半と譬喩歌部全部、巻一〇季節雑歌と相聞全部を対象として、少数ながら巻七にもある季節歌、巻一〇にもある譬喩歌を検討し、巻七・一〇の両巻は季節関係歌の有無を原則としつつも、徹底させたのではなく、種々の要素を勘案し、融通をもたせて編纂されたとする結論を導き出している。

第四節「巻十一・巻十二の編纂」は、「季節関係歌をめぐって」と副題があるように、季節関係歌は巻一〇に収め、巻七・一一・一二には徹底して四季歌を排除したとする森淳司論文（「万葉集四季歌巻とその周辺」『語文』第四二輯　昭和五一年一一月）を妥当であるとしたうえで、疑問な点、すなわち巻一一・一二にも巻一〇にとりこみうる季節関係歌が二七首もあることを指摘し、その詳細な検討を通して特色を帰納しつつ、結局例外的な存在であるとして森論文の結論を再確認した論である。結論だけ見ると、いささかはぐらかされたような感を抱くが、あくまでも疑問を放置せず、問いつめてゆき、森論文の足りないところを補うという徹底した姿勢に著者の面目が躍如としている論である。

終章「万葉集作者未詳歌巻の編纂と成立」は、全体のまとめの章である。

「一 作者未詳歌巻の編纂」では、所収歌の作歌年代について、万葉第三期から第四期初期にその主体のあること、各作者未詳歌巻は編纂のもとになった原資料を共有している場合が多いが、巻一四は特殊な巻であり、他の歌巻と原資料を共有する部分は少ないであろうこと、作者未詳歌巻が、作者未詳歌巻同士で相互に関連しあいながら編纂されているという特質を有することを述べている。

「二 今後の課題」では、人麻呂歌集の問題があり、本書では一部対象とした扱ったが、主体は出典不明の作者未詳歌に置いたので、今後編纂論の視点から深くかかわっていかなくてはならぬとする。

また、作者未詳歌巻の編纂に関わった人々の問題もあって、編纂に参加した人々を考慮に入れて考察できるなら、一層深く確かな結論に達することが出来るであろうとして、伊藤博に先説のあること、および評者にもいくつかの論のあることを好意的に丁寧に紹介しつつ、問題のあるいくつかの点に言及している。もっともと思われる指摘もあるが、これに対する評者の意見は別に述べることとし、今は差控えたい。

「三 作者未詳歌巻の成立」は、本書において二六節にわたって検討してきた成果をふまえて作者未詳歌巻六巻の成立についてまとめたものである。が、巻九や人麻呂歌集の問題にも一部言及している。「一 作者未詳歌巻の編纂の項で概略について述べたことを具体的に再確認しつつ叙述されているので、著者の見解を簡明に知ることができる。

「四 万葉集の成立」の項は、万葉集が巻一から巻一六までと巻一七から巻二〇までの二部構成になっていることにふれ、すべての作者未詳歌巻が収められている巻一から巻一六までの成立は、所収歌のうちの一番新しい歌の作歌年次以降に編まれ、それは天平一六年七月以降と考えてよいこと、巻一六までが一応形をなしたのは、天平一七年ごろと考えるのがよいとしている。

以上、村瀬氏の大著を通読して蕪雑な紹介と感想とを書きつらねてきた。収められた二六編の論文は一つ一つが有機的につながりを持ちつつ、小さな問題と思われるものも見逃さず、ゆるがせにせず、地味ではあるが誠実・丁寧に追究して大きな問題につなげていて、説得力に富む論が多く、評者としては一編たりともゆるがせにできぬところから、こうした逐一について述べるという書評のスタイルをとることになった。

述べている内容は、これまで漠然と思いこんでいたことが明確になったもの、一部指摘されていたことを全体に拡げてはっきりとさせたものなどもあるが、新しく蒙を啓かれた論が非常に多く、勉強させていただいたという感が深く残るものであった。

書評を書き終えて気付いたことは、評者の文中に「詳細な検討」とか「綿密な考察」など、それに類する語句が二〇以上も散在していることであった。語彙が貧弱な点は恥ずかしいが、一言で本書を評するならば、まさに「地に足のついた研究」と称することができよう。まことに見上げた研究態度である。こうした研究がこのたびの作者未詳歌巻のみにとどまらず、万葉集全体の編纂に及ぼしたならば、いかなる結果が出てくるのか、著者はおそらくそれを念頭に置いていると考えられるので、大きな期待をもって今後を見守ってゆきたいと思う。

塙書房刊　平成一四年〈二〇〇二〉二月二八日　A5判　本文五一三頁、索引二一頁　一二〇〇〇円

（『萬葉』第一八三号　萬葉学会　平成一五年〈二〇〇三〉二月）

伊藤博著『萬葉歌林』

本書は御自身の著作『古代和歌史研究』八冊の成果をふまえ、浩瀚かつ犀利な『萬葉集釈注』一三巻を完成した伊藤博氏の最後の論文集である。発行は奥付に二〇〇三年九月一日とあるが、筆者の手許には八月一三日に届いた。癌が転移し再入院されたことを知ったのは七月半ばであった。刊行を急いだのである。亡くなったのは一〇月六日であった。

氏は名実ともに万葉集研究の第一人者として長い間学界をリードし、休む間もなく先頭に立ってきた人であるが、亡くなったことによって、一つの時代が終ったような感が深い。まことに痛恨の極みで感慨無量である。

収録した論文は二二編。万葉集の巻順に配列されていて、初出はそれぞれの文末に記してある。紙数の都合で副題を一部省いて順に掲げると、1豊旗雲に入日射し、2漢文訓読と歌、3巻一・二釈義六首。4巻三譬喩歌四首、5巻六〜十一訓詁五題、6巻十一釈義五首、7峯文十遠仁、8万葉集東歌とところどころ、9三つの島、10中臣宅守と敬語、11稲置娘子と禁娘子——巻十六竹取翁の歌——、12布勢の浦と乎布の崎、13消えた歌七首——『萬葉集』巻十八の場合——、14百合の花縵三枚、15名告り鳴く、16遷替の運——萩の花の別れ——、17君がやどにし千歳寿くとぞ、18萬葉語〝拙懐〟、19家持越中歌群三十二首——巻十九天平勝宝二年三月の歌——、20抄写——巻二十昔年防人歌八首——、21秋詠三首——宿禰家持歌集の論——、22萬葉集と近代短歌文学、である。

このうち、2・3・4・5・6・7・8・12・13・

14の一〇編は『釈注』刊行以前に書かれた論で、沢瀉久孝門下の俊秀らしく、訓詁・釈義に関するものがいくつかあるが、それを含めて、すべてが『釈注』に活かされている。ただ2は、額田王に漢詩文を読む能力、聞いてただちに理解できる力のあったこと、および訓読法によっている点を明らかにしたもので、『釈注』では触れるところの少ない論である。

次に『釈注』とほぼ並行して書かれた論として、11・15・18・20の四編がある。これもほとんど前に述べたのと同じことが言える。が、15は家持にはじまる「名告り鳴くほととぎす」を和歌史上にたどってじつに詳しく、啓発されるところの多い論である。

最後に『釈注』刊行以後に執筆したものは、1・9・10・16・17・19・21・22の八編である。1は一五番歌の訓みについて、近年有力な「入日見し」説を批判して年来の持論「入日射し」説を細かく正統化した論。9は遣新羅使が周防の国麻里布の浦を行く時の八首に出る三つの島が現在のどの島なのかを明らかにしつつ解釈をくりひろげたもの。『釈注』で飛び飛びに論じたのを体系化し、微修正している。10は中臣宅守の歌に見られる異例な敬語に検討を加え、宅守が自己を凝視・認識することの深い人で、知性豊かな冷静な男性であったとする人物像を導き出し、悲恋の相手狭野弟上娘子をあやすかのように持ち上げて歌う宅守の姿を描いている。宅守の人物評として特筆すべき論である。16は家持が越中守の任解けて上京の途中、かつての下僚であり歌友でもあった大伴池主と、正税帳使の任を終えて都から越中の本任に戻る、やはり信頼の置ける部下であった久米広縄との三人が偶然、越前の池主の舘で出合い、歌を詠み交わしてまた別れゆくという人生の哀歓をしみじみと描いた文章である。17は左大臣橘家で、諸兄の七〇歳の賀を祝う家持の歌(四二八九)に「君がやどにし」と詠んでいる理由を掘り下げ、家持はその宴の場で、人生・社会に対する決定的な悲哀を感得したのではなかったかと推測し、これが四日後の絶唱三首(四二九〇〜九二)の悲哀につながるのではないかと論じている。ただし、この宴の場の雰囲気が絶唱三首を導き出すとする見解は、アプローチのしかたは異なるが、筆者の『大伴家持作品論攷』(昭和六〇年)で述べたのと等しい。この論も『釈注』で述べたことを集約・統一したものである。『萬葉集』の末四巻のうち、巻一九のみが正訓字を多用する書式をとる理由は、従来幾多の説を生み出してきたが、19はその理由として都の叔母坂上郎女の五〇歳の賀を寿く小型歌巻として格調高い正訓字主体の表記で編まれたことに由来するとした論で、これも『釈注』で述べたところを統一・補充して、学界多年の難問に答えたものである。21は『萬葉集』の末四巻は、巻一七の雪の肆宴歌（三九二二）にはじまり、巻二〇の秋詠三首（四四八三〜八五）で終っていた段階のあったことを述べ、家持の四〇歳の賀を記念する「宿禰家持歌集」として編まれていたのだが、のちの天応元年（七八一）前後に追補されて今の形になったことを論じたものである。22は斎藤茂吉と折口信夫について、著者の過去の体験を述懐しつつ語った興味深い文章である。「私は歌人ではない」と常々言っていた著者が、なまじの歌人以上の目をもって近現代の短歌に関心を払っていた姿が浮かんでくる。

『釈注』以後に書かれた論の多くは、完結後も飽くことなく強い関心を払い続け、より妥当な解決を模索しつつ、修正や体系化をはかったもので、身を削るようにして書かれたものである。最後の最後まで学問への情熱を燃やし続け通したことは、まさに学者として本懐を遂げたというべきであろう。

五〇〇頁に近い本書には、ただ一つ挿し絵が入っている。3の三「飛ぶ鳥明日香」の論の中にである。三輪山を胴体として竜王山と巻向山とを左右の翼とする大鳥が、翼をひろげて明日香に向かって飛翔するかのような美しい絵である。書かれたのは恭子夫人である。並々ならぬ愛妻家であった著者は、内助の功のひとかたならず大きかった夫人の絵を、最後となる本にさりげなくしのびこませ、はるばると共に歩んできたあかしとし、その労に報いたかったのではないかと思われてならない。

塙書房刊　平成一五年（二〇〇三）九月　A5判　四八四頁
一二〇〇〇円
（『国語と国文学』平成一六年〈二〇〇四〉八月号　東京大学）

初出一覧

Ⅰ

一　額田王の生涯と歌
　山梨市萬葉の森大学　平成六年（一九九四）一一月二五日

二　大津皇子の悲劇と詩歌
　早稲田大学国文学会　小野記念講堂　平成一二年（二〇〇〇）一二月二日

三　大伴家持の美意識
　第73回朝日ゼミナール　有楽町朝日ホール　昭和六〇年（一九八五）一〇月三日

四　東歌・防人の歌・恋の歌
　北上市生涯学習センター　平成一四年（二〇〇二）八月二二日

五　万葉集の花と鳥
　専修大学夏季公開講座　平成四年（一九九二）七月二一日

六　私と『万葉集』研究
　早稲田大学教育学部国語国文学会　平成元年（一九八九）一一月一八日。のち『専修国文』第六六号　平成一〇年（一九九八）一月に掲載。

Ⅱ

一　飛鳥前期の歌
『続明日香村史』中巻・文学編所収。平成一八年（二〇〇六）九月　明日香村

二　柿本人麻呂の世界
原題「人麻呂の世界」　山路平四郎・窪田章一郎編『柿本人麻呂』古代の文学2所収。昭和五一年（一九七六）四月　早稲田大学出版部

三　人麻呂歌集の問題二つ
橋本達雄編『柿本人麻呂〈全〉』平成一二年（二〇〇〇）六月　笠間書院

四　田辺福麻呂論
神野志隆光・坂本信幸企画・編集『セミナー万葉の歌人と作品』第六巻　平成一二年（二〇〇〇）一二月　和泉書院

五　大伴坂上大嬢の歌
神野志隆光・坂本信幸企画・編集『セミナー万葉の歌人と作品』第十巻　平成一六年（二〇〇四）一〇月　和泉書院

六　記紀歌謡に現れた序詞の形態
『国文学研究』第十六輯　昭和三二年（一九五七）八月　早稲田大学国文学会

付録1　無名歌人たちの珠玉の小品―男性編
高岡市万葉歴史館編『無名の万葉集』所収　平成一七年（二〇〇五）三月　笠間書院

付録2　一句の出典をめぐって
短歌雑誌『まひる野』　平成一二年（二〇〇〇）九月号　まひる野会

Ⅲ

1 ［書評］尾崎暢殃著『柿本人麿の研究』
『国語と国文学』昭和四四年（一九六九）八月号　東京大学

2 ［書評］阿蘇瑞枝著『柿本人麻呂論考』
『国語と国文学』昭和四八年（一九七三）一一月号　東京大学

3 ［書評］高木市之助著『貧窮問答歌の論』
『国文学　解釈と鑑賞』昭和四九年（一九七四）六月号　至文堂

4 ［書評］渡瀬昌忠著『柿本人麻呂研究　歌集篇　上』
『萬葉』第八五号　昭和四九年（一九七四）九月　萬葉学会

5 ［書評］川口常孝著『万葉歌人の美学と構造』
短歌雑誌『まひる野』昭和五〇年（一九七五）六月　まひる野会

6 ［新著紹介］久松潜一著『万葉秀歌』一二三四五
『和歌文学研究』第三七号　昭和五二年（一九七七）九月　和歌文学会

7 ［書評］伊藤博著『古代和歌史研究』全六巻
『国文学　解釈と鑑賞』昭和五二年（一九七七）一一月号　至文堂

8 ［書評］都筑省吾著『石見の人麻呂』
『国文学』昭和五六年（一九八一）八月号　学燈社

9 ［書評］中西進著『古典鑑賞　万葉の長歌』上・下
『国文学』昭和五七年（一九八二）四月号　学燈社

10 ［書評］伊藤博著『萬葉のあゆみ』
『国文学』昭和五九年（一九八四）二月号　学燈社
11 ［新著紹介］青木生子・井手至・伊藤博・清水克彦・橋本四郎校注『萬葉集』全五巻
『週刊読書人』昭和五九年（一九八四）一二月一七日発行
12 ［書評］金井清一著『万葉詩史の論』
『日本文学』昭和六〇年（一九八五）六月号　日本文学協会
13 ［新著紹介］中西進編『万葉集事典』
『週刊読書人』昭和六一年（一九八六）二月二四日発行
14 ［書評］稲岡耕二著『万葉集の作品と方法』
『国語と国文学』昭和六一年（一九八六）七月号　東京大学
15 ［書評］梶川信行著『万葉史の論　笠金村』
『語文』第七一輯　昭和六三年（一九八八）六月　日本大学
16 ［書評］阿蘇瑞枝著『万葉和歌史論考』
『国語と国文学』平成五年（一九九三）四月号　東京大学
17 ［書評］村瀬憲夫著『萬葉集編纂の研究―作者未詳歌巻の論―』
『萬葉』第一八三号　平成一五年（二〇〇三）二月　萬葉学会
18 ［新著紹介］伊藤博著『萬葉歌林』
『国語と国文学』平成一六年（二〇〇四）八月号　東京大学

あとがき

平成十二年（二〇〇〇）に大学を定年で退くにあたり、論文集『万葉集の時空』を笠間書院から刊行していただき、同じ年に退職記念論集として『柿本人麻呂〈全〉』を御縁の深かった人々に論考を執筆していただいて飾り、同書院から出版してもらってから、今年で十年目になります。その間、平成十八年（二〇〇六）には、長年心にかけてきた万葉集編纂に関する研究を『万葉集の編纂と形成』と題してまとめ、同じく笠間書院から刊行しましたので、私の仕事の大方は片付いたような気持でいましたが、その後発表した論考などがありましたので、八十歳を迎えたのを機に、一書にまとめておこうと思い立ち、Ⅰ「講演録」Ⅱ「学術論考」Ⅲ「書評・新著紹介」の三篇にまとめたのが本書であります。

Ⅰ「講演録」は依頼を受けて方々でお話したものの中から六篇を選びました。いずれの場合も、あらかじめ資料を配布しておき、それに添ってお話したものですが、文章にまとめるにあたり、資料はすべて文中に入れました。その内容はこれまでの小著の中で述べたものと重なるところも一部含みますが、お話の方がわかり易いと思い収録いたしました。この篇を巻頭に置いた趣旨は「はしがき」で述べたところです。

Ⅱ「学術論考」は六篇の論文に付録を二つ加えたものです。このうち「六　記紀歌謡に現れた序詞の形態」は昭和三十二年（一九五七）に提出した卒業論文の一部で、論文として初めて書いたまことにつたないものですが、記録として収載いたしました。付録一はいわゆる秀歌選、付録二は万葉集巻十七所出の漢語の一つについて出典を調べたものです。

Ⅲ「書評・新著紹介」は万葉集に関するものだけを発表年次にしたがって配列いたしました。故人となられた方も多くおられ、それぞれに感慨深いものがあります。

顧みますと、私の最初の著作『万葉宮廷歌人の研究』（昭和五十年〈一九七五〉刊）を笠間書院の前社長池田猛雄氏が快くお引き受け下さって以来、ほとんどの著作をお願いして今日に至っていますが、このたびもまた池田つや子社長ならびに橋本孝編集長の御好意によって刊行していただく運びとなりました。長年の御芳情に深く御礼申し上げます。

なお本書の編集を直接担当して下さったのは、同社の相川晋氏で、多大の労をおかけしました。また、お忙しい中を煩雑な校正を塩沢一平氏にお願いいたしました。ともに厚く御礼を申し上げます。

生来虚弱な身でありながら、多くの友人や後輩が世を去ったのちまで、思いのほか長く世に留まることができましたのは、常に私の健康に気を配り、支えてくれた荊妻の労に負うところが大きかったことを思わざるをえません。改めて記すのも他人行儀めきますが、最後に一言お礼を述べておきたいと思います。

平成二十二（二〇一〇）年七月十六日

橋本達雄

や行

ら行

さ行

た行

な行

は行

ま行

人名索引

この索引は研究史上の人名に限った。

あ行

か行

著者

橋本達雄（はしもと たつお）

昭和５（1930）年２月16日、新潟県に生まれる。

昭和32（1957）年、早稲田大学第二文学部卒業。

昭和37（1962）年、同大学院博士課程修了。

現在　専修大学名誉教授、文学博士。

著書　『万葉宮廷歌人の研究』（昭和50〈1975〉年、笠間書院）
『注釈万葉集〈選〉』（昭和53〈1978〉年、有斐閣、共著）
『謎の歌聖　柿本人麻呂』（昭和59〈1984〉年、新典社）
王朝の歌人２『大伴家持』（昭和59〈1984〉年、集英社）
『万葉集全注　巻第十七』（昭和60〈1985〉年、有斐閣）
『大伴家持作品論攷』（昭和60〈1985〉年、塙書房）
『万葉集の作品と歌風』（平成３〈1991〉年、笠間書院）
『万葉集の時空』（平成12〈2000〉年、笠間書院）
『万葉集の編纂と形成』（平成18〈2006〉年、笠間書院）

編著　『万葉集事典』（昭和50〈1975〉年、有精堂、共編）
『万葉集物語』（昭和52〈1977〉年、有斐閣、共編）
『万葉の歌ことば辞典』（昭和57〈1982〉年、有斐閣、共編）
『柿本人麻呂〈全〉』（平成12〈2000〉年、笠間書院）
『万葉ことば事典』（平成13〈2001〉年、大和書房、共同監修）

万葉集を読みひらく

2010年９月10日　初版第１刷発行

著者　橋本　達雄

装幀　笠間書院装幀室

発行者　池田つや子

発行所　有限会社　笠間書院

〒101-0064　東京都千代田区猿楽町2-2-3

☎03-3295-1331　FAX03-3294-0996

NDC分類：911.12　振替00110-1-56002

ISBN978-4-305-70519-8　　シナノ印刷